クトゥルー・ミュトス・ファイルズ
The Cthulhu Mythos Files

童《わらべ》提《ちょう》灯《ちん》

黒 史郎

創土社

目次

名も知らぬ巨木の傍《そば》で女が身を横たえていた。はだけた着物からは夜陰《やいん》を払う眩《まぶ》しさの白磁の脚を晒《さら》している。

蝋《ろう》のように透《す》けた頬。メギの実のように紅い唇。長い黒髪の支流は森の奥の夜の本流へと注がれる。

鼻の横から入った草刈鎌《くさかりがま》の刃は、弧を描いて女の顎《あご》の下から出ていた。

女はまだ生きている。

鎌の刃が顔の中を通ったくらいでは死なないものなのか。

それとも、生きたまま鬼となったか。

もう生きていたくはないのに。

早く終わって欲しいのに。

どうして、こんな目に。忌まわしい記憶を遡《さかのぼ》る。

女の名はヨシといった。

戸板に括《くく》りつけられ、海に棄てられたヨシは、自分が磔《はりつけ》にされた面を下にした状態で出潮《でしお》に乗り、波に弄《もてあそ》ばれながら漂った。

冷たい海に息を奪われていき、凍《い》てつく死がヨシを蝕《むしば》もうとしていた。

突き出た岩礁《がんしょう》に小突《こづ》かれ、波に煽《あお》られ、戸板《といた》が裏返しになった。

おかげで死ななかったが、波に乗ったまま沖の方まで流された。

腹の中が掻《か》き回されるように痛んだ。

胎《なか》の子は、もう生きてはいまい。あんなに腹を殴られたのだ。

流され、流され、何度か夜と朝が来て。

目覚めると、この巨木の傍に横たわっていた。

腕には自分を戸板に繋《つな》いでいた濡《ぬ》れた縄が絡《から》まっている。戸板はなくなっていた。

どうせ自分は死ぬのだ。それよりも腹の中の子に申し訳ない。

名も知らぬ木を見上げる。節くれ立った骸《むくろ》の手のような枝が広がり、群青《ぐんじょう》色の空を掴《つか》まんとしている。その指のあいだからは霞《かす》んだ月が覗《のぞ》いていた。

ヨシは身体を起こし、すぐ傍の草叢《くさむら》を見る。

そこから、蛙《かえる》の声がしたのだ。

のそりと立ち上がる。ふらふらと身体が右へ傾《かたむ》き、左へ傾き。

涎《よだれ》のように口から溢《あふ》れた赤いものを、枯れ葉の上に音もなく滴《したた》らせて。

自分をこんな目に遭《あ》わせた男へ、恨み言を呟《つぶや》かずにはおれない。

死なぬではないか。死ねぬではないか。

いっそ首でも刎《は》ねてくれていたならば。

こうして。

こうして起き上がることもなかったものを。

これでは帰れぬ。

生きていても、この面《つら》ではどこへも帰れぬ。鎌を生やした面などでは。

どうも自分は本当に鬼となったようだ。

いまも草叢で鳴く蛙を喰いたくて喰いたくてしかたがない。

おのれ。おのれ。生かしておいたからだ。

風が吹いた。草が囁《ささや》き、枯れ葉の下の虫が告げる。

もう来るよ、と。

遠くの闇に、ぽ、と小さな灯がともる。

それは、草の上に浮いていた。

ぶらりぶらりと揺れながら、ゆっくり近づいてくる。

そうか。あれが。

あれが、鬼を導く灯。

童提灯《わらべちょうちん》。

人《ひと》地《じ》獄《ごく》

十《とお》ほどの童子《わらべこ》にしか見えなかった。

けれどもアザコは、生まれてから二十年を生きていた。

穢《けが》れを知らぬ生娘《おぼこ》にしか見えなかった。

けれどもアザコは男であり、とっくに父親に穢されていた。

まずは棄てられるまでの経緯《こと》を語ろうか。

＊

アザコの父親の弓彦は漁師《りょうし》で、酒と博打《ばくち》と女にしか興味がないくだらぬ男だった。

漁のない日はきまって飲んだくれているか、ひと癖《くせ》ありそうな顔つきの男ばかりを家に集めて札《ふだ》遊びをしていた。しけの日には顔の知らぬ者が家を頻繁《ひんぱん》に出入りし、戸の前には死んだフナムシのようなぼろぼろの草履《ぞうり》がいくつも折り重なった。

漁のある日もサイコロ遊びに耽《ふけ》った。賭場《とば》は当然、海の上、舟の上。丁半博打にちんちろりん。酒の肴《さかな》は生《い》け簀《す》の魚。これでは仕事になるわけがない。こんな享楽《きょうらく》的な生活でも食っていけたのは、弓彦に博才というものがあったからだろう。

酒と博打には事欠かないが、女となるとそうもいかない。

弓彦と閨《ねや》で二人きりになりたい女など、この漁村にはひとりもいなかった。

まず、お世辞《せじ》にも器量がよいとはいえない。洗《せん》濯板《たくいた》のような四角い顔の真ん中に、木の根っこに生える白い茸《きのこ》みたいな、ずんぐりとした鼻が座っている。その鼻の頭が脂《あぶら》でてらてらと照っているので「てっかり鼻」と呼ばれ、陰で馬鹿にされていた。そのうえ、左耳が食いちぎられたように欠けて、ほとんど残っておらず、それが顔の均衡《きんこう》や全体の重心をも狂わせるような不安を与えた。

気性が荒く酒癖も悪い。気に食わなければ拳《こぶし》を上げ、腹が立ったら気を失うまで殴《なぐ》り続ける。腹の虫が収まらなければ相手の顔に痰《たん》を吐きかけ、この世でいちばん汚い罵声《ばせい》を浴びせかける。かといって喧嘩《けんか》が強いわけではない。殴り合いは弱かった。だから弓彦が殴るのは弱い者。恫喝《どうかつ》するだけで顔色を変えるような者。睨《にら》めばおとなしく殴られてくれるような者。そういう小心者にだけ拳を上げ、痰を吐きかけ、罵倒《ばとう》した。金にも汚く狡《ずる》がしこい。借りた金にはいい加減、のらりくらりと催促《さいそく》をかわす。そのくせ勘定高《かんじょうだか》い性格で、貸した金には閻魔《えんま》の如く厳しく取り立てる。びた一文もまけてはくれず、もちろん日歩《ひぶ》で利もつける。金と命を秤《はかり》にかければ、命など紙切れほどの軽さ。酔った漁師仲間が海に落ちたとき、命綱《いのちづな》を下ろすかどうかは金で決める。金を貸していればおもむろに綱を下ろしてやり、借した金額に恩の上乗せをする。金を借りているのなら綱は下ろさず見てみぬふり。船べりに手を掛けたら「舟が沈む」と大袈裟《おおげさ》に騒いで櫂《かい》で殴った。他の仲間が止めに入っていなければ、これまで五、六人は見殺しにしていたに違いない。

こんな男《ロクデナシ》に寄ってくる女などいるはずもなく。

そうでなくとも漁村には女が少ない。

赤不浄《あかふじょう》は漁期を逃す――そんな根拠のない迷信《めいしん》に従い、女房以外の女を漁村に住まわせることを許さぬしきたりがあった。

月経や出産の穢れを〝奥間口《おうまぐち》〟が嫌うためである。奥間口は海の果てで大口を開き、山のような顔を海面から出す巨大なもの。潮《しお》の満ち引きは奥間口の呼吸《いき》である。赤不浄は奥間口の息を乱し、海を荒らすといって漁村では忌《い》む。

娘が生まれたならば、十歳になると余所《よそ》へと奉《ほう》公《こう》に出さねばならず、漁村の男の女房になることで生まれ故郷に戻ることを許された。そのため男衆は、ある時期がくると娘たちの奉公先に出向いて嫁探しをする。そうしてめでたく村に戻れた女も月経時と出産時はウブヤと呼ばれる小屋で家族と別居をせねばならず、夫が先立てば子を置いて村を出ていかねばならない。次に戻れるのは子を生めぬ肌身になってからだ。そんな、女にだけ厳しい掟《おきて》のある村に余所から嫁いで来る者があるはずもなく、女は宝物のような貴重《きちょう》な存在であった。だから、こんなろくでなしのクズ男に、どうして母親が嫁いできたのか、アザコにはわからなかった。

＊

「おぉい、誰かぁ、誰か、こいつを抜いてくれぇ」

浜で遊んでいる童子たちが一斉に「わあ」と散る。遠巻きに見る童子たちの真ん中で、七、八つほどの歳頃の童子が座り込み、倍ほども脹《ふく》れ上がった右腕をぶら下げて「抜いてくれぇ」と周りに懇願《こんがん》する。脹れた腕には玉虫《たまむし》色の疣《いぼ》がびっしり並び、それがプチュンと破れるとフジツボのようになった穴から朽葉色《くちばいろ》の汁を吹き出す。「わあ」と童子たちの輪が広がる。「抜いて、抜いてぇ」とぶら下げる脹れた腕の肘《ひじ》では極彩色《ごくさいしき》の平たい茸が笑っているように傘を揺らしている。抜いて欲しいのはこれだ。

「タチ坊の腕見ろ。肘んとこ」

「うわ、泡沫《うたかた》が喰っちまってんぞ」

「傷から入って喰われたか」

「また火車童《かしゃわっぱ》にやられたのか」

「ちがうちがう。タチ坊が自分でやった。泡岩《あぶくいわ》んとこで昨日、団子虫《コロコロ》とってんときに肘を岩で擦っちまったんだ。だろ？　タチ坊」

「んじゃあ、そんときに根ぇ張られたんか、馬鹿だな」

「一晩たってんのか、そりゃあマズいぞタチ坊」

「一大事だ。誰かタチ坊の親ぁ呼んで来いよ」

「やい、タチ坊、立てるか？　海で洗ってみたらどうだよ」

「ばか。海の水はだめだ。根の廻りが早くなるっていうぞ」

「じゃあ汁が飛ばねぇよう、疣に砂まぶしとけ。やい、聞いてんのかタチ坊」

ドオッと仰向《あお》けに倒れたタチ坊が痙攣《けいれん》をはじめ、あんぐり開いた口の中で歯がぽろぽろと抜けて落ちていく。薄桃色の舌が臆病土竜《おくびょうもぐら》のような動きで出たり入ったりし、一粒ずつ歯を口の外へ放り出す。

「やべぇやべぇ」

「抜いてやんねぇと死んじまうぞ」

「俺らじゃできねぇよ。早く親呼んでこいって」

そんな光景を岩陰から心配そうに見つめるアザコに一人が気づく。

「なんだよ、こっち見んな」

眼を三角にし、砂を掴んで投げつけてくる。

「なんだ、あいつ、いたのかよ」

「こいつ、いつもなんだぜ。ああやって陰から俺らのこと見てやがんだ」

「見んなよ。お前は関係ねぇ」

「こっちくんな、女くせぇ」

「女んとこいけよ、男女《おとこおんな》」

同じ年頃の童子は皆、アザコを嫌った。

洟《はな》垂れ坊主たちは娘子のような容姿のアザコを、女男《おんなおとこ》、男女《おとこおんな》、女臭い女臭いと馬鹿にして遊びの輪には絶対に入れてくれない。近づけば尖《とが》った視線と唾《つば》と石と罵声を投げつけてきた。

「やだわ、うちらのこと見てない？」

「お願いだから、こっちに来《こ》んでよぉ」

「あの子、友達いないみたいねぇ」

「しっ、聞こえるよ」

女子《おなご》たちは女子たちで嫌う理由が少しだけ違っていた。アザコの顔立ちは村のどの女子よりもきれいで、白粉《おしろい》もたたいていないのに肌が真っ白《ちろ》い。どの女よりも女のようで、浜に棄《す》てられた水母《くらげ》のように病的な透明感をもつアザコに、嫌悪と恐れと嫉妬《しっと》の綯《な》いまぜになった複雑な感情を抱いていた。

男と女の境にいるアザコに居場所はなかった。

アザコが避けられるのは、なにも容姿が不幸だからだけではない。むしろ本当の理由は弓彦にあった。童子の親のほとんどが弓彦を嫌っていたからだ。ロクデナシの餓鬼と遊ぶな。ロクデナシの育てた餓鬼もロクデナシだ。ロクデナシは伝染《うつ》る。

しかし、世の中捨てたもんじゃない。

いつも独りぼっちの気味が悪いロクデナシの倅《せがれ》と遊んでくれる者も僅《わず》かにだがいた。村の大人たちがアザコ以上に煙たがる三人の悪童《ワルガキ》どもだ。

この悪童ども、ひと癖どころか十も百も癖があり、村では火車童と呼ばれて浮いた存在となっていた。まず彼らは揃って孤児《みなしご》だ。父母どっちもとっくの昔に病や事故で死んでいて、面倒は腰の曲がった爺や婆がみていた。叱る親のいない三人は悪戯三昧《いたずらざんまい》。やりたい放題、し放題。はじめのうちは大人が叱って怒鳴って重い拳骨《げんこつ》を喰らわしていたが、そんなものではおとなしくならず、悪戯はますますひどくなるばかり。十を数える頃には立派な賊となり、その悪戯《あそび》も度を超えて、洟垂れ小僧のする悪事《あそび》ではなくなった。

少し長くなるが、ざっと列挙してみると。

棚干《たなぼ》ししているイリコ（干し鰯《いわし》）を溝水《どぶみず》の中に

捨てる。船小屋に入って網を切りきざむ。獲《と》り籠《かご》に足を突っ込んで破り抜く。舟の中に糞《くそ》や小便や蟹《かに》の死骸《しがい》を撒《ま》き散らす。帰船の目印となる龍燈の松をエンヤァドッコイショと鋸《のこぎり》で伐《き》り倒す。べっぴんさんと褒《ほ》めそやされる女子には、もっとべっぴんにしてやるぞと裁《た》ち鋏《ばさみ》でちょんちょきりん、見るも無残な雑草頭に変えてやる。気に食わぬ童子がいれば年上だろうとお構いなし。殴って蹴《け》って縛《しば》って吊るし、土塊《つちくれ》や虫けらを無理やり食わせ、裸にひん剥《む》いて舟に乗せると「元気でなぁ」と沖に流す。

葬式が出たと聞けば喜んで出向き、「なんまいだぁ、誰死んだぁ、阿保《あほ》死んだぁ」と吟《ぎん》じながら盗んだ供《そな》え物を片っ端《ぱし》から頬張《ほおば》る。何より好んだのは人目を盗んで棺桶《かんおけ》をひっくり返すこと。物足りなければ死体を辻まで引き摺って、鴉《からす》に突かれるのを草陰から眺《なが》めた。この悪行こそが火車童と呼ばれる所以《ゆえん》であり、村人は葬式が出ると童避《わっぱ》けのために棺桶のある間《へや》に苦草《にがくさ》を焚《た》き、見張りを立てるようになった。

転んだ童子の泣き声が煩《うるさ》ければ――ああ、これはほんとうにひどい所業だ。擦《す》り剥いた膝《ひざ》の生傷《なまきず》に嬉々として泡沫茸《うたかただけ》を押しつける。この茸は泡岩と呼ばれる奇岩にのみ群生《ぐんせい》する気味の悪い茸で、蚊《か》よりも貪欲《どんよく》に血を欲する。泡岩の周辺で怪我《けが》をすると岩や地面に張り広げられた蜘蛛《くも》の巣状の根が傷口に入り込み、童子たちはこの状態を「泡沫に喰われた」といって恐れる。喰われると瞬《また》く間に傷口の中へ根を張って宿ってしまい、すぐに切開して赤肉に食い込む繊毛《せんもう》のような根を一本一本引き抜かねばタチ坊のようになる。つまり、全身の肌に玉虫色の腫《は》れ物が押し合い圧《へ》し合いしながら次々現れ、弾けて臭《くさ》い膿汁《のうじゅう》を撒き散らすことになるのだ。

可哀想に、処置の遅れたタチ坊は、腫《は》れ物が破けた痕《あと》と根を抜くために切開した痕で、全身が寸寸《ずたずた》の襤褸《ぼろ》切れのようになり、壮絶《そうぜつ》な治療の甲斐《かい》もなく、そのまま泡沫茸の培地《ばいち》と化してしまった。親が運んだのか、辛《かろ》うじて残留した意思で自ら移動したのか、彼は泡岩の前で膝を抱えて座りながら、日に日に人の容《かたち》を失っていった。

こんなものを泣き喚《わめ》く童子に寄生させて楽しむのだから、火車童は本当にたちが悪い。

盗みも一人前だ。独居《どっきょ》老人の家に侵入《しんにゅう》し、寝ている傍で堂々と着物や仏具、金目の物を片っ端から袋に詰めていく。盗んだ物は都から来る行商《ぎょうしょう》に売りつけた。その後、帰る行商の後をつけ、人目のない路《みち》で背後から襲い、石や木切れで殴って半殺し。金や売り物のみならず、草履や褌《はかま》も奪って逃げる貪欲さ。

山賊、夜盗も顔負けの悪事を働くとなれば、罰も大人の受けるものと同等のものを与えねばならない。寄り合いでは皆の前で数々の罪を糾弾《きゅうだん》され、水を何度もぶっかけられ、癇癪《かんしゃく》を起こした親爺に太い棒で強かに殴られ、飯抜き水抜きで辻に縛りつけられて晒されると、さすがの悪童らもこの時ばかりは童子らしく洟と涙で顔をぐしゃぐしゃにして許しを請《こ》うた。それを哀れに思った大人たちは「二度とすんなよ」と改心を促《うなが》し、三人を許して縄を解くが、その後、罰を与えた者たちに次々と災いが降りかかった。悪童どもを殴った男は、舟で寝ていると大きな石を顔に落とされて鼻が折れた。水をぶっかけた女房は、生まれて間もない赤子の寝床に蟹や百足《むかで》を何匹も放り込まれた。尻を蹴りあげた男は、厠《かわや》に入っているところを小窓から銛《もり》で突かれた。辻に縛って晒した男は、溜《た》めこんだ薪《まき》をすべて焼かれて家族が凍《こご》え死にかけた。

次第に火車童らは狡猾《こうかつ》になり、悪事の証拠を残さなくなる。大人の前では童子らしく振る舞い、大人の目のないところでは、こっぴどい悪事を働いた。悪事を目にした者も皆、見て見ぬふり。仕返しを恐れて口を噤《つぐ》んだ。アザコとは別の意味で三人は避けられている存在だった。

そんな悪童らはアザコを見かけると「おう」と声をかけてくれた。はぐれもん同士は仲良くやれる、そういって悪童らは遊びの輪の中にアザコを入れてくれたのだ。

頭から灰をぶっかけてくれたし、素っ裸に剥いて藪蚊《やぶか》の多い雑木林《ぞうきばやし》の木に縛りつけてくれた。厠に半日も閉じ込めてくれた。道端《みちばた》に落ちていた糞か土の塊《かたまり》のようなものを喰わせてくれた。吐き戻したものも喰わせてくれた。海に落としてくれたうえに這《は》い上がろうとすると棒で突いてくれた。そんな姿に笑ってくれた。首から下を浜に埋めてくれた。そのまま小便をかけてくれた。イヤだと拒んでも無理やり飲ませてくれた。蓑虫《みのむし》をたっぷり喰わせてくれた。十匹も喰わせてくれた。死魚にわいた蛆《うじ》も食わせてくれた。退屈だからと殴ってくれた。退屈だろうと蜂《はち》の巣を取りに行かせてくれた。足に青タンを作ってくれた。たん瘤《こぶ》を作ってくれた。瘡蓋《かさぶた》を剥《は》いでくれた。爪を剥いでくれた。傷に泡沫茸を寄生させようとしてくれた。死んでみるかと首を絞《し》めてくれた。死んでみろよと縄を渡してくれた。アザコが、なにをしても、されても、火車童らは楽しそうだった。

「アザコは婆のモンぺみたいだな」

裸に剥いたアザコを見るたび、火車童らはそういって笑う。

左太腿《ふともも》の付け根。首と右足首を、ぐるり一周。首右肩から左わき腹にかけて。あばら骨の下でぺこんと凹《へこ》んだ腹にも。その小さな身体を何等分かに切り分けようとした跡《あと》のように歪《ゆが》んだ円状の赤い線が入っている。そんな身体を悪童どもは、婆の穿《は》く継《つ》ぎ目接《は》ぎ目の折り重なるモンぺに喩《たと》えた。

「なんなんだよ、お前の身体《それ》」

「やっぱり、お前って変だよ。男か女かわからんし」

「なあ、本当に人か？」

「そうか、正体がわかったぞ、お前は鬼子《おにご》だろ」

「おお、鬼子か」

「そうだ、鬼子だ。アザコは鬼子、アザコは鬼子」

後にも語ることになるが、この村では鬼子というものを忌む。鬼が童子の皮を被《かぶ》って化けたものをいう。

「だからお前はちぐはぐなんだな。そんな女みたいな顔して、ちんちんがついてるなんて変だと思ってたんだ。被ってるんだろ。男と女を繋ぎ合わせた皮を。やい鬼子、なんとかいってみな」

ちがいます、ちがいます。アザコは裸のまんま泣いて訴える。

「見ろよ。鬼も人みたいにしゃべったり泣いたり嘘ついたりするんだな」

「飯も食うし、糞も小便もするんだろ。面白い奴だな」

「やい鬼子のアザコ、お前と一緒にいると楽しいぞ。こんな糞つまらない村で、お前みたいな面白い奴を見つけられて俺たちは嬉しい」「いつまでも遊ぼうな」「遊ぼうぜ、いっぱい」「いろんな遊びをしような」「仲良くしよう」「俺たち仲良しこよしだもんな」「だって、はぐれもん同士なんだから」

とっくにわかっていた。遊んでくれているんじゃない。仲良しこよしなんかじゃない。わかっていた。自分は遊び道具だ。竹とんぼや毬《まり》と同じだ。アザコはとっくにわかっていた。わかっていたのに、わかっていないふりをしていた。

それからアザコは鬼子と呼ばれる。

村の童子たちはアザコを見ると「村を出てけ鬼子」「角《つの》出せ、牙出せ」と石を投げ、追いかけ回した。やっぱりこの世はアザコにとって生きづらい。

それでも、世の中捨てたもんじゃない。

こんなアザコと、ちゃんと遊んでくれる者もいた。

一つ年下のカイノという女子《おなご》だった。

髪はぼさぼさ、若白髪《わかしらが》があり、顔には白雲《しらくも》が粉をふいて、目頭《めがしら》にはいつも目糞《めくそ》を溜めていた。背はアザコよりも拳二つほど低く、冬枯れの蟷螂《かまきり》のように痩《や》せこけ、腕や足は枯れ枝のように細い。身なりも貧しく、銀杏《ぎんなん》の実を潰《つぶ》したような臭《にお》いのする薄い襤褸を掻き寄せるように着ていた。どこから見ても恵まれぬ家の病弱な娘子だったが、村の誰よりも心がきれいだった。アザコに対するほど当たりは厳しくないが、彼女も他の童子からは仲間《みそっかす》はずれにされていた。

カイノはアザコを女みたいだと馬鹿にもしないし、鬼子と呼んで気味悪がることもない。優しい声で話しかけてもくれるし、こっそりとだが遊んでもくれた。アザコがひどい目に遭っているのを見ると泣きながら頭を撫《な》でたり抱きしめたりして慰めてくれた。貴重な金平糖《こんぺいとう》も一人で喰わず、半分こにしてくれる。どう比べたって火車童らよりカイノといる方が楽しいし、笑っていることが多かった。アザコは火車童らを避けるようになり、人目を忍んでカイノと遊ぶことに時間を費《つい》やした。

「いつかさぁ、アザコと山の向こうにいってみたい」

「都にいきたいの？」

「うーん、都ももちろんいきたいけど、都じゃなくてもいい。山の向こうには村がいっぱいあるって母《かか》っちゃからきいたんさ」

「他の村って、この村となんか違うのかな」

「どうかな。あたしさ、この村、好きじゃないんよ。みんな優しくねぇし、磯臭ぇしな。この村から離れたい。どこか、すげぇ遠くへいきたい」

「……うん。ぼくもだ」

黒繻子《くろしゅす》を指でつまみ上げたような山を見上げる。赤焼けた空を背負って山影が一層濃くなり、迫り出した巨顔が村を見下ろしているように見える。

「この村の人たち、みんな息苦しそうだと思わん？　しんどい顔してる」

「うーん、そうかな。ぼくはわからない」——というのも、自分たちのほうがきっと奴らよりも息苦しくてしんどいとアザコは思ったのだ。でも、そうはいわずに呑《の》み込んだ。そんなことはいちいち口にしなくたってわかりきっていることだからだ。

「山の向こうから来る人たちはそうじゃないんよ。なんだか楽しそう、肩が軽そうなの。歩き方も跳ねてるみたいだ。背中もまっすぐだしさ。この違いってなんだろ。わからんのよね。だからさぁ、山の向こうにいってみたいなって思うんだなぁ」

「山には化け物がいるよ。こわい鬼もいる。ぼくたちじゃ越せないよ」

「アザコは化け物や鬼がこわいの？」

「そりゃあ、化け物と鬼なんだから、こわいにきまってるよ」

「そっか。あたし、あんまりこわくない」

カイノの目が虚空の一点を見つめたまま固まった。

「人のほうがこわい」

「あ……うん。そうだね」

鬼子と誹《そし》られ、石を投げられるアザコだからこそ頷《うなず》けた。人でないものの側《がわ》に立たされ、人に追い立てられているからこそ人の怖さを知っていた。人から離れているからこそ人の怖さを客観的に観ることができた。ならばカイノは自身を何者の側に立たせて人を恐れるのだろう。

「アザコは知ってる？　鬼って人がなるんだよ」

「ああ、鬼子な」

「ううん。そいつは鬼が人の皮をかぶるやつだろ。そうでなくて、鬼は元々人なんだって。母《か》っちゃがいってた」

「どうやったら人が鬼になる？　悪いことしたら？」

なら、もう鬼になれる者は何人か知っている。あいつと、あいつと、あいつとあいつと――。

「鬼のなり方はわかんねぇけど、こんなことは聞いた。鬼は人の容《かたち》が残るから、見れば誰が鬼になったのかわかるもんだって」

「それ、厭《いや》だな、鬼ってすごく厭な姿をしてるんだろうな」

「母《か》っちゃも鬼になるのってきいたら、カイノが誰かにひどい目に遭わされたら鬼になるよってさ」

ほんの少しだけ、カイノは嬉しそうに口元を緩《ゆる》めた。

「ふーん、あ、じゃあ、化け物は？　化け物も人がなる？」

「化け物は人じゃないよ。ずっと昔に、ずっと遠くから来たものなんだって」

「ずっと遠く」船影の滲《にじ》む青黒い彼方《かなた》へと目を遣《や》る。「海の向こうかな」

「もっともっと向こうだよ」

「もっとか。奥間口のいる海よりももっと向こう？」

「うん。あ、でもどうかな。奥間口も遠いもんな。むむむ」

鬼と化け物。アザコはこの区別がついていない。村では鬼と化け物は区別して語られる。鬼は山に棲《す》むもので、化け物は海にも山にも家の囲炉裏《いろり》や土間《どま》にもいる。人畜に害を及ぼすことが多くて恐れられているのは鬼の方だ。人や家畜を攫《さら》って喰う。化け物も人を脅《おど》かしたり喰ったりもするが、鬼ほど恐れられてはおらず、酒や握り飯といった供え物で簡単に機嫌をとることができ、神様のような扱いをされているものもある。泡沫茸や奥間口も化け物の仲間であるというから、見た目で見分けるとすれば人の名残があるものが鬼で、人とかけ離れた容《かたち》のものが化け物なのかもしれない。

そんなことを考えこんでいると、カイノはまだ「もっと向こう」への想いを巡《めぐ》らし、むむむ、と唸《うな》っていた。

「どんだけ遠いんだろ。空の向こうかなあ。測れないくらい遠いんだろうな」

二人は未《いま》だ見ぬ遥《はる》か遠い場所《せかい》を夢想する。空を覆《おお》い尽くすほどの大きな屋敷が建ち並ぶ都。五色《ごしき》の宝珠《ほうじゅ》と五色の花が浮かぶ輝きに満ち溢れた海。七色の鳥が飛び交い囀《うた》う絶海の孤島。深い谷に抱《いだ》かれる黄金色の川。鉄《くろがね》が流れ落ちる滝。風が甘く、息をするだけで腹が膨れる草原。金平糖の雨が降る集落。化け物が我が物顔で闊歩《かっぽ》する、人のいない隠れ里。

「あたし、もし生まれ変われるんなら、人じゃなくて化け物がいい」未だ見ぬ桃源郷《とうげんきょう》への憧《あこが》れは、ついに一人の幼女にこんなことまでいわせた。「鬼でもいいけど鬼は一度、人に生まれなきゃならないしなあ。人はもういいわ」

「なんの話だったっけ。あ、ぼくらはまだ人だから山は危ないなって話か」

「じゃあさ、お天道《てんとう》様が出ているあいだに山を越えればいいよ」

「明るいうちちってこと？」

「うん。鬼も化け物も暗い夜に出るんだもの。朝一番で出ればいいよ」

「うん……それなら、いけそうかな」

「いけるいける。じゃあさ、約束しよ、アザコ。いつかいこうよ、山の向こう」

「うん、約束だ。都にいったら、金平糖、たらふく食べたいな」

「都かあ。こんな襤褸を着ていっちゃだめだよね。髪もきれいにしないとなあ。そん時はアザコ、あたしの髪、結ってな。内緒でいくから母っちゃに頼めんしさ」

「うまくできるかな、でも、うん、いいよ、それも約束だ」

「あたしたち、ずっと一緒にいよう」

厠の裏の藪《やぶ》の中、村はずれの苔《こけ》むした庚申塔《こうしんとう》の裏側、そういった昏くて湿った誰も近寄らぬ場所で、二人は団子虫《だんごむし》のように小さく丸くなって夢を囁《ささや》きあい、約束を交わした。この時間だけは緩やかに流れたらいいのに。アザコはそう思った。

そんな心地《ここち》よい時間も長くは続かなかった。

カイノはある日、村から消えた。

半狂乱で娘を探し回る母親とは反対に、村の反応は「またか」と冷めていた。

童子が姿を消すのは珍しいことではない。この漁村を含めた広い地域で、たくさんの童子が鬼隠しに遭っていたからだ。

アザコの漁村では、これを鬼布団《おにぶとん》と呼んでいた。山から布団が飛んできて、童子を包んで持ち去っていく。攫われた童子はどうなるか。鬼に中身を刳《く》り抜かれるとか、腸《はらわた》鍋の具にされるとか、腹の中のものを口からゾロッと吸われて飲み干されるとか。消えた童子が帰ってきても村に入れてはならない。それは童子の皮を被った鬼子であって、村に疫病《えきびょう》や飢饉《ききん》といった災いを招く——と云われていた。

大切な一人娘が、まさかそんなひどい目に。およよ、およよと泣き崩れ、下手くそな人形《でこ》繰《ぐ》りの人形《でこ》のように覚束《おぼつか》ぬ足取りの母親を先頭に、村の若衆がカイノを探すために山へ入った。母親の慟《どう》哭《こく》が響く中、若衆も負けじと鉦《かね》を鳴らしてカイノの名を大声で呼んだ。どんなに呼んでも、叫んでも、あの貧相《ひんそう》で不健康な心優しい娘がひょっこり帰ってくることはない。数日後、カイノの母親は崖から身を投げた。カイノの母親は鬼にはなれなかったのだ。

　また、ひとりぼっちになったアザコに火車童らの玩具《おもちゃ》にされる日々が戻ってくる。よくも逃げたな隠れたな。殴って蹴って浜に埋める。金平糖はくれないが、小便だけはしこたまくれた。ああ、可哀想《かわいそう》。こんなことならアザコもカイノと一緒に消えればよかったのに。

いやいや、まだまだ世の中、捨てたもんじゃない。カイノの失踪《しっそう》からほどなく、アザコはキコスケという少年と出会う。

　アザコよりも四つ年嵩《としかさ》。数年前に父親を漁の事故で亡くし、母親と幼い妹と三人暮らし。身体が弱く、非孕胎《はらめずばら》となった母親は村に残ることを許されたが、他の女衆と一緒に磯仕事ができるほど動けず、網繕《あみつくろ》いで糊口《ここう》を凌《しの》いでいた。網繕いは年寄りの食い扶持《ぶち》、稼ぎなど知れたもの。埃《ほこり》を喰わねばならぬほど家は貧しい。キコスケは母親の身体を思って仕事を辞めさせ、自分が父親代わりになると決めた。それが三年前。今では母親の身体と薬のため、いつも腹を空《す》かせて泣いている妹のため、キコスケはまだ若い身でありながら大人たちと漁船に乗っていた。

　月のほとんどを海の上で網を引いていたキコスケを村で見かけることは滅多になかったが、当時の漁師らの悩みの種であったかじきとおし（メカジキ）が雇い主の舟の底に穴をあけ、一日二日、漁《しごと》を休まなくてはならぬ時があった。

　そんな頃、キコスケは浜の砂に埋められて小便を浴びていたアザコを見かけた。

「お前《めえ》ら、寄ってたかって女子になにしてやがんだ！」と火車童らの頭に拳骨を落とす。

　なにをっ、やっちまえっ、となったが、キコスケのこんがり焼けた黒い腕や胸板《むないた》は引き網で鍛《きた》え上げられて大人のように隆々としていた。さすがの火車童らも蒼褪《あおざ》めた顔を見せて逃げていく。キコスケは砂から掘りだした小便塗《まみ》れのアザコに「俺の拳骨はきくんだぞ」と笑いかけた。これが二人の出会いだ。

　それからは石を投げられたり追い掛け回されたりしているのを見かけると、キコスケは助けてくれた。大声をあげ、拳をあげて、拳骨をやるぞと追い払ってくれた。

「お前《めえ》、苛《いじ》められてんこと父っつぁんに話さねぇのか」

「うん」

「話せねぇのか」

「うん」

「そっか。こんなこと、いつもなのか」

「うん」

「俺、しけの日しかお前を見れないけど。毎日なのか」

「うん」

「そっか。まあ、見かけたら助けてやっけどさ」

「うんっ」

「すぐに拳骨くれてやっけど」

「うんっ」

「漁がある日は無理だからな」

「……うん」

「でも漁がない時は一緒にいてやるよ」

「……うんっ」

いつも大人といるからか、キコスケは同い年の童子よりも考え方や話すことが大人びていた。頼もしかった。胆《きも》が据《す》わっていた。だからなのか、彼といるとアザコは妙に緊張してしまい、話しかけられても「うん」としか答えられない。思えばこの時、アザコの心は女のほうに寄っていたのかもしれない。キコスケはアザコのことをずっと女子だと思っていたが、アザコはキコスケにならそう見られてもよかった。

ともかくも、この出会いはアザコの人生にとって重要なものとなる。

さて――このキコスケだが、やはりアザコの前から消えてしまう。

ある早朝、一軒の貧しい民家が燃え、焼け跡から花林糖《かりんとう》のようなキコスケが妹と母親とともに見つかることになる。朝日が白く照りつける浜に蓆《むしろ》をかけられた三人が並べられ、それを呆然《ぼうぜん》と見つめるアザコに、火車童らは「またよろしくな」と笑いかけた。

さあ、これでアザコを守ってくれる者は、この世に一人もいなくなった。

＊

アザコが十《とお》になったばかりの晩。

さむいさむい、と手を擦《こす》りながら弓彦がアザコの布団に入ってきた。それほど寒い夜ではないのに汗臭い身を寄せてくると、さむいなぁ、と毛深い足を絡めてきた。髪に鼻を押し付け、匂いを嗅《か》がれた。今夜の父様はへんだなぁ。くすぐったくて困っていると、四角い顔が上から覗きこんできた。

「おめぇ、よく見ると、きれいな面《つら》してんな」

薄闇《うすやみ》の中から自分を見据えるヤケにぎらぎらした目と酒臭さに耐えられず、顔をそむけた。そんなアザコに弓彦は覆いかぶさってきた。重かった。臭かった。生温《なまあたた》かかった。こんなことは、これまでなかったので混乱した。押し退けることも布団を抜けだすこともできない。弓彦は乱暴にアザコを転がして俯《うつぶ》せにさせると、枕《まくら》を抱いていろといった。なにをされるのかわからないまま、アザコはいうとおりにした。

「女子らは奉公へ出ていった。お前にも仕事をやらねぇとな」

この晩からアザコは、弓彦の前でだけ女にさせられた。

弓彦は毎晩のように布団に入ってきた。

アザコはなにもいわず、されるがままになる。いたいいたいと泣きもしない。おねがいやめてと懇願もしない。これが自分の仕事なのだと耐えた。

自分に覆いかぶさる父親の焼けた肌が、汗を纏《まと》って蝋燭《ろうそく》の灯《あかり》にテラテラと濡れ光るのを、事が終わるまでじっと見つめていた。弓彦の汗が雫《しずく》となって、よく目に落ちてきた。海の塩が混じっているのだろう。ひどく沁《し》みた。沁みるたびにアザコは怖くなる。目の中に海ができてしまったら、魚が棲みついてしまう。そんなことになれば魚に目を喰われてしまう。いつからか、弓彦が布団の中に入ってくると目をつぶるようになった。瞼《まぶた》の裏の闇の中で心を蹲《うずくま》らせていると、いつの間にか事は終わっていて、横で弓彦が大いびきをかいている。そっと布団を抜けて外に出ると、身体を水で洗い流した。

空が白く煙る季節がある。

山が紅《あか》い衣を纏う頃、どこからともなく綿毛《わたげ》のようなものがふわりふわりと現れて白空を覆い尽

すように舞い狂う。空の削り滓《かす》のようなそれは雪虫《ゆきむし》といわれるもので、アザコはこれが出る時期をたいへん好んだ。

雪虫の現れは冬の訪れの兆《きざ》し。薪の買い込みや貯蔵食の確認といった冬支度《じたく》で大人たちは忙しくなる。漁村では雪虫を豊漁の報《しら》せだと歓迎し、実際、この時期になると弓彦もちんちろりんをする暇もないほど仕事にせっつかれる。毎晩へとへとに疲れて帰ってくると酒を飲んですぐに布団で大いびきをかいてくれるので夜の相手をすることも減る。アザコにとってなにより待ち遠しい時期だった。

たまに家の中へ迷い込んでくる雪虫をつかまえたくなる。寒くなる頃に生まれてくるなんて、どんな生き物なのだろう。ところが掴んでも掴んでも、ふわりふわりと手から擦《す》り抜けてしまうので一度もつかまえたことがない。

雪虫と思われるものの死骸を見たことはあった。迷い込んだ一匹が煮立つ鉄瓶《てつびん》の湯気に追いやられ、土間にある竃《かまど》の裏へ落ちるように入った。すぐに追いかけて覗きこんだが竃の裏にはなにもなく、這いつくばってよく見ると土の上に兎《う》の毛ほどの陽炎《かげろう》のような揺らぎがある。雪虫は眼も脚も羽根もない化け物なのだと初めて知った。

そんな雪虫の飛ぶ季節を漁村は幾度も幾度も迎えた。

アザコの姿は十《とお》のままだった。

そもそも、その前からアザコの姿は変わっていない。六つ七つの頃と顔立ちも背丈《せたけ》も重さもなにも変わらない。なら、その前はどうだったか。それはアザコ自身も覚えていない。

同じ年頃の童子たちは声から幼さが抜け、背が伸び、顔立ちも言うことも大人びだした。かつて同じ背丈から罵声を浴びせ、唾を吐きかけてきた者たちは、時の停滞を肌身で顕現《けんげん》するアザコが気味悪く、あいもかわらず仲間に入れてはくれなかった。

あの火車童らも他に興味が移ったか、アザコに見向きもしなくなり、虐《しいた》げるのは十《とお》やそこらの童子たちが引き継いだ。そんな童子たちにアザコは鬼子だと嘲罵《ちょうば》され、石を投げつけられる日々。

やい、女男。お前の中身は鬼なんだってな。だから継ぎ接ぎだらけなんだろ。皮を脱いで山へ帰れ。

脱げません。帰れません。鬼じゃないです。許してください見逃してください。目の中に入りませんから、一人で遊んでいますから。

アザコは浜できれいな貝を拾ったり、家の裏の日陰でウシコ（アリジゴク）の穴を見つめていたりと一人遊びをした。けれども童子たちは見逃さない。白い姿が目に入れば、鬼子がいたぞと追いかけ回し、投石と罵倒の的にする。ふん捕まえると顔に小便をぶっかけ、無理やり木に登らせて下から棒で突く。かと思うと引き摺りおろして着物の中に青大将を入れる。神社の階段から突き落とす。人目のない林に連れ込み、木に括りつけて帰ってしまう。

「餓鬼どもからイジメられてんのか」

ある晩、弓彦は布団の中でアザコから身を剥がすと、腕や脚に染みつく痣《あざ》に目を細めながら訊いてきた。なにを今さらと思ったが、はいそうですと頷いた。

アザコの白い肌には青タン、擦り傷、瘡蓋が絶えたことがない。それは弓彦も気づいていたはずだ。今まではまるで興味がないという顔をしていたくせに、こうして夜毎、抱くようになって独占欲でも働きだしたか、怒りの感情を露《あらわ》にして見せた。

「俺のアザコを傷もんにしやがって。見てろよ糞餓鬼ども」

苛めた童子の名を一人残らず訊きだすと怒りまかせに外へ飛び出した。外で戸を蹴る音や桶をひっくり返す音や怒号を響かせた弓彦は、しばらくして鼻息荒く戻ってきた。僅かに血のついた拳を広げると布団の上に貨幣がばらまかれた。家に乗り込んで童子か親を殴りつけ、金を脅し取ってきたのだ。興奮冷め遣らぬ弓彦は、その後、激しくアザコを掻き抱いた。耳元で魘《うな》されているような声でこう繰り返した。

「お前の身体は俺のもんだ。俺だけがお前を傷つけていいんだ」

＊

二十歳《はたち》になってもアザコの容姿は十のままだった。十のままだが身に纏う儚《はかな》さは弥増《いやま》していた。肌は羽化したばかりの蜻蛉《とんぼ》のように白く透きとおり、冷たくてまるで温《ぬく》みがない。汗もかかない。それが普通のことではないのだと教えた弓彦の身体は、いつもべたべたと汗ばんで生温かく、気持ちが悪かった。

声も十の頃から変わらず、鈴のようにころころとしていた。どうがんばっても弓彦のような太く騒々しい声にはならず、小娘のか細い声にしかならない。

杉の喬木《きょうぼく》のように身の丈が高くなれば。猿や狗《いぬ》のように手足に毛を蓄えれば。漁に出る男衆のように肌が黒く、汗臭く、声が太く大きくなれば。自分は男になれるのに。大人になれるのに。

弓彦はといえばアザコと違って着実に歳を重ねていた。ロクデナシでも身体は老いに従順で明らかに衰《おとろ》えた。布団の中でも以前の猿《ましら》の如き旺盛《おうせい》さが失われ、その分、酒と博打とロクデナシ仲間が増えていく。家の中はつねに汗の臭いと酒の息、弾かれる賽《さいころ》の音や札を叩く音が立ち込めていた。やがてアザコは賭場の座持ちをさせられるようになり、客の酒の酌《しゃく》をさせられ、歌わされ、踊らされた。

その頃の客の多くは知らぬ顔ばかりで、酒や賭博よりもアザコを目当てに来る者ばかりだった。どこで知り合うのか、他村で大屋敷を構える問屋《とんや》の旦那や村渡りの行商などもいた。二十歳で十の娘にしか見えぬ美しい男がいる。そんな話を聞いて興味を持ち、わざわざ山を越えてやってきた物好きどもだ。ロクなもんじゃない。当然、そういう目的で来るわけだからアザコへ向ける目も劣情剥き出しでテラテラと輝いている。だから弓彦はどんなに寒い日でもアザコには太腿までしか丈のない薄手の着物を着せ、客が目配せすると裾《すそ》を捲《まく》り上げて白い脚を見せつけた。その後は隣の寝床で夜の相手をさせられた。

当然、タダでアザコを貸すはずがない。かなりの銭を貰っていたはずで、よほどいい稼ぎになったのか、それとも娼館《しょうかん》の旦那でも気取っているのか、汗と塩が染みついた襤褸を纏っているくせに煙管《きせる》なんぞを吹かしだした。

客は日に日に増え、一晩で四、五人が交代で寝床へ入ってくる日もある。初顔も常連もいた。離島から来たという真っ黒に焼けた若い男は、この集まりでは一番の常連で、弓彦とは海の上で知り合っていた。物腰柔らかい色男だがことさら好色で、布団の中では弓彦よりも荒々しいのでアザコはとくに苦手としていた。そうしてアザコを貸しているあいだ、弓彦は家の外で煙管を吹かしていた。

アザコで遊ぶお株を持っているのは何も弓彦の

客人にかぎらない。もっと以前からアザコを遊び道具にしていた者たちがいることを忘れてはならない。

弓彦が漁に出て家を空けていた正午過ぎ、三人の若い男たちが家を訪ねてきた。

漁師たちのように万遍《まんべん》なく焼けた肌と違って、襦袢《じゅばん》から出ている腕や顔が汚らしく斑《まだら》に焼けている彼らは、分外《ぶんがい》の残忍さで悪逆の限りを尽くし、村から爪弾《つまはじ》きにあっていた火車童らだ。皆、すっかり大人の面差しになっていたが、透き歯を覗かせる悪戯な笑みには、アザコを震えさせる面影が残っていた。面倒をみていた爺婆はとうの昔に死に、貸し主に家も追い出されていた彼らは目立った悪事こそ働かなかったが、渡世《とせい》を持って身を立てているわけでもなく。噂では余所の身よりのない爺婆につけ入って家に転がり込み、その食い扶持を漁《あさ》っていると評判は相変わらず悪かった。

「ようよう、鬼子のアザコさん、久しぶりでござんす」

「……なんですか」

「お前、身体売ってんだって」

「なんのこと。ぼく知らない」

お帰りください、さようなら。戸にかけた手を掴まれる。

「ぼく？」

キシシシ、と一人が嗤《わら》う。彼の名前は知らない。そういえば三人とも名前を知らなかったな、とどうでもいいことを思った。

「とぼけんなよ。村のみんなが知ってるぜ」

「弓彦《ロクデナシ》が『うちの娘を買わねぇか』って村中に触れ回ってるよ」

「自分のこと、『わたし』っていわされてんだって」

「しらない。しりません」

「客には女言葉で話してるって聞いたぞ」

「たんまり稼いでるらしいな」

「いいよなぁ、俺たち毎日オケラでぷらぷらしてんだぜ」

「婆が小遣い代わりに寄越《よこ》す不味《まず》い干物しゃぶりながらな」

「洟垂れ小僧にもフーテン呼ばわりだよ」

「最悪だ」

げらげら嗤う三人の目はまったく嗤っていない。

「銭ならありません。帰ってください」

「知ってんよ。あのヒョーロク玉にみんな持ってかれてんだろ」

「働いてるのはお前なのに可哀想だな」

「安心しろよ。別に銭くれって話じゃねぇんだ」

「オケラな俺たちは、どうすりゃいいんだって相談だよ」

「そうそう、銭がありゃあ払ったっていいんだけどな」

でもなぁ、と視線がアザコの着物から伸びる白い細足へと下りていく。

アザコは着物の裾を伸ばし、太腿を隠した。

「また俺たちと遊んでくれねぇかなぁ。退屈なんだ」

「昼は暇なんだろ？　俺たちも暇でよ」

「ぼ、ぼくは男だぞ」

「ぼくはおとこだぞぉ」

「わかってるよ。お前は男だ。でも、お前を見てるとさ。……な？」

「そうそう、変な気持ちになる。ムラムラすんだよ。なー？」

「うんうん、なるなる。べつに男でもいいやって」

アザコは首筋に鳥肌を立て、掴まれた腕を振り払う。

「なにいってんだ。帰ってよ」

「なあ、お前はなんなんだよ」

そんなの訊かれたって。

「しらないよ……」

「なんでお前を見ると滅茶苦茶にしたくなるんだ」

「しらない、しらないよ」

「なあ、いいよな？　俺たち幼なじみなんだし」

「いいはずだよ。でなきゃ俺たち、お前も落としちまうかもしんねぇ」

「いんや、焼いちまうんじゃねぇかな」

この時に初めて知った。

彼らだったのだ。カイノを村から消したのは。

頭を撫でてくれた。半分に割った金平糖をくれた。その優しい小さな掌を無残にもいで奪ったのは彼らだった。アザコが呼んでいるぞと山へ連れ出し、じゃあな、と別れを告げると崖から突き落とした。カイノが最期《さいご》に遺《のこ》したものは、熟した柿の実が落ちるような湿った音。あのカイノを殺したのだ。良い子ぶって目障《めざわ》りだった、ただそれだけの理由で。

彼らだったのだ。キコスケの家に火をつけたのは。

苛めっ子からアザコを守ってくれた硬い拳骨。キコスケが守り続けた病弱な母親と、いつも腹を空かせて泣いていた妹。それをみんな真っ黒こげの花林糖に変えたのは、彼らなのだ。「熱いよ熱いよ」と泣き叫ぶ妹の声、我が子たちの名を呼ぶ母親の悲痛な声、炎を掻き消さんとするかのようなキコスケの怒号。そのすべての声がぱちぱちと爆《は》ぜる音に完全にかき消される叫喚《きょうかん》地獄を、十やそこらの悪童どもは夜陰に隠れながら、見て、嗤っていたのだ。

元火車童らは四人殺しという大罪を、ヤクザもんの蓮《はす》っ葉《ぱ》な喧嘩自慢のように語ってみせた。こんな言葉もなすりつけて。

「みんなを殺したのは俺たちじゃねぇ」

お前だ。

お前が殺したんだ。

お前がいなければ誰も死ななかった。

みんな、鬼子のお前にかかわったから死んじまったんだ。

目の前が真っ暗になった。絶望的な言葉に。拒絶できない真実に。深い深い淵《ふち》へと突き落とされた。真っ暗闇の淵をどこまでも沈みながらアザコの身体は玩具にされる。痛みもなにも感じやしない。なにもかもを感じぬまま霞んだ知覚の中で生まれたその〝覚悟〟は、砂浜でようやく見つけだして拾い上げた、掌の中の美しい貝のように燦然《さんぜん》と瞬いていた。

二度目の覚悟は、離島から男がやって来た晩。

この男を迎えるのは、これで八度目。離島の男は手土産《てみやげ》の酒瓶を弓彦に渡すと、毎度お決まりの笑みと白く健康的な歯をアザコに見せてくる。ずいぶんと待たせたな。俺は待ち遠しかった。お前も待ち遠しかったろう? 今夜も楽しいひと時を過ごそうな。そんな一方的な感情をぎゅうぎゅうに詰め込んだ生温かい笑みを押し付けてくる。こんな笑み《もの》を寄越されるとアザコはどうにも持て余してしまい、羽根でも生やして逃げ出したくなる。この男、外面《そとづら》は柔和《にゅうわ》だが、床《とこ》の上では剽悍《ひょうかん》な無頼《ぶらい》漢《かん》になる。何度相手をしても慣れることなどなく、男と過ごす時間は楽しいどころか拷問《ごうもん》だ。

弓彦にとってはお気に入りの上客だった。離島の漁師に何艘《そう》も舟を貸している舟主の息子だから、銭はたんまり持っている。どれくらい持っているかというと、アザコを買いに来るためだけに、用心棒でもできそうな強面《こわもて》を漕《こ》ぎ手につけるぐらい持っている。これで他の客の倍の料金を置いていくとなれば弓彦が邪険に扱うはずもない。二回り以上も下の若年に揉み手と歯の浮くゴマすりが甚《はなは》だしい。

　離島の男の歳はアザコとそれほど違わない。一つ二つくらい下かもしれない。その若い肌身から漲《みなぎ》る、有り余る活力をすべて布団の中でぶつけてくるのだからたまらない。アザコの脆《もろ》い身体などいつ砕け散らされてもおかしくなかった。普段は出ないように抑えている声も、あまりもの痛みで紡《つむ》いだ口の綻《ほころ》びから漏《も》れてしまう。離島の男はそれを婀娜《あだ》なものと勘違いしているからまた面倒なのだった。

　もっと面倒なのは弓彦の嫉妬だ。外まで漏れ聞こえてくる声が自分の時や他の客の時とあまりに違うので、アザコが離島の男に惚《ほ》れているんじゃないかと勘違いをしていた。手を擦りゴマを擦り、我が子の身体を酒代の足しにしているくせに、ずいぶんと勝手な話だった。

　この晩、離島の男はアザコの着物を脱がせると布団に寝かせ、身体をまじまじと見つめた。幼い身体を継いで接《は》いでいる線に、舌を這わせるよう視線でなぞる。

「これは弓っつぁんに付けられた傷なのか」

「いえ。小さい頃からありました」

「なにをいう」と男は笑って。「今だってお前は小さい」

「……これが傷なら、わたしは疾《と》うに死んでいるでしょう」

　そりゃそうだ。離島の男はまた笑う。闇の隅で隙間風に揺れる蝋燭の火が、男の笑い顔に影を刻む。人の笑いから人を喰らうものの嗤いに化ける。

「まるで継ぎ接ぎだ。糸を抜けば、ばらばらになるんじゃないか」

　あれみてぇだ、と離島の男は小窓から見える月に目をあげた。

十文字の影が映り、月は四つに割れている。

「よつばり月」だ。

雨より多くはないが、虹よりは多く見る。満月や三日月ほど退屈ではないが、百雷《ひゃくらい》ほどは驚きもない。よつばりは「四つ張り」で四隻の舟を使って魚を追い込む漁法のことだが、なぜこの月の状態をそう呼ぶのかを知る者はない。語り部が根絶《こんぜつ》するほど昔から起きている現象なのだ。

このように月が四つに割れる夜は鬼布団が降りてくる夜で、童子が鬼隠しに遭いやすいといって厠へ出ることも許さない。しかし、親がいくら守っても鬼に狙われた童子はその運命に逆らえず、何かに呼ばれるように家を出ていくと夜の闇に掻き攫われてしまう。この名も「呼ばり」が転化したのだとも云われている。

「継ぎ接ぎ月の晩に、継ぎ接ぎだらけのお前を抱くか」

おもしれぇな、と嗤うと荒ぶる神が如く髪を振り乱して、腕や胸の肉を蠕動《ぜんどう》させる。波立たせた布団の上で天地開闢《てんちかいびゃく》を起こさんと力を奮《ふる》う。まるで百年目の仇《かたき》と出会ったようにアザコを厳しく組み敷き、折り曲げ、掴んで反《そ》らし、捻って、打ち据え、抓《つね》り、貫いた。糸を抜かずともばらばらにされそうな荒々しい遊牝《つる》みに痛苦の声をあげると、飢えた狗の息遣《いきづか》いが耳元に近づいて囁く。

「切っちまってもいいよな」

男の手を見ると掌に収まるほどの刃物がある。絡んだ網を切るための道具だ。その刃先をアザコの臍《へそ》の下に付け、ゆっくりと線を描くように下ろしていく。

「お前は女になったほうがいい」

「よしてください」

「お前のためを思っていってんだ。女になりゃあ他の奴はお前に興味をなくす。ここに来る奴は若い男を嬲《なぶ》りてぇって下衆《げす》野郎ばかりだからな。しかし俺は違う。お前のこの顔と身体さえあれば女だろうとそうじゃなかろうと構わねぇ。お前も俺ならいいだろ?」

「よしてくださいッ、よしてッ」

からりと戸が開くと弓彦が草履も脱がず閨に入ってきた。

握った鉐をそそりあげ、歪んだ顔は涙と汗が蝋燭の灯を照らして柿色になっている。

なにかをごそごそと呟くと、驚いた顔をしている離島の男の首を鉐で突いた。喉仏《のどぼとけ》の下の柔らかい部分に返しの部分までずっぽり入り、弓彦は「ふん」と勢いをつけて引き抜いた。首の肉がごっそり鉐に持っていかれ、への字の形にばっくり開いた裂け目から血煙があがり、ざぶざぶ溢れでてきた。これまで多くの男たちの汗を染み込んだ布団は、離島の男の血をも吸って瞬く間に赤黒く染まり、巨《おお》きな生き物の肝のような生々しさで横たわっていた。

離島の男はアザコから離れると、目をぱちくりとさせながら両手で首を押さえた。指のあいだから、びゅうと赤い潮を吹いて、口をぱくぱくとさせながら布団の上へ仰向けに倒れた。弓彦は男の首を草履で踏むと、その顔に痰を吐きかける。

「お前の声に耐えられなかった」

辛そうな顔を見せた弓彦は声を絞《しぼ》りきって呟くと離島の男を担《かつ》いで出ていった。明け方近くに戻ってきた弓彦は着物に血の手形を纏っていた。離島の男は埋める間際《まぎわ》まで生きており、埋められまいと抵抗したようだ。

「頭カチ割ってミソ抜いてやった」と伝える弓彦の顔も血脂《ちあぶら》に塗《まみ》れ、その中で零れ落ちそうな目玉が震えている。赤塗《あかみどろ》になった姿は、まるで人の容の地獄のようだ。

「顔、髪、指、声、匂い、お前を形作っているすべてが男を狂わせる。このままじゃ、あの男みてぇに腹ん中の鬼を抑えられねぇ奴がまた出てくるだろう。でも安心しろ。もうお前を誰にも貸さねぇ。抱かさねぇよ。お前はやっぱり俺だけのもんだ。アザコ、俺はお前に対して正直になるよ。お前が大事だ。大切なんだよ。お前が他の男のもんになっているあいだ、俺はたまらない気持ちになってたんだ。お前のその身体は、他の餓鬼とは違う。醜《みにく》くならない。きれいなままだ。天からの授かりもんだ。お前の身体に比べれば、酒も博打も退屈でくだらねぇってことに気づいた。銭だってそうだ。もういくら積まれたって、お前を狙う奴は家に呼ばねぇ。呼ばずとも来たら、そん時は殺してやることにしたからよ」

　他に殺したい奴はいるか、と訊かれた。

　蠱惑《こわく》的な言葉だ。殺す。それは今のアザコには到底持ち得ることのない強大すぎる力だ。邪魔者を生かす煩《わずら》わしい心臓の動きを他者が停めることのできる唯一の行為。その力になってやると父親が申し出てくれているのだ。血に濡れた手を差しのべて。

　村の童子たちや火車童らの顔が浮かんだが、すぐに胸の奥へ押し込んだ。銛で刺されて埋められるほどの罪を彼らが犯したのかと考えると——わからない。銛で突かれるのはさぞかし痛かろう。生きたまま埋められるのはさぞかし苦しかろう。その痛みと苦しみは、自分が受けた苦痛と秤にかけると、どっちが重たい？

　復讐《ふくしゅう》という言葉もよぎった。心の中の自分がいう。カイノとキコスケの恨みを晴らしてやれ。これは罰なんだ、と。

　すぐにそれは違うなと思った。

火車童らがいったように二人は自分が殺したようなものだ。ようなものではなく、自分が殺したのだ。自分がいなければ二人は死ななかった。離島の男もそうだ。自分が狂わせた。だから銛で突かれて埋められた。

「なあ、お前はなんなんだよ」――火車童らの言葉が蘇《よみがえ》る。

ほんとだ。ぼくは、なんなんだ。確かにぼくは変だ。ぼくだけみんなと違う。ぼくだけおかしい。どうしてぼくだけ年をとらない。どうしてぼくは男に抱かれる。どうして男はぼくに狂う。ぼくだけ。ぼくだけ。こんなにおかしなぼくの傍《そば》にいたから、カイノもキコスケも死んでしまった。やっぱりぼくのせいだ。やっぱりぼくが殺した。もしほんとにぼくが殺したのなら。この村でいちばん罪に問われるべき者は、ぼくじゃないか。

弓彦は「お」と布団の傍《そば》に屈《かが》んで、脱ぎ散らかされた着物から財布を取る。紐《ひも》を解《ほど》いて広げると「ほえー」と声をあげた。

「やっぱり舟主の倅となると違うな。一晩の遊び銭が俺のひと月分の稼ぎより多いときてる。よし、この銭でアザコにきれいな着物を買ってやる。近いうち、休みをとって都へ行くか。都なら、きれいな着物も髪飾りも売ってるはずだ。お前は今よりもっときれいになれ。誰のためでもなく、俺のためにだ。なんだ、どうして震えている。ああ、山を越えるのが怖いのか。なぁに、心配すんな。あいつのミソ、頭殻坊《ズッカラボウ》にくれてきたからよ」

古い神社の奥にひっそりと建つ筒《つつ》の形をした祠《ほこら》だ。その石筒に獣の脳《ミソ》を入れると頭殻坊が守ってくれるから山越えが楽になる、そんな言い伝えがある。しかし、アザコの震えは山越えの不安から来るものなどではなかった。

「俺は変わるからなあ」

顎から粘つく血の糸を垂らした弓彦がニタニタ顔を近づけてきた。黄色い歯が赤い顔の中で不気味に映えていた。

「お前のことは、もう誰にも売らねぇ。約束する。これまで以上に大切にすっから。だから」

お前は俺を裏切るなよ。

手に纏わりつく血を拭《ぬぐ》うようにアザコの頭を撫で、生温かい舌で首筋を舐《な》めあげると、土間へ下りて水桶《みずおけ》に顔を突っ込み、ばしゃばしゃと洗いはじめた。

その背中を見ながら覚悟を固める。

もう、要《い》らない。

焼き殺してしまおう。

あの晩の約束はてっきりお為《ため》ごかしと思っていたが、弓彦は本当にアザコを売らなくなった。

その分、前よりもべたべたと馴れ馴れしくなり、なにかと寄り添ってくる。漁から帰ると晩酌に付き添わされ、呂律《ろれつ》が回らなくなってくると膝枕を求められる。そのまま寝てくれればいいものを、やれ頭を撫でろだの、やれ耳かきをしろだの、すっかり女房がわりだ。そっちの旺盛さもすっかり復活していたが、かといって毎晩抱けるほど身も持たず、それどころか半ばで力尽きてしまう日も多かった。思うように劣情を遂《と》げられぬことに弓彦はもどかしそうに歯噛みしていた。

時おり、アザコの味を忘れられぬ者が家を訪ねてくることがあったが、弓彦は血相変えて銛を振り回し、どこまでも追いかけ回した。銭をたんまり積んでアザコを妾《めかけ》として持ち帰りたいと頼み込んできた旦那は、尻の穴に深々と銛を突き立てられ、ぐりんぐりんと掻き回されて白目を剥いて悶《もん》絶《ぜつ》した。夜這いをしかけようと忍び込んできた炭焼きの男は目の下を銛で突かれ、必死に逃げる背中に鉈《なた》を投げつけられた。もちろん、いずれも弓彦は殺すつもりでやっていた。晴らせぬまま己が内に溜めに溜めこんで滾《たぎ》らせ続けていた情炎を、不埓《ふらち》な輩への怒りに絡めこんでぶつけていたのかもしれない。そんな光景をどこかで見ていたのだろう、火車童らもめっきり来なくなった。

歪んだ執着のために人殺しも厭《いと》わぬ弓彦をアザコは恐れた。今の弓彦ならアザコのために村人を皆殺しにしかねない。この執着《しゅうちゃく》から逃れなければ、自分は村に災いを呼び込む本物の鬼子となってしまう。

予《かね》て固めていた覚悟を実行に移すことにした。

よつばり月の晩だ。

割れた月明かりが小さな漁村に十文字の影を落とす。

月明かりは小窓から月を眺めるアザコの双眸《そうぼう》も四つに割っていた。

この日を選んだことに、とくに意味はない。自分の実行することに、何がしかの特別な自然の力が作用しそうな気がする、ただそれだけの考えだった。

弓彦を起こさぬよう、そっと布団から抜け出したアザコは、家の空虚に溜まりこんだ夜気の冷たさに肩を竦《すく》めて手を擦る。

迷いなどなにもない。そこからは顔を洗って厠へ行くような自然さだ。

七輪《しちりん》で熾《おこ》した炭を囲炉裏にくべ、瞼を閉じようとする熱を突いて返して起こし、頃合いを見て着物の裾をたくって太腿と太腿のあいだに熱くなった火箸《ひばし》を押し付けた。

ぶすぶずず、じゅぶづづづぅぅ。

赤子の口遊びのような音が着物の中から聞こえ、想像を遥かに超える痛みが噛みついた。

ぎゃっ、短い悲鳴に跳び起きた弓彦は、何かを察したのか、前後もわからぬまま慌てて閨を飛び出し、悶絶しながら己が股を焼き潰しているアザコの手から火箸を奪って放り投げた。

「なにしてやがる！」

平手をくらって囲炉裏の灰の上に倒れ込む。ぱっ、と白い灰煙が舞い、髪の焼ける臭いが鼻を衝《つ》く。「しまった」と弓彦は髪を掴んでアザコを灰の中から引き起こし、土間に放りだす。

頬で土の冷たさを感じながら、心の中で叫んだ。

これでいいんだ！　自分をややこしくしているものを焼き殺してやったんだから。これで縄が解かれる！　自由になれる！

「お前、まさか、まさか」

泣き震えるような声で、まさか、まさか、と繰り返しながら弓彦が土間へ下りてくる。その顔は怒りと困惑《こんわく》と焦燥《しょうそう》とで引き攣《つ》り、汗でぎとついていた。

「嘘だろ、アザコ、嘘だといってくれ」

懇願するようにいうと倒れているアザコの膝を立てさせ、着物を乱暴に捲り上げる。火を灯した蝋燭をそこへ近づけ、うおおと慟哭した。

「なんなんだ、なんなんだ、これは」

そうだ。泣け。驚愕しろ。失望しろ。絶望しろ。

太腿と太腿のあいだを錐《きり》で掻き回されているようだ。焼けた炭をさんざん突いた火箸を捻《ね》じ込んだのだ。着物の中はとんでもないことになっているはずだ。気を失わなかったのが不思議だった。

「なんだよこりゃあ、汚ぇなぁ……臭ぇしよぉ……これがアザコだなんて」

これでいい。男でも女でもなくなった。のみならず。きれいだ、天からの授かりものだ、と弓彦が誉めそやした身体に目を背《そむ》けたくなるほどの醜い場所を作ってやった。きっとこれで自分の身体への執着を殺《そ》いでくれる。まともな父親になってくれる。

弓彦はアザコの細腕を掴むと家から引き摺《ず》り出した。

堅く湿った土の上に放り出されたアザコは、乾いた井戸でも覗きこむような虚《うつ》ろな目に見下ろされる。

「もういいや」

その目はアザコへの興味を完全に失った事を如《にょ》実《じつ》に告げていた。

「たった今、そいつと同じになったな、アザコ」

弓彦の目が隣家の網小屋の横に並ぶ磯桶《いそおけ》に向けられる。磯桶の中には長い黒髪のような海藻が蜷局《とぐろ》を巻いて入っている。

「たまたま網に絡んできた藻屑《もくず》だ、お前は」

「藻屑……」

うんうん、と自得したように弓彦は頷く。

「いいんだいいんだ。どうせ、お前は俺の子じゃねぇんだからな」

「……どういう、意味」

「お前はヨシの産んだ子じゃねぇ。漁民の恥から生まれた忌み子さ」

ヨシ——母様《かかさま》の名だ。

なにをいっているのだろう。母様が産まなければ、自分は何から産まれたというのか。きっと混乱で捨て鉢《ばち》になっているのだ。少し落ち着いて欲しかった。

「父様《ととさま》」

「あん？　誰のことだ」

弓彦は家に引っ込むと戸を閉めた。

この夜、アザコは父親に捨てられた。

十ほどの童子にしか見えなかった。

けれどアザコは、生まれてから二十年を生きてきた。

これより先は、人の世の物語に非《あら》ず。

彷《ほう》徨《こう》変《へん》異《い》

寝静まった漁村をあてもなく歩いた。

今にも剥がれ落ちてきそうに空から浮きでたよつばり月が、潰れた蛇のような道を黄色くぽっかり照らし出している。削りだされた道の両脇には海から引いた水溜め場があり、日中は年寄りたちが着物をたくった尻を並べ、海から流れてきた貝やら蟹やら小魚やらを拾っている。少しでも動ける年寄りには仕事をさせようという貧しい漁村なりの苦肉の策だ。今は割れた月を水面に浮かべ、時おり魚が水を跳ね上げてアザコを脅かした。

黒い瘤《こぶ》の連なりと化した茅葺《かやぶき》屋根の民家の影が見えてくる。明かりの漏れている家は一軒もない。この世で独りっきりになったような寂《さび》しさが後ろからおぶさってくる。

浜の方から静かな波の音がし、磯臭い風が髪や着物を撫ぜていった。その風に聞き覚えのある声が乗っていた気がした。カイノの声だ。もちろん幻聴だ。カイノは山で死んだのだ。海から吹く風に声を乗せられるはずがない。

風が吹き去った方角には山がある。稜線《りょうせん》で夜が二つに切り分けられ、空も黒いが山はもっと黒かった。もしカイノがいるとすれば、海じゃなく、あの黒い中だ。

焼いた傷がヅクヅクと疼《うず》き、熱を持ちはじめた。焦げついて両太腿にこびりついた皮膚が歩くたびに突っ張り、あまりの激痛に声が漏れてしまう。

顔に灰を塗《まぶ》し、着物をはだけさせた痩せぎすの幼い娘が、こんな夜更けに裸足《はだし》でふらふらと歩いている様は、さぞかし異様でみじめなものだろう。しかし、アザコの心は満たされている。こうしてみじめな姿で真夜中にあてもなく歩くことも、自らの手で得た自由だからだ。

しばらく歩くと村のはずれに板垣《いたがき》で囲われた十畳ほどの場所が現れた。

中央には土が盛り上がった塚があり、その傍《そば》に鳥居《とりい》の形に石を組んだものと石灯籠《いしどうろう》が立っている。

オエベス塚だ。

オエベスとは仔《こ》を孕《はら》んだ鯨《くじら》のこと。浜に生きたオエベス様が流れつけば漁民はそれを歓迎し、生きたまま腹を掻っ捌《さば》く。生きたまま胎児を取り出すのである。取り出された胎児はオエベス様の仔なので一年間の豊漁の兆し、すなわち端獣《ずいじゅう》として有り難がられ、真菰《まこも》に包んで箱に入れて、この塚に埋められる。

幼い頃、初めてオエベス様を見たときのことを思いだす。

「横っ腹に穴をあけて水を抜いておけや！」

「胃袋も抜いておけよ！　中で破けたら腐りが早まるぞ！」

「夜まで死なせるな！」

オエベス様が流れ着くと村中が大騒ぎになった。浜には傷だらけの鯨が息も絶え絶えに横たわり、男衆が取り囲んで、あーでもないこーでもないと喧嘩口調でなにやら話し込んでいた。

アザコは初めて見る鯨を生き物だとは思えなかった。目口がどこにも見当たらず、寒天《かんてん》のように透けた皮膚越しに太い薇《ぜんまい》に似た内臓がびっしり絡まり合って詰まっているのが見える。流れ着いたばかりの時は表皮《ひょうひ》がまだ黒かったが、時間が経つごとに色が抜けていく。透明の皮膚を木の枝で突くと、突いた箇所《かしょ》付近の薇が渦をきゅっと堅く結ぶ。死ねば皮が溶け破れて中の薇は一斉に解け、桃色の薇の敷物が砂浜に広がるという。不思議な生き物だ。無駄に長大で、無駄に旧々《ふるぶる》しく、無駄に禍々しい。奥間口《おうまぐち》の落とし仔が成長したものだといわれるが、そのような根拠がどこにあるのかを大人たちは誰ひとり知らない。

よく見ると薇に包まれて身じろぎする赤いものがある。大きさはアザコより少し大きいくらいで、これにも目口がない。どっちが前で後ろかもわからない。これは鯨の仔で、胎《はら》の中に仔がいるからこの鯨はオエベス様と呼ばれて尊ばれ、流れ着いた漁村では盛大な宴が行われるのだ。

「久しぶりのオエベス送りだ。腕が鳴るぜ」

この日は珍しく弓彦の機嫌がよかった。無料酒《ただざけ》が飲めるからじゃない。弓彦はオエベス送りでもっとも重大な役割を任せられていた。鼻摘《つ》まみ者の彼が、この宴ではなんと主役になれるのだ。

そもそも、こんな屑《くず》のロクデナシが、あれだけ好き放題をして村八分《むらはちぶ》にならないのは、このオエベス送りで誰もやりたがらない役割を、彼が自ら進んで背負っていたからだ。詳しくは教えてもらえなかったが、アザコは初めて父親を誇らしげに思ったものだった。

宴と聞けばアザコも胸が高鳴る。どんな食べ物が出るのだろう。魚以外の食べ物も出るんだろうか。もう干し魚は喰い飽きた。甘い菓子は出るんだろうか。饅頭《まんじゅう》は何個まで食べていいんだろう。お囃子《はやし》は鳴るだろうか。踊ることもあるのか。父親の雄姿《ゆうし》はどんなものだろうか。

「なに浮かれてんだ。お前は留守番だ」

今夜の宴にアザコは参加できないと告げられた。オエベス送りは女子供の宴じゃねぇ、と。

「今日流れ着いたオエベス様は今まで俺が見たん中では一番でかい。今夜は他の漁村や離島の漁師も噂を聞いてたくさん集まってくるらしい。ど派手な宴になることは間違いねぇ。へへ、どでかい横割り包丁《ぼうちょう》でオエベス様の腹を掻っ捌いて、生きたまんま仔を取り出すところなんて見ものだぞ。

搔っ捌いた時に溢れる脂を身体中に塗りたくった漁師は海で死ななくなるというしな。いいかアザコ、オエベス送りってぇのはな、海で生きる男たちの祈願の宴なんだ。海に連れていけねぇ女子供を宴に連れてくわけにゃいかねぇ」

確かにその晩、浜の方から聞こえてきた太鼓《たいこ》や笛の囃子や逞《たくま》しい掛け声の中に、女子供の声はなかった。どの家の女房も童子も宴の狂騒《きょうそう》を家内《なか》でおとなしく聞いていた。

いつか自分も漁師となり、この宴に参加できる日が来るのか。そんなことを思いながら、アザコは扉の隙間から遠い宴の火を眺めていた。


今となっては叶《かな》わぬ願いとなったが、叶わぬままでよかったのかもしれない。

幼い頃は大人の男衆だけが参加できる秘密の宴に憧れたが、どうもオエベス送りとはアザコの思っているような飲めや唄《うた》えの盛宴祝宴ではなさそうだ。

それは村の様子からも窺《うかが》い知れた。

宴の翌日、村には妙に重苦しい空気が張り詰め、誰もが互いに目を合わそうとはせず、昨晩の宴《こと》については一言も語らない。まるで禁忌《きんき》のように触れようとせず、熱《ほとぼ》りが冷めるのをじっと待っているように見えた。

これも宴の翌日、火葬場の上には黒い煙が横たわり、村に男鰥《おとこやもめ》が一人増える。すなわち宴の後には必ず、どこかの家の女房が死んでいるのだ。人が死ぬような危険な宴をしているとは思えないし、死んだのは宴に参加できない女である。

村人たちの弓彦への態度もおかしいものがあった。宴の主役であるはずの男を皆、腫れ物扱いしている。「よお」と声をかけても目も合わせず、宴の前日まで軽口《かるくち》を叩き合っていた者も急に畏《かしこ》まって余所余所しい敬語になる。特に成人したての若衆の態度はあからさまだ。余所余所しいどころか嫌悪《けんお》の念が垣間《かいま》見える。弓彦は名誉ある宴の主役なのではなかったのか。当の本人は宴の興奮が冷め遣らぬのか、次のオエベス様の到来を待ち遠しそうにしている。この熱の差は、いったいなにを意味するのか。

オエベス塚の存在も謎だ。瑞兆《ずいちょう》を呼ぶとされるオエベス様の仔を祀《まつ》るにしては、この塚はあまりにも粗末《そまつ》でつまらない。まるで目の届かぬ村の隅にでも埋めておけ、といわんばかりのぞんざいな扱いだ。

そんな不穏な空気の立ち込める漁村とも今夜でお別れだ。

あれを越えれば、新天地が。

と、山を望む。

おや。あれは。

中腹《ちゅうふく》のあたりに小さな灯がともっている。

こんな時間に山を歩く人がいるのかと見ていると、どうも動きがおかしい。上ったり下ったりを繰り返している。動きも早すぎる。これは人ではなさそうだ。裾から嶺《みね》まで十を数えるあいだに行き来できる人などいない。しばらくして少し離れた別の場所でも灯がともる。それは毬《まり》が跳ねるような動きをした。かと思うと二つの灯から離れた場所で、ぽ、ぽ、ぽ、と三つともる。三つは山を転げ落ちるような動きを見せた。今度は四つ、五つ、六つ——十。灯は見る見る数を増やし、今は十三の灯が忙《せわ》しげに山を躍動している。

あれが、狐火《きつねび》というものか。

いつだったか弓彦がいっていた。山には狐という生き物がいて、夜になると尾に火をともすことがあると。この生き物は不思議な変化の術をも使うことができ、山に入ったことがある者は大抵、一度か二度は化かされている。例えばこのように。

夜の山道を一人とぼとぼと歩いていると道の先に提灯《ちょうちん》の明かりを見つける。よく見れば着物姿の若い女性。こいつぁよかった運がいい、これで退屈と心細さから解放される、ぜひともご同行を、と助平心も引っさげて前の灯に追いつこうと歩みを速めるが、なかなか距離が縮まらない。さらに歩みを早めるが、おかしい、まったく近づけない。ここで気づけば大事には至らない。灯など無視して自分の歩みを守ればいい。しかし意地になって追い続ければ、深い山の中へと誘い込まれ、道と弁当を失うことになる。

あるいは、美しい娘に誘《いざな》われ、篝火《かがりび》を門前に焚いた華やかな御殿《ごてん》へと招かれる。豪勢極まりない酒や御馳走《ごちそう》でもてなされ、最後にとても美味《うま》い饅頭を出される。あまりの美味さに両手に掴んで頬張っていると、突然、歓待《かんたい》の間《ま》で火の手が上がり、熱と煙に巻かれながら命からがら外へ逃げ出す。すると御殿などなく、草っ原のど真ん中で座り込んで、自分の歯型のついた馬糞《ばふん》を両手に持っている。

火を恐れるはずの獣が火を生みだすとは面白い。狐とやらは見たことはないが、さぞかし意地悪な顔をしているのだろう。山に行けば会えるだろうか。自分も化かしてくれるんだろうか。あんなふうにたくさんの火を焚いて、賑《にぎ》やかに、楽しげに。

面白いのでいくらでも見ていられるが、海から吹いてくる風が冷たくなってきた。夜風《よかぜ》は身体に障《さわ》るし、なにより潮風は火傷《やけど》にひどく沁みた。そこに剥き出しの心臓があるように痛みの鼓動《こどう》を乱打している。軽く蹴り上げられても飛び上るくらい痛い場所を火箸で焼き潰したのだから当然だ。早くも膿《う》みはじめているのか、さっきから湿った感じもする。このままでは解体屋《うじ》の飯場《はんば》にされてしまうのも時間の問題だ。

　アザコは波音《なみおと》の聴こえるほうへと足を向けた。

浜には〝アタリバ〟がある。その竹と茅葺きで作られた小さな小屋で、漁師や磯仕事の女房たちが火を囲んで暖を取り、飯を食い、蓆に寝座りして身体を休める。弓彦の第三の賭場でもあった。そこで朝まで潰し、明日一番で山へ入ればいい。山には火傷に効《き》く草もあるはずだ。

　さて、困ってしまった。浜へ出てみたはいいが暗くてアタリバの場所がわからない。当然だ。夜闇を蹴散らす光など浜にはない。明かりは遠い漁火《いさりび》と四つに分断された月光くらいだ。その月光も傾いて、いずれは照らしてくれなくなる。夜はじわじわと視界を奪う。寄せて返すは波だけで、闇は寄っても返せない。おかげで歩いても歩いてもお目当ての小屋は見つからず。巨獣の頭骨のような流木や難破船《なんぱせん》の亡骸《なきがら》が異形の影の連山となってどこまでも続いているのを横目に見るだけだった。今さら戻るのも馬鹿馬鹿しいと、あてどもなく砂浜を彷徨《さまよ》って徒《いたずら》に疲弊《ひへい》の重石《おもし》を積み重ねていくと、浜の上にぽつりと燃える火を見つける。

　屋根のある舟が乗り上げている。屋船《やふね》だ。家を持たぬ漁夫が決まった場所に艫綱《ともづな》を括り付け、舟の中で寝泊まりしているのだ。藁《わら》や戸板で器用に屋根と風よけを拵《こしら》えてある。中からは鼻詰まりの鼾《いびき》が聞こえてきた。

　舟の傍には火のちょろついた松鉢《まつばち》が砂にささって傾いでいる。松鉢は擂《す》り鉢状に掘り窪《くぼ》めた石の容器に、樹脂の多い松の木を箸ほどに細かく割って入れたものだ。アザコはこれを失敬することにした。

　頼もしい灯《ツレ》を得て、再び今宵《こよい》の寝床《ねどこ》を探して浜を彷徨う。自分もああして、どこかに居を構えることができるだろうか。海は誰の土地でもないので屋船は名案だが、アザコには舟も舟を拵える技もないし、銭も力もない。山を越えればなんとかなると楽観していたが、その先のことをなにも考えていなかった。

火傷の熱が身体を巡って意識を茹《ゆ》でだし、朦朧《もうろう》としてくる。ぺちゃりと柔らかいものを踏み、死魚でも踏んだかと脚を退《の》くと、砂の中から黒い顔が覗いてアザコを見上げていた。

初めまして、ではない。

離島の男だった。

瞼を閉じ、薄笑いのままで固まった黒い面は、額と鼻の頭に生々しい裂傷《れっしょう》が薄紅色の口を開き、あちこちに固まった黒い血がこびり付いている。砂を塗《まぶ》した唇の隙間からは、今の彼には不釣り合いな真っ白い健康的な前歯が覗いていた。

なんということだ。弓彦は彼を浜に埋めていたのだ。

埋め戻そうと屈むと、離島の男は砂の中からゆっくりと頭をもたげた。

アザコは「ひっ」と尻餅《しりもち》をついた。

薙《な》ぎ削られて茶碗のようになった頭の中には砂がたっぷり入っていて、そこから小さな蟹が泡を喰って逃げ出して波打ち際へと消えた。

「恨んでいるんですか。ぼくを」

離島の男は瞼を震わせながら押し上げ、昏《くら》い眼孔を見せた。眼球などとっくに失われ、そこには二つの穴があるだけ。眼球と繋がっていた筋は干からびて、浮いた頬骨《ほおぼね》の上に涙のように貼りついていた。二つの洞《うろ》からは白い砂とともに、小蟹がざわざわと溢れて出てきた。離島の男は何かをいいたげに口をあんぐりと開いたが、そこから出てきたのは呪いの言葉ではなく二本の触覚《しょっかく》。右に左に振って外を窺い窺いすると、口の両端に堅い脚をかけて拳大《こぶしだい》のヤドカリが姿を覗かせた。離島の男は砂の中で彼らに宿を貸していたようだ。数日ぶりに表へ顔を出した離島の男は、日晒しの烏賊《いか》の肝のような臭いを振りまいた。それを嗅ぎつけた蝿《はえ》が離島の男の周りを回遊しはじめた。夜の暗さが蝿の姿を隠し、うわん、うわんという羽音は男の呻《うめ》きのように聞こえた。

アザコは走った。砂をいくら蹴っても中々前に進めず、溺れる者のように夜の中でもがいた。何度も振り返ったが離島の男はついてはこなかった。

離島の男は死んでいた。あれは死体だ。風に砂が攫われて顔が出てきてしまったのだ。死体が起き上がるはずがない。彼を宿にしていた蟹どもが動かしたのだ。いや、離島の男が蟹やヤドカリを操って自分の身体を動かしたのかもしれない。蝿を呼び、その羽音を借りて、恨み事を呟こうとしたのかも。熱で朦朧としているからか、怖い想像がぶくぶくと際限なく膨らんで、背後から掴もうと手を伸ばす。

気がつくとアザコは古びた神社の前にいた。濛々《もうもう》と立ち昇る黒い入道雲のような鎮守《ちんじゅ》の森の影。神社の名を刻む石柱は半ばで折れ、鳥居は蛇《くちなわ》の死骸のような注連縄《しめなわ》の名残《なごり》を垂らしている。

火車童《かしゃわっぱ》らに何度か、ここの石階段から突き落とされたことがある。幸い、石の階《きざはし》は雨風と潮風に削られて角を失っており、そのおかげでアザコは大きな怪我をしないで済んだ。鎮守の森から飛んでくるのか、石階段にはいつも鈍足の塵虫《ゴミムシ》がたくさん這って落ち葉を食《は》んでいて、今も囁《ささや》き声のような葉擦《はず》れを足下でさせている。

浜からの風が離島の男の臭いを運んできた。アザコは追い立てられるように石階段を上がった。衰残《すいざん》した姿が痛々しい朽ちた社殿が「寝床にどうですか」と出迎えてくれたが、触れただけで崩れそうな佇《たたず》まいに臆《おく》して遠慮した。

ああ、そういえば――社殿の裏へ回るとアザコと同じ背丈と胴回りの筒状の石塔が立っている。頭殻坊《ズッカラボウ》だ。背伸びして筒の中を覗きこんだが、ひどい臭いがし、蠅が顔に体当たりしてきただけで何も見えなかった。離島の男の脳《ミソ》は持っていかれたのか、それともまだ残されているのか。

山を越えねばならぬ時、この小さな石筒に鳥獣の脳《ミソ》を供え、「頭殻坊、山越えすっから頼む」と呼びかければ安全な山越えが保障される、と昔の人は信じていた。今はそんな迷信を信じているのは小さい童子と古老とロクデナシの弓彦くらいだ。

確かに獣の脳《ミソ》を入れておくと後日になくなるそうだが、脳《ミソ》を喰っているのは山の沢に棲む大蟹だといわれている。当然、蟹が恩など返すはずもない。約束だって守らない。何がどうなって、脳喰蟹《ミソクイガニ》が旅の守り神だなどと偉くなって語られているのかは不明である。

「頭殻坊やーい」

鎮守の森が抱き込む闇の中に呼びかける。

「前に人の脳《ミソ》をやったもんだけど。覚えてるかな」

鎮守の森の闇から返事を待つ。来るわけがない。わかっていた。

「山越えをしたいんだけどさ。もう遅いかなぁ。もし、まだ間に合うんだったらさ、ちょっと頼めない、かなぁ」

戯言《たわごと》だ。くだらない独り言。こんな与太《よた》を飛ばしたのは生まれて初めてだった。それだけ、精神的に追い詰められていたのかもしれない。

当然、静寂《しじま》は破られない。

さてと、仕方がない。今夜はやはり社殿で世話になるか。石筒を離れようと踵《きびす》を返す。

――が、そこから動かない。鎮守の森の影へ再び目を遣る。

確かに聞こえたのだ。森の闇の中から枝や葉を掻き分けるような音が。

夜と一体となった森の影に目を据える。松鉢の火を闇へ差し出す。

視えない。視えないが、いる。そこに何かがいる。

ぎし、と床板を踏むような軋《きし》みが聞こえた。追って、ぶつん、と音がして、足下に何かを放り投げてきた。拾い上げると太い枝だった。朽《く》ち木が折れたのではない。若々しい葉を蓄え、断面もきれいだ。鋏のようなもので切り落としたのだ。

いるのか。そこに。この闇の中に頭殻坊が。

「もしかして……山越えを助けてくれるってことかい」

ぶつり。また闇の中から切った枝を放られた。そうだ、といっているのか。

「でも、今からかい」

山へ入るには危険な時刻だ。鬼、化け物が跳梁《ちょうりょう》跋扈《ばっこ》する刻。でも、もし言い伝えが本当なら、これは心強い同行者かもしれない。蟹だといっても頭殻坊は化け物の仲間だ。化け物は化け物を襲わないだろう。それに化け物は遠い昔、遠い場所からきたもの。人にはない未知の力と知識を備えているはずだ。そんな同行者《ツレ》が守ってくれるのならば夜の山渡りも怖くはない。正直、自分の脳《ミソ》を狙っているのかもしれないという不安と得体《えたい》の知れない不気味さはあるが、ここで頭殻坊の同行を拒み、朝になってから入山しても夜が来る前に無事越えられる保証もない。

「……それじゃ、頼もうかな。よろしく頭殻――」

アザコは自分の口を押さえた。

聞こえたのだ。葉隠れする頭殻坊の存在感よりはっきりと。すぐ近くで。

「――アザコォ、アザコォォ」

社殿の陰から覗くと、提灯を提げた弓彦が階段を上がってきたところだった。闇の中、提灯の灯を映す弓彦の顔は涙と洟でぐしゃぐしゃに濡れ、手には銛を握っている。

「どこにいんだよぉ、アザコぉ、帰ってこいよぉ」

アザコは社殿の軒下に松鉢を隠し、石筒の陰に身を屈めた。

大方、あれから酒でも呷《あお》り、酔いに傷心を穿《ほじく》り返されたということだろう。愛憎に狂った弓彦が自分を探す目的は、けっして許しや謝罪などでないことは、手に握られている物騒《ぶっそう》な得物《えもの》からもわかる。自分の物にならないのなら殺す。弓彦の考えそうなことだ。震えながら石筒の陰で身を縮めていた。

弓彦はアザコの名を呼びながら、しばらく境内《けいだい》の砂利《じゃり》を踏む音をさせていたが、社殿の裏にまでは回ってこず、階段を下りていった。

だめだ。村の中にはいられない。

＊

「どうして脳《ミソ》なの？　他は喰わないの？」

「頭殻坊って誰がつけた名前？」

「これ、ほんとに守ってくれてる？」

「後ろから襲って脳《ミソ》をとらないでね」

漁村を離れてどれくらい歩いたか。舟小屋や網小屋、塩田《えんでん》といったものが徐々に視界からなくなり、村で見る木《もの》よりも逞しい佇まいの木が増えてきた。潮の臭いや干物の臭いも草木と虫の臭いにとって代わっていく。気がつけば地面は緩やかな勾配《こうばい》になっている。山へと向かっているのか、もう山に入っているのか。

頭殻坊は姿を見せなかったが、しっかりついてきていた。

アザコより少し後方で、木や背の高い草の中を静かに移動している。アザコが足を止めれば、頭殻坊も動きを止めた。

「お前は疲れたりしないの？」

「ぼくはへとへとだよ」

「おんぶはしてもらえないんだよな」

言葉を持っていないのか、話かけても返ってくるのは、草を踏む音や堅い身体の節を軋ませる音だけで、それでもアザコは言葉をかけ続ける。いつ、頭殻坊が心変わりをするかもしれない。化け物本来の性格を剥きだし、後ろから襲いかかってこないとはいえない。そうならぬためにも親睦《しんぼく》を深めたいというのもあるが、なにより気を紛《まぎ》わせたかった。

十歳の童子の身体は想像以上に弱く、もう限界がすぐ傍まで追ってきていた。

ずっと休まず歩き尽くめで、疲労をぶら下げた一歩が重かった。そうでなくともアザコの一歩は小さい。大人が一歩で歩ける距離を二、三歩かけて歩く。身体が小さければ心臓も小さいのか、走ればすぐに胸が悲鳴をあげて息が切れる。虚弱な自分の身体を呪わずにはおれない。朝に茶粥《ちゃがゆ》を食べただけだから空腹でもあったし、潮風を吸ったせいで喉《のど》もからからだ。今まで熱を持ったことなどないのに、火傷を核に身体はどんどん火照《ほて》っていき、鼻と口から灼熱《しゃくねつ》の息が漏れる。眠くないのに瞼が重い。さっきから耳元を蠅の羽音が掠《かす》めて煩《うるさ》い。森の蠅は貪欲だ。さっそく傷の臭いを嗅ぎ当てられた。蛆《うじ》を生みつけられてはかなわないので、手で払い退けながら歩みを進める。

途中で何度も石や木の根っこや地べたに座って休んだ。

周りの景色はすっかり鬱然《うつぜん》たる森になっていた。折り重なる樹冠《じゅかん》の影で月明かりはほとんど遮られ、森の奥は万遍なく黒く塗り潰されている。村や浜で味わった闇なんか比べ物にならない、一切の存在をも許さぬかのような闇が、これから進まなければならぬ道の先で待ち構えている。山を選んだことは正しいのかと躊躇《ためら》ってしまうような奥深い闇が。

海は生、山は死。

アザコを二度買った、蛇助《へびすけ》という名の気の触れた薬売りがそんなことをいっていたのを思いだす。

「なんだい、アザコちゃんは海の向こうも山の向こうもいったことがないのかい？　よしよし、ならば教えてあげようか。海と山、そのどっちにも神様がいるって知ってるかい？　神様っていってても坊主が拝む御仏《みほとけ》様とか神社で祀る味噌くせぇ神様のことじゃあねぇんだよ。あんなもん有り難がっちゃあいけねぇよ、逆にバチが当たるってもんだ。神様ってなぁ、そりゃあ大きくて途方もない存在なのさ。都のお屋敷よりもでかいかって？　馬鹿いっちゃいけねぇ、都を丸ごと持ってきたって、その大きさには敵《かな》うもんか。なんてったって、人の目になんかじゃ収まりきらねぇくらい横にも縦にも広がってる御身体《ごしんたい》をもってらっしゃるってんだからな。なになに、奥間口？　まあ、確かに近いが、ありゃあ『様』ってつけるほどの存在《もん》じゃあないね。きっと奥間口は、海の神様に仕える化け物なんじゃないかねぇ。海の神様に仕える化け物なら悪いやつじゃねぇだろうけど、山の神の眷属《けんぞく》はそりゃあ醜いって聞くよ。山の神はてめぇも酷《ひど》いナリなもんだから醜いもんが好きなのさ。山の神のご機嫌をとりたきゃあ、ヲコゼの干物を捧《ささ》げろっていうぜ。これだけは覚えておきなよアザコちゃん。海の神様は人に恵む。山の神様は人に障る。こういえば、アザコちゃんがどれだけ恵まれた場所で生きているかわかるってもんだろ？　あんたを産んだ母様《かかさま》に感謝するんだね。

アザコちゃん、あんたも海の世話になってる村の人間なら、海の神様の御座《おわ》す場所へは一度くらい参らなくちゃなんめぇよ。そいつはどこかって？

　そいつはなぁアザコちゃん、余所もんのわたしにゃわからんよ。この村なりの近づき方ってのがあるんじゃねぇのかい？　弓っつぁんに訊いてみなよ。ああ、ほら、ここじゃあオエベス送りってぇのをやってんだろ？　蟻《あり》んこみてぇにちっぽけな人間は、ああいうことをして神様と繋がりを持つもんなんだ。なんで繋がらなきゃならねぇかって？　人は神様に生かしてもらってるからだよ。生かしてもらってるってことは、死なせることもできるんだよ。だから、怒らせちゃあいけねぇ、機嫌を損ねちゃならねぇ、仲良くしなきゃなんねぇもんなんだ。それに神様ってぇのは、死んだ後のわたしたちのこともちゃぁんと考えてくれているんだってさ。あんたは若いからまだまだ先のことだけど、自分の死んだ後のことも考えて生きるのが人だよ。昔っから死んだ後の行き先に誰もが望む場所は海の果ての底って決まってるのさ。そこにゃあ竜宮《りゅうぐう》って呼ばれる場所があってさ。そりゃあきれいな所だそうだ。死んで竜宮へ行った者は、そこで新しい生《いのち》を宿して、また人の世に帰ってくることもできるんだそうだ。竜宮に行けなかった者はどうなるかって？　そりゃ、酷《むご》いことだよ。辛いことだ。自分を死なせた傷や病の苦しみを引き摺ったまんま、昏い険しい道を延々と歩いて山へと登らにゃならねぇ。生きてるか死んでるかもわからねぇ肌身で山に登って、そこで醜い鬼となって留まるのさ。鬼になったら、もう人とは呼ばれねぇ。見なよ、わたしの右腕と左腕を。根っこからざっくりねぇだろ。ちょっとだけ、山の秘密と関わっちまったら、このザマさ。確かに触れちゃいけねぇ、見ちゃいけねぇもんに近づいちまったわたしも悪いけど、こいつはひどい、あんまりだ。山ん中で見えねぇ何かに喰われて無くなっちまったよ。詳しくはいえねぇが、このひんがら目も山のせいなんだよ。いいかい、海は生、山は死だ。この村は生と死の狭間《はざま》にあるってわけだ。もし迷っちまったら、迷わず海を選ぶんだぜ、アザコちゃん」

そんな偉そうな講釈を垂れた後に薬売りは、蟻に群がられる芋虫《いもむし》のような身じろぎをしながらアザコを下手糞《へたくそ》に抱いた。こんな気が触れた者に抱かれることは不快だったが、こうした話はたいへん興味深かった。漁村を出ることなどないので知見を広めることもなく、当然ながら学殖《がくしょく》もない。皮肉なことにアザコの知識は、こうして布団の中で、余所の村から来た客たちから得たもので蓄えられていった耳学問。山二つ向こうの村に伝わる珍聞奇談、遠い都の巷説浮説。それらを耳にしている時だけは楽しい。興味深い話をしてくれた薬売りは、後に村と山の境の辻で頭と右脚だけになって見つかった。

死んだ後に行く国については弓彦からも聞いたことがある。

「極楽は上にあるんだよ。だから地獄は下だ。上を飛んでる鳥はどいつもこいつも気持ちがよさそうだろ。土の中の蚯蚓《みみず》はウジウジベトベト気味が悪いったらない。上はいいところで、下が悪い場所ってことだ」

洟垂れ餓鬼でも考えられそうな喩《たと》えだが、上は極楽、下は地獄の考え方のほうが納得いくし通例だ。しかし、薬売りの話した死後の国は極楽が海の底で、鬼の居る場所は空に近い山の上。考え方が逆なのだ。

どちらにもいえるのは、人の世は、その間に在る境界。アザコの暮らした漁村は地獄と極楽に挟まれた、人の世そのものといえる。

そして今夜、アザコは人の世を離れ、薬売りの助言に逆らい地獄へ向けて歩みを進めている。

それもどこまで進み続けることができるのか。

頭殻坊の守護のおかげか、今のところ山犬も野猪も追い剥ぎも熊も鬼も化け物もアザコを脅かしてはこない。しかし、さすがに飢えと疲弊と傷の腐敗は頭殻坊でもどうしようもない。

腹が鼠《ねずみ》の断末魔《だんまつま》のように啼《な》く。山には野苺や山女《あけび》といった甘い果実があるのを知っている。火車童らがアザコを抱いた後、「銭はねぇけどこれをやる」と気まぐれで置いていったことが、たった一度だけあった。あれは鳥肌が立つほど美味かったが、この闇と霞んだ目では見つけられそうもない。

股の傷から染みだした血膿《ちうみ》が太腿を伝い落ちる。

もう駄目なんだろうか。熱に茹だった脳《ミソ》がアザコに死への意識を強めさせる。どのみち自分は死ぬのだ。今死ぬか、明日死ぬかの違いだ。それでも自分が選んだ道。あのまま村に残れば生きていくことはできるが、鬼子と呼ばれて石を投げられ、火車童や弓彦に身体を嬲《なぶ》られる日々が長くなるだけだ。その生活を捨てたことに後悔はない。死に場所を自分で見つけられることは幸福だ。でもせめて、狐なる生き物を目にしてから逝《い》きたいものだった。

黒い森が、より鬱蒼《うっそう》としだした。やつれた木々が身を寄せ合い、影を交わらせて夜と同化し、巨大な闇の壁となって立ち塞《ふさ》がる。折り重なる黒い樹冠から端切《はぎ》れのような月明かりが弱々しく明滅する。

ふいに開けた場所に出た。そこだけ木が少なく、開けた場の中央に両腕を広げて天を仰ぐような形状の大木が屹立《きつりつ》する。苔《こけ》むした幹には瘤がいくつもあり、細い枝先をしな垂れさせ、周りには草垣ができている。妙な包容力を感じさせる木だった。

山の神様が自分の永遠の寝床を決めてくれたのだ。

「ありがとう、山の神様、ありがとうな、頭殻坊」

これまで引き摺ってきた疲労も苦痛も考え事も、なにもかもを投げ出して柔らかい草の上に仰向けになった。

もう、ここで終わりでいいだろう。ここで静かに朽ちていけば。これ以上、疲れるのも、お腹が減るのも、痛いのも勘弁だ。

アザコの目は樹冠の隙間から覗く青黒い空を、白い筒のようなものが飛んでいくのを見た。筒の端からは細い二本の足のようなものが泳ぐようにばたばたと動いていた。

あれが、鬼布団か。

厠に出た童子でも攫ったのか。

どうでもいいことだ。右手を枕にして横向きに寝返る。

鼓動が大きい。今にも死なんとしている自分がこんなに逞しく胸を打ち鳴らすなんて。どん。どん。どん。どん。こんなに元気で力強い鼓動を――。

どん。どどん。どん。どんどん。どどどん。

いや、違う。

これは鼓動じゃない。

草の上に耳を直に付けた。

どん。どどどん。どんどんどどん。どん。どどどんどんどどん。

下から聞こえてくる。地鳴り？　太鼓？　いや、そう並べてみると鼓動が一番近い音に思える。でももしこれが鼓動なら、地面の下には何十、何百もの心臓があることになる。

「――あ」と、アザコは声を漏らす。

視線の先。数えられぬほどの影が重なり織りなす、不朽《ふきゅう》の闇の蟠《わだかま》りの中。

小さな灯がある。

ぽつんとともる橙《だいだい》のそれは、少しだけ浮いて地面も同じ色に染めている。

――ここにきて、狐火のおでましとは……。

死の間際に、こんなに近くで狐火を拝めるのは運がよかった。あるいは死の間際に見る夢幻《ゆめまぼろし》か。アザコにはそれを確かめる術は思いつかなかったし、もうそんな力も残っていなかった。

周りの木々を橙に染めながらアザコのほうへとまっすぐ向かってくる。

強い明るさをもって闇を掻き分ける灯は、黒い水底《みなそこ》から浮き上がるように少しずつ全貌《ぜんぼう》を見せようとしていた。

灯の下に足がにょっきりと生え、灯の上に朱色に照らし出された顔がドンとのる。

灯はアザコの前で止まった。


狐火ではなかった。酸漿提灯《ほおずきちょうちん》を提《さ》げた爺だ。

逆三角の白い髭《ひげ》を垂らし、高貴な家の者が被りそうな黒い袋帽子を頭にのせている。

「死人か？」

可笑《おか》しな事を訊いてくる爺だ。死人に訊いても応えるわけがない。

「死人かと訊いておる」

「喉が渇いたので、眠っていました」

爺は一歩近づくと提灯をアザコの顔に近づける。

眩しさに目を細めながら、明かり越しに爺の容姿を見る。

綾錦《あやにしき》の着物。手首には大きな珠の数珠《じゅず》が幾つも掛かっている。ずいぶんと身なりの良い爺だ。見たところ七、八十絡みだが、寄る年波に屈せぬ塩《あん》梅《ばい》良さげな佇まいで、細面《ほそおもて》の顔と話し方から歯もしっかり残っていることがわかる。漁村の爺婆など一、二本しか残っていないから、顔はくしゃり

と潰れているし、歯抜《はぬ》け言葉でフガフガと聴きづらい。

「喉が渇いたのなら歩いて清水でも探すものだろうに。どうしてお前さんは、こんな木の根っこを枕にして寝ている。鳥が水でも運んできてくれるのか？」

「だったら嬉しいのですが。ああ、でも鳥は夜に飛ぶと目が潰れてしまう」

「潰れる？　本気でいってるのか。夜に飛ばぬのは寝とるだけだ。それに梟《ふくろう》や夜鷹《よたか》のような夜に飛ぶ鳥もおる」

「へえ、そうなんですか。ぼく……わたしは鳥に詳しくないので」

お前は『ぼく』って使ってるけど『わたし』にしろ。その顔で『ぼく』なんて無理があるぜ。相手が知らない奴だからって緊張もしなくていい。怖がらなくてもいい。お前は閨《ねや》ん中では女子になればいいんだ。女子に拳を振り上げる大人はそうそういねぇ。だから客の前では『ぼく』じゃない。『わたし』にしろ。お前は恵まれているんだぞ。その顔と身体のことだ。こんなにきれいで幼くて弱っちそうなお前が『わたし』になれば、誰でも優しくなる。

客をつけられていた頃、弓彦から唯一学んだことだ。ようは女を演じて身を守れという教えだ。

「鳥の話はいい。どうしてそこで寝ておる？」

「歩けないんです。疲れました」

「疲れただと」

「疲れました」はぁ、と溜め息を零す。「こうして言葉を返すのも」

「どうした、鬼にでもいじられたか」

「……いじる？　鬼なんて見たこともありません」

「そうかい。それじゃあ」

お前さんが鬼か？

爺は目を細めると声も細めた。

「鬼……わたしがですか？」

「ほかに誰がいる」

「あなたがいます」

「わしはちがう」

「わたしもちがいます」

「ますますもっておかしい話だ。こんな夜中に、こんな山ん中、水も飯もなにも持たずにお前さんみたいな幼子が、動けなくなるほど喉を乾かしとるなんて。自分で奇妙な光景だとは思わぬか？　それに裸足ではないか。どこから来たかは知らんが、よくここまでこれたもんだ。む、さてはお前さん、肉吸いか？」

「――肉吸い？　なんですそれは。化け物ですか？　見てのとおり、わたしは人です」

「見てのとおり怪しいんだがな。その姿を見ているからこそ、わしは疑っとる。鳥も鳴かぬこんな晩は、肉吸いが山を歩くでな」

面倒だな、アザコはまた溜め息を吐いた。

「親に棄てられたんです」

爺は苦い汁を飲んだような顔をした。

「まことか」

「嘘をつく意味はないでしょう？」

捨て子ほど面倒で、関わっても得のないものはない。これで放っておいてくれるだろうと思いきや、しばらくアザコの目の奥を覗きこんだ爺は腰に下げた竹筒を差し出してきた。

「それはなんです？」

「これこそ見てのとおり水だ。喉が渇いとるんだろ」

このまま二度と起き上がることはないと思っていたが、どこに力が残っていたのかアザコはガバリと起き上がる。奪うように竹筒を取ると、あっという間に飲み干した。

「こんな夜更《よふ》けに山へ棄てるとは、なんとも酷《むご》い真似をする親だな」

「いえ、山へは自分で入りました。危険なことは充分承知していましたが」

ここまで頭殻坊に守ってもらったことを話した。それで合点がいったようで、爺はアザコを鬼と疑ったことを謝った。

「頭殻坊に山越え守りを頼む習わしが残っていたのは驚いたな。あれは、いい化け物だ。強《こわ》い鋏ももっとるから鬼も近づかん」

「この山には鬼が出ますか」

「ああ、出る。たくさん出る」

平然と答える爺が恐くなる。鬼がたくさん出るような山を、こんな夜中に一人で歩いている爺のほうがおかしい。

「ここに寝ててもしょうがあんめぇ。頭殻坊は陽に弱い。夜はいいが朝を迎える前には帰っちまう。陽の下で溶けちまうんだ。そしたら腹空かせた山犬が、守りのいなくなったお前さんに群がってくる。目が覚めたら腹の中を喰い散らかされてたってことになるぞ」

頭殻坊が陽に弱いとは知らなかった。わざわざ夜に山を渡る者がいないから頭殻坊を呼びだす者もなく、次第に言い伝えも廃《すた》れていったのだろう。

「この先に村があるんだが、ついてくるか、娘っこ」

爺は己が今来た道を振り返り、提灯を掲げた。

「あなたは身なりからも裕福なお家の方のようです。わたしのような怪しい者を拾って帰れば、家の方にご迷惑をかけてしまいましょう。それに、わたしは先ほどから、もう死んでもよいという心持ちでおりました。どうぞ、わたしのことは見なかったことにして、このままお通りください。水をありがとうございました」

返された竹筒を受け取り、爺は呆れた顔を見せた。

「その若さで死ぬつもりだと？　なにがあったか知らんが馬鹿をいうもんじゃない。まだ、この世を掌《てのひら》ほども知らぬだろうに。なぁに、わしは独りもんだ。家には鼠くらいしか待っておらん。誰に迷惑がかかろうものか」

嘘をついていると思った。こんな身なりのよい者の家に鼠なぞ巣食っているはずもない。こういう家の者の蔵には、たくさんの鼠捕りの罠が仕掛けられているはずだ。

アザコには拒む理由があった。

その村に自分を買った者がいるかもしれない。

十から年をとらぬ身体。娘の顔をした成人の男。それを知りつつ欲情を滾《たぎ》らせる者たち。離島の男のように身体の継ぎ接ぎ跡に焚きつけられる者もいた。もし、人のものでなければ、滅茶苦茶にしてやりたいと口にする者もいた。自分に引き寄せられ、自分のこの身体を愛する者たちは変態どもばかりだ。

アザコの味を忘れられず村に再来し、鬼の形相《ぎょうそう》の弓彦に銛で突かれながら追いかけ回された者もいるかもしれない。もし、そんな者たちと、こんな形で顔を合わせることがあったら、どんな目に遭わされるかわかったものではない。

客の中には七十二の年寄りもいた。歪んだ劣情に歳など関係ないことも知っている。この爺だってわからない。そういうつもりで連れていこうとしているのかもしれない。

「お前さん、名前はなんという？」

「――アザコです」

「立てるか、アザコ。村へ行くぞ」

爺は手を差し出した。皺《しわ》一つない若い女性のような手だ。

「なんという名の村ですか」

「……きつね村だ」

きつねむら。アザコは鸚鵡《おうむ》返しした。

「こうして出会ったのも何かの縁。あんたをきつね村へ招こう」

ぷぷっ。思わずアザコは吹きだした。

爺は不思議そうに首を傾《かし》げる。

そうか、この爺は狐が化けたものなのだ。それならいろいろと合点《がてん》がいく。あんなに見たかった狐に自分はすでに会っていたのだ。見たところ尻尾や耳は出ていない。上手く化けたものだが、爺の持つ酸漿提灯は明るすぎると怪しんでいた。普通の提灯はせいぜい手元を明るくする程度。闇をここまで押し遣る強い明かりは不自然だ。これが狐火なんだろうか。ならば、あの水は馬の小便ってところか。あの勢いで飲み干せば、味や臭いなんて気づかない。なかなかやってくれる。それにしても、なんてまだるっこい化かし方をするのか。どこに連れていくつもりかわからないが、きつね村という名はあまりにも捻《ひね》りが無さすぎる。所詮は獣、そのへんの感覚は人と違うのだろう。しかし、これは面白い体験ができそうだ。

アザコは嬉しくなり、纏《まと》わりついていた死の気《け》配《はい》も消えていた。

振り返って、森の暗がりにいる同行者《ずっからぼう》に、ありがとう、といった。


水を一杯飲んだだけで、歩けるほどに回復したのが不思議だ。股の火傷の痛みも気にならないほどに鎮まり、腹に注いだ水が空腹感も誤魔化《ごまか》してくれた。感覚も冴えわたり、今まで闇に溶かされて朧げだった岩や木の輪郭《りんかく》がはっきりと視《み》え、耳に入らなかった虫の囁き、草木のぼやき、風の嘶《いなな》きが聞こえる。夜は意地尽くになって何もかもを黒く塗り染めて隠しているわけではなかったのだ。それぞれの感覚の指先をぴんと伸ばしていれば、あらゆるものを充分に感じ捉えることができる。そうして歩いてみると山は人々が畏《おそ》れるような鬼や化け物の蔓延《はびこ》る死の異界ではなく、思わず見惚《みほ》れてしまうほどきれいな処《ところ》が多かった。

組み重なる枝天蓋《えだてんがい》の破れ目から目を突き上げると、細い光の筋が雨の繁吹《しぶ》きのように空を走っている。落ち星とは、これほど頻《しき》りに流れるものなのか。空に近い処で見上げているから目に捉えられるものなのだろう。よつばり月の十文字の影もより精彩《せいさい》として見える。

緩やかな瀬のせせらぎが聞こえると、つるつるした岩瘤が増え、濡れた帯を広げたような小川が自由な曲線を描いて流れている。深さは足首ほどまでしかなく、裸足のアザコには少し冷たすぎたが心地よくもあった。

影と闇、風と夜気、沈黙と音《こえ》で紡ぎ合わされた、長さも厚みも重みもない、のっぺりとした夜に包まれた山。沈んだ霧が足下を隠し、泥濘《ぬかるみ》が足を捉えようとする葛《つづら》折りの山路を、爺はひょいひょいと歩いていく。さすが狐だなぁと小さな背中を見ながら隘路《あいろ》にてこずっていると、僅かな敷地を切り開いた場所へ着く。

茅葺きや稲藁を被る廃屋《はいおく》が十ほどあるだけの小さな集落。いずれも人の気配を放っておらず、戸を開け放って埃混じりの風を素通しにし、戸のかわりに菰《こも》や藁蓆《わらむしろ》を下げ、戸を失ってがらんどうの中身を晒している。かつて人々が生きてきたという証の墓標。老残の身を横たえる家々は、あと五十年も経てば何者の手も借りずとも、自然に山の土へと還《かえ》っていくのが腐食具合からも見て取れる。

「ここは、なんですか」

爺は提灯の灯を下げ、二人の足下を照らす。膝ほどの高さの古そうな石柱があり、細い字で『鬼常叢』と彫られている。

「常世《とこよ》の鬼の集う処、という意味だ」

「鬼の集う……処」

「そんなにがっかりすることもなかろうに」

肩透かしを喰った気分だ。聞いていた話と違う。華やかな大屋敷に招かれて豪勢な食事でもてなされ、気がつけば厩《うまや》か厠で小便壺《つぼ》を抱えていた、くらいはしてくれるものだと期待をしていたが、こんなにつまらない寂れた場所へ導かれればがっかりもする。

「遠慮や加減などいりませんよ」アザコは口を尖らせた。「やるならどうぞ、ぞんぶんになさってくださいな」

「はて、なんの話かな?」

「あなたはお狐さんなんでしょう? どうせ化かすのなら派手にやってもらいたいといってるんです。娘っ子だからと手は抜かないでほしいのです。こう見えてわたしは大人なのですよ」

爺はきょとんと目を丸くさせると「なるほど」といって、喉が見えるほどの大口をあけて笑いだした。

アザコはこの時はじめて、爺に恐れをいだいた。こんなに小さな爺から放たれているとは思えぬほどその笑いは太く大きく、威厳と力が漲《みなぎ》っており、天狗《てんぐ》や山男といった山の化け物の大将を彷彿《ほうふつ》させた。爺の笑い声はしばらく森を、夜を震わせた。

「きつね村は狐の暮らす里のことではないぞ」爺は笑いを抑えこみながら、「狐が見たけりゃ、麓《ふもと》まで戻って岩の巣穴を見つけろ。あいつらは人を舐めとるから人里のすぐ傍に棲む。そのほうが喰い物はたっぷりあるし、山犬や猪もいない。猟師も狐を見ても弾の無駄だからと撃たんしな」

「なら、ここはどこなんですか」

「だから、ここがきつね村だよ。昔の者たちが、この鬼の字を忌んで、鬼常をきつねと読んだんだ。本当は『おにとこむら』と呼ぶ」

「おにとこむら、ですか」

「そう、鬼常叢《おにとこむら》」

アザコは石柱に目を落とす。提灯の灯に誘われたのか、いつの間にか鬼の字の上に掌ほどの蛾がとまっている。両翅《はね》の目に似た模様がアザコを見上げていた。

「お前さんらも謳《うた》っとるだろ。『とこよの鬼はどこいんだ。お山んとこのきつねの村だ。どこのお山のどこの村。おにのいるとこ、おにとこむらよ』」

初めて聞いた歌だ。遊戯《あそび》に混ぜてもらったことのないアザコが童歌《わらべうた》をひとつも知らぬのは無理もなかった。

「鬼と名がつくような恐ろしげな処には見えませんが」

「人が住まなくなった。それだけで鬼が棲む場所にされてしまうんだ。人は棄てたいもの、要らないもの、臭い物、昏いもの、怖いものをみんな鬼に押し付ける。だから、人の寄りつかない昏い陰の中に鬼は好んで棲むと考えるんだろうな」

「違いますか」

「鬼は穏《オン》から来た言葉だなどというがな。好き好んでこそこそ隠れたがる生き物なんて、この世にいるものか」

蛾が飛び立って、隠れていた鬼の字が現れる。

「鬼常叢はな、この集落のことだけを指すわけじゃないんだ。とはいっても、どこからどこまでが鬼常叢なのか、そうでないのか、わしは知らんし、おそらくその石に名を刻んだ者も知らんだろう」

「本当に一人で暮らしているのですか？　ここで」

「そうだとも」

この爺の風貌《ふうぼう》が世捨て人然としていれば納得も行く。しかし、上品な縫い飾りのある着物を着、喰い滓《かす》の絡んでいない柔らかそうな白い髭を垂らした爺にいわれても信じることができない。となれば、この爺——。

「わたしを取って喰らいますか」

「やれやれ、キツネの次は鬼か」

「恩を頂きながら不義理を重ねますのも心苦しいが、お爺さん、あなたは妙だ」

「それをいうなら、こんな時刻に山で倒れているお前さんもなかなか妙じゃないか？　まあ、いい。ではもし、わしが鬼だとしたらどうする。命乞いでもするか？　どうせ死ぬつもりだったのだろう？」

「死ぬつもりでも鬼は恐ろしいです」

相好を崩した爺は、わかった、と頷《うなず》く。

「じゃあ、わしは鬼だ。おい、人。お前は目玉もきれいだし、肉も柔らかそうで実に美味そうだが、鬼も喰うだけでなく、たまには喰わせてやることもあるのだ。寂れた家に住む寂しい鬼の出す甘い菓子や美味い粥《かゆ》を喰っても、なんのバチも当たらんぞ」

爺の言葉に腹の虫が応えた。

「……甘い菓子ですか」

「安心しろ。鬼は今ここには、この老いぼれ一人だ。すぐそこだ」と、茅葺屋根をかぶったボロ家の前でアザコを待たせ、戸に手をかける。

「少々建てつけが悪くてな、開きにくい」

よいこらしょ、と開けると中に閉じ込められていた匂いが夜に拡散した。人が暮らしの中で生みだす、炭や灰、布団、囲炉裏で炙《あぶ》られる肌、あらゆる糧《かて》の匂い。この匂いを嗅いでアザコははじめて爺が人であると信じることができた。

「どうした、入れ」

提灯から抜いた蝋燭を戸の傍に置くと手招きする。アザコは古い社のようなものがあるのに気付く。村の神社のように鳥居も注連縄も石階段もなく、社殿のみがぽつんと建っている。

「神社がありますか」

「オシラさまのお宮だ」

「ほお」

「オイオイ、御蚕様《おかいこさま》だぞ。それくらいは知っておろう？」

「ああ、はい」と頷いてはみたが実はそれほど詳しくはなかった。蚕という蛾の幼虫が吐きだす絲《いと》はとても重宝され、都の者は皆、この絲を紡いだ衣を纏っている、そう聞いたことがあるが、神名を与えて祀っていることまでは知らなかった。

「久方ぶりの客人だからな。今日は多めに点《つ》けるか」

桶から柄杓を使って油を掬い、紙縒《こよ》りのような芯が立った皿に注ぐ。この鼻につんとする臭いは魚燈油《ぎょとうあぶら》だとわかった。魚から搾《しぼ》りとった油は漁村でもよく使っている。普通の油よりも格段に安いが慣れていないと臭いがきつく、他村から着た者は大抵この臭いに参ってしまう。

土間の隅には立派な引き臼《うす》や「薬酒」と書かれた素焼きの大甕《かめ》がどんと座っており、その近くにはそれらを引き摺った跡がある。奥には穀物の入った麻袋の山や漬物桶、籠に盛られた茶葉、縄吊りの干し魚や干し草と、爺一人の冬籠《ごも》りには充分すぎるほどの蓄えがあった。

「本当にお爺さん一人で住んでいるのですか？」

「そうだよ。なぁ、腹ぁ、減ってんだろ？　少し待ってろよ」

爺は縞柄《しまがら》の木綿の襦袢と股引《ももひき》に着替えると、米壺から掬《すく》った米を柄杓《ひしゃく》でざらざらと釜の中に入れる。驚いたのは釜の大きさだ。猪二匹、まるごと入れてしまえそうな胴回りの釜が二口《こう》もある。爺一人が飯を食うには大きすぎた。

「童子を煮込むにはいい大きさですね」

「そうだな。しかし鬼だからといって、なんでもいいってわけじゃない。喰うなら、もっと肉付きのいい童子を攫ってくる。お前さんは少し痩せすぎだ。喰う肉なんてほとんどないではないか」

笑いながらいうと爺は柄杓で釜《かま》に水を注ぎ、火を焚きはじめる。しばらくすると、くつくつと耳に心地良い音がしだし、そこに味噌をひと塊ぶっこんで長箸で溶き、適当な長さに切った葛豌豆《つづらえんどう》やセリ、何種類かの茶葉を釜に入れて蓋をする。

出されたのは椀一杯の茶粥と塩漬けの蕨《わらび》だった。

椀からもんわりと昇る白い湯気が美味そうな匂いを鼻に運んできた。さっきまでの爺への疑いなど、ぴゅんと飛んでいってしまった。アザコはいただきますをいうのも忘れて椀を胸に抱えると、箸を走らせてかっ込んだ。粥の熱さにはふはふと喘《あえ》ぐアザコを見て爺は笑っていた。

「年寄りの味付けは薄いだろうが、香りはいいはずだ。山の薬草もたっぷり入っとるから疲れも吹っ飛ぶ」

「こんなにうまい粥は生まれて初めてです」

「たんと喰えよ。この山には医者が仕事を失《な》くすほど薬草の種類が豊富でな。怪我をしておるようだから化膿《かのう》止めの草も入れておいたんだ。腹いっぱい喰って、堅い木の根っこじゃあなく、柔らけぇ布団で寝ていけ。それでだいぶ元気になるはずだ」

「うまい、うまいです」アザコは泣いていた。「あ、うれしい、ありがたい」

「どうだ、生きておってよかったろ」

爺はヒコザエモンと名乗った。

三杯をたいらげたアザコは、囲炉裏端《ばた》で温《ぬる》い番茶を頂きながら自分が二十の男であることを打ち明けた。ヒコザエモンは目を丸くして驚いた。その目には疑いも蔑《さげす》みも嫌悪も、アザコの客が目にたっぷり湛《たた》えていた情痴も感じられず、この人は大丈夫かもしれない、と思うことができた。

「年のわりに大人びた話し方をする童子がいるもんだと思っとったが、なるほどそういうわけだったのだな。いや、長く生きてみるもんだ、色々なもんと出会える。しかしまた、どうしてそんな肌身になった」

「魚民の恥で生まれた忌み子、父親はそういってました」

「はて。どういうことだろうの。アザコの住んどった村には、そういう習わしみたいなもんがあるのか？」

「わたしにもわかりません……わかりませんが、きっと父親は母親の事も悪く言っていたのだと思います」

「ふん、棄てる理由をこじつけて適当なことをいったんだろうよ。しかし、灯も喰い物も渡さず、裸足のまんま、こんな、よつばりの晩に棄てるとは酷《むご》い。そいつは本当に人の親か」

ヒコザエモンは腕を組んで考えるように唸った。アザコは囲炉裏の火を眺めていた。炭火に籠る火の色を見つめていると、その火がふいに怖く見える時がある。闇の燭火《しょっか》に照りつけられてメラメラと情を熾らせる、男どもの赤く血走った眼に見えるのだ。弓彦も含め、あの闇で出会った男どもはみんな人ではなかったのかもしれない。

「さっきは、鬼にいじられたといいましたか」

「ああ、よつばりの晩は鬼も興奮しておるでな。人を見れば寄ってくるし、普段はやらんような悪戯もする。ん、どこから入ってきた」迷い込んできた蠅を手で追い払う。「相手が童子となれば特にだ。お前さんもいじられたかと思ったわ」

「夜の山はそれほどに恐ろしいものですか」

「夜に限らずだ。山を歩けば風に乗っていろんなものが来るでな。火葬場の煙、沼の瘴気《しょうき》、蛇《くちなわ》の息、毒花毒茸《どくばなどくだけ》の粉、瘧《わらわやみ》……風に乗ってくる鬼というものもおってな、姿は見えぬものだが、人をよくいじって遊ぶ。山路で急に喉が渇いて身体が痺れることがあれば、髪の先を切ればいい。髪吸鬼《かみすぎ》という鬼に髪の先を吸い付かれていることがある。これは山で怪我をしたり、滑落《かつらく》して枝や岩に引っかかったまま動けなくなった旅人がなるものでな。血も唾も涙も脂も抜け落ち、乾ききってぺらぺらの凧《たこ》のようになっておるから、風に乗ってやってきて覆いかぶさるんだ。腹が空いて動けなくなればヒダルっちゅう餓鬼にいじられたってことになる。ヒダルは『餓死』寸前で『死』を奪われて『餓』だけが残された者がなる。生きたまま飢えた亡者になるんだ。これにいじられると飯を喰ったばかりで満腹であったとしても、腹が凹んで皮越しに肝の形が浮き出る。まあ、アザコの場合は、鬼にいじられたんではなく、ただ単に飲まず食わずだったというだけのようだが」

「鬼は本当に存《い》るのですか？」

「今、目の前におるだろう」

ヒコザエモンは火箸で残り火を突きながら悪戯っ子のような笑みを見せた。

「粥や寝床を与えてくれる鬼なんていませんよ」

「わしは嘘をついたぞ。ここにゃあ、甘い菓子はなかった」

「それはわたしを連れてくるための優しい嘘でしょう。そんなあなたを疑うなど、わたしは愚かでした」

爺はカッカと笑った。

「嘘つきが優しいか」

「ヒコザエモン、あなたは鬼ではない。粥もうちで食べたものよりもずっと美味しい。鬼が人の食べる物を美味しく作れるでしょうか」

「作れる者もいるさ。鬼は元々は人なのだからな。それに鬼にも色々いるということだ。粥の味も、ま、色々だな」

　どっこいせと、その場で横になり、傍に飛んできた蝿を手で払う。

「今晩は珍しく蝿がいるな。糠《ぬか》にでも涌いたか」

　アザコは焼いたところを隠すよう、太腿のあいだに両掌を重ねながら家の中を見渡した。外見《そとみ》はボロ家だが、中はきちんと整理掃除をされている。石臼の傍には落ち粉がひと粒もなく、板間《いたま》には灰も埃も落ちていない。毎日、箒《ほうき》で掃《は》き、雑巾《ぞうきん》で拭きとらねばこうはならない。やはり、爺一人で暮らしているとは考えられなかった。

　囲炉裏の上の天井には縄が張られ、干し草が「く」の字に掛けられている。

「あれは、なんですか」

「ああして囲炉裏の煙を受けて煤《すす》けた草は田の肥《こ》やしになるんだ」

「なるほど。あんなに高い場所に縄を張るのはさぞかし骨が折れたことでしょうね」と、座敷の壁に掛かる綾錦の着物を見遣る。

「きれいなお召し物ですね」

「オシラ様を祀る者が着るものだ。それを着れるもんも、祀ってやれるのも、ここにはもう、わししかいないでな。……まだ、わしの疑いは晴れてないようだな」

「……いえ。しかし、あなた一人で重い臼を動かし、大釜で焚いた飯を喰らい、高い場所に縄を張っている姿が想像できなかったのです」

「強い警戒心を持つことはよいことだ」くああ、と大きな欠伸《あくび》をした。「だが今日はそいつも休ませてやれ。なにも考えず寝たらいい。布団を敷いてやるでな」

*

眠れなかった。囲炉裏端に敷いてもらった布団で天井の干し草の影を見上げ、追い払えずに今も布団の周りを飛んでいる蠅の羽音を耳にしていた。

明日からどう生きよう。そのことばかりを考える。山を下り、なにをする。なにができる。自分には生きる糧がない。目的がない。なら、意味がない。

あの時、ほおっておいてくれれば。死なせてくれれば。こんなに悩まずに済んだのに。ヒコザエモンを恨みそうになる。尽きかけた命を拾ってもらったことに感謝はしているが、生きてもまた悩み苦しみ、飢えと乾きを引き摺りながら、あてどもなく歩く時間が続くだけだ。

眼を瞬《しばた》く。

天井に溜まっている闇が蠢《うごめ》いている。

おかしなことだ。闇の中で闇の動きがはっきりとわかるなんて。

隙間風で干し草が揺れているわけではない。それは、あからさまに生きているものの動きをして見せたのだ。梁《はり》の上に座っている。人のようには視える——というのも、それを人だといいきるには、あらゆる理《り》を無視している容をしているからだ。手も脚もある。指もある。けれども、何かが妙だ。

それはアザコを見下ろしている。顔など見えるはずもない。闇の中の闇は、より闇であって、その縦長の楕円の貌《かお》に凝縮《ぎょうしゅく》した闇は、夜が窄《すぼ》まったように深く濃密。そもそも昏いとは光の力が及ばぬことで、見下ろす闇《かお》の持ち主は光など存在しない処に棲んでいるに違いなかった。

「あなたが、ヒコザエモンの同居人ですか」

愚かな問いかけであった。答えるはずがない。そこにある貌には、顔がないのだ。顔がないのに、それは嗤う。

煩かった蠅の音が聞こえないことに気づいた。不思議と恐ろしさはない。それよりも、いつ火傷跡に蛆を産みつけるかもわからぬ蠅を捕《と》ってくれたことに感謝した。

それは、夕暮れ時の塩田の上を飛ぶ蝙蝠《こうもり》より数十倍大きな翼を広げ、己が闇を天井いっぱいに引き延ばした。

——そこで目が覚めた。

アザコは自分が眠っていたことに気づく。天井には夢で見たものとは比べものにならぬほど柔らかい闇が広がっていた。

あれは鬼ではなかった。鬼は元々人。しかしあれは人の世とはまったく関わりを持たない処に棲むものだ。化け物、そう呼ばれているものの仲間なのかもしれない。寝入り端の夢が見せたものではあるが、貌無き闇との玉響《たまゆら》の逢着《ほうちゃく》は、まるで現《うつつ》のことのようにアザコに奇妙な興奮を覚えさせた。

奥座敷の戸がごとごとと開き、手燭《てしょく》を持ったヒコザエモンが出てきた。

アザコは瞼を閉じて眠っているふりをする。

しばらくアザコの様子を窺うような間があり、酸漿提灯に火を入れるとヒコザエモンは綾織《あやおり》の着物を羽織《はお》ると外へ出ていった。布団から這い出し、アザコは戸を僅かに開けて外を見る。ヒコザエモンの提灯の灯はオシラ様のお宮に向かったようだ。

隙間を見つけて侵入《はい》ってきた夜風に冷えたか、急に小便が近くなったアザコは、囲炉裏の灰を掘って榾《ほだ》の熱を起こし、屋船から盗んだ松鉢に火を灯した。

よつばり月はだいぶ傾き、森の陰の頂きに沈もうとしていた。

家の側壁に寄り添う「へ」の字屋根の厠に入ると、着物を捲って焼痕《しょうこん》に火を近づける。潰れた青《あお》蔓《かずら》の実のようなものが股の間にへばりつき、黒い焦げの鱗《うろこ》はひび割れからじくじくと汁を滲ませている。どこから小便が出るのかわからぬほど、酷い様になっていた。

茶粥に入っていた草のおかげか痛みはほとんどなくなっていたが、火傷の引き攣りで潮吹面《ひょっとこ》のように横を向いた口から小便をほとばしると百足《むかで》が這いずり出てきたような痛みが走った。血膿混じりの小便は長々と出続け、アザコは力《りき》み綱《つな》を掴みながら激痛に仰け反り、悶絶した。

くたくたになって厠を出ると、待ち構えていたように温い風が纏わりついてきた。無人の廃屋の戸ががたがたと鳴り、木々や草々がさんざめく。夜が沸き立つ。

ちりんちりん。

風の騒々しさを掻き分け、どこからか鈴の音が聞こえてきた。

なんて、寂しげで陰気な音だ。

ちりんちりん。

どこで鳴っているのかと見渡すと五、六丈向こうの闇の中、ぼんやりと橙の灯が浮いている。お宮の方だからヒコザエモンだと思ったが、灯は二つになり、三つ、四つ五つと増えていく。八つになった途端、すべての灯が一斉にふわりと宙に浮き、どこまでも高く高く浮き上がって小さくなり、やがて見えなくなった。

狐火だ。村から見たものと同じものだ。思っていたより楽しいものでもなく、近くで見るとなんとも昏く陰気な灯だった。

それにしても、狐とは空も飛べる生き物なのか。人と違って万能なのだな。

感心しつつ母屋に戻ると疲れが一気に畳みかけ、倒れ込むように眠りについた。

*

次に瞼を開いたのは翌日の正午《しょうご》。

ちょうど野良着《のらぎ》姿のヒコザエモンが外から帰ってきたところだった。

「よく寝ていたな」そういって下ろした背負い籠《しょ》には昨日の粥に入っていたような草がこんもり入っている。竈《かまど》を炊く準備を始めるヒコザエモンにアザコは深く頭を下げた。

「こんな時刻までぐだぐだと申し訳ない。仕事があれば申し付けてください。一宿一飯《いっしゅくいっぱん》の恩を返したい」

「よいよい、今、粥を温める。昼飯にしよう。昨日の残りもんで悪いがな。布団を畳んで待っておれ」と、籠の草を鷲《わし》掴むと等分の長さに千切って釜の中に入れていき、「ところで」と続ける。

「昨晩は外へ出たか？」

「――はい、厠に」

「何かを見たか」

「狐火を見ました」

そうか、と頷く。釜に味噌《みそ》の塊をぽとんと落とし、箸で溶くと途端によい匂いがしだした。

「珍しいもんじゃない。このあたりじゃ、ちょくちょく見る。それよりも、これからどうするんだ？」

これから。そうだった。これからのことを、ここを出てからのことを考えていなかった。返す言葉を舌の上で彷徨わせていると思わぬ助け船がきた。

「アザコさえよければ、どうするか決まるまでここにいたらいい」

「そんな……いいのですか」

「だめなら、朝一番で叩き起こして追い出しとる」

「――ならば、どうか、わたしに仕事を手伝わせてください」

働かねば飯を喰えない。寝床はない。雨風を凌ぐ家にも住めない。アザコが父親の元で飯を喰え、寝床を与えられ、雨風を凌げたのも、体を売るという仕事があったからだ。ここでは体を求められることはない。だから、体を売る以外のことならなんでもやりたかった。

「手伝って欲しいことは、とくにないな」

「ですが米を買うには銭が要りましょう？　銭は仕事が生むもの。ヒコザエモンには何か仕事があるはずです。そのお手伝いをさせてもらいたいのですよ。荷物持ちでも使いでもなんでもいたしましょう。それとも、ヒコザエモンの仕事は、この幼い半端者《はんぱもの》の身では難しいことなのですか？」

長杓文字《ながしゃもじ》で掻き回して粥の具合を見ながらヒコザエモンはいった。

「米はな、鬼から貰っている」

「なんと？」

「鬼だ。鬼がわしに米を届けてくれとる」

冗談をいっている顔ではない。アザコにはそう見えた。

「あなたの同居人は鬼なのですか？」

「同居はしておらん。いろんな鬼が出入りし、いろいろやってくれとる」

アザコはたった今まで思い出せなかった昨晩の夢を思い出す。貌のない闇に見下ろされ、聲《こえ》無き聲で、表情《かお》無き貌で嗤われた夢を。あの悪夢が精彩を帯びて夢の隙間から現へ這いださんとしている。

「自分でできることは自分でやりたいほうでな。

醤油《しょうゆ》作りや釣瓶《つるべ》の修理なんかは得意なほうだ。だが、爺一人で得るには難しいものもあってな。そういうものはすべて鬼どもが用意してくれる。冬籠りの時期には沢山の薪と炭を置いていってくれる。肉が欲しくなると猪や兎を家の前に置いておいてくれる。鹿や馬が届くこともある。丁寧《ていねい》に肝を抜いてくれるからごみも出ずに済む。ごみといえば、わしは掃き掃除もあまり得意でない。それも鬼がしてくれとる。魚が喰いたければ漁村から干物を盗んできてくれる。年寄りの腑《はら》には冷えるで生魚は喰わんが、欲しいといえば持ってくるはずだ。行商から物を買ったことなど一度とてないし、そういう者は首のついたままここへ辿《たど》りつくのは稀《まれ》だ。どうしても物入りで都に行かねばならぬ時は銭も足も用意してくれる。石臼の置き場所を変えたいといえば動かしてくれる。今や鬼は、わしの生きる糧だ。もう何年もそんな生活をしている。うちの釜が大きいのはそんな鬼たちに飯を振る舞うことがあるからだよ。鬼は有り難いことに独《ひと》りもんの爺の孤独さえもなんとかしてくれる」

告白がすべて真実なら、昨晩抱いた幾つかの疑問は解けた。解けたのだが、しっくりくるはずもない。

「鬼の集《つど》う処。それがここ鬼常叢だとあなたは教えくれましたが、ここには鬼どころか人も化け物も見ない。あなたがいるだけです。しかし、何様かの介助を受けていることは真《まこと》のようですが」

「鬼はいるじゃないか。ほれ、目の前に」

「もう、その冗談は飽きました」

「いったろ、わしも鬼だと」

「わたしの知る限りでは、鬼とは良くないものに使われる呼称。ならば、あなたは違う。鬼などでは到底ありえないほどに優しく穏やかだ。それに鬼なら角があるはずでしょう」

「鬼と関わる者も、また鬼なんだよ。角がなくてもな」

　両手の人差し指を頭の上に立て、おどけて見せる。

「なぜです」アザコは強い口調になった。「そんなにわたしが仕事を手伝うのがお嫌ですか」

「そうはいっとらん。落ち着け、アザコ」

「なるほど、そうですか。わたしの話を端から信じてはいないのですね。二十歳なんぞといってはいるが、所詮は棄てられた餓鬼の吹いた駄法螺《だぼら》だと。本当のところは見た目通りの童子なのだと」

　珍しくアザコが他者へ感情をぶつけたのも理由がある。呪われた身のせいで半人前にも見られぬ月日を長く過ごしてきたからこその悲憤慷慨《ひふんこうがい》。大人になりきれぬ半端者の扱いなら、童子たちに鬼子と誹《そし》られているのと変わらない。早く一人前になりたいのに、二十歳という節目《ふしめ》を迎えてもなお、その扱いは女子、幼子、童子、すなわち弱者。しかし一方、アザコの精神《こころ》は着実に歳を重ねている。大きく育った精神《こころ》は、せせこましい身体の中に押し込められ、いつだってはち切れんばかりに切歯《せっし》扼腕《やくわん》していた。

　仕方がない、という表情をヒコザエモンは覗かせた。

「お宮へ連れて行こう。見ればわかってくれるだろうよ」

「見れば？　今、あのお宮にいますか。鬼が」

「今はおらんよ。こんな時分にはな。まあ……うん、予定通りか。さ、喰え喰え。今日は味噌を濃くしたから、昨日の晩のよりはいい味にできたぞ」

　粥を入れた椀を渡された。今日のは甘い匂いがした。

＊

念仏のような声が聞こえる。

蚊の羽音、遠雷の唸り、溺れる者の喘ぎ、それらを綯《な》うような不快な抑揚を持つ声は、とても人から発せられているとは思えない。

強い眠気と臆病心が、まだ寝ていろよと瞼に重い錠《じょう》を掛けている。起きねばならぬ理由――という鍵《かぎ》を探す。今はいつだ。いつ寝た。いつまで起きていた。夜霧に霞む森のように記憶が曖昧模糊《あいまいもこ》としている。

確か……そうだ。目覚めたのだ。さっき目覚めたばかりだ。目覚めたばかりなのに、どうしてまた目覚めなくてはならない。さっき、目覚めて自分は何をした。そうだ。粥だ。粥を喰った。思い出したぞ。ヒコザエモンの粥を喰った。喰っている最中、箸がうまく持てなくなって、何度も取り落とし、しっかりしろといわれながら意識が遠のいていって、椀を落として粥を零し、ごめんなさいと謝りながら強い眠気に襲われて――。

探していた鍵を見つけだし、それを拾って瞼の錠前を開ける。

広さはわからない。間の中央を橙の明かりが照らし出し、その明かりの周りは底無しの崖であるかのように、どん暗い。

明かりのど真ん中に祭壇のようなものが設《しつら》えられている。黒い布と真菰を編んだものを重ねて敷いた猫脚の経机《きょうづくえ》。御幣《ごへい》を突き立てた山盛りの赤飯。平笊《ひらざる》に盛られた桑《くわ》の葉。香炉《こうろ》には赤く太い線香が三本立ち、死にゆく蚯蚓の動きで宙《ちゅう》をのたくる白い糸煙を燻《くゆ》らせている。

それらより一段高くされている中央に、一尺ほどの背丈の形状しがたい像がある。

置かれている位置、後ろの来迎壁《らいごうかべ》と来迎柱《らいごうばしら》からも、それが祭壇で祀られている本尊であることは明らかなのだが、赤い目を持つ白く歪《いびつ》な塊は崇拝を受けるに足る神威の欠片《かけら》も見えない。

間違いない。ここはオシラ様のお宮の中だ。

アザコはそこで後ろ手に縛られ、足も縛られて寝かされていた。

「よく眠っていたな」

不気味な念仏のような声が止まり、祭壇前に座していた綾織を纏うヒコザエモンは、複雑に指を絡めた異様な合掌《がっしょう》を解くとアザコに向いた。

「少し効きすぎたようだ」

「もう夜ですか」

「夜だ。深い時刻だ」

ヒコザエモンの顔つきは影のせいでか、まるで変わっていた。雑に削ぎ落としたような無骨《ぶこつ》な影を顔に刻み、瞼を押しのけて迫り出した目には剣呑《けんのん》な光が宿っている。


「これがオシラ様だ」

祭壇の白像のことをいっているのだろう。肥った白蛆に辛うじて手足と思しき突起がつき、赤いビードロ玉の目を嵌めこんだ頭は円盤状をしている。神様とは言い難い風貌だが、蚕の神だといわれると納得もいく。

「わたしをどうするつもりです？」

「どうもせんよ」

「どうもせんのに、なぜ縛りますか」

「そりゃあ、逃げ出さぬようにだ。手足が自由なら、お前さんはどうする」

「どうするもなにも、当然、逃げますでしょうね」

「ほらな。なら、これが正しい。それに確かめたいこともあったんでな」

淡々と答えるヒコザエモンの顔は、この場においては不器用さを晒していた。頬や瞼や口といった表情を作る部分を、歪め、震わせ、吊り上げてはみるものの、この動きでは到底表情になどなりきれず、その様はまるで人の顔を被ったものが皮の下で蠢いているような不自然なものにしかならなかった。

「まるで別人のようです」

「数刻前のわしと比べているのなら、残念ながら同じ爺だよ。ところで頭は痛くないか。ようく眠れる草を粥に混ぜたんだが、勘定が狂ってしまって少し入れ過ぎた。後で吐き気をもよおすかもしれん。そん時は遠慮せんといっとくれ。吐いたもんが喉や鼻に詰まっては大事だからな」

ヒコザエモンは咳《せき》を一つした。

「わしは人攫いだ」

こんな態様《たいよう》でありながら、ヒコザエモンの口から飛び出した物騒な言葉はアザコにとって意想外だった。人攫いと聞くと頭に浮かぶのは大きな叺《かます》を背負った巨漢で、間違っても目の前にいるような白髭を垂らした小兵《こひょう》の爺を思い浮かべない。

「なんだ。まさか人攫いも知らんのか」

黙っていたことが勘違いをさせたようだ。ヒコザエモンは呆れた顔をした。

「それほど世間を知らぬとはな。なんといえばいい。油取り、子取りと呼べばわかるか？　攫った童子の目ん玉をくり抜く、抜いた穴から血も抜いて、その血で皿の染《そ》め付けをする、そんなふうに伝えとるのはアザコの村ではなかったかな」

「人攫いはわかります。しかし、わたしの村では童子を攫っていくのは鬼布団だ」

「おお、おお、そっちだったか、こりゃ失敬失敬」

後ろ頭に手を置いて恥ずかしそうに笑う。

どう見てもどこにでもいる普通の爺だ。こんな人の良さそうな爺まで悪人だというのなら、人のなにを信じればいいのか。飢えと疲労で朦朧としていたとはいえ、山の中で出会った素性《すじょう》の知れぬ者を軽信《けいしん》してのこのこついていったことは確かに愚かだったが、これでは誰だって騙《だま》される。

「それじゃあ、わたしを助けて、ここまで連れてきたのは――そういうことですか」

「ああ。お前さんを助けてここに連れてきたのは、そういう理由《こと》だ」

今さらのように腑《ふ》の奥底から震えが這いあがってくる。その臆病な蟲は毛羽立った脚を忙しく動かして全身に広がっていき、膝を居と決めて留まり、口や頬の辺りを彷徨い、手の指先へと到達した。アザコは久しぶりに震えという蟲《むし》に支配されていた。

「そんな、そんな馬鹿な話はありません」お願いです、後生ですから、と哀れな声で縋《すが》りつく。「ヒコザエモン、縄を解いてください」

「ああ、解いてやるとも。用が済んだらな」

「その用が済んだら、わたしはとっくに屍《かばね》なのでしょう？」

「なぁ、アザコよ」

粘《ねば》つく声で呼びながら、ヒコザエモンがにじり寄ってくる。

なんとか上体を起こし、その接近を許してはならぬと後ずさるが、皺一つない艶《つや》やかな手が首元にまっすぐ伸ばされる。縊《くび》り殺される！　許してください、帰してください、と脚をばたつかせて懇願するアザコの頤《あご》を、ヒコザエモンは指で摘まむ。

「お前さんは、わしの欲しい童子ではなかった」

どういう意味なのか。強張《こわば》る顔を仰け反らせ、続く言葉を待つ。

「眠りこけてるあいだに調べさせてもらったよ。どうも、お前さんは本当に二十の男のようだ。他の者には見分けがつかんだろうが、わしは童子の身体をたくさん見とるでな。肌の刻んだ年輪を読めるんだ。アザコの肌は美しいが、わしの目からは隠しきれん。そうそう、焼き潰れた金玉と身体中の妙な筋も見たぞ。相当不憫《ふびん》な暮らしを送っとったんだな」

頤《あご》から指が離れ、目の前の顔が潰れるように歪んだ。嗤ったのだとわかった。

「わしが欲しいのは、よく脂がのった丈夫で快活な童子《ワラベコ》だ。若さはなにもかもが許される。大人になって阿保面、醜女《しこめ》と貶《けな》される顔も、童子ならば愛嬌《あいきょう》だと誉めそやされる。だから別に選んで攫うわけじゃあない。しかし、お前さんを見つけた時は、こりゃあ見つけもんだと思ったよ。そりゃあ、面輪《おもわ》も御髪《おぐし》も肌もきれいであればいうことはないからな。その点だけでいえば、お前さんはそこいらの童子とは比べもんにならんくらい、遥かに優れているんだが……なにぶん、材料は幼くなければ意味がないものでな。お前さんは外見は若いが中身は大人。それは、わしの求めるものじゃあない。温厚な爺を演じて見せ、飯や水を餌に釣り上げてはみたものの、今回はぁ無駄骨だったってぇことよ。あと十年、それだけ早く会えていればなぁ……」

口惜《くや》しそうにいうのでアザコは訊いてみた。

「もしわたしが、見たままの歳の童子だったら……」

「今ごろは逆さに吊るして血脂を絞り抜いているだろうな。それからワタをきれいにとって、いらん骨も取り除いて、立派な提灯にしとっただろう」

「ちょうちん？」

この場で出るには、あまりに違和感が強い響き。だからこそ凶兆《きょうちょう》を孕んでいる。童子で提灯を？　聞いたこともない！　儚《はかな》く小さい、大切な、かけがえのない童子の命を、どこの家にでもある安道《やすどう》具《ぐ》に変えるなんて！

「それは……確かに鬼の所業。ですが、ヒコザエモン、あなたは鬼ではないでしょうに。どこから見ても人ではありませんか。攫った童子を闇市場にでも売りさばくというのならまだわかります。いろいろ用途もありましょう。よい売り文句も作れましょう。あなたの懐《ふところ》も温かくなりましょう。ですが、童子をそんなつまらぬ道具の材料にするために攫って解体するなんて、いったいそれがなんの意味があるというんです。誰が嗤って得をするのです」

「本当に面白いな、お前さんは。どうしてもわしを善人にしたいらしい。よし、その善人の稼業《かぎょう》を見せてやる。天井だ。四隅《よすみ》から照らしている物をよく見るがいい」

天井四隅の虹梁《こうりょう》のあたりに、昨晩見たものと同じ橙《いろ》の丸い灯がともっている。目をよく凝《こ》らして灯の背に隠れているものへ目を注ぐと、アザコは「ヒッ」と声を上げた。

お宮の中を照らす四つの灯。

それは腹を丸く膨らませた裸児《はだかご》たちだった。膨れた腹に全身の皮を引っ張られ、両手足をつんと伸ばした童子は四人とも男児だった。ひとつは顎を前に突きだして顔を上向きにし、ひとつは俯《うつむ》き、落ち窪んだ眼窩《がんか》が影となり、半開きの口は乾いてひび割れている。ひとつは急須《きゅうす》のような口を上に向けて尖らせ、ふて腐れたような顔をしている。いずれも生気の漲りは僅かにも感じとれない。橙の灯は膨れた腹の中でぼんやりともっている。

ああ、なんてことだ。

童子が提灯になっている。

「まさか……作り物でしょう」

——いや、作り物なんかじゃない。

「ああ、作り物だ。童子で拵えた作り物だよ」

「なんてことを……いや、信じられません……だって人が、こんなことに……」

「なるわけがない、か？　なるんだよ、これが。人も作り物だからな。作られたものは繋ぎ目がある。解《ほど》きやすい。提灯は軽さが重要なんだ。脂と血を吊るし抜きし、ワタをきれいに抜いて腹の中も洗う。糞尿や胃の腑の中身も他の肝ごとまとめて抜き、頭を残して骨も抜いていくとだいぶ童子は軽くなる。身体は章魚《たこ》や水母のように柔らかくなるんだ。大人の身体だとこうはいかん。肉は十を過ぎる頃から固くなっていく一方だからな。童子の状態とわしの忙しさにもよるが、中抜きしたものは、なるたけ早く乾燥させる。穴という穴を塞いで蛆に潜り込まれぬようにし、三日ほど置いておく。すると外皮にちょうどいい具合の弾力と硬さが生まれる。この時、意地汚く髪の隙間に喰いついている蛆を楊枝《ようじ》でみんなとることも忘れちゃいかん。髪は剃ったほうが蛆蠅《うじばえ》は絡まぬが、髪も提灯飾りの一部なんでな。残すことが望まれる。その後は口から木屑《きくず》を詰め込む。棒を使って腹の奥までしっかり行き届くようにな。腹の皮が薄くなってはち切れる限界まで詰め込んだら、外側から分厚く蝋を塗る。全身に塗った蝋が固まった所で、長棒を口から尻にまっすぐ通して木屑を残らず出す。棒を入れる時に気をつけるのは、内《うち》肉《にく》に当てないことだ。穴から穴へまっすぐ通すために童子の身体を、やや弓形《ゆみなり》にさせる。そうして空っぽになったら口から手を突っ込んで腹の内皮にも蝋を塗る。このとき、爪や刷毛《はけ》の柄《え》で柔らかい肉壁《にくかべ》を傷付けてしまわないように気をつける。傷に脂が溜まって中から腐る原因になることがある。だから作業の中でもいちばん慎重《しんちょう》になるところだ。外塗り二年、中塗り五年といって、長年の修練が必要な技なんだよ。ここまでやれば出来上がったも同然だ。表側に塗った蝋を丁寧に剥がし取り、あとは童子から絞った脂を口から流して灯《ひ》種《だね》を入れる。すると、ぼんやりと腹の中に赤い灯がともる。それが、この童提灯だ」

童子で拵える提灯だから、童提灯。

その制作過程をヒコザエモンは滔々《とうとう》と、少し、ほんの少しだけ誇らしげに語ってみせた。怖くて表情《かお》を見れなかった。

完成までの手順は人の童子を材《ざい》としているとは思えぬほど形《かた》の如く。

「わたしが昨晩、外で見た灯は——」

「ああ、狐火なんかじゃあない。この童提灯の灯だ。昨日の晩は、わしが昔、世話してやった鬼たちが遊びに来ておってな。母屋《おもや》にはアザコが寝とったから飯は馳走してやれなんだが、前の晩に拵えた脳凝《みそこご》りを振る舞っておいた」

ああ、酷《ひど》い。名前でそれがどんなものか想像できてしまうのが厭だ。

「で、では、あれは鬼が……」

鬼が、あんなに傍まで来ていたということなのか。

あの鬼どもが提げていた提灯は、がらんどうになった童子たちだったのか。

「夜の闇が暗いのは、なにも人だけじゃない。鬼とて暗い。暗いと不便だ。月明かりも射《さ》さぬほど枝葉の屋根が厚い森で地蟲をとって喰らってる鬼もおる。明かりに群がってくる蟲を器用に舌で舐めとる鬼もおる。夜の長く険しい山道を下って人里へいきたい鬼もおる。だから明かりを、童提灯を欲しがる」

これまでのヒコザエモンの不可解な言動の意味がようやく理解できた。

ここは鬼の集う鬼常叢。

確かに鬼はいた。

本人が悪びれることなく告げているようにヒコザエモンと名乗るこの爺は、童子ばかりを狙う残忍、冷酷、無義道《もぎどう》な人攫いで間違いないのだろう。証拠は虚ろな双眸を天井へ向ける沈黙の被害者《わらべこ》たち。見た目は虫も殺せぬ善人面の爺だが、世にも悍《おぞ》ましい加工法で攫った童子を提灯に変えてしまう鬼畜職人。こいつはある意味、鬼よりおっかない爺だ。鬼に提灯を拵えてやり、引き換えに米や薪といった生きる糧を届けさせる。そんな浮世《うきよ》離れも甚だしい生活《くらし》を、この鬼常叢で続けてきたのだ。わざわざ遊びに来るほど鬼に慕われているなんて。何があったか知らないが、もうすっかり人の世とは決別し、限りなく鬼寄りの人となってしまったのだ。

どうして。まず、それだ。

「どうしてなんです。どうして人のあなたが鬼のために」

「どうして、か。お前さんの何倍も生きとる年寄りに畢生《ひっせい》の目的を語らせようってのに『どうして』とは……少々、約《つづ》めすぎた質問ではないか？　人心が鬼心へと傾いていく容なき変貌《へんぼう》、その過程を今ここで一口に語れと申すか。星廻りの悪戯としか思えぬ稀有《けう》な身体として生まれたアザコも、この二十年で数多くの苦杯《くはい》を喫《きっ》したはず。万言《まんげん》を用いても足りぬことを一口で語れといわれては困るだろうよ」

まさか、手足を縛られた状況で説教をされるとは思わなかった。ごめんなさい、と素直に謝った。

「まあ、強いていうなら、源泉は恨み、憎しみ。単純なもんだ」

恨み、憎しみ。それだけで人は心に鬼を宿せるものなのか。鬼子だ化け物だと身に覚えのまったくない称《しょう》で呼ばれて仲間はずれにされ、見ず知らずの男らの相手を代わる代わるさせられて、親しい者を無残なやり方で自分から毟《むし》り取られても、まだアザコは人の心を失っていない、つもりだ。だいぶ擦り減ってはいるけれど、目の前の惨《むご》たらしい現実から目を背けるだけの心はまだ残っている、つもりだ。だから、ヒコザエモンが人の世にいる頃、どんなに辛い目にあったのかは想像もつかない。童子解体の段取りを酒々落々《しゃしゃらくらく》と語れる彼の人生経験の濃厚さを推《お》し量ることなどできない。身も心も萎縮《いしゅく》してしまったアザコは沈黙に口を結んでいた。

ヒコザエモンは寄った分だけ下がると、異境の神のような白像へと顔を向けた。

像の足下には赤黒い塊が無造作に置かれた盆がある。赤黒い塊から染み出ている不吉な黒い汁の小池の上には、小さい御幣のようなものが散らばっている。その前には異形の魚が三尾並べられていた。岩のような顔は潰れ、だらしなく口を開いている。虎魚《ヲコゼ》の干物だ。

「こんなもんを祀って、こんな暮らしを十年以上続けとる。正確な年月は忘れてしまった。わしが鬼常叢に住む前には別の者が童提灯を作って、オシラ様を祀りながら独りで暮らしとった。わしは引き継いだんだ。提灯作りと、このオシラ様のお宮をな。その前にも、そのずっと前にも、きっとそのずっとずっと前にも。もしかしたら、この世に鬼と人が生まれた遥か昔の頃より、鬼常叢に童提灯職人は存在していたのかもしれん」

何世代も連綿《れんめん》と繋がれてきた童提灯作り。それだけ童提灯が鬼に必要とされているということだ。いつから始まったかもわからぬ古く長い歴史の中、一体どれだけの童子たちが提灯にされたのだろうと思いを馳せる。

「鬼常叢に職人は一人ではないのかもしれん。鬼常叢と呼ばれる処は、ここだけではないかもしれん。かもしれん、かもしれん。それでいいんだ。わかる必要はない。知る意味がない。だから、わしが『どうして』こうなったのか、その経緯も語るまいよ。なぁに、本当につまらん話なんだよ、アザコ。きっとあくびが止まらなくなる。だからさ、お前さんの中で『こうかもしれん』と適当な話にしといてくれないかね」

「わかりました、訊きません。語ってもらえばあなたの外見まで変貌しそうだ」

提灯の明かりの届かぬ闇の中から本心を伝えた。「たいしたもんだな」ヒコザエモンは感心していた。「あんな提灯《もの》を見て、こんな告白を聞いても、お前さんの心はもう落ち着いている」

「落ち着いてなど……」首を振った。「あまりのことに言葉が出ないだけです」

「しかし、今は出とる。それにお前さんは把握《はあく》がはやいな。前に連れてきた娘っ子は――まあ幼いというのが大きいが――どんなに本物だといっても、あれを作り物だと疑っておった」

「無理もない。あんなものは学び舎《や》に通う童子だってきっと知りませんよ」

「まあ、本物だと知ったときは、おえおえと吐きながら泣き喚いていたがな。泣き方は汚いが可愛い顔をしとった。よい提灯になって、すぐに鬼が持っていったよ」

「わたしをどうするおつもりですか？」

肝心要の問題だ。ヒコザエモンはすっとぼけた表情を返す。

「提灯にはせんよ」

「提灯にはせんが……秘め事を知ったから殺す、ですか？」

「そんなに秘めとりゃせんだろ。むしろ大開帳中だ」

「鬼に食わせますか？」

うっく、と一度は耐えたが堪《こら》えることができず、ヒコザエモンは大声で嗤いだした。例の恐ろしい天狗嗤いだ。この嗤いだけはヒコザエモンを人から遠ざける。嗤いが響けば森中の草花は震え、木は次々横たわり、山は落石や土砂崩れを地鳴りでほのめかし、空は割れて剥落《はくらく》する、などということにはならないが、そうなってもなんら不思議ではない予感をぶつけてくる。お宮の中で所狭しとあちこちに跳ね返った声は、幾人ものヒコザエモンが嗤っているような錯覚をさせた。

「縄は解いてやるといったろう。提灯にもならん者をわしはどうする気もない」

「ならば、今すぐに縄を解いてください」

まあ待て、と掌を見せ、逸《はや》るアザコの言を制する。

「まずは、これからのことを話そうじゃないか」

「これからとはなんですか。縄を解いてくれればそれで終わりでしょう？　わたしは山を下りる。あなたはここで提灯を作っていればいい。わたしたち二人に、これからなんてものはありませんよ」

陽の下に放り出された蚯蚓のようにアザコは身じろぐ。

「お前さんはいったろう？　わしの仕事を手伝いたいと」

アザコは息を呑みこむ。

「それは……わたしに提灯作りを手伝えということですか？」

「お前さんがいいだしたことだぞ」

闇の中にぷかりと浮かぶ土左衛門《どざえもん》のような童提灯たちを見上げ、慄《おのの》きに揺らぐ瞳をヒコザエモンへ戻す。

「心に鬼を宿せと？」

「わしらは人の世から弾き出されたんだ。お前は俺たちの仲間じゃない、とな。追い詰められ、こんな山の中に入り込むしかなくなって……どうせ、お前さんも隠《かく》り世《よ》を彷徨うつもりでいたのだろう？　どうだ。無意味に死ぬより、鬼の傍で、鬼を演じて生きてみるのも悪くはあるまい」

「死ぬつもりで山へ入ったのではない。新天地を目指していたのです」

「どこを指しておるのかは知らぬが、それは人の世だろう？　なら、どこも同じだ」

　どこまでいっても人の世は同じ。あいかわらず自分たちを弾きだす。それでも安住の地を夢見て彷徨い続け、へとへとに疲れきったところで気づかされる。人の世にそんなものなどないのだと。気がついた時は、もう遅い。老いさらばえ、嘲《あざけ》り嗤われながら、人の海に溺れて、ずぶずぶと沈んでいくしかない。鬼常叢《ここ》は人の世という広い海のど真ん中に、ぽつんと浮かぶ絶海の孤島。人の世から離れ、人の醜さを鳥瞰《ちょうかん》することのできる処。ここに辿りつけたことは奇跡。運がいい。次は辿りつくことはできないかもしれない。たった一度の機会なのかも。それでもわざわざ、お前さんは人の世に戻りたいのかい。人であることを棄てられぬほど、人ってもんは価値があるのかい。

　夜の澱《よどみ》のようなヒコザエモンの眼は、確かにそういっていた。

「わたしが仕事を手伝うのを、あんなに拒んでいたじゃありませんか」

「あれを見せたら気持ちも変わるかもしれんだろ」自分の作品を顎でしゃくる。「本当のところをいえば、鬼の手は充分すぎるほどに足りとるが、人手のほうはまったくないんで助かる。なんだかんだいうても、わしもこう見えて人なのでな。人にしか頼めぬこと、伝わらぬこともあって、そういうことには難儀しとる。だからお前さんが鬼常叢に残ってくれるのなら嬉しいが、もちろん無理強いもせん。山を下りたければ、それもいいと思うぞ。三日ぐらいなら、あの母屋でよければ好きに使っていい。充分に疲れを落としきってから鬼常業を出るがよかろう。そうそう、明るいうちにな。夜は鬼と出くわすこともある」

言葉に嘘はないように思えた。

今、縄を解かれ、命と自由を返してもらえるのなら当然、こんなぶっ壊れた爺や鬼の棲む物騒な山などさっさと下りてしまって、人の世で人らしい人生をやり直したい。やり直したい。やり直したい？

本当か。

本当に、そう、したいのか。

アザコの中で、ある変化が起きていた。

狂気と畏怖《いふ》の暴風に消されまいと足掻《あが》き、身悶えていた精神が、いつからなのか、無風の中の燭火のように鎮まっていた。

自分たちと異なるというだけで鬼子の烙印《らくいん》を焼きつけた童子たち。歪んだ情欲に塗《まみ》れた肉を圧し掛け、突き上げ、絡めてきた客人ら。大切な者を虫けらみたいに殺した元火車童ども。自ら穢《けが》すだけでなく、酒と賭博と銭のために我が子を売った父親。彼らが生きる人の世に、自分は本当に戻りたいのだろうか。

奥底に溜まっていた黒い澱《おり》が、ゆっくりと這いあがってくる。それは心身が蝕まれ、囚われてしまわぬようにと掃《は》き溜《だ》めに払い落してきた、これまでに抱いた黒い感情。何度も棒で掻き回され、舞い上がりそうになったがそうならぬよう必死に抑えてきた感情《もの》。実は何度も頭をもたげ、そのたびに抑えこんできた害意、憎悪、復讐心、殺意。それらの触手は今まで守り続けてきた無垢《むく》の精神へと無慈悲にも伸ばされ、無数の蛇が絡まり合う玉のように黒く醜く肥大していく。

思っていたより、悪い感じではなかった。

アザコの感情の変異を、目の前の爺は蝶《ちょう》の羽化を見守るように冷静に見つめている。

「なんだ、とっくに鬼が宿っているじゃないか」

「鬼常叢に残ります」

おお、とヒコザエモンが嬉しそうな声を上げる。まことか、と笑む。

「ですから、もういいでしょう。縄をほどいてください」

「いや、待っとくれ」

「まだなにかありますか」

「これから、お前さんに鬼を見せる」

アザコは放とうとしていた言葉を飲み込む。

「鬼常叢《ここ》で暮らす以上、鬼と関わらなくてはならん。しかし、鬼の姿を見れば、お前さんは間違いなく怯《おび》え、震えだし、叫ぶ。逃げ出そうとするかもしれない」

「ここは鬼の居る山。心構えはできています」

「心構え？　そんなものはなんの役にも立たん。山崩れで傘をさすのと同じくらいにな。お前さんはわかっちゃいない。鬼は元々人だったもの。どこかに人の名残りがある。人を残した悍ましさというものを想像できるか？　鬼の姿を見た者の多くは正気を失う。高い熱を出した者もいる。恐ろしさで心の臓が停まった者もいる」

こんな者もいる、あんな者もいる。鬼の恐ろしさを伝えるために、過去の犠牲者に起こった悲劇を捲し立てる。

「縄を解かぬのはアザコが逃げ出さんようにだ。鬼は逃げる者を追う癖があってな。遊んだことはなくとも知っておるだろ？　鬼ごっこ。かくれんぼ。鬼は逃げ隠れする者を追いかけ、捕まえたいという習性、本能を持つ。これは抑えが利かんもんらしい。猫にねこじゃらしだ。逃げるお前さんをどこまでも追いかけ、爪を引っかけたり、押してみたり、吊り下げたり、転がしたり、ちょいとつまみ食いしたりと遊び道具にし、バラバラにしてしまうやもしれん。だから」

もう少しだけ我慢してくれな、すまなそうにいう。そうまでいわれて、今すぐ解けとはいえない。この縄は自由を奪ってどうにかしようというものではなく、鬼に殺されないための命綱のようなものなのだ。しかし、ここまで煽り立てておいて、さあ、これから鬼とご対面、というのもけったいな話である。

「さすがに心の臓が停まるというのは大袈裟な喩えなのでしょう？」

「しっ」

ヒコザエモンの目が猛禽《もうきん》のそれになる。風の流れを。獲物の影を。敵の気配を。生きるために察知する眼に。それは今から訪れる客を迎え入れるための準備《よそおい》。

「来るぞ」
鬼が――。

ざ、ざ。

ざ、ざざ、ざ。

お宮の外から土を踏む音がする。

ざ、ざ、ざざ。す。す。

す。す、すー。すーーー。

戸を擦《こす》る音。

す、す、すーー。

すー、す、す、す――かり。かりかり。かり、こりこりこり。

戸を硬いもので掻く音。抉《こじ》る音。

鬼の訪問は想像していたより静かだった。恐ろしい声を張り上げるでもなく、乱暴に戸を殴り、爪で掻き毟るでもなく、枯れ葉の下の蟋蟀《こおろぎ》の身じろぎのような幽《かす》かな音で、傍にいることを徐《そろり》と伝えてくる。それがよりアザコの恐怖心を啄《ついば》み、背筋を粟立《あわだ》たせた。

「爪を持った鬼か。ならば手も腕もあるな」

「なぜ開けないんです。用があるなら開ければいい」

「そうだな。なかなか開けんな」

「我々を脅しているのでは。それとも戸を開けることもできぬほど鬼とは」

「馬鹿じゃないよ。かしこいともいえんがな。こやつはおそらく目が見えぬか、元々の性格がこういう奴だったんだろ。ほれ」

病床《びょうしょう》の呻きに似た音をさせ、お宮の戸がゆっくりと開く。

「よく来たな。提灯か。それとも、肝か、髪か」

夜を細長く切り取った隙間から、赤い棒がにょっきり出てきた。

先がやや反り、胡瓜《きゅうり》の棘《とげ》のようなぶつぶつがある。その下から紙の破れたぼろぼろの弓張提灯と、それを持つ牛蒡《ごぼう》のような腕が。破れ目から陰火の舌をちょろちょろと出した提灯には金魚の絵が描かれている。提灯を持った手はお宮の中を窺うように右に左に振られ、赤い棒に引っ張られるように、疣《いぼ》で覆われた塊が現れる。それが顔とわかるのにしばらくかかった。顔も赤いが鼻ほどの純粋な赤でなく、野晒《のざらし》の獣の死骸から腐血を掬い取って熟柿《じゅくし》に塗りたくったような赤だ。顔の真ん中から伸びる棒は鼻のようで、根元に深黄色《こききいろ》の洟が蟷《かま》螂《きり》の卵のようにこびりついている。枯れ草色の眉の下の両瞼は、二度と開く気はないぞといわんばかりに垂れ下がり、片方は腫れあがって、もう片方は逆にへこんでいた。爛《ただ》れた唇は薄皮を破って珠《たま》状の肉瘤《にくりゅう》を並べており、鮭の卵のようになってぶら下がっている。

「天狗か」

ヒコザエモンは鼻に皺を作って顔をしかめた。

これが、天狗？

アザコの知っている天狗と何一つ重ならないそれは、戸を大きく開かず、わざわざ狭い隙間から無理やり身体を捻じ込もうとしていた。背丈は十二、三の童子ほど。糜爛《びらん》した身体には鼻と同色の薄傘の茸に似た瘤が生え重なっており、入る時にそれが戸の框《かまち》に引っかかってブルンと揺れ、もげ落ち、潰れて汁を滲み出す。赤黒い汁は瘤の迷路を彷徨いながら床に音を立てて滴り、流れた跡は黒いひび割れのように見えた。

「おいおい、あまり汚してくれるな。汁が垂れんよう、そっと来てくれ」

ヒコザエモンは慌てた身振りで天狗の動きを制した。

天狗は木の根っこのような足を引っ込め、闇の中に身体を戻した。おどおどした動きで戸の陰から鼻と顔を出したり引っ込めたりしている。

「ん、なんだ。お前さん、新顔か？　そうかそうか、じゃ、欲しいのは提灯だな。そんな襤褸《ぼろ》提灯を未練がましく持っとるとは。よしよし、ちょうど可愛いのができとるぞ。そこで待っとれ」

そういい残してヒコザエモンは祭壇の裏に姿を消す。

鬼と二人にされたアザコは、突如訪れた来客の異様さに打ちのめされていた。わなわなと唇を震わせながら、とば口から覗く赤い長鼻から目を離せない。

あれが鬼。

なんて醜いものだ。醜く、どこか卑屈で、そして、哀れさがある。

人の名残も確かにある。目や口は疣に押し遣られて拉《ひしゃ》げ、耳などどこにいったかもわからず、異形の鼻をそそり立たせてはいたが、まぎれもなく人だった。僅かに覗かせた腕や脚も直視に耐え難いことになっていたが、全身に叢生《そうせい》する茸状の瘤も、人を土壌に生えていることがわかる。

天狗は少しだけ顔を覗かせてアザコを見た。見たといっても目玉は肉の垂れ幕が覆い隠しているが、鬼の関心が自分へ向けられていることを感じたアザコは引き攣った顔で「お晩です」と、いつだったか愛想のいい行商が父親にしていた挨拶をやってみた。天狗はヒコザエモンのいいつけを守らなかった。闇の中から長すぎる腕をにゅうぅっと伸ばし、指先を触覚にしてアザコを触ろうとした。

「いけません、いけません」

アザコは尺取虫《しゃくとりむし》のように祭壇の方へと逃げる。鴉貝《からすがい》のような爪を被った指が童提灯の橙の明かりに触れると、その指先が霞んで向こうの柱が透けて見える。

「これ！」

その声で腕が引っ込んだ。

ヒコザエモンが張子人形のような裸のオショボ髪の娘を提げて奥から現れる。

「いきなり二人きりにしないでください、ヒコザエモン」

「二人にした覚えはないぞ。一人と一匹にはしたがな。おい、新顔の天狗。これを持っていけ」

ヒコザエモンの手から提げられたオショボ髪の娘は、虹か星でも見上げているような呆けた顔で天井に染み付く闇を見上げていた。瞼は開いているが眼窩に収まるものがなく、腹中に宿した灯を吐息のように洩らしている。足首には赤い紐で小さな鈴が下がっていた。

間近で見ると、これは美的価値を備えた工芸品なのだとわかる。

鬼は童子の口や尻から手を突っ込んで血脂や腑

を掻きだすと語る者もいたが、目の前の童子は血抜き、腑抜き、骨抜きが研ぎ澄まされた繊細な技術と指先によっておこなわれ、素材のうつくしさを壊さぬよう、丁寧に拵えられている。

研磨《けんま》を重ねたような肌はいやらしく照らし返さず、灯を擦りこんだように橙色を帯びている。乳房の膨らみもない、ほぼ平坦な胸の下で、広げられた臍《ほぞ》が可愛い渦を描き、家紋のような提灯の意匠《いしょう》となっている。

ただ、それはどこまでも物であり、人の容をした道具でしかない。

生命の迸《はし》り、息衝きをまるで感じない。それが提げて使う「物」であるという証に、童の盆の窪には縦に握りが取りつけられていた。

天狗は臆病猫のように爪先で窺いながら入ってくる。肩や顎の下に集落を作る平瘤《ひらこぶ》の房をぶらんぶらんと揺らし、片手には破れた襤褸提灯を提げ、引き摺るほど長い腕を前に伸ばして童提灯を受け取る。

これはいったいどうしたことか。

天狗の姿が背景に溶け込むように消え、そこには腹を灯らせた裸のオショボ娘だけが僅かに宙に浮いている。

「童提灯の灯は、鬼の姿を隠す」

吟ずるようにいうヒコザエモンの足下に、毬《いが》の爆ぜた栗や団栗《どんぐり》がごとごとと音を立てて散らばる。転げて逃げ回る団栗の騒がしさの真ん中に、黒い玉の集まった房が、ぽんぽんと二つ現れる。

「ほお、実付きのいい山葡萄《やまぶどう》まで。こいつはうまそうだ。こんなにたくさん拾い集めるのはたいへんだったろうに。大切に食おう、ありがとよ。そっちの破れ提灯はどうする？」

そういって虚空《こくう》を指さす。そこにある物を見捉えたように目を細めて。

「提灯は二つもいらん。お前さんの腕は二本だけだしな。置いていくか？」

ちり、ちりりん。

オショボ娘が振り子の動きで揺れ、足から下がる鈴が鳴る。

「そうかそうか、お前さんの大切なものなんだな。なら破れを直してやろう。明日の晩までには直しておいてやるぞ」

鈴が鳴り、破れ提灯が床の上に現れる。楮紙《こうぞがみ》の破れ目からちろちろと舌を出している火が、絵の中の金魚が尾びれを元気よく振っているように見せる。この鉢は狭いぞ、と文句をいっている。提灯が燃えてしまわないのは、この火がおそらく熱を持たぬからで、これはこれで面白いものだなとアザコは見ていた。

鈴の音を響かせながら夜の帳《とばり》に消える橙の灯を見送り、ヒコザエモンは静かに戸を閉めた。


「あれが鬼だ」

確かに……。確かに、あれは鬼だ。人が変化《へんげ》したもの。人の名残を残した異形。まぎれもなく、鬼でしかない、鬼としかいえない存在《もの》だった。

「髪吸鬼やヒダルのような目に見えぬ鬼は稀でな。ほとんどの鬼はああして人の目に映ってしまう」

ヒコザエモンは屈むと棘を摘《つま》んで栗を拾いあげる。

「鬼はその姿そのものが災いだ。毒だ。瘧《おこり》だ。人の目に晒されれば夜が割れるほど騒がしくなる。人のあの容貌を受け入れることのできる者など、人の世にはおらんからな。鬼の姿を見た者は猫も杓子《しゃくし》も逃げだし、鬼は生まれ持った習性に従って追いかける。その気もなかったのに手や足や首を引っこ抜いてしまうんだよ。だから、おちおち人里にも下りられんというわけだ。ところがだ」と、天井の童子たちに視線《め》を上げる。「わしの作る、これら童提灯は、なんと！　鬼の悍ましい姿をどろんと隠してくれる優れ物。この灯が触れた鬼の肌身は不思議議や不思議議、明かりの中に溶けてしまう」

己の口上めいた語りに酔うヒコザエモンに、アザコは白い目を向けた。

「溶けますか」

「ああ、溶ける。とはいっても肌身が蝋のようにどろりと溶けるわけではないぞ。鬼を形作る線、色が明かりに混ざりこむんだ。墨《すみ》が水に広がるように薄く広がるんだ。童提灯の灯を受けた鬼の肌身は消えて視えなくなる。人の目で捉えることが難しくなるんだな」

「なるほど。鬼にとって、これは晒す灯ではなく、隠す灯なのですね」

「鬼が何より隠したいものは、我が身、我が貌だからな。自分の顔の面皰《にきび》を自慢したがる娘はおらんだろ。童提灯を持てば灯の中におさまりきらん大入道も、すっぽり丸ごと消える。大釣り鐘でも十二単《ひとえ》でも、鬼が担いで、その身に纏ってさえいれば、なにもかも消してくれる。遠くからは提灯の灯か狐火に、近くでは裸の童子が歩いているようにしか視えないってわけだ」

昨晩、厠へ行くときに見た狐火も提灯で姿を隠した鬼の灯だ。夜陰の中、挙《こぞ》る灯の陰に隠れていたのだ。あそこで陰気と不穏を嗅ぎ取り、興味本位に近づかなかった自分の判断は正しかったということだ。

「それに鬼だなんだと怖がられても、所詮は生身、刃物や弾丸にはかなわん」

アザコの傍に団栗が転がってきた。

「その木の実みたいな鬼皮《おにかわ》に包まれとればいいが、今の天狗のように、どこかに引っ掛けただけでも破れて汁を垂らすほど脆く毀《こわ》れやすい鬼もいる。人に視られることは鬼も避けたいんだ」

それにしても、とヒコザエモンは横たわるアザコの前に胡坐《あぐら》をかく。

「本当にお前さんは肝が座っておるな」

感心された。今夜はこれで二度目だ。感心するより縄を解けとアザコは顔をもたげる。

「どんなに肝が据わっとる糞度胸だといっても、あれを見せられれば天地のひっくり返るような喚きを聞かせるもんだ。三月《みつき》前のよつばりの晩だったか、巨漢の力士どもが肩を並べて度胸試しに山を上がってきたんだが、鬼を見た途端、みんな揃って腰を抜かし、糞をひりおったぞ。それに比べて、アザコ、お前さんは」

「充分に恐ろしい思いをしましたよ。今だって、ほら。震えが止まらない」

「だが、もうこうして話ができとる。たいしたもんだ」

「それでも、しばらくは夢には見るでしょう。きっとそこでは悲鳴をあげる」

ほっほ、とヒコザエモンが肩を揺らして笑う。

「お前さんは何事も受け入れるのがはやいな」

それは、そうかもしれない。受け入れることしか許されない、そういう環境《ばしょ》で生きてきたのだ。今までは何もかもを受け入れてきた。受け入れ難いことも。受け入れたくないことも。受け入れなくてもいいことまで。この不調和《ちぐはぐ》な身で今まで生きてこられたことが、受け入れてきた証だった。

「ところで縄は」

「もう少しまっとくれ。昨晩、腹の破れた童提灯を見かけたんでな。そろそろ直してもらいに訪ねてくるはずだ。そいつというのがまた今の天狗など比べもんにならんほどのいい面構えでな。人の頃は有名旅館の美人女将《おかみ》だったそうだが、今は面の皮の下に万《よろず》の泥蚯蚓を住まわせとる。蚯蚓の塊の上で人の面の皮が波打つ姿は、さすがのお前さでも、どうかな」

　そういうことならば、とアザコは素直に縛られておくことにした。

「あの天狗は生きたまま鬼になったもんだ。ナマバケとわしは呼んでいる」

「また生々しい名を。生きても死んでも人は鬼になるのですね」

「わしのような鬼になりきれん半バケもおるがな。誰でも鬼にはなれる。もちろん条件はあるがな」

　まるで鬼になることを望む者がいるような言い方だ。

　いや。いるではないか。

　ヒコザエモンだ。この爺の所業は鬼そのもの。鬼と通じ、鬼に人を捧げている。鬼の世に根を張り、そこで鬼然として生きている。人の世を倦《う》んで鬼常叢に来たのなら、彼は鬼になるため、こんなことをしているのではないのか。

「興味があります。その条件というものに」

「容易《たやす》いことだ。人の心を切り離すんだ」

「……容易いことでしょうか」

「え？　ああ……そうか、うん、そうだな」いわれて気がついた、そんな顔をする。「なるほど、普通は容易いことではないかもしれん。人であることへの未練を完全に断ち切り、人の世との決別をするのだからな。うむ、普通は大変なことだ。そうか、そうか」

　自分はもう、その条件を満たしているとでもいわんばかりの口ぶりだが……いやしかし、それができていないからヒコザエモンは、まだ人のままで
――彼がいうところの半バケ――なのではないか。

「あの天狗は、それができたんですね」

「そういうことになるな」

「どんな人生を送ってきたのか、想像もつきません

「そうか。わしはつくぞ」

今度は本当か。表情《かお》を覗きこむ。覗きこまなくても転がされているから芋虫の目線なのだが。とにかく今は知ったかぶりの表情《かお》をしてはいなかった。

「想像がつきますか。あの鬼とは初対面なのでしょう？」

「あの天狗がまだ人だった頃、いったいどんな生き方をしていたのか、どうやって鬼になることができたのか、だろ？　なら想像してみよう」

天狗が天狗になるに至ったその経緯を、ヒコザエモンは語りだす。

あくまで想像で。

「それにはまず、ある病について語らねばならんだろう。天狗という鬼は、赤鼻《あかばな》病なる腐り病に罹《かか》り、人里を追い出された者のなれの果てだ」

「赤鼻……そのままなのですね」

聞いたことのない病だ。風土病だろうか。

アザコが知らぬのも無理はない。この病の名はアザコの暮らしていた漁村とは反対に位置する山向こうの村でのみ使われているもので、その村では口にするのも厭わしいとされている忌み語だった。山を越えて来ることなど到底ないはずの病の名。

「赤鼻病は人の世の病ではない。人の欲が常世《とこよ》から呼び込んだ病だ」

発祥は山麓付近の森。そこには梅悪《ばいあく》という名の巨蜂《おおばち》が棲み、巣を拵える場所がある。その一帯では、黄金色をした赤子の頭ほどの巣が大樹に鈴生りになっている。金無垢蔵《きんむくぐら》と呼ばれるこの巣からは、あらゆる美酒を聞《きこ》し召《め》し、あらゆる美肴《びこう》を飽食する、贅《ぜい》の限りを尽くした御大尽《おだいじん》が名を聞くだけで涎が止まらず、どんな銘菓珍菓も足下には及ばぬと放言する、黄金色の蜂蜜《はちみつ》が採れる。これが世にいう「天鳳甘露《てんぽうかんろ》」である。いくら銭を積んでも手に入らぬ希少な蜜。生涯に一度でも口にできれば至極の福。

　これだけ希少なのには理由《わけ》がある。梅悪は蜂の姿で蜂に非ず。そういう容《かたち》をした、異境を本拠とする化け物だ。となれば当然、その巣に近づくのは命を知らぬ危険な行為。しかしながら、化け物といってもこの梅悪、親指ほどの虫けらの如きもの。いったい何が危険なのか。

　この化け物が恐れられる理由、それは人に蛹《さなぎ》を産みつける習性にある。産卵場所に選ぶのは人の鼻。尻にある棘状の産吻《さんぷん》を鼻頭《はながしら》にぷすりと刺し、ぬるんぬるんと蛹を送りこむ。痛みはなく、痒《かゆ》みもない。ただし、蛹を寄生《い》れられた鼻は数刻後に赤く腫れあがり、熱と痛みに疼き、さながら天狗の鼻のように長く長く伸び脹れていく。そうして伸びやかに徒長《とちょう》した鼻は、鼻腔《あな》の入り口と奥に黄色い膿洟《うみばな》の堰《せき》ができ、これっぽっちも息を通さない。こうして鼻は蛹を孵《かえ》すための床《とこ》となり、産みつけられた蛹は三日四日で羽化していくが、人の鼻肉は厚く頑丈で、羽化したての蟲に破ることはかなわず。せっかく翅《つばさ》を得て生まれても飛び立つことなく死んでいく。ああ、なんという過《あやま》ち。とんでもない誤算。産みつけた親は、おそらくこの事実を露《つゆ》ほども知らぬ。あるまじき種の存続への大雑把《おおざっぱ》さだ。

　そうしたわけで、天狗の長い鼻の中には脚と翅を折り畳んだ梅悪の死骸が、瓜《うり》の種のようにびっしり収まっている。それでも鼻は腐り落ちることなく、梅悪の毒を孕む胎となり、膿を包みこんだ瘤を宿主が死ぬまで表皮に生み並べ続ける。

「人の欲は底が見えぬ。どこまでも深い。諦《あきら》めることを知らず、どんな手を使っても、なにがなんでも欲しい物を手にいれようとする者もいる」

ある地域を掌《つかさど》る御大尽の旦那は、金無垢蔵を採ってきた者には一生遊んで暮らせるだけの銭をやるぞと村々に宣する。生きたまま巣床にされるのをわかっていて、誰がわざわざ梅悪の森に近づこうだなどと考える？　この宣布もどうせ金持ちの道楽だろうと誰もが嗤って読み流し、歯牙にもかけずに素通りする。

しかしこの旦那、なかなかに狡賢《ずるがしこ》い男だった。こんな果《こと》になるのも重々承知の上。さらに多くの村々へと宣布し続ける。この世には、なにを犠牲にしてでも銭の欲しい者がいることを、よぉく知っていたからだ。

宣布は、とある貧しい村にも伝わった。ここでも手応《てごた》えは似たようなもの。銭は欲しいが命は惜しい。死んだら銭は使えねぇ。命あっての物種だ。我関せず焉《えん》。

そのような気運の中、ある家が、この旦那のお屋敷へ十になったばかりの一人娘を奉公に出すことを決める。寂しくなるねぇ、身体に気をつけてなぁ。はい、おかっつぁん。すまねぇなぁ、お前にゃ苦労かけるなぁ。稼いでくるよ、おとっつぁん。

おや、こいつはおかしな流れだ。強欲旦那が求めるは梅悪の巣。丁稚《でっち》奉公なんぞではない。いいや、これが旦那の望んだ流れ。これこそ思う壺。この家の親は汲み取ったのだ。強欲旦那の思惑を。

旦那は人の良さげな笑みをたっぷりと面の皮に浮かべ、丁稚娘を迎え入れた。美味い飯を毎晩腹いっぱい喰わせ、きれいな着物《べべ》を着せて、かわいい髪飾りもつけてやって、飴でも買えと小遣いまでやる。無茶な仕事なんぞはさせやしない。無理をするな、疲れてねぇか、寒くねぇか、これでも着てろ、たんと喰え。なんていい旦那さまじゃろう、丁稚の娘子は、本当によい奉公先につけたと喜んだ。

　さてさて。充分に丁稚の娘子がなついたところで、旦那は謀《たばかり》を実行に移す。難しいことじゃあない。ある日、丁稚の娘子の耳元で、こんな言葉を囁くだけだ。

「ひとつ頼まれてくんねぇか」

　旦那は端から決めていた。火中の栗を拾うのは、真《しん》を聞かせぬ童子だと。こんな旦那に少しでも恩義を返したい丁稚の娘子は笑顔で頷くと、与えられた役立たずな蜂採り道具を身につけて山麓の森へと向かっていった。

「なんとも哀れ。なんとも酷《むご》い。この娘子がいくら孝行者で、素直で真面目な清らかなる心の持ち主だからといって、化け物にはどうでもいいことだったんだ」

　数日後、娘子はふらふらになりながら、真っ赤に腫れあがったボテ鼻と黄金色の巣を旦那の屋敷に持ち帰る。

　これはすごいぞ、大手柄。旦那は踊って喜んだ。けれども病持《やみも》ち丁稚はもういらぬ。ろくに医者にも看《み》させてやらず、雀《すずめ》の涙ほどの賃金《ぜに》を握らせ郷里へ帰す。

　顔の真ん中に突き立った、唐紅《からくれない》の天狗鼻。それを見た故郷の村人たちは、伝染《はや》り病を持ち帰ったと大騒ぎ。家族のためだ、村《みんな》のためだと娘子を村から追放しようとする。やんだぁ、やんだよ、おとっつぁん、おかっつぁん、ワァはこの村で暮らしてぇ。泣いて喚いて戻ろうとする娘子を、怖い顔した村人たちが村の入り口で待ち構え、憎悪と怯えの顔で石や空桶を投げつける。帰《け》ぇってくるな、入《へ》ぇってくるな、その赤っ鼻がわしらに伝染《うつ》る、疫鬼《えやみのおに》は村に入っちゃなんね、あっちいけ、どっかいけ。罵声と石を浴びせる怖い面の中に、おとっつぁん、おかっつぁんの面もあった。

帰る場所を失った赤鼻の娘子は、しくしくめそめそ泣きながら山へ逃げ込む。破れた着物の切れ端で、赤っ鼻の伸びた顔を包み隠して。喉が乾けば這いつくばって泥水を啜《すす》り、自分の小便を掬って飲んだ。腹が空いたら飛蝗《ばった》や草鞋虫《わらじむし》や竈馬《べんじょこおろぎ》を捕まえて貪《むさぼ》り、それもいなければ着物の裾を噛んで、なんとかしのいだ。おちおち眠ることもできない。山犬の遠吠えはおっかないし、梟の囁きは気味が悪い。髪の中に大粒の蟻や虱《しらみ》がたかり、耳の中には百足が入る。目を醒ましたら鴉《からす》が柿と間違えて赤鼻を啄んで破いていることもある。おかげさんで身体は、泥だらけの傷だらけの蟻だらけの蛆だらけ。

　なんでなんじゃろ、なんでこんな目に遭うんじゃろ。おとっつぁんとおかっつぁんのためにワァは働きに行っとっただけじゃのに。旦那さまのために蜂の巣を採りにいっただけじゃのに。帰《け》ぇってみたら病《や》み者《もん》呼ばわり。稼いだ銭だけ毟られて、石投げられて追ん出された。ワァはなんも悪いことしてねぇよ。なんでワァだけが、こんなに苦しいんじゃ。こんなの厭じゃ、痛ぇし、寒《さみ》ぃし、ひもじいし、寂しぃよ。もう歩けねぇ……。ああ、痒ぃ痒ぃ。石ころ当たってぐっしゃり潰れた目ん玉が、むずむずむずむず、むず痒ぃ。

　潰れた目からは、涙の代わりに元気な米粒がぽろぽろと頬を転がり落ちる。土の上を跳ねる白い仔蟲《こむし》をぷちりぷちりと踏み潰し、恨めしい、恨めしいと吐き零す。恨みごとを吐くたび、着物《べべ》の中で何かが膨らむ。なんじゃろと胸を開くと、赤い茸みたいな平たい瘤が乳の上に影を落としている。ワァの身体は蜂の毒で腐るのじゃな。恨めしい。恨めしい。ぼこり、ぼこり、と瘤が生える。恨んでやる。恨んでやる。ワァの死ぬ日はそんなに遠くねぇ。死んだら必ずや鬼となり、奉公先の旦那さまも、石投げつけた村のもんたちも、ワァを売ったおとっつぁんもおかっつぁんも、みんなみんな、恨んで恨んで恨んでやっからな。手足をばらばらに引っこ抜いて、目ん玉もちゅるちゅる吸い取って、肝も髪も爪もなぁんも残さず喰らってやっからなぁ。

山の過酷さの中で育てられた恨みは、幼い人心をばくばくと食らい尽くし、娘子を生きたまま鬼にした。そうして、あの天狗という鬼が生まれた——。

「待ってください。あの鬼は……娘子なのですか?」

「娘子だよ。あれから人の部分見つけだすのは、そんじょそこらの判じ物より難しいが、これまで天狗には何十と提灯を渡しているでな。面を見れば元がどんな容だったのかは大体わかる。さっきの天狗は、かわいい娘子の欠片が鏤《ちりば》められとった。餅は膨らんでも餅だろう? あの娘子も醜く脹らんだだけだ」

ヒコザエモンの語った物語。これはけっして想像の物語などではない。今もどこかで起きている事実を暗に語っているのだ。天狗という鬼が何十もいるという現実は、その数だけ、これと同じことが起きていたという現実。化け物の蜜を童子に採りに行かせる黙契《もっけい》が、金持ちと親とのあいだで人知れず取り交わされているという現実。

人の鼻に仔を宿らせる梅悪なる化け物の存在も悍ましいが、実《げ》に悍ましきは人の欲。自身の欲を満たすため、年端《としは》もいかぬ余所の仔を危険に晒せる人という存在《もの》が悍ましい。病や死に過敏で臆病になり過ぎた結果、罪のない童子に一掬《いっきく》の同情も寄せず、石を投げつけて目を潰す、そんな、人を見失った大人たちが悍ましい。銭と飢えと村の総意に逆らえず、泣き縋る我が子に石を投げつけた親が悍ましい。親までが鬼だ疫鬼だと娘に癇声《かんごえ》を浴びせ、仇のように血走った目を向けてくる、そんな人の世など、もう常世も同じ。鬼に身をやつすしかないではないか。

「ここは人の世に戻れぬ者が流亡《るぼう》の末に辿りつく鬼常叢。間引かれた赤子、棄てられた年寄り、不幸な福助、何かの足りぬ者、何かの多い者、憑《つ》かれた者、患《わずら》った者。人の世という海に浮かんだのであれば、それらは皆、必ずここに流れついてくる」

「ヒコザエモン、たった今、わたしに不思議なことが起きています」

ほお、いってみろ、とヒコザエモンが膝を進めてきた。

「気がつけばわたしの中の怯えた感情は掻き消え、心臓《むね》の鳴り音はとても穏やかで……」アザコは目を瞑る。「こうして、あの鬼の姿を瞼の裏に思い描いても、目を逸らしたいとは思わない。醜いとは思わないんです。不思議だ」

不思議なことなどない、ヒコザエモンは言い切った。

「ようやっと、あの天狗と自分が同胞《はらから》だとわかったのさ」

「……わたしが、あの鬼と……同胞……？」

「鬼を産んだのはなんだ？　腐った人の世だ。この山の鬼はすべて、人の世という腐った胎の中から生み出された者たちだ。その同じ胎から、アザコ、お前さんも産み落とされたんだよ。山へ入ったそもそもの切っ掛けはなんだ？　その身体だろう？　歳を取らぬ肌身。肌に走る赤い継ぎ跡。たったそれだけのことで輪の外へ放り出す人の世など、おぬしに必要か？　もう要るまい。どうなんだ、アザコ。人をどう思う。人とは憎むべき生き物なんじゃないのか?」

アザコは答えなかった。

自分は人を恨み、憎んでいる。人の心を失わなかったのは、その感情を発露させることなく、奥底に溜め込んで抑えていたからだ。けれども今は、その感情は血の流れのように身体の中を経巡《へめぐ》り、弥増すばかりだ。その証拠に、童提灯を目の当たりにした時、肝を冷やされはしたが、可哀想だとは、ちいとも思わなかった。それは材料となったものが人の子だったからだ。自分に石を投げ、小便をぶっかけ、散々虐げてくれた童《わっぱ》どもと同じ生き物だからだ。

天狗の話も酷いものだったが、途中からは安心して聞けた。哀れな娘子が忌まわしい人の世と決別することができる、めでたい話だとわかったからだ。

ふと気がつく。さっきから自分は「人」という言葉をまるで他人事のように扱っている。「人」を人から離れた距離で見据えている。「人」という響きを忌み、蔑んでいる。「人」をそんなふうに感じる自分は、いったいなんなのだ。

ヒコザエモンは木の実を拾って祭壇に供えるとアザコの縄を解いた。

「もう、よいのですか」

「殺さんでいいと、わかったしな」

「やはり、そのおつもりでしたか」

「人への未練が残っていれば、いずれはあっちが恋しくなって鬼常叢《ここ》を逃げ出すやもしれん。人里で童提灯のことでも漏らされれば、いきり立った有象無象《うぞうむぞう》が押し寄せて山の平穏を乱さんともかぎらんしな」

手足の首に刻まれた轍《わだち》のような縄跡を摩《さす》りながら、自分は試されていたんだな、と自得した。

「アザコは他にも足りぬものがあるんだったな」

「ああ、これのことですか」

と、着物の裾をたくし上げた。

ヒコザエモンは目を伏せる。

「なんと、酷《むご》いことだ」

「自分で焼き潰したんです」

「他の童子のものをつけてやろうか。ちょうど味噌に漬けたばかりのものがある」

「――味噌漬け、ですか」

「金玉を好物にしとる鬼がいるでな」

「いや」

いりません、と頭《かぶり》を振った。

味噌に漬け込まれているからではない。それが、ある故に生まれる欲を散々見てきたからだ。あんなちっぽけなものが、人の欲を悍ましいまでに漲らせる。あのちっぽけなものから罪が生まれ、憎しみが生まれ、不幸が生まれることがあるのを、身をもって知っている。小便さえできれば、なにもついていなくていい。

「それならば、残っている焦げ滓もこそげ落としておくといい。待っとれ」ヒコザエモンは祭壇の裏へ回ると小さい鉄のへらを持って戻ってきた。

「そんなところを小便がついたまま放っておけば大変だぞ」

「いや、いいです。ちゃんと洗いますから」

「大丈夫だ。そこまで焦げていれば痛みも少ない。いいのか？ 寝ているあいだに虫が棲みついて卵を産むぞ。そこに山の陰気が蟠り、腫れて割れて中身を晒して捲れあがって、化《な》りたくもない姿形の鬼になるぞ。厭だろ？ 腐れ茸や脹れた銀杏《ぎんなん》を引き摺って歩く鬼になるのは」

蛇蝎《だかつ》を見せるが如く厭な喩えをするのが本当に上手い爺だ。

鬼になること自体、それほど嫌悪はないが、股から化けて鬼になるのは厭だった。

「見ないでください」

アザコは鉄べらを受け取って背中を向けると着物の中に手を入れ、ザリザリと削りだした。未練がましく焦げこびり付いたものは、あっけなく落ちる。股の下に落ちた物は焼いた蜜柑《みかん》の皮のようだ。痛みはあったが火箸を当てた時ほどではない。それでも涙が出るほどには痛む。

名残をすべて落とすとアザコはヒコザエモンに真剣な眼を向けた。

「わたしにも手伝わさせてください」

童提灯作りを。

常《とこ》世《よ》跋《ばっ》渉《しょう》

鬼常叢《おにとこむら》での暮らしは皮肉にもアザコを、より人らしく生かしていた。

日々の仕事を与えられ、自分という存在に意味がもたらされる。これまで生きることに意味を与えられたのは、父親や客たちの肉欲を満たせる身体を持っていたからだ。彼らはこの未熟な身体にアザコの価値を見出していた。この身体だけが意味と価値を持つ日々をアザコは生かされていたのだ。

ところが鬼常叢へ来てみれば、この小さくて細い虚弱な身体のなんと不便なことよ。この身体の未熟さが、なんの意味も価値も持たない場所で生きられることの素晴らしさ。自分の手足が純粋に労働の力として必要とされる生活のなんと充実した時間であることか。

陽の明かるさも夜の暗さも、今のアザコには新鮮だ。それまでの夜は痛みと屈辱と恥辱の暗闇をもたらすもので、朝は苦痛に耐え忍ぶ一日がまた始まるぞと告げてくる昏い明かりをもたらすもの。それがどうだ。今ではわくわくするような一日の始まりと心地よい眠りを連れてきてくれる。

物陰に身を寄せず、背筋と手足をぴんと伸ばして誰の目を気にすることなく歩けることも嬉しかった。鬼だ化け物だと貶《おとし》める者も、ここにはいない。

なにしろ、山には自分なんぞ足下にも及ばぬ異形しかいないのだ。いつの間にか、アザコは人でないものから、もっとも人に近いものになっていた。

童提灯作りだが。

「お前さんにゃ、まだ早い。今はこの山を知り尽くし、鬼常叢に馴染《なじ》むことが先だ」

そういうわけで手伝わせてもらえず、アザコの仕事は目下、山の彼方此方《あちこち》に罠を仕掛けていくことだった。

もちろん、提灯の材料である童子を山の中へと誘い出すための罠だ。

童子もそうそう簡単に攫わせてはくれない。ヒコザエモンがもうあと二十は若ければ強引に攫うこともできただろうが、わざわざ人里まで下り、人目を忍んで暴れる童子を無理やり叺に押し込むなんて老骨を丸太でぶん殴るような荒い仕事は、さすがに年寄りには無理だった。かといって山に入ってくるまで、ただ手を拱《こまね》いているわけにもいかない。

「まずは美味い果実の生る木を山に増やしていくこと」

陽の当たりの良い場所、根の巡りが良さそうな場所、童子が見つけやすそうな場所を見つけ、柿や山女《あけび》の苗を植えていく。風通りの良い場所であれば、なお良い。山中に甘い実の生る木を増やしていくことで、甘い香りをのせた風が里へと吹き、腹を空かせた童子が匂いに誘われて山へ入ってくるという算段だ。諺《ことわざ》どおりなら柿の実が生るのは八年後。随分と地味で気の長い罠だが、ヒコザエモンが何年も前に植えた苗が今は立派に生長し、甘い実を鈴生りに実らせ、童子を誘い出すという役割を充分に果たしているのを見ると、もっとも着実で確実な罠であることがわかる。

またこうした果実は鬼たちの食い扶持にもなっていて、好んで肉を喰らうような鬼でも山の均衡を保つため、あえて一定期間だけ果実や地虫を喰う。新顔の天狗が栗や団栗《どんぐり》を持ってきたように、提灯の代金代わりに果実を収穫して持ってくる鬼もいる。山で果実が充実すれば鬼もわざわざ人里まで下りて米を盗み、肉や毛皮を得るために熊や猪と格闘するといった危険を冒《おか》さなくてもよくなる。鈍足で不器用な鬼でも童提灯を持つことができるというわけだ。とはいえ、そこに甘えるのは鬼になりたての新顔がほとんどで、ヒコザエモンと懇意《こんい》にしている鬼は手を抜くことなく、肉や米や油など生活に役立ちそうなものを考えて届けてくれる。苗も鬼が童提灯と引き換えに置いていったもので、保管場所となっている廃屋には一年中鬼が訪れ、無花果《いちじく》、蜜柑《みかん》、柘榴《ざくろ》などの苗を置いていき、植えきれなかったものは勿体《もったい》ないことに枯れてそのままにされている。

これはさらに地道で地味な罠になるが、石を転がし、花を植えるというものがある。

童子の目に付きそうな道端に変わった色形の石を転がし、珍しい色の花を植え、それらを餌に山の奥まで誘う。いかにもというか、文字通りの子供騙しな仕掛けなのだが、これがまた、かなり骨が折れる作業だった。

「わしゃ、これでいっつも腰を痛くする。そりゃそうだ。幽霊みたいにずっと下ばっか見て歩かにゃならんのだからな」

ヒコザエモンがぼやくのも無理もない。この罠はまず、山中を歩き回り、童子が興味を持ちそうな面白い色形の石ころや珍しい花を見つけ出す宝探しから始めなくてはならない。

山周りは貧村とまではいかずとも、稼ぎは摺り切り一杯、余裕のない村ばかりだ。御大尽の倅でもないかぎり、大抵の童子は玩具なんて贅沢なもんは買ってもらえない。遊び道具は道端にあるものを拾って工夫する。石はおはじきや石蹴りに使えるし、花は風車や花輪を拵《こしら》えられる。だから、山周りの村の童子たちは外へ遊びに出ると、まず何より先に石や草花を集めだす。より勝負に強く、より恰好のいい石を。より鮮やかで、より見栄《みば》えの良い花を。誰よりも良い物を。誰よりも先に。我劣《われおと》らじとお宝を探し求める。童子は大人より貪欲な生き物だ。己の欲に遠慮や恥を持ち込まない。競争心を剥き出しにする。

事ほど左様に欲深な童子たちがある日、不思議な形状《かたち》をした、きれいな輝きを放つ石を端無《はしな》くも見つけたら。誰も知らない、誰も見たことのない、桃源郷に咲くような極彩色の花と御目文字《おめもじ》が叶ったら。これが漁村なら、白い浜辺に燦然と瞬く、竜宮から流れ着いた瑠璃《るり》の如き貝殻あたりになるだろうか。そんなお宝が目の前の道の先に点々と落ちている光景に出会ってしまったら、どうするのか。おそらく、きっと、間違いなく、童子たちは目の色を変え、拾い集めることに夢中となり、時を忘れて奥へ奥へと進んでいってしまう。子取《ことり》、血取《ちとり》、油取《あぶらとり》の潜む奥へ。それらの手が届いてしまう領域《おく》へと。笊籠《ざるかご》の罠で捕まる雀と同じだ。こういう時の童子は周りが見えていない。気がついたら出口のない森の深奥だった、という果《こと》になる。

「誘いだすなら饅頭《まんじゅう》やビー玉のほうが手っ取り早いのでは？」

「童子を舐めとりゃせんか？　そんな罠には引っかからんよ」

「そうでしょうか。いつの世も菓子や玩具はどんな童子も欲しいものでしょう？」

「よく考えてもみろ。そんなもんが道端に転がっとるのは不自然だろ。あからさまに童子を誘ってるのが見え見えだ」

「ふむ、いわれてみれば、確かに」

「山の奥は追い剥ぎ、山賊、人攫いの根城があり、夜は鬼や化け物が跋扈している、そう親に脅かされてるんだ。どこどこで鬼隠しがあったとか、誰々が山へ入ったまま帰らねぇとか、隣村の娘子が異人に勾引《かどわ》かされたとか、嘘か真《ほんと》か定かでない物騒な噂も聞かされとるはずだ。寝小便癖のついた洟垂れ坊主だって山には用心しとるよ」

「それは用心しますね。では――」

「用心はしとるが、心惹《ひ》かれてもいる」

「饅頭やビー玉がなくとも、心惹かれますか」

「山には夢があるからな」

「夢」

「アザコはどこかに夢や憧れを持ったことはないか？」

「――ありますよ」

いつか、カイノと夢想した、未だ見ぬ遥か遠い場所《ところ》。

山よりも海よりも遠い、空の向こうに在る場所《せかい》。

「山に夢をもったことはありません。鬼と狐がいて、甘く美味しい山女が生り、死にもっとも近い場所、わたしの中ではそれくらいの場所でした。だから、夢や憧れまでは」

「そりゃ、お前さんに山を教えた者が悪いな。童子の多くは山を危険な場所であるとわかっておるが、その一方、楽しいもの、きれいなもの、美味いもの、心躍らせるものが仰山《ぎょうさん》ある場所だと夢見てもいる。一年中、甘い実を鈴生《すずな》りに生らせて枝を地につくほど御辞儀させている柿や枇杷《びわ》の木、相撲の強そうな、でかいクワガタやカブトがびっしりついて真っ黒になった椚《くぬぎ》、どこに糸を垂らしても大物が引っかかる入れ食いの沢や見たことのない草花が生える神秘の森、謎めいた洞窟《どうくつ》や意味深な標《しるべ》の道祖神の先には、鬼や化け物の隠し財宝があると夢を見とる。わしらは、そんな童子のかわいい夢を叶えてやるのさ。夢の頂きを眺め遣る童子の足下に、人里では見ることのない不思議な石ころを転がし、世にも珍しい色花を植えてやる。

夢の山裾の端を掴ませてやるんだ。夢の前では、いともたやすく目が眩《くら》む。しっかり背負いこんだ疑心さえも霞ませて、忘れ去ってしまうほどにな。童子にとっては、饅頭や玩具よりも、石ころや花のほうが夢があるってことだ」

童子は楽なもんだ。わざわざ広く危険な山を探して回らずとも、目の前にお宝を撒いてもらえるのだから。大変なのはそれをするアザコだ。いちばんの問題は、山の中には石や花は腐るほどあるが、お宝ほどのものとなると、これがまったく見つからないということ。ヒコザエモンは「とりあえず探し続けてみたらどうだ」と投げっぱなし。「山を知れば、山の方から導いてくれる」と訳知り顔で嘯《うそぶ》く。

石花などみんな同《おんな》じに見えるし、よく見ると完全に同じ石花はない。そもそも、童子がお宝と判じるほどに珍しく、変わった色形とはどのようなものをいうのか。よほど、他と違っているということか。

千万《ちよろず》の石花を埋もれさせた礫土《れきど》や草叢が人の世なら、異なるものがここまで探しづらいことはない。他と違うものは外へ弾かれ、孤立し、他との違いを際立たせる形で忌避《きひ》の目に晒される。自分はそうして人の群れから弾かれた身だ。そうならない石や花の世は、人の世よりよっぽど生きやすそうだ。

そんなことを考えながら珍花珍石を求めて山野を渉猟《しょうりょう》すること数日。そぞろ歩きにも飽きてきた頃だ。ちょいと一休みと偶々入った山葡萄の藪の奥でそれを見つけた。

猩々《しょうじょう》の血のような紅色の萼《がく》、蠢動《しゅんどう》する桃色の蕊《しべ》、薄氷のように透ける水縹《みはなだ》の花冠、瓣《はなびら》の一枚一枚に涅色《くりいろ》の銀杏の葉が刻まれた――まるで工芸品のような花だ。それが二十も三十も咲き乱れている。

お宝だ！　お宝の山だ！　こんなに美しくて毒々しい花は見たことがない！

根を千切らぬよう、一輪だけ丁寧に掘りだして持ち帰ってみたところ、それは鬼媒花《きばいか》だと教えられた。数年に一度、ごく稀に低木の茂みの奥に現れる、鬼が咲かせる名もなき妖花。虫や風がするように、鬼が蕊粉《しべこ》を運んだ花だ。どんな鬼が、どんな目的で、どんな方法を使って咲かせているかはわからないが、とても希少な花であるらしいことはヒコザエモンのはしゃぎっぷりからもわかった。

「よぉし、こいつは十人並みの娘子にゃ勿体ない。きれいな着物《べべ》を着せられて、玩具や菓子に飽き飽きしとるような、世間知らずな都暮らしの娘子にくれてやる」

驚異の発見は、これのみに止《とど》まらず。

ある日、朝霧に霞む森の奥を散策中、奇妙な岩を見つける。

大人が蹲《うずくま》ったほどの大きさで、粉を吹いているように白い。表面には柱状の結晶や条線が複雑に絡まり合ったような模様がある。傍で見ると表面の模様は、鳥や蛙と思しき小動物らの骨が無数に折り重なって岩と同化してできたものだとわかる。表面には他にも、肉が削げ落ち、ほぼガラのみになった鴉《からす》の毛羽立った死骸や、干乾《ひから》びて細い鎖のような骨を背中に浮きださせた蜥蜴の木乃伊が、押し付けたようにくっついている。緩やかに窪んでいる岩のてっぺんには、鼠のような動物の毛皮が中途半端にくっついて、風に弄《もてあそ》ばれながら黒毛の面と桃色の内皮の面を交互に見せている。辺りに腐臭が立ち込めているが、いの一番で寄ってきそうな蠅が一匹もいない。

どうしたらこんなことになるものかと、半日ほど草陰から見ていた。

　すると不思議な光景を見ることができた。

　鳥の群れで空が翳《かげ》ると、必ずその中の一羽が降りてきて岩の上にとまる。草叢から跳びだした蝦《が》蟇《ま》が岩の表面に貼りつく。鼻面をひくつかせながら現れた鼠がよじのぼって窪みの中に納まる。そうしているあいだにも間断なく黄金虫《こがねむし》や飛蝗《ばった》が飛んできてしがみつき、蝶が悠然と舞い降りて翅《はね》を休める。そして皆、そのまま動かなくなり、ゆっくりと時間をかけながら萎《しぼ》んで干物のようになって骨や殻だけが残る。その骨や殻もいずれは岩に同化し、複雑な模様の一部となる。骨や殻のない生き物は跡形もなくなってしまう。蠅が群がらないのも当然で、臭いに誘われて来るには来るが、来たそばから岩にとまってそのまま同化してしまうのだ。

　小動物の墓場だろうか。たとえば、山の生き物は自分の死期がわかると、死に場所に選んだこの岩へやってきて、自分の生きた証を模様として残す、とか。

　岩の下には自然に剥落したものか、平たい石片が積もっている。その親指ほどの一片に、あらゆる動物のあらゆる部位の骨が重なり合ってできた複雑な模様が刻まれている。それはまるで未知の生き物の骨のようであり、小動物の腑《はらわた》を写した図版のようでもあり、異国の文字の連なりや歯車や撥条《ぜんまい》を組んだ複雑な絡繰《からくり》の設計図にも見える。

　これぞ探し求めていた奇石だ！　アザコは喜んで拾い集めた。

　しかし後に、それが石ではないことを知る。

　奇岩の正体は、山の骨。

　歴代の提灯職人たちに、髑屍《ひだかばね》と呼ばれている現象だ。

　今、自分たちが暮らしている山は生きており、地下深くで脈を打っている。この地に遠い昔から存在している古きもの。その目的や意味は人の計り知れるものではないが、ごく稀に己の骨を地上に露出させることがある。露出した骨は生き物を誘う臭いを周囲に放ち、誘われた生き物は襞屍に身を寄せ、肌をなすりつけ、血肉や脂を吸いとられてしまい、最後は骨のみが岩の模様となって表面に残る。

驚異の発見の連続にヒコザエモンも舌を巻いた。

「いや、恐れ入ったな……。まさく鬼媒花《きばいか》と襞屍に遇《あ》うとは」

「すごいことなのですか」

「当然だ。わしがアザコに望んだのは孔雀尾草《くじゃくおぐさ》や蝙蝠《こうもり》石くらいのもんだ。それで充分、童子を山へ引けるからな。それだって探すのに数日はかかるというのに……まさか本物のお宝を見つけてくるとは思わなかったわい。わしなんぞ初めの頃は、半年も山を歩き回って、ようやく鬼媒花を一輪見つけられたんだぞ？　襞屍など……五年だ」

「偶々《たまたま》です。運が良かった」

「運だと？　そんなものじゃない。……まあ、花は……見つけづらい場所に咲くというだけの話だから運が良かったのかもしれん。しかし、襞屍は……運や経験や業《わざ》なんて関係ない。お前さんは山に認められたってことだ」

ヒコザエモンの言葉には明らかに妬《ねた》みが込められていた。この爺、山の上から人の世を俯瞰《ふかん》し、人生を達観しているかと思えば、わりと青臭いところもある。それが、ヒコザエモンに残された人らしさで、彼がまだ鬼になれない要因なのではないか。アザコはそう感じていた。

小動物の弱々しい足跡を路につける。柿を煮詰めて甘い匂いを垂れ流す。鼓《つづみ》と笙《しょう》で小囃子《ばやし》を演じる。道祖神に意味深な矢印を書く。童子を山へ誘う罠は数あれど、いちばんのお気に入りは、なんといっても父母鳥《ととかかどり》だ。

この鳥の巣がある森の中で毎早朝、アザコはデンボウ！　ハナカ！　ヤキスケ！　アヤマ！　ギンキチ！　ハンベエ！　と大声で名前を呼ぶ。これだけだから、楽でいい。

雲海から浮かびあがるように、お天道様が森の上に顔をのせる頃。枝葉に弾かれる旭光《きょっこう》の筋が、目を瞬《しばた》かせる瞬間《とき》。父母鳥は森を一斉に飛び立ち、人里へと降りていく。

里を飛び回っている時は鳥の習性に従って鳥らしい振る舞いをしているが、日の入りの頃になると鴉よりも先に空に陣取り、眼下に広がる鶸色《ひわいろ》の野辺に特徴のある鳴き声を落としながら、山へと敷かれる風にゆっくり翼を乗せる。

父母鳥たちには決まった鳴き声《ことば》はない。元気に「デンボウ」と鳴くものがあれば、寂しげに「ハナカ」と鳴くものがいる。かと思えば怒ったように「ヤキスケ」と鳴こうとし、急に「アヤマ」と優しげに鳴くかもしれないし、「ギンキチ」の響きが気にいったらそればかりを鳴き、でもいつ「ハンベエ」と鳴くことに心変わりをするやもしれない。

父母鳥は一日の始まりに聞いた音《こえ》を覚え、人里からの帰り際、そうして覚えた音《こえ》をすべて残らず吐き捨てていくように地上へと投下する。

その声は人の声に似る。大人の男と女、どちらも出せるから面白い。多くの村では、父母鳥の巣のある森で我が子の名を呼んではいけないといわれている。この鳥がその名を覚えてしまい、夕間《ゆうま》暮《ぐ》れになると名を呼びながら山へと帰っていくからだ。お外も暗くなってきた。ほら、蛙も鴉も鈴虫も鳴きだした。お腹も減ったし、さあ、お家に帰ろうか。夕闇に道を隠される前にと帰途《きと》につく足を速める童子の耳に、自分の名を呼ぶ母親の声が届くのだ。遅くなったから迎えに来てくれたのかな。何の疑いもなく声を追いかけていく童子は、それっきり、もう二度と家には帰らない。

これが父母鳥と呼ばれる所以だ。

アザコは里の童子たちの名など知らない。毎朝、父母鳥に覚えさせているのは適当に思いついた名で、偶然同じ名前の童子が引っかかれば儲けもの、そのくらいの感覚で仕掛けられるのが気楽だった。

こうした童子を山へ誘いだす罠は、代々受け継がれてきたものだ。その発想はいずれも童子という生き物の習性を利用したもので、時おり山中で見かける猟師の仕掛けた罠のように、童子《えもの》の行動をよく観察して考えられたものだ。それがたとえ稚拙《こどもだまし》に見えても強引に見えても、とにかく山の中にさえ誘いださせれば成功となる。

山に入って消えた童子は親もそうそうに諦める。飢えた山犬の群れの中に鹿の子が迷い込み、無事に戻ってくると信じるほど愚かではないからだ。

その諦め方にもいろいろあって。不幸な事故で死んでしまったものとして葬式を出す親。山のものになって生き続けていると都合のよい考え方をする親。元からいなかったものと切り捨てる親。そのうち帰ってくると楽観を装う親。運命を呪うだけでなにもしない親。カイノの母親のように混乱と憔悴《しょうすい》の果てに自ら死を選ぶ親。

もし母様《かかさま》が生きていたなら。アザコは考える。母様《かかさま》は、腹を痛めて産んだ我が子を。

どう、諦めるのだろう。

＊

「今日は童子、獲るところを見にいってみるか？」

いつだかアザコの見つけた襲屍の欠片を使い、鬼が童子を攫うところを目の前で見ようというのだ。童子《えもの》の観察だ、とヒコザエモンは年甲斐もなく無邪気なはしゃぎっぷりを見せるが、やることは無邪気どころか人面獣心の所業。

　麓《ふもと》の村の一つに目をつけて、あまり目立たず、それでいて目ざとい童子なら絶対目に付くような細い猫道《ねこみち》の端っこに、複雑模様の襞屁の欠片を置いておく。拾って顔を上げた視線の先にも置いておく。そのまた少し離れたところにも置いておく。そうして、だんだん山のほうへと導いていく。導く路は家屋も人気《ひとけ》もない寂しい路。薄路《すすきみち》や昏い竹林が童子を隠す路。夕闇が舞い降りると容赦ない昏さに染め上げられる路。人里と山の境の辻を抜けたあたりから、童子たちの小さな足跡が路から消える。そこから先は童子の入る領域ではない。童子の足跡の代わりに増えるのは道標《みちしるべ》。山を安全に越えるために大人たちが置いたものだ。隘路、岐路《きろ》、枝道が現れるたびに、杭に板を打ち付けた道標、石に刻まれた道標、常夜灯《じょうやとう》のついた道標が姿を見せる。童子はそうした標のないほうの路へと誘い出す必要がある。山下りの行商、あるいは炭焼きや杣人《そまびと》、猟師といった山仕事の大人と出会ってしまえば、童子がこんな所でなにをしてる、と追い返されてしまうからだ。それに万が一、途中で童子が気づいて踵を返しても、標がなければ里へ戻る路も失う、というわけだ。

　二人が張るのは、鬼隠しが起きる場所。そのすぐ傍の草薮。

　これから、目の前で童子が攫われる。

　童子を攫うのはヒコザエモンの役目ではない。今や彼の仕事は童提灯作りと弟子《アザコ》への指南。弟子の仕事は当面、攫いやすい人目のない処まで童子を誘引すること。となれば、童子を攫うのは、あれしかいない。

「来たぞ」

襞屍の道標《わな》にまんまと導かれ、童子がやって来た。

薄汚い綴《つづ》れ衣を着た、十をいくかいかずの男の童子だ。痩せっぽちの色白で、洟を擦り過ぎて鼻の下が黒ずんでいる。衣の腹裾を捲り上げて器にした中に、拾い集めた襞屍の欠片を溜め、元々出目がちの目をぎょろっと剥いて、他にも落ちていないかと、あちこちに視線を振っている。

最後に置いた襞屍の欠片を見つけると「おお」と歓喜の声をあげ、すぐさま拾って腹の器に放り込む。もう落ちていないかときょろきょろする。まだ気づいていない。自分が、もう帰れないという事実に。

そこに、それは現れる。

空から唐突に下りてきたそれは、桑色に染まった筒状の布団だ。

布団は降り立ったと同時に童子を頭の上からずっぽり包み込み、かと思うと跳ねるように山の上へと飛んで行ってしまった。少し遅れて童子の手から落ちた襞屍の破片が、ぱらぱらと雹《ひょう》のような音を散らして広範囲に渡って降り注いだ。

「〝染み〟の仕事は、とにかくはやい」

「ほんとうです。せっかく麓まで下りたのに」

「子取の仕事は、はやい鬼に任せるに限るんだよ。えっちらおっちらやっとる鬼は、運んどるあいだに喰いたくなっちまったり解体《ばら》してみたくなったりする。届いた時には髪の毛しか残っとらんこともあった。〝染み〟なら傷を付けずに持ってきてくれる」

童子を攫った桑色の布団は、漁村では鬼布団と呼ばれている鬼だ。

ヒコザエモンはそれを「染み」と呼んでいた。

病や老いによる衰えで寝たきりとなった者のなれの果て。働いて銭を稼ぐこともできず、飯は一人前に喰らい、弱音や恨み事を、めそめそくどくど、糞小便と一緒に万年床に垂れ流す。そんな厄介者はきまって、薄暗く饐《す》えた臭いの立ち込める家の隅に追い遣られ、あるいは農具と一緒に納屋へ布団ごと押し込まれる。顔を合わすたびに臭い汚いと貶され、苛責《いび》られ、満足に飯も喰わせてもらえない。糞小便を漏らしても布団も褌もかえてもらえず、鼠に足を齧《かじ》られながら、屈辱に塗《まみ》れた蟄居《ちっきょ》を余儀なくされる。そういう者が生きたまま鬼と化す。女房や我が子よりも傍にいてくれた布団に、己が肌身の肉脂をすべて捧げ、すっかり溶けて染み込んで、無念の魂は布団に宿る。だから、染み。

ヒコザエモンは染みに童子を攫わせ、僅かばかりの付け届けをしている。

といっても、喰い物や金品をくれてやるわけではない。蕁菜《ぬなわ》と葫《にんにく》と囲炉裏の灰を練り合わせた自家製殺蛆《さっそ》薬を布団の中に注《い》れてやるのだ。

染みの布団を開くと、そこは蛆《うじ》の集落。蛆の極楽。ざんぶりと桶で掬《すく》えるほどの白蛆が巣食い、その量の凄まじさといったら、布団に包まっている寝たきり旦那の骨が、蛆祭りのさんざめきの中で踊っているように動きだすほどだ。そんな押し合い圧し合いが限界にまで達すると、岩に打ち砕かれる白波のように蛆粒が弾け、主の骨まで布団から放り出されてしまう。

「早く戻った方がいいのでは」

「焦らんでもよい、緩《ゆる》りと戻ろう」本当に緩々と草叢を立ち、腰をとんとんと叩いて「ふぃー」と息を吐く。

「布団《あれ》も鬼なら、心変わりもしましょう」

「あの童子を喰うと？」

「鬼ですよ。腹が減っていたら喰うでしょう」

「いや、あの染みは童子を喰わん。そういう約束だからな」

「鬼は約束を守りますか」

「守るとも。この約束は、持ちつ持たれつという言葉で強く結ばれとる。これが、山囃子《やまばやし》の晩ならわからんがな」

これは鬼や化け物、山を塒《ねぐら》とするすべてのものにいえることだが、山囃子の晩はなぜか、活溌溌《かっぱつはっ》地《ち》になる。

山囃子とは——不定期に起こる山の鳴動《めいどう》。山の唸り。

この晩は山のすべてが震える。異形どもは昂《たか》ぶり、熱狂し、逆巻《さかま》く己の血に掻き乱されて哮《たけ》り立つ。山の無礼講だ。

「山が煽り立てるんだよ。今宵は祭だ。踊れ、騒げ、と」

だから、山囃子の晩の翌朝は、力士の腕より太い木々がへし折られていたり、喰い荒らされた獣が六畳ほどの広さに臓肉を散らかしていたり、見上げるほどの岩根が木《こ》っ端《ぱ》微塵《みじん》に砕かれていたりと、祭の痕跡が山に残されている。

染みも例外ではない。山囃子の晩は浮かれるのか自ら人里へと下り、勝手気儘に童子を攫う。そうして攫った童子の多くは喰われるでもなく、解体《ばら》されるわけでもなく、途中で飽きて棄てられてしまい、翌朝、森の中で百舌《もず》の速贄《はやにえ》のようになって見つかるか、水草に絡まって池に浮いている。

それ以外の時の染みは、おとなしく忠実《まじめ》で、律儀《りちぎ》だった。

「ほれ見ぃ、染みは約束を破らん」

さっきの染みがオシラ様のお宮の前で、丸木柱《まるきばしら》のように突っ立ってアザコたちの帰りを待っていた。

「ごくろうさん、布団の中に米粒が溜まったら、また来るがええ」

染みは跳ねるように宙に浮くと、下からずるんと童子を放《ひ》り出し、そのまま空へと昇っていった。

「ヒコザエモン、米粒で喩《たと》えるのはやめてください」

「ひょ？　ああ、そいつは悪かった。なら次は、しらす干しくらいにしとこうかの」ととぼけた軽口を叩きながら、手際よく気を失っている童子の手足を縄で縛り、猿轡《さるぐつわ》を噛ませ、麻袋に詰め込み、お宮の奥の作業場へと引き摺っていく。それからしばらくヒコザエモンは作業場に篭もり、童提灯の下拵えに精を出す。

　人だったものが、どの瞬間から物となるのか。この目で見たいアザコは「仕事を見せてください」と何度も懇願したが、頑として見せてはくれなかった。作業場の扉には、お屋敷の蔵に掛かっているような大きくて頑丈な錠を掛けられた。だから、攫った童子と再び出会えるのは数日後。すっかり提灯《もの》になってからになる。

「まったく。耳がおかしくなる」

　下拵えを終えたヒコザエモンは小指を耳に突っ込みながら、四日前に攫った童子で拵えた提灯を提げて作業場から出てきた。

「途中で目が覚めてな、さんざん泣き喚かれたわい」

「みんな聞こえてましたよ。途中、聞こえてきた子守唄みたいなのはなんです？」

「子守唄だよ。寝てくれんかなぁと思ってな」

「寝てはくれんでしょうね」

「わしが童子の頃は、これですぐ寝たけどな。『ねんねこ寝かすは子守の仕事、起きて泣くのは子が悪い、ねーへんねーへん、ねんねしな、起きて泣く子にゃ石かます』」

　ご機嫌に唄いながら、蕾《つぼみ》のような口に油差しで透明の漿液《しる》を注ぐ。これから鬼が受け取りに来るようだ。童子の細い足首には赤と緑の組紐が括られ、その先に小さい鈴が揺れている。

「そういえば、その鈴はなんなんです？」

「これか。これは言葉だ」

「言葉？」

「鬼は人のような言葉を持っておらん。だから鈴の音で思いを交わす。こうしてな」

ちりん、ちりん。指でつついて鈴を揺らす。

「鬼の言葉は、人よりもきれいですね」

ヒコザエモンは笑いながら「そうだな」と、また鈴をつつく。

ちりん、ちりん。

どこか懐かしい鈴音《すずね》に、アザコは安らかな気持ちになった。

＊

よく鬼が訪ねてきた。

きまって来訪は夜。新顔も来るが、頻繁に来るのはヒコザエモンの顔馴染みだ。顔馴染みといったって、まともに顔もない鬼もいるのだが、それはさておき。

童提灯は約一年で灯種が消える。

その頃には容れ物の童子も傷んでくるので修補の必要がある。灯を通しやすくするため、無理に引っぱって薄く延ばした腹の皮は破けやすいようだ。さらに長く使い続けていると腹以外の柔らかい部分も破れてきて、あちこちから中の脂が漏れ出し、滲み、いよいよ使い物にならなくなる、ということが使い始めて三年以内に必ず起こる。だからその都度、鬼は新しい童提灯と換えてもらいにヒコザエモンを訪ねる。こうした鬼との遣り取りが増えるおかげで、爺一人が暮らしていくには充分すぎるだけの糧を得ていることは以前、ヒコザエモン自身が語った通り。この鬼常叢では人と鬼とが相互扶助《そうごふじょ》の関係を築いている。

のみならず、ヒコザエモンは鬼との関係を営利以外でも深めていた。母屋に招いて泥のような汁鍋を一緒につついたり、剛毛の中に身を潜《ひそ》めた親指ほどもある大虱《おおじらみ》をとってやるかわりに、家の埃や煤汚れを舐めてきれいにしてもらったり、特になにをするでもなく、囲炉裏の火を挟んでゲラゲラと嗤い合ったり――人の世からあぶれた者同士、同舟相救《どうしゅうあいすく》う気持ちになるのもわかるが、あまりにも人と鬼が交わり過ぎだとアザコは思っていた。

アザコはといえば。初めて天狗と会って以来、鬼を見ても恐怖や嫌悪といった感情を抱くことなく、熊公八公《くまこうはちこう》の俗人《ぞくじん》どもが見れば即座に気を失うような外観の鬼でも直視できるようになっていた。積極的に鬼を知ろうと努力した。接してみた。言葉が通じないので身振り手振りで交流をとろうと試み、同じ鍋をつつき、大虱《おおしらみ》をとる手伝いもしてみたが、そうやって鬼と関われば関わるほど、改めてヒコザエモンがとんでもなく浮世離れした爺であり、物凄いと感じるだけで、そこまで自分は鬼と相互の親睦を図りたいとは思えなかった。

なんといっても、懇親を結びたいと思える取っ掛かりを見つけるのが難しい。境遇は若干似ているところもあるが、それ以外は何もかもが自分と違う。人の名残は鬼によって度合いは違い、顔の一部や手足といった人の外側の端切れが少しでも残っていれば、ああ、これも人だったのだなとわかるが、舌や骨や臓腑《ぞうふ》といった人の内側を散らしたものを人の名残だといわれても見た目にはわからない。元は人だといっても今は人外。鬼はやはりどこまでも鬼であって、いくらそこに見覚えのある端切れを見つけることができたところで、それはただの破片に他ならず、その破片を頭の中で集めて継ぎ合わせても、やはり人にはならない。なにより、鬼の中に人の部分を見つけられたからといって付き合いやすくなるわけでもなく、むしろ逆。より人という存在《もの》への嫌忌が浮き彫りになるだけだった。たとえ、そうした疎《うと》む要因の一切《いっさい》合切《がっさい》が拭われたとしても、ヒコザエモンのように鬼と莫逆《ばくぎゃく》の友になるなんて、自分には到底無理だと思っていた。

＊

この後、アザコの中で緩やかに起きる目覚ましい変化。

その先触れとして、鬼との出会いは欠かせぬものとなった。

＊

たとえば、葛籠猿猴《つづらえんこう》との出会い。

アザコは、この鬼と同じ鍋をつついた。

「今日は祝いだ。御馳走だぞ。たんと喰えよ」

旧知の鬼《とも》の来訪にヒコザエモンは、この上なくご機嫌だった。

珍しく酒も呷り、珍客にも「飲め飲め」と振る舞う。アザコは遠慮した。

「こいつとは童提灯作りを始めたばかりの頃からの付き合いなんだ」「もうこいつには七つも作ってやったんだぞ」

そんなことを誇らしげに話して聞かせてきた。

「アザコもきっと仲良くなれる。こいつはこう見えて面白いやつなんだ」

はぁ、面白いんですか。そんな生返事を返した。仲良くなれそうもないなぁ、という本音は心の中にしまっておく。

このヒコザエモンの友は、やたら毛深く、朱壺《あかつぼ》に突っ込んだ握り拳のような顔をしていた。そういう見た目もあったし、猿猴というくらいだから猿の化け物だと思ったが、あにはからんや、元は人であったという。なるほど、よく見ると器用に箸を使っている。元々が人であったことは間違いないようだが、どんな状況に陥《おちい》れば人がこんな容の鬼になるのか。客に失礼のないよう、横目でちらちらと見た。

名が示す通り、この鬼の背中には葛籠を担いだような箱型の瘤《こぶ》がある。その瘤は背に伏する一面を除いた他の五面に、小指の先ほどの穴がいくつもあいている。穴からは浮塵子《うんか》の群れが煤塵《ばいじん》の如く噴きだし、竃馬《かまどうま》や天牛《かみきりむし》がせせこましそうに触角や節くれ立った脚を覗かせ、赤子のように柔らかい肌をぶよぶよと蠕動《ぜんどう》させる色とりどりの幼虫が身を寄せ合って詰まっている。全身を覆う黒く強《こわ》い毛には、そういう飾り物のように黄蘗《きはだ》色や黄土色の蛹《さなぎ》を何百とぶら下げ、周りには瘤から巣立ったと思しき蜂や蝶や細かい羽虫が、猿猴《おや》を守るような陣形を組んで大小様々な蚊柱となって滞空し、それぞれ種類の違う翅音《はおと》を重ねて鳥肌を誘う嫌な振動音を轟《とどろ》かせていた。

はたして自分は、たった十年二十年のつき合いくらいで、言葉も通じず、なにを考えているのかもわからない、こんな蟲《むし》の巣穴にされているような鬼と鍋をつつけるほど親しくなれるのか。同胞と呼びあえるのか。長い山の暮らしは、そこまで感覚を変えてくれるものなのか。

二人と一匹が囲炉裏を囲み、大鍋から取り分けた汁を啜《すす》る。葛籠猿猴は大人三人分はある巨躯《きょく》を丸め、ちゃっかり座布団まで尻の下に敷き、アザコの隣でずばずばと汚らしい音を立てながら鰐口《わにぐち》に汁をかっ込んでいた。

白味噌を溶いた汁に白菜と雑穀餅《ざこくもち》、鬼が手土産に持ってきた柿の刻んだものをぶっ込んだ濁《にご》り雑煮《ぞうに》。甘い匂いはたいへん食欲をそそったが。

「アザコ、どうした」

「なんですか」

「箸が進んでないな。苦手なものでも入っていたか」

――苦手以前の問題が起こっていた。隣の鬼の蛹から羽化したばかりの蝶がつい先刻、めでたく巣立ち、その直後、鍋の湯気にやられてアザコの椀の中へひらひらと落ちてきた。今、その蝶は汁に半身を浸らせ、弱々しく翅を動かし、命の早仕舞いをしようとしている。

「いえ」

そっと箸で蝶を椀の横に除《よ》け、粉の浮いた汁を啜った。

*

飢えに敗《はい》し、即身仏《ほとけ》になりきれなかった坊主は、皮肉にも鬼となった後《のち》、仏《ほとけ》と呼ばれる。

水と脂が抜けきり、座禅を組んだ姿勢のまま木像のように身が固まった枯れ坊主は、お宮の床でごとごとと硬い音をさせながら肘のみを動かして我が身を引き摺ってきた。朱の袈裟《けさ》を纏《まと》い、脚は折れ曲がったまま癒着し、肘から手首までが異様に長い。そんな身体でごとごとと這い進む姿は、まるで海老《えび》や蟹《ざりがに》の化け物のようだ。黒い光沢《こうたく》を帯びた貌は苦悶に歪んだまま時が止まり、瞼は縫い付けたように固く閉じられ、歯の抜け落ちきった洞《ほら》のような口腔《くち》をあんぐりと晒していた。唇を含めた口周りの肉がごっそりこそげ落ちた惨状は、その身に起きた現実の凄まじさを物語っている。

この新顔の仏は目当ての提灯《もの》を受け取ると、長い八本脚を広げる蜘蛛に似た鼠の死骸をヒコザエモンに寄越した。そして童提灯を傍に置くと、なぜか、いつまで経ってもこの場を去ろうとしない。明かりの届かぬ戸口側の暗がりの中、忘れ去られた道祖神の如き沈黙を放ち、生気の枯渇した顔をアザコたちに向けていた。

「帰りませんね」

「帰らんな」

「まだ、なにか用があるんでしょうか」

「飯を喰いたがっとるんだろうな」

「またですか……」ふぅぅぅ、と長嘆息をつく。

「鬼ってものは料《りょう》る術を知らぬのですか？　山には草や肉がいくらでもありましょう」

母屋に鬼を招くと、その身から毛や垢《あか》や大粒の虱をたっぷり落としていくうえに汚く食い散らかすので参ってしまう。片付けるのはアザコの仕事だった。

「仕方がない、昨晩作った雑炊を温めましょうか」

「いや、仏に雑炊は贅沢すぎる」

ヒコザエモンは仏の横を通ってお宮の外に出ると、風箒《かぜぼうき》が寄せ集めた朽ち葉や枯れ小枝、松毬《まつかさ》などを拾い、ついでとばかりに数日前から母屋の前に脱ぎ捨てられていた蛇《くちなわ》の皮を摘み上げ、それらをすべて仏の掌《たなごころ》にのせる。

「塵芥《ごみ》ではないですか」

「いいや、御馳走だ」

仏は掌の上のものを有り難そうに胸に抱《いだ》くと、童提灯を提げて灯の中に姿を眩ました。橙の灯は死に場所を探す蛍のように森を彷徨《さまよ》い、やがて木立の影が刻む中へ吸い込まれるようにして消えた。

「落ち葉くらいなら拾って食えるでしょう。どうしてそれをしないのです？」

「それができぬから仏なんだ。人が有り難がって手を合わせとる仏様は、自ら木によじ登って枝から柿をもがんだろ。竿を握って魚も釣らんし、弓や銃で鳥も獲らん。猪罠を仕掛けることもなく、牛や鶏を飼うこともない。米や大根のために畑を耕作《つく》ることもせん。仏がそれらを得る方法はたった一つ、施《ほどこ》されることだ」

なるほど――アザコは頷《うなず》く。
「施されねば拾った獣の死骸さえ喰えん。喰えば仏でなくなる、そう信じこんでおるからな。飲食を断つことが、どんな地獄を味わうか想像できるか？」
いえ――アザコは首を振る。
「飢えが極まると、米や芋や味噌汁を喰いたいなんて思わなくなる。望んだところで到底、手の届かぬもの。現実から遠いものは煩悩《ぼんのう》を掠めることすらなくなる。それよりも落ち葉や松毬や虫けらの死骸を喰いたいと夢想するようになる。狭い土の中には口に入れられる物などなにもない。そんな塵芥《ごみ》の方が喰い物として現実味を帯びるんだ。経を唱える声も出ず、絶えず喰うことのみを考えるようになる。やがて、自分が餓鬼の如き浅ましい心に成り果てたことを自覚し、仏への道が閉ざされたことを知る。数十年の厳しい修行で洗い落としたはずの執着は、いともあっさりと頭をもたげ、喰って、飲んで、生き続けたいと願うようになる。足は萎《な》え、外へ出ることもかなわず、飢えと渇きが人心を咀嚼《そしゃく》し、貪っていく。己の糞小便でも喰らいたいと望むが、折悪《おりあ》しく十穀断ちで腹の中はすっからかんのからっけつ。屁《へ》ひとつも出やしない。爪は生えるそばから剥がして飴のようにしゃぶる。髪や髭が伸びれば抜いて喰う。爪も毛もなくなれば、もはや我が身の肉を喰らうしか飢えをしのぐ術はない。まずは内頬の肉をこりこりと食む。両頬にぽっかり風穴が通ると次は唇。そうして口の周りの肉を喰い尽くせば、いよいよ次は腕の肉だ。餓鬼の形相でかぶりつくが、その頃にはもう骨と皮。かぶりついたはいいが肉はなく、すぐに骨の堅さに辿りつき、歯はぽろぽろと折れてしまう。もっと早く喰っておくべきだった。後悔しても、もう遅い。生きたまま餓鬼道に堕ちた僧は、鬼常叢を彷徨う飢鬼仏となった」

　ずっと傍で見守っていたような生々しい語りを終えたヒコザエモンは、母屋へ戻ると仏の置き土産の八本脚の鼠を小鍋で煮始めた。

　小半時もすると鼠の腹がぱちんと弾け、薄桃色の内臓《なかみ》が煮立った湯の中に散らばる。間断なく浮いてくる縮れ毛や虱を匙で掬い取り、塩や醤油を注しながら味付けしている。まさかそれを喰うのかと訊くと、もちろん喰うぞと、老緑《おいみどり》色の汁が入った椀を渡された。この汁が泥臭くて参ってしまい、アザコは何度も嘔吐《えず》き、一度も箸には手を付けなかった。これは山蜘蛛というもので、肉は不味いが痔《じ》にはよく効くんだと、ヒコザエモンは一人で汁をたいらげた。

　この晩、アザコは仏と鬼が紙一重の存在であるのと、ヒコザエモンが痔に悩んでいたのを知った。

＊

　童子は鯨と同じだ、とはヒコザエモンの口癖だ。鼻に愛想をつかされそうな異臭でお宮を満たし、

　この晩も同じ口癖を零した。

「鯨ですか」というと、アザコは足下に置かれた桶に目を下ろす。中には薄桃色の糠袋《ぬかぶくろ》のような物が何袋《なんたい》も入っている。それはお宮内を照らす四つの灯を濡れた表面にてらてらと映し、時おり身じろぐように動いている。生きているわけではなく、重みと滑《ぬめ》りで、ゆっくり下りている。どれも揃いも揃って不健康な色をしており、臭いからも腐りかけているのは間違いない。

「鯨は捨てるところなし。漁村生まれなら、それくらいは知っておるな」

「知ってますよ」

　鯨という極めて巨きな生き物は化け物じみた悍《おぞ》

ましい容をしているが、その効用は海の生き物の中でもっとも多いといえる。水揚げの少ない年でも続けて二、三頭ほど獲れば、その年の漁村の暮らしは安泰《あんたい》。そのうえ、鯨の魂魄《こんぱく》が船霊《ふなだま》と化すため、翌年の海は荒れぬとされていた。海の向こうの噂だが、迷い鯨が数十頭も浜に打ち上がり、その収入で港を拡《ひら》いて流通を数倍に増やし、都に匹敵する華やかな暮らしを手に入れた漁村もあると聞く。鯨は生きた宝の山なのであった。

　まずは皮の有用性の高さだ。陸揚げした鯨の表皮は放置すれば見る見る黒色が抜け、熱した蝋のように溶け崩れてしまう。そうなる前に升目《ますめ》の形に切り抜き、煮つめて水気を飛ばせば丈夫な革となる。黒い光沢を湛《たた》えた革は黒無垢《くろむく》流しと呼ばれ、長持ちや鏡台に張られることで高価な嫁入り道具の一部となる。皮は逆肌《さかはだ》で滑《すべ》りにくいことから鞍や刀の柄の一部にも利用される。

　また、河川付近の地域では氾濫《はんらん》防止に鯨の外皮が用いられる。アザコも一度だけ見たことがあった。不穏《ふおん》な雲の流れと川の濁りを読んだ炭焼きが来《きた》る荒天を予見し、漁村の若衆に声をかけて治山《ちさん》治水《ちすい》に取り組んだ。護岸の一環として村はずれの細流に粗朶《そだ》で堤《つつみ》を築き、河に架《か》けた弧状の割竹《わりたけ》と四分板《しぶいた》に、巨大な蝙蝠の皮膜《ひまく》のような鯨革を被せた。氾濫防止といっても一、二分《ぶ》ほどの薄革。これがどのような働きで氾濫を防ぐのか。最後まで見守ることができず、例の如く、わからぬことは夜の客に訊いた。宮大工の男が語るには、あれはおまじないであるという。駆け降りる土砂や鉄砲水は山の化け物の首魁《しゅかい》が起こす災い。海の化け物の首魁である奥間口《おうまぐち》の眷属の皮なら押し返せるという神威任せの巧《たく》まざる発想。ともかくも鯨の加護があってか村は無事、この荒天を乗り越えた。

　鯨の価値は外皮だけにあるわけではない。内皮は細かく刻み、胡麻汁《ごまじる》に入れて飲むと忌落《いみ》としになり、お斎《とき》には欠かせぬものだ。肉は脂がのっていたいへん美味。よい草を喰っている牛の肩肉に似ている。難をいえば飽食な貴族どもの膳に並ぶのみで、庶民の口に入ることは滅多にないというところか。鯨油《げいゆ》は燈火油や潤滑油《じゅんかつ》としても優れているが、一年間漉《こ》し続けた油は反物の艶だしに用立つという。大きい船やお屋敷の門柱には必ず鯨骨が使われ、髭は鳴り物に張る弦《いと》の中でも最高級といわれるが、もっとも価値があるのは薇《ぜんまい》のような腑《ぞうふ》。これを乾燥させた物は薬効高き漢方となり、どの部位も都で高く取引される。

これだけ列挙すれば鯨という生き物がいかに希少な存在かわかるだろう。価値を持つのは鯨のみならず。鯨に纏わるものも価値を持つ。肉に涌かせた蛆虫《うじむし》を生きたまま長楊枝で田楽《でんがく》刺し。そのまま陰干しして砂糖と黄粉《きなこ》を振ったものは磯粳《いそうるち》の名で都の坊ちゃん嬢ちゃん垂涎《すいぜん》のおやつとなる。胃の腑の中身も見逃せない。大きな肉の頭陀袋《ずだぶくろ》の中には、未知の鉱石で拵えられた何様かの彫像や、晦渋《かいじゅう》な文字と記号が犇《ひし》めく呪具めかしい木片といった、いつの時代のものかもわからぬ古色を帯びた遺物が見つかることもある。

「そんなお宝満載の鯨と同じだなんて……なら、どうして皆は童子を獲らないんでしょう」

「そりゃ、鯨と違って童子の臓腑や血は堂々と売れんからだろ」

「都には闇市というものがあるそうですよ」

「知っとるよ。異国の医者が人の部品を、とくに童子のものを求めに来るそうだ。だがな、わしらにはわしらの闇市がある」

鬼常叢《ここ》だ、とヒコザエモンはいった。

オシラ様の祭壇で痩せ細った蝋燭の灯が身震いをした。お宮の影が一斉に傾ぐ。

「提灯作りで出る端切れ、屑、使わん部分は棄ててはいかん。ここにはそれを欲しがる鬼《もん》がたくさんおる。端切れや屑が米穀菜瓜《べいこくさいか》にかわるんだ。ここほど、いい闇市はない」

そう話しながら肉の入った別の桶を扉の傍に並べていく。

黒ずんだ赤色の肉莢《にくさや》が折り重なる桶。薄桃色の魚卵のような塊が詰まった盥《たらい》。帆立《ほたて》の中腸線《ウロ》のような小塊が入った平桶。いずれも古い腑《はらわた》で、そろそろ蠅も旋回《せんかい》しはじめている。

「血は気受けがいいから、すぐに捌《さば》ける。鬼にとっては喰っても飲んでもいいし、なにより紅や白粉、眉墨や鉄漿《かね》といった化粧道具になる。山囃子の晩などは貌や歯に滴るほど塗りたくって狂喜乱舞しとる鬼の姿をよく見る。血には奴らを昂ぶらせる効能があるんだろうな。そうそう、これは覚えておくといい」

しつっこい蠅を手団扇《てうちわ》で追い払いながら、将来アザコの果たすべき日課を告げてきた。

「血は時間が経てば経つほど深い赤色になっていく。だから化粧用の血は桶に入れたら、日に分けて別々に保管しておく。すると鬼は好みの色の血を持っていく。知っとるか、血はな、深くなればなるほど、闇に近い色になる。おっと、血桶に張る膜も捨ててはならんぞ。あれを好んで喰う鬼や顔に貼りたがる鬼もいる。わしゃ、見習いの頃、血の色がわからなくなるからと枝で引っかけて、そのまま外へ捨ててしまったことがある。あんときゃ、えらい雷を落とされたよ」

血桶に張った膜の上を蛆らが愉しげに遊んでいるのをアザコもよく見かける。よちよち歩きの蛆の動きに攣《つ》られて皺《しわ》む血の膜は紅絹《もみ》のようだった。

「目玉は窩《あな》から抜き取ると、すぐに水気を失って萎む。水から揚げた水母《くらげ》のように、哀れにな。まだそれほど人の世を知見《し》らぬ美しい珠が、童子から離してしまうだけで葡萄の皮のように萎《しお》れてしまうのは寂しいもんだ。良い保存の仕方は、まず視束《しんけい》を長めに残すこと。半ばで千切れぬよう一寸から二寸の糸を抜ききるように取る。それからすぐ薄い塩水の中に入れることだ。塩を入れるのは目玉を沈めぬためだ。沈んで底についたら、その部分は歪んでしまうからな。白く濁ってくる前に鬼にくれてやるのがよかろう。酒に入れて飲むそうだ。童鬼なら飴玉がわりにしゃぶりたがる。それから、これはどの部分かにもよるが、骨は血の次に鬼が欲しがるもんだ。飾りとして皮膚に孔をあけて通したり、突き立てたり、埋め込んだりしておるのを見るし、稜《かど》を使って獲物の腹を割いたり、穿《ほじく》り出したりするのに使っとるのも見る。糞だって無駄にはせん。童子の糞は、いい肥やしになるでな。提灯にする前に放《ひ》りだす童子もいるが、ちゃんと腸を絞って出しきらす。ほれ、捨てるところがない」

アザコは再び、桶の中のものに目を落とす。

「腑《これ》も新鮮なうちに持っていってくれればいいのに」

ほとんどの鬼は童子の腑《はらわた》が好物である。ならば、どうして古肝なんてものが残るのか。これは鬼なりに山と人里の均衡を保ち、調整している証。童子の瑞々しい腑を喰らえば、次に押し寄せる食欲に鬼は到底勝てない。噛み千切った肉がぶるんと震える感触、埋めた歯を跳ね返そうとする弾力、茸の傘の襞《ひだ》のような複雑怪奇な舌触り、血管の塊を頬張った時の鶏冠海苔《とさかのり》のようなこりこりとした歯ごたえ。口の中に溢れ、舌の上を駆け巡る童子特有のそそる匂い。

あんな楽しい食事がまたしたい、また食べたい。

鬼本来の衝動に抗えなくなる。本能のままに獲って喰らえば、童子なんてあっという間にいなくなる。激怒した親たちが山狩りをしだすかもしれない。だから、腑がいくら余っていても、喰うために持っていく鬼はほとんどいないのだ。

「我が子の臓腑《なかみ》が桶に突っ込まれて腐れているなんて。親が知ったら気が触れるでしょうね」

「ああ、そういう話もあったな」

「え、あったんですか」

アザコは目を丸くする。

「わしじゃあないぞ。あれは確か先々々代の話だったか。知りあいの呪師《のろんじ》に頼まれ、童子の新鮮な六腑を届けるために人里へ下りたんだそうだ」

幾日かかけて小さい集落へと着き、呪師の隠れ処《が》へ向かおうと前を通りかかった家から、蓬髪《ほうはつ》の白髪女が奇声を発しながら飛び出してきた。女は掴みかかってくると「うちの娘を返せ！」そう叫んだ。

「――というのも、腑を包んどったのが……その腑を腹に詰めとった娘子の着ていた着物《べべ》でな。どうも、その女が娘子のために拵えた、この世で一着しかない着物《べべ》だったらしいんだ」

ああ、なんという運命の残酷な悪戯。アザコは嘆息した。

「吃驚《びっくり》たまげて女に六腑を投げつけた先々々代は、慌てて山へと逃げ帰る。それから数日が経ち、先々々代は思わぬ形で女と再会する。……蓬髪白髪の女は鬼常叢に姿を現し……なんと、鬼になっておった。女は先日のことなど忘れてしまったような面で、先々々代に童提灯を所望してきたのだ」

おそらく、着物に包まれていた胃と胆、大小腸に膀胱《ぼうこう》、三焦《みのわた》を見て、一夜にして、あるいは一瞬にして人心が瓦解《がかい》したのだろう。消えた愛娘《まなむすめ》が顔も手足もない、中身だけで帰ってきたのだ。無理もない。

「わざわざ先々代は、女の娘子で拵えた童提灯を持っている鬼を探し、その鬼には替わりの提灯を渡して、母親の元に娘子を返したそうだ」

なんとも、心の温まらない話だ。

憫笑《びんしょう》するアザコの耳が、外で土嚢《どのう》を引き摺るような音を捉えた。

「お、ようやく来たようだな。開けてやれ」

古肝の臭いもきついのですぐに戸を開けると、眼前に闇の壁が立ちはだかっている。今度は生木《なまき》のような臭いが鼻を衝く。壁の全貌を捉えようと一二歩後退《さ》がると、その容が判明《わか》った。お宮の前に小山ほどもある牡丹餅《ぼたもち》の如き影が置かれている。さらに後退《さ》がって見ると、黒い血管が蜘蛛の巣状に張り巡らされた巨きな皮袋が、親分蛙のような佇まいで座り込んでいた。

「お晩です。今、外に出しますんで」

ヒコザエモンの用意した古肝の入った桶を、零さぬよう慎重に一つずつ外へ運びだす。一人二人のものではないとはいえ、童子の腑がこんなに重たいとは。十の身体の細腕は悲鳴をあげた。

古くなった肝は、この臟物《ぞうもつ》という鬼がもらいにくる。

臟物をもらいに来るものも臟物だなんて、なんのひねりもない。でも他に呼びようもない。だって、どこから見ても臟物なのだ。まごうことなき臟物だった。臟物にしか見えないのだ。

「こいつは腑の大将だ」

ヒコザエモンはアザコに、そう紹介した。後に知るのだが、この鬼は定まった形を持たず、自由自在に容を変えることができる。廃屋の散らばる所狭い集落を何一つ倒さず、破《こわ》さず、隙間を縫って流れ込む水のように移動することができた。

さてさて、皆さま、お待ちかね、鬼の成り立ちの物語です。

むかーし、むかし、ある山の中に斃死《のたれじに》しそうな老夫婦が転がっておりました。こんな年寄りたちが鬼の棲む危険な山へ来るなんて、いったいなにがあったのでしょう？　気になりますが、そこはまったく重要ではないので割愛。

とにもかくにも、老夫婦は死を覚悟します。このまま土に還るのだと運命を受け入れます。ですが、このまま、とはいきませんでした。生きたまま山犬の鼻っ面に腹の中を掻き回され、鴉に中身を啄《ついば》み出されます。気の早い蟻どもが解体しようと群がってまいります。こんなに派手に食い散らかされているにも拘《かか》わらず、どういうわけか、まったく死ねる気がしません。山の獣は厭らしく狡賢いと聞きます。心の臓や太い血の管を避けて、死なぬように喰う術を知っているのでしょう。そのほうが新鮮で美味いですから。

やがて、心の臓も太い血の管も、みーんなぺろりと喰い尽くされて、老夫婦の腹には赤い洞がぽっかり口をあけました。不思議です。心の臓を喰われているのに、二人はまだ死にませんでした。空っぽのがらんどうのまま、薄暮《はくぼ》が迫る空を二人で見上げておりました。すると、どうしたことでしょう。あちこちから山の瘴気が流れてきたかと思うと、二人の洞の中へと流れ込んでくるではありませんか。どんどん流れ込んで、どんどん溜まっていきます。

不思議なことは他にも起こりました。老夫婦がむくりと起き上がったのです。さて、生き返ったことは大変おめでたいことなのですが、お腹の中が軽すぎて、なんとも落ち着きません。重心がずれたように均衡が保てないのです。これから腑《はらわた》無しで生きていくのは、どうも心許《こころもと》ない。そこで二人は山中を巡り、熊や山犬の食害を受けた獣の遺骸を探しはじめました。この際、人の腑でなくても構わない、と考えたのです。二人は腹の空虚を埋めるため、喰い残しの鹿や馬、兎や狸のような小さな生き物の腹からも腑を抜きだし、自分たちの腹の洞へどんどん詰め込んでいきました。ですが、いくら詰めても満たされた気持ちにはなれず、あればあるだけ喰らい、瘴気もどんどん吸い込んで、二人の身体はぶくぶくぶくぶく膨らんで。その果てなき膨張は二人を一つにし。そうして、腑を詰め込む巨大《おっき》な袋となったものが、この臓物なのでした。めでたし、めでたし。

ヒコザエモン曰く、これは初代の頃から山に居た鬼。臓物と名の付く鬼は、この一匹のみだという。増えぬ理由は、こいつが腑の大将だからだ。山で散らかされたすべての腑は、みぃんな、この鬼のもの。この臓物の腹の中に収まってしまう。落ち肝、棄て肝、腐れ肝、ありとあらゆる腑を吸って拾って取り込んで、途方もなく巨きくなり続ける。

よく見れば、牡丹餅みたいな巨躯の後ろに、この鬼の続きがあった。迷路に流した水のように、木や岩や家屋をちゃんと避けて、どこまでも身体が広がっている。繋がっている。端の見えぬほど広がる鬼は、普段は山の地下深くで横たわり、怠惰な眠りについている。気まぐれに地上へ出ると落ちている肝を拾い集め、提灯作りから古肝をもらい、飽きることなく肥え続ける。

ちなみにこの臓物、古肝や童提灯をくれてやってもなんの土産も寄越さない。かわりに数カ月間、特殊な草を山のいたる処に生やしてくれる。これは皮杓子《かわじゃくし》という草で、肉厚な葉は、見た目は猫の舌のよう。触った感じでは赤子のほっぺ。これを刻んで糊《のり》を混ぜ、まな板に延ばして乾かせば、童提灯の破れ目を直す、よい継ぎ紙となる。

腐った肝まで役立つなんて、ほんとうに――。

「童子は鯨と同じだ」

これは後に、アザコの口癖となる。

＊

朝盥《あさだらい》、夜盥《よるだらい》、夜なべコトコト、おんばこどののおんとぶらい、ばさるばさらのへいさらばさら、鉞《まさかり》の砥水《とみず》、ヤサカノマガタマ、くそぼうず。

「なんの歌です？」

珍妙な唄を口遊《くちずさ》みだしたヒコザエモンへ訝《いぶか》しむ目を向ける。

お宮の屋根を撫でる粉糠雨《こぬかあめ》の音が、妙に不安な気持ちにさせる夜の一幕。

「今夜の客の名前だよ」

ヒコザエモンが顎をしゃくる。

ぽつねんと戸口に佇み、火影のように揺れる影。

雨に濡れた鬼がいる。

人の十倍ほどに脹れた顔は小粒の黒子《ほくろ》が面皮《めんぴ》を覆い、目鼻も表情も爛《ただ》れた肉の瘤起《りゅうき》に埋もれ、後からとってつけたような金魚に似た口を息苦しそうにぱくぱくさせている。そんな大頭《おおがしら》を支えられなくなったのだろう、身体は重みで縦に潰れ、肉皮を突き破って飛び出した肋骨や背骨が蝿地獄《はえとりぐさ》の咢《あぎと》のようにアザコを脅かしていた。

傍らには濡れ髪が顔を覆った白皙《はくせき》の童提灯。その布袋腹《ほていばら》は灯を喪《うしな》っている。鬼は童提灯の灯種をもらいに訪れたようだ。

「それが名前ですって。冗談でしょう？」

「この冗談をしっかり覚えておけよ」くくっ、と人の悪そうな嗤いに肩を揺らす。「この鬼は名前を間違えられることを、なによりも嫌うでな」

「そんな……ええと、なんといいましたか」

「朝盥、夜盥、夜なべコトコト、おんばこどののおんとぶらい、ばさるばさらのへいさらばさら、鉞《まさかり》の砥水《とみず》、ヤサカノマガタマ、くそぼうず――おい、灯の交換だな？　いつまでそこで雨に濡れとる。中に入って待っとれ」

　そう声をかけ、無灯の童提灯を持って祭壇裏の厨子《ずし》のような扉の奥へと入っていった。けれども鬼は入ってくる様子はなく、雨に濡れながら外に佇んでいる。話しかける雰囲気でもなし。雨霞《あまがすみ》の向こうでゆらりゆらりと揺れている鬼の目がどこを見ているかもわからない。鬼からは目に沁みるような苦い臭いもする。困りきって柱を撫でたり、お宮の中を歩き回ったりしていると、ヒコザエモンが童提灯を手に提げて戻ってきた。提灯は腹に橙の灯をぼんやりともし、奇妙なことだが、無灯のときよりも活き活きとして見えた。

　肉と着物の布と骨とがぐちゃまぜになった、腕と思しきものをにゅるりと伸ばした鬼は、蘇った童提灯を受け取るともう一方の腕のようなもので、二、三十の草履《ぞうり》が繋がれた荒縄を戸口の傍に置く。土や枯れ草がたくさん絡んでおり、どさっと重い音がした。

「わあ、草履をこんなに頂きましたよ」

「待て待て。これはジンガン草履だろ」

　困った顔で芋蔓《いもづる》のように草履をくっつけた縄を掴み上げる。零《こぼ》れた土塊が床で砕け、中から出てきた蚰蜒《げじ》が泡を食って隅に逃げていった。

「こいつは葬式にはいた草履だ。都じゃあ、そういう草履は忌を持ち帰るからと墓地に棄てる。そこから拾ってきたもんだろ」

「それは面白い考え方ですね。わたしの漁村にはなかった」

「都の者は穢《けが》れにやたらと敏感だからな。瘧《おこり》除けや鬼避け、穢れ移しや忌み流しといった言葉に強い関心を示す。こいつらは都から出た鬼だから、この手の土産も多い。まあ、もらっとくがな」

　ありがとよ、とヒコザエモンが笑いかけると、長い名前の鬼は安心したのか頷くように大頭を揺らす。

「こいつらといいましたか？　たくさんいますか、この鬼は」

「たくさんってほどでもないが少なくもない。しばらく増えることはないがな」

「しばらく増えませんか。ふむ、わからないことだらけの鬼だ」

「この鬼は、ある年に、わっと増えた」ヒコザエモンは目の前の鬼が長い名前で呼ばれるようになった顛末《てんまつ》を語る。「これは薬屋洞蔵《やくやうろぞう》の産んだ犠牲者《おに》だ」

　数十年前、仙之堂万軟膏《せんのどうよろずなんこう》なる軟膏薬が都で流《は》行《や》った。異国帰りの旅商人が、秘境の奥地で霞を飲んで生きている仙人より伝授されたということの軟膏、傷口に塗りこみ、猪舌《かたかご》の葉をかぶせ、例の「朝盥〜」から始まる言葉を唱えると、あら不思議。どんな怪我もたちどころに治ってしまう。

「治るわけがないでしょう」

「そう、治るわけがない。しかし、都という場所は酔狂《すいきょう》なもんが多い。話くらいは聞いてみようと足を止める」

　この商人、洞蔵は口が相当達者だったようだ。その言葉は妙に力を持ち、声には人を説伏《せっぷく》する重みがあった。ひたぶるに心の中へ語り掛ける目があった。その容姿も否応なしに人目を引くものだ。人並み外れて背が高く、笹掻《ささが》きした蟷螂《かまきり》のような痩躯《そうく》。羽織る衣も身肌も黒く、まるで常闇《とこやみ》を纏っているようだ。その蠱惑的な風貌と人心を収攬《しゅうらん》する言葉で、異国の秘薬とやらを、あっという間に売り切った。

「ところが、これがとんだペテンだった」

　秘薬を買った者たちは数日後《のち》に高い熱を出す。軟膏を塗った傷口はぱんぱんに腫れあがり、万遍なく藪蚊に喰いつかれているような猛烈な痒さに見舞われる。堪らずに掻き毟ると皮膚が濡れ紙のようにあっさり剥け、傷口は熟した山女の如くばくりと爆ぜ開き、捲れ上がって桃色の肉がまろび出る。唇、瞼の裏、鼻腔《びこう》や尻穴に水疱《すいほう》ができ、その中に黒い糸が何十も湧く。その糸が暴れると、またとんでもなく痒い。水疱を潰せば黒い糸蚯蚓のようなものが零れ落ち、ぴちぴちと跳ねた。そこで初めて、己の身体が何かに巣食われたのだと知ることになる。

軟膏の購入者たちは殺す勢いで洞蔵を探したが、時すでに遅し。黒い軟膏売りはとっくに姿を晦《くら》ましていた。

「はてさて、こいつはひどい話だ。洞蔵が売った軟膏は、いったいぜんたいなんなのか。当然、仙人薬であるはずもなし。この軟膏、なんと鉢舐《はちなめ》という化け物の卵を、どこにでも売っているような軟膏に混ぜこんだものだった」

鉢舐とは蛇《くちなわ》の仔の容をした人に宿る化け物。傷口から入った卵はたちまち孵《かえ》り、黒い蛇体を躍らせながら宿主の中で何度も己の皮を脱ぐ。脱ぐたびに鉢舐の身は宿主の身体に馴染んでいき、脱ぎ落とされた皮は宿主の便に白い粉となって混じるようになる。傷口や水疱の破れ目に半身を埋め、貌のない頭を振っている鉢舐は、抜いても焼いても千切っても身体の奥から涌いてくる。薬も祈祷《きとう》も効き目なく、これにはどんな名医も匙《さじ》を投げた。

そうして総身に殖《ふ》えていった鉢舐は次の段階に入る。骨と皮のあいだを這いのぼって上へ上へと居場所を移し、やがて頭に辿りつくと頭蓋《おはち》骨を舌で穿《うが》ちだす。砂粒ほどの穴を通すと、今度は脳《みそ》をちろりちろりと舐めはじめる。

「こいつがたまらんことになるみたいでな。時おり、暴れ馬や暴れ猪が山から下りてきて人里を荒らすことがあるだろ？　そういう獣の頭の中には、大抵この鉢舐がざんぶりと涌いとるって話だ」

纎毛《せんもう》のような舌が脳《みそ》の溝を舐め擽《くすぐ》るたび、宿主は嗤いだす。前触れなく嗤いは怒りの唸りへと変わり、唾を飛沫《しぶき》ながら絶叫する。頸を掻き毟ってもがき苦しんだかと思うと、すっと立ち上がってきょとん顔。その顔が恍惚《こうこつ》に蕩《とろ》けると、今度はびくんと身体を跳ねて慌てた様子で周囲に視線を走らせる。瞳は震え、唇は戦慄《わなな》き、慟哭《どうこく》に似た声音で毀れた言葉を口走る。時には豺狼《さいろう》の如き狂暴さを剥き出しにして人に襲いかかることもあった。

この悶絶躄地《もんぜつびゃくじ》の脳舐《みそねぶ》りは、幸か不幸か半日しかおこなわれず、残りの半日の正気時は、いつどこで脳《みそ》を舐められるかわからぬ恐怖に慄かされる。血の繋がりで守ってくれている家族も、いっそ丸ごと全部イカレてくれた方が楽なのにと何度舌打ちしたかわからない。蔵に閉じ込めておくわけにもいかず、鎖で繋ぐことも難しく、預かってくれる医者もない。追放したって正気になれば戻ってくる。屠《ほふ》って棄てる決断を下せるほど情がないわけでもない。いつ暴れだし、自分たちの首根っこに喰らいついてくるやも知れぬフーテン者と、同じ屋根の下で暮らすこともできない。都は鉢舐憑きの者たちの処遇に窮していた。

巷説《うわさ》は都につきものだ。ある時、こんな話が人々のあいだを駆け回る。「山には人に寄生《つ》いた化け物を下《くだ》す草があるそうだ」忘れもしない、あの軟膏売りが謳った、朝盥――から始まる長文句。あれはその草の在り処《か》を指しているのだ、と。

とっくに縋《すが》る藁《わら》も尽きていた鉢舐憑きの者たちは、己の正気があるうちにと挙って山へ入っていった。賢明な諸兄姉《しょけいし》ならお察しだろうが、この噂を広げたのは間違いなく洞蔵であろう。そんな都合のいい草など、この世に存在しない。噂を妄信した者たちは、例の長文句を携《たずさ》えながら山を彷徨ううち、いつの間にやら鬼となっていた。

「彼らは今も幻の草を求めて山を彷徨っとる。わしはこうして何度も、ああいう灯をなんとも思えん想いで見送っとるよ」

雨霞を丸く刳《く》り抜いた、まるで雪洞《ぼんぼり》のような橙の灯を、ヒコザエモンは哀れみを溶かした瞳で見送っていた。その瞳の先にアザコも視線《め》を重ね、いまだ覚束無い鬼の名を頭の中で下手くそに泳がせる。鬼の灯はあっちへいったりこっちへいったり、ごん、ごんと木にぶつかり、そのたびに震える木の葉から一斉に雨滴《あまだれ》が落ちる、ざぁっという音が聞こえてきた。

「だから、面倒かもしれんが、あの鬼が訪ね、アザコがその名を口にせにゃならん時は、どうか、間違えないでやっとくれ。その面倒な長文句は、彼らがあんな鬼《すがた》になる前から必死に縋りついている儚《はかな》い希望なんだ」

「鬼も希望を持ちますか」

「とっくに錆びて使いもんにならん希望だがな。それに気づいとらん」

アザコは右に左に揺れている足跡へと目を落とす。その窪みにも夜の澱が溜まり、鬼の放《ひ》り落としていった汚穢《くそ》のように見える。

「あの大頭と潰れた足では歩くのは不便でしょう。目もあのように埋まっては」

「それでいい。あれでいいんだ。辿りつかなくていい真実《こたえ》には、辿りつけない足のほうがいい。視えなくていい現実には、視えぬ目のほうがいい。あの鬼は、あの容《もの》でいいんだ」

そうそう、大事なことを忘れとった、とヒコザエモンは息を繋ぐ。

「鬼はそうなった事訳《ことわけ》、環境、人だった頃の素面《すめん》によって、膨れ頭か萎《しぼ》み頭か、面抉《つらこじ》れか面無しか、三つ裂け舌か六つ裂け耳か、足萎えなのか蜘蛛脚なのか、毛むくじゃらか疣塗れか、それともどっちもなのか、その容が決まる。容は皆違うが、天狗や染みのように同じ名で一つに絡《から》げられる鬼も多い。今のもそうだ。苦薬《にがぐすり》のような臭いがしとったろ？　あの臭いがする鬼《もん》は、どんな容をしとっても、みんな朝盥《あさだらい》夜盥《よるだらい》だと覚えておけばいい」

霧雨《きりさめ》を纏った緩い夜風の運ぶ鬼の残り香に、嗅覚《はな》を欹《そばだ》てる。

「あれは軟膏の臭いですか？」

「死骸だ。鉢舐のな」

「てっきり不死身かと」

「寿命はたったの三日だ。しかし、死ぬ前に百から二百の卵を産みつける。それが孵化《ふか》し、三日を生き、また死ぬ前に卵を産む。これが繰り返されるんだ。命の尽きた亡骸《なきがら》は宿主の身体のあちらこちらに点在する〝墓〟へと溜めこまれるようになっとる」

「――墓」

死骸。寄生。脳舐り。墓。綴られていく不穏で不吉な言葉。それら負の言葉の筆頭であり、人なら誰もが厭い、忌避する――《鬼》。この頃のアザコにとってその言葉は、明日の天気や今晩の飯のおかずと同じぐらい日常に埋もれているものだった。《人》という言葉を厭い、貶めの対象として使いだしたのも、この頃である。それは明らかなアザコの中の変異の兆しであった。

「舌の裏、歯肉の中、耳朶《じだ》の中。そうした墓ん中で熟成《ねか》された死骸から滲み出る汁の臭いが、さっきのあれだ。鬼として生きれば生きるほど墓は増えていく。得体の知れん化け物の墓をいくつも担いで生きるだなんて……人に寄生《やど》る化け物は数多くあれど、わしは鉢舐ほど人の心身を寸寸《ずたずた》の襤褸《ぼろ》にするものを知らん。あれを人に寄生《やど》らせるなんて悪鬼の所業だ」

「洞蔵という男は、なぜそんなことを」

「さぁな。世の中、妖怪《あやかし》よりも怪しいもんはたくさんおる。洞蔵みたいな得体の知れんもんがよく流れてくるのが都って場所だ。八十年前にも同じ商号の、同じ姿恰好をした薬売りが都に現れたとも聞く。その時も鉢舐に寄生《やど》られた者が結構出たって話だ」

薬屋洞蔵《やくやうろぞう》。

人なのか、それとも化け物の化身か。

「そういう怪しいもんは後になんにも残さんもんだ。残されるのは、誰にも解かれぬ神妙不可思議な謎と、その謎を掲げる存在《もの》に弄ばれてしまった無力で哀れな人《もん》だけだ」

そう話しながら草履を連ねる縄を上がり框の上に吊るし、その下に火を焚いたシシ脚火鉢を置く。こうして燻しあげることで人里から引き摺ってきた穢れを落とすんだ、と団扇を煽いで外へ煙を追い出す。

「弄ばれた者《もん》は、運命のビー玉をそいつの掌の中で好き放題に転がされる。さっきの鬼の貌を見たか？　黒子《ほくろ》が多かったろ？　ありゃ、面の皮に埋まったまんまの蜂の針だ。大方、恐れ知らずで無鉄砲な都の若衆《わかしゅ》が肝試しにと山へ入り、うっかり蜜蜂《みつすがり》の巣でも蹴飛ばすか、つついちまったんだろ。この山の蜜蜂にゃ梅悪《ばいあく》ほどのえぐい毒はないが痛みはべら棒にきつい。針を抜こうと指で触れると、どんどん中へ潜っていっちまって抜けなくなってしまう。こりゃ下手に触るより医者に任せた方がええと、いそいそ山を下りたはいいが、腫れあがった面を世間様に晒すのは、こっ恥《ぱ》ずかしいったらない。ヅクヅク疼《うず》く腫れっ面《つら》を袖で隠し、痛ぇよ痛ぇよ、と咽《むせ》び泣きながら医者を探して歩いていると、運悪く洞蔵の口上を耳にしちまった」

のべつ幕無しに語られる事の経緯。

　こういう時のヒコザエモンの語りは饒舌《じょうぜつ》で、妙に芝居がかっていた。この時から、伝え残す者としての意識が働いていたのかもしれない。

「これは仏の采配だと軟膏を買っちまった彼を、馬鹿の愚かもんだなんていっちゃあ可哀想だ。あられもない苦しみの中じゃ、人は縋りつくものを探さずにはおれん。洞蔵の声は神仏《かみほとけ》の声に聞こえたろうよ。で、そうやってまんまと買わされた薬を顔の腫れに塗《ぬ》りたくってみたが、どうしたことか、痛みは治まるどころかますます激しくなるばかり。ああ、なんてこった、騙された！　と、ここで止めておけば、あそこまで腫れあがることはなかった。せいぜい、いっても元の二、三倍だ。しかし、この若衆、薬が足りなかったんだと勘違いした。銭を掴んで家を飛び出すと、さらに二個の軟膏を買って帰ってきた。今度こそはと腫れあがって毛穴の広がった面に、たっぷり鉢舐の卵を擦りこんで、塗りこんで。結果は見ての通り」

「どうしてわかるんです？」

「ああくそ、煙い。アザコ、かわってくれ。わかる？　なにがだ」

「鬼のことです」

　噎《む》せるヒコザエモンにかわってアザコが煽ぐ。草履から炙り出され、搾り取られた穢れを絡む紙《こ》縒《よ》りのような白煙が、こちら側へ入ってこないように。出ていけ。出ていけ。入ってくるな。ここから。鬼常叢《ここ》から出ていけ。

「あなたは、まるで見てきたように語る。いつもそうです。不思議に思っていました」

「みんなわしの想像だ。古い鬼のことなら先達から腐るほど話を聞いとるし、そういうのも混ぜ込んでるよ。ま、後はそうだな、年季を入れるのは大切ってことだ」

「鬼を見続ければ、それが視えると？」

「視えるなんて大層なもんじゃない。鬼の容からいろいろ想像できるようになるってことだ。人の頃の姿も。今、何を考えているかも。言葉や貌がなくたって、それを伝えているものが鬼の容の中には必ずあるんだ。そういうものを見つけて想像することは面白い」

鬼の容を見ただけで、その身に起きたことを推しはかれる目。過去を。今を。表情《かお》を。心中《しんちゅう》を。鬼の語らぬことを視通す目。

後にアザコも身につくことになる特殊な能《ちから》の一つであった。

*

訪ねてくるものだけでなく、行き逢うものについても少しだけ触れておこう。

予期せぬ偶然の出遭いも、確かにアザコの成長を促していたのだから。

*

「ほー、ほー」

歳の頃は十八、九。美しい顔立ちの娘だ。

濡れた朱い布を肌にぺたりと貼りつけたような出《い》で立ちなので赤い人影に見える。作り物めいた笑みを浮かべた娘は「ほー、ほー」と声を上げながら、木陰で弁当をかっ込んでいる若い猟師に後ろから近づくと勢いよく飛びかかった。麓の森の松の疎林《そりん》、昼下がりの出来事だ。

娘の口は急須の注ぎ口のように尖り、突き出た口に面皮を引っ張られて表情も尖る。その表情のまま太い頸に吸い付くと、尖った口の中に猟師を包む日に焼けた肉皮がじゅるじゅると音を立てて吸いこまれていく。娘の強烈な吸い込みに負けて面の皮をぐいぐい引っぱられている猟師は、引き攣った口の端から桃色の歯肉を覗かせ、混乱のあまり零れ落ちそうなほどにひん剥いた目をぎょろぎょろと動かしている。まるで殻《から》を破ろうと必死な羽化直前の成虫のようだ。小柄な娘に吸い付かれた大柄な男が、死に物狂いで手足をばたつかせる光景は実に滑稽《こっけい》だった。

あれが、肉吸いという鬼か。

ヒコザエモンから何度か名だけは聞いたことがある。

なんにもしなければ美しい娘。その利を生かし、昼夜を問わず森を彷徨い獲物を見つけて肉を吸う。

アザコは岩陰から、猟師が皮を纏った骨になるまでを見守った。表の皮を残し、その中に詰め込まれていたであろう日々の勤めで鍛え上げられた筋《きん》も、腑も血も目玉も、すべて吸い尽くされているようだった。

あれも元は人であったのだなぁと興味深く見ていると、肉吸い娘は残った骨と皮を猟師の休んでいた木の上へと放り投げ、枝に引っ掛けた。猟師の頸から下には皮と骨の捩《よじ》れたものが尻尾のように垂れている。

そういえば、とアザコは思いだす。

今日はムゲノツイタチだとヒコザエモンがいっていた。

ムゲノツイタチは水無月《みなつき》の朔日。六の月の一日目だ。ムクレツイタチ、ムキノツイタチともいって、この日はあらゆる生き物が皮や殻を剥いて生まれ変わるらしい。剥き日和《びより》ってことだ。人も例外ではなく、早朝、盥水に尻を冷やしてから桑の木を見ると、人の皮が掛かっているのを見ることがあるという。鬼や化け物でもあるまいし、人が自ら皮を脱げるわけもなく。たまたまこうして肉吸いに吸われた犠牲者を見た者が、その貧弱な想像力と乏しい妄想力を駆使し、そんな迷信を語り伝えたのだろう。人はわからぬものに何かしら理由を付けたがるものなのだ。

大人一人分の肉を吸い尽くして満腹になったのだろう。僅かに垂れ下がった腹を両手で撫でさすり、肉吸い娘は、ほーほーと鳴きながら森の奥へと消えていった。

アザコは岩陰から出ると落ちている枝を使って猟師の皮を下ろした。

首にはぱっくりと割れたような傷がある。ここから肉を吸い取ったのだ。この傷口から猟師の肉がすべて流出したのだと考えると、なんだか物凄い。

ふと考える。皮《これ》をかぶって、大人の男に化けられないだろうか。

アザコは期待を抱え、絞り雑巾のような猟師の皮を持ち帰った。


「骨を組み直せば、被れんこともないが」

竈《かまど》の焚き口を掃除していたヒコザエモンは煤だらけの顔をしかめながら、土間に広げられた猟師を見ていた。

「お前さんの背丈で大人の皮を被ったらおかしなことになるぞ。なんとか丈を合わせても、顔と身体のつりあいがおかしな寸詰《すんづ》まりになる」

「脚を竹馬のようにしてくれたら歩けます」

「馬鹿をいうな。頭骨を刳り抜いて、肩幅を合わせ、竹馬まで拵えろ？　童提灯よりも大仕事だ。なんでわしがそこまでせにゃならん」

なるほど、ごもっとも。

ごめんなさい、と俯《うつむ》くアザコ。

「鬼なら器用に着るんだろうがな。人の内皮と鬼の外皮は相性がいい。人皮で包まれていれば、その中で鬼は大きくも小さくもなれる。人には無理だ」

「かわります」

ヒコザエモンと場所をかわり、焚き口にこびり付いた焦げを竹べらで削る。

「こんな仕事、わたしにいってくだされればいいのに」

「わしも身体を動かさんといかんでな。最近は足腰がやけに軋む。ほっといたら石になりかねん。わしのことはいいんだ。こんな皮《もん》拾ってきて、やっぱり大人の身体に憧れているのか？」

「まさか。今さら思いませんよ、そんなこと」

「ほお。じゃ、なにがしたい」

「わたしも化けてみたかったんです」

「これを被れば化けられると？」

「村にいる頃は継ぎ接ぎ痕のせいで、よく人皮をかぶった鬼子だといわれていたものですから。それなら本当にかぶって会いにいってやろうと思いましてね」

「なんだ、余興《よきょう》か」

「余興です。しかし使えないのなら捨てます。どうやら蠅も嗅ぎつけたようですし」

と、さっきから頭上で蚡縕《ブンブン》と煩《うるさ》いものに一瞥《いちべつ》を投げる。

「待て待て、欲しがるもんはおる。そいつにくれてやってもいいか？」

「かまいませんが。どんな鬼ですか？」

「鬼じゃない。人だ。わしらみたいな半バケのな」

「えっ」アザコは驚いた顔を向けた。「そんな人がまだいるんですか？」

「おる。白首沢《しらくびさわ》の向こうに住んどるよ」

自分たちの他にも鬼常叢に世捨て人がいたなんて初めて聞かされた。嬉しいような、怖いような、複雑な気持ちになる。

「これをなにに使うんでしょう」

「杏《あんず》なら人皮を財布や小物入れにできる。こんだけ厚い皮なら履物《はきもの》にもなる」

「杏さんといいますか。可愛らしい名前ですね」

ハッハ、とヒコザエモンが笑う。久しぶりに天狗嗤いを聞けるかと思ったが、声は擦れて以前ほどの迫力がなくなっていた。

「そのまんま伝えといてやる。喜ぶぞ。どれ、ちょっくら持っていくか」

飴玉でも土産にもらってきてやる、と皮を担いで家を出ていった。

戻ってきたのは、日の暮れかけた刻。

「アザコにだとよ」と渡された手土産は生姜《しょうが》飴の入った巾着袋と人の面皮を伸ばして拵えた人面前掛け、そして、後頭部の穴から蚊遣線香を入れられる女の首だった。

「これはいりませんよ、杏さん」

アザコは困った顔で独りごちた。

＊

山で行き逢うのは、なにも鬼や、その犠牲者だけではない。

棄てられた者、逃げてきた者、諦めた者とも行き逢うことがある。いずれも人でありながら、心は人から離れつつある者ばかりだ。アザコはそういう者を導く存在となっていく。自身の役割をアザコは山を彷徨する中で見つけたのである。

ある朝、霧が冷たい沼沢地《しょうたくち》の傍で、襤褸を纏った老婆と出会った。

木の根元にしゃがみ込み、明らかに食べてはならぬ色の茸を口にしようと手を伸ばしている。その手は爪に黒い垢を溜め、がくがくと震えていた。

「お待ちなさい、お婆さん。それは毒ですよ」

「ええ、ええ、わかっとります。これは毒です」

垢汚れで皺《しわ》が濃く刻まれた老婆の顔は、幾日も山を彷徨ったことを伝えていた。

「毒と知って喰いますか。よければわけを聞かせてもらえませんか」

棄てられました、と返ってきた。

姥《うば》棄てか。貧村では口減らしとして働けない者、病にかかった者、老い先の短い者を当然のように山へ棄てる。そんな話を耳にしたことがある。

「私が飯を喰うからだそうです」

老婆は棄てられた理由を話した。

「飯を喰うのは当然でしょう、生きているのだから」

「ですから、死ぬか、棄てられるかを選ばされましたよ」

「なんと。そんな理不尽な話はありません」

黒と黄が血溜まりの中で戦をしているような、明白《あからさま》に危険な色合いの茸を踏み潰す。ぷすぅ、と草履の下から屁のような音が漏れ、辛《から》い臭いが鼻を焼いた。

「こんなものを喰ってはいけない。村へ戻ってはどうです。路なら案内《あない》します」

「戻れば娘に迷惑をかけます」

「どんな迷惑ですか」

「孫の食い扶持が減る。ですから、山で死にます」

「恨みはありませんか」

「そんりゃあ」

ありますとも、と零した。

その瞬間、アザコの瞳の奥に妖刀の刃の如き光が湛えられたことを、老婆も本人も気づいていない。

「誰を恨みます？」

「娘の旦那が、棄てようと」

「いったのですか？　お婆さんを山へ棄ててこいと、いったんですか？」

「辛《つら》いことだが、家族のためだといって」

旦那は娘《つま》の目のない時、煮立った湯を柄杓でかけてきた。

寝ているところ、寝ぼけたふりをして顔を踏みつけてきた。

童子の分が足りぬからと老婆の飯を奪い、自分が喰らった。

すべて、家族のためだといって。

「このまま死ぬのは悔しいです……」

「よくぞ、想いを告げてくれました。その男が憎いですか」

「にくい、にくい」

にくい、にくい、にくい、にくい。止め処もなく憎しみを口にする。

「鬼になりなさい、お婆さん」

「鬼ですか」

「鬼ですよ、お婆さん」

「鬼になって、私はなにをしますか」

「いちばんやりたいことを。存分に。悔しいではないですか。村に戻ってやりなさい。そして、あなたの娘さんの旦那を思う存分、喰い散らかしてやりなさい」

「なるほど。鬼になるには、どうすればいいのでしょう」

「一緒に考えましょう」

アザコは今まで会ってきた鬼を思い返してみた。

ひどい苦痛の中で見捨てられた者。無意味に焼かれた者。嗤われた者。信じる者に裏切られた者。血の涙を流した者。無念で無残で虚しい死を迎えんとしていた者。そういう者が鬼になりやすいようだ。後は生きたままなるか、死んでからなるか。

ここは老婆の希望を訊ねることにした。

「娘さんの旦那に、どんな復讐をしてやりたいですか」

「考えたこともない」

「ここでは正直になりなさい。人の世を追い遣られたあなたは、すでに人ではない。鬼となるのです。鬼として、あなたはなにを成し遂げたいかです」

長い沈黙の後、老婆は呻くようにいう。

「あの達者な口に、糞をたぁんまり詰め込んでやりたい」

「なるほど」

糞ですか、とアザコはしばらく考え——。

あつらえ向きの場所へ連れていくことにした。

鬼の糞壺《くそつぼ》。

その名が示すとおり、鬼が糞を溜める場所だ。牛が丸々一頭、浸かれてしまえそうなほどの大きさの丸い泥溜まりだ。底の深さは測った者がいないのでわからない。ここに棄てられる糞は尻から放《ひ》り出すものばかりでなく、それぞれの鬼が糞と判じたものだ。破れた布きれ、黒すぎる泥、厭な顔の人形、牛の首、棺桶の蓋、割れた墓石、不可解な色形の不愉快な塊、どろどろした粘り、腐った肉の塊、人や獣の骨、錆びた包丁、木の枝や石ころもある。もちろん糞らしい糞もたっぷりある。なんにせよ、鬼でさえ棄てるものだ。ろくなもんがない。

こういう不浄場が山には幾つもあり、そこから毒虫や瘴気が生まれることもある。アザコは以前、糞壺から大量の黒百足《むかで》や便所蟋蟀《こおろぎ》が溢れ出て、森に散らばるのを見たことがある。

奥深い森に鎮座している姥首岩《うばかべいわ》の岩陰の窪みも、鬼の糞壺といわれる場所だった。

アザコは「この糞壺に入りなさい」と老婆にいった。

素直に従い、どす黒い糞溜まりの中に胸まで浸かった老婆はアザコに訊ねた。

腹が減ったら、どうします。

だったら糞を食べなさい。

喉が乾けばどうします。

だったら糞を飲みなさい。

それはなんとも苦しいです、厳しいです。

そうですとも、この苦しみと理不尽を憎しみに上塗りするのです。

やらねばなりませんか。

あなたは憎いんでしょう? 復讐したいのでしょう? でも、そのぼろぼろの年老いた身では無理です。借りましょう。鬼の力を。いや、あなた自身の力を鬼のものへと変えましょう。

「あなたは糞の鬼となるのです」

四日経ち、姥首岩の糞壺へ行ってみると老婆の姿はなかった。

糞の足跡が東の方へと続いていた。

ほどなくして、東の村のある家の、ある働き者の旦那が死んだ。腹をぱんぱんに膨らませ、池にぷかぷか浮かんでいるのが見つかった。膨れた腹の中には肥桶六杯分の糞が詰まっていた。糞に混じって腐れた木切れ、折れた墓標、半分骨になった猫の頭などが詰まっていた。鬼の仕業だといって村人は恐れた。

以来、人里を追い遣られた者と山で行き逢うと、アザコは優しく声をかけ、復讐を促し、鬼になる手引きをした。

人には鬼になり易い者と、そうでない者がいる。鬼になり易い者は決まって弱い立場だった者だ。虐げられ、踏みつけられ、唾を吐きかけられてきた者は、これまで溜めこんできた恨みや憎しみが心の底に黒く溜まっている。その澱《おど》みを言葉で掻き回してやるだけで、いとも簡単に鬼の道を歩みだす。かつて薬屋洞蔵が都の人々を言葉で篭絡《ろうらく》して鬼にしていったように、アザコは弱者をどんどん鬼道へと導いていった。

重病に罹《かか》って棄てられた余命幾ばくもない別嬪《べっぴん》さんは、不死身となった心臓や健康的な腸《はらわた》を誇示する開けっぴろげの明女《あけすけ》という鬼にした。逃亡中に怪我をし、仲間に見捨てられた夜盗の男は、貨幣《ぜに》を鱗《こけら》に持つ鬼、銭鱗《ぜにこけら》にした。無実の罪で腕を落とされた世捨て人が迷い込めば、喪った腕のかわりに腐れた蛇の死骸を何本もぶら下げた鬼にする。飢えと渇きで行き倒れていた宿無しの母子は、土でも木の皮でも親でも子でも喰らう餓鬼にしたが、今はどっちがどっちの腹の中にいるかはわからない。

なかなか鬼になれぬ者もいた。

信じる気持ち、友との約束、希望、愛情、未来。散々人の世に喰い荒らされ、もはや滓ほども残されていない、吐き気を伴うきれいごと。そんなものが鬼になるのを邪魔をしている者には、いかにそれらが益体《やくたい》もない見せかけだけの嘘っぱちかを訴える。すると森の奥へと姿を消し、忘れた頃に鬼となって童提灯をもらいに来る。

天狗や染みのように既存の形の鬼になることもあれば、他に類を見ない容の鬼になることもあった。そういう場合は名前を与えた。

*

さて、そろそろ、これにも触れておかねばならない。

この頃のアザコにとって、もっとも謎多き存在《もの》について。

鬼常叢で暮らすようになってから、ずっと抱いてきた疑問、違和感。その象徴。

オシラ様だ。

お宮の中で祀られる、赤い目を嵌めた歪な白き偶像。

あれについてアザコは、なにも知らなかった。

なぜか、ヒコザエモンはオシラ様についてはは多くを語らない。それ以外のことはなんでも饒舌に語るのに、これにはあまり触れようとしなかった。その名を口にすることはあっても、そこから話題を掘り下げることもない。遠ざけるわけではないが、取り立てて興味を誘うこともしない。アザコが訊かないからというのもあるのだろう。

山では人の世で培《つちか》った経験《もの》など、糞ほども役に立たない。それをアザコは知った。その役立たなさは、むしろ嬉しかった。人の世の常識は自分を縛りつけ、辱《はずかし》め、晒しあげるものだが、ここでの常識はいたって単純。生きるための理解力、判断力、思慮分別。道端の石ころ、頬を撫ぜる風、不機嫌な曇天《どんてん》、緩やかな瀬の流れ、腹を空かせた狼、日々朽ちる命、森の奥の静かなる喧騒《けんそう》。それらの中で生きていくための常識だ。この暮らしにアザコは満足していた。普通なら享受《きょうじゅ》の難しい鬼にしても、山で生きるためには欠くべからざる存在だと、思ったより早く受け止めることができた。これまでの自分にはなかったことだが、必要とあらば自ら積極的に近づいて働きかけるようになった。わからないことはヒコザエモンに訊ね、鬼に訊ね、山に訊ね、それでも答えが出ないものは瞼を閉じ、全神経を繊毛のように揺らし、声無き存在《もの》から感じ取ろうと心がけた。

ただ、オシラ様は別だった。

あの白い像を中心に放たれる異様な謎の領域には踏み込む勇気がない。

「なんだか、近寄りがたいんだよな」

ヒコザエモンは勤行《おつとめ》を毎日欠かさなかった。お宮へ入る時は必ず立派な着物に着替えるし、なにかの肉片や虎魚《ヲコゼ》の干物を欠かさず像に供え、指を複雑に絡めあった合掌とは言い難い合掌をしながら、聞いた傍から忘れてしまうような呪文めいたものを抑揚なき声で唱える。その後ろ姿からは崇敬《すうけい》、景仰《けいぎょう》、感謝といったものは感じ取れない。御勤めを終えた表情《かお》にも、その手の解脱《げだつ》者が見せるような、ある種の充足感や何事も享受する落ち着き、悟得《ごとく》した表情といったものも感じられない。何者かに無理無体にやらされているような印象さえ受けてしまう。

第一、御蚕《おかいこ》様の神だというのに鬼常叢には養蚕《ようさん》の「よ」の字も見当たらない。集落中の廃屋の中も見てみたが蚕室《さんしつ》となる場所も飼うための道具もなく、桑畑もない。蚕の一匹だっていやしないのだ。疾うの昔に失われ、今は信仰だけが残されたのか。なぜ、童提灯作りはその信仰を引き継ぐのか。自分が童提灯作りを引き継ぐ時、オシラ様崇拝も引き継がれるのか。そういった気懸《きがか》りに対する答えを自ら求めるつもりはなかったし、白い偶像が放つ不穏な気配の謎を解く鍵を、欲しいとはまったく思わなかった。

そんな、ある晩のことだ。

いつものようにお宮で鬼待ちをしていると、どんな風の吹き回しかヒコザエモンのほうからオシラ様について語りだした。

「蛭子《ひるこ》なんだよ、この神は」

唐突な告白にアザコはきょとんとした顔を上げた。

「は？　なんです。ひるこ？」

「なんだ、神話を知らんのか？」

「ええ、神話はちょっと……なんです、その、ひることというのは」

「蛭子は不具の神だ。見ろ」

白い歪な像を目で指す。その目は像と同じで赤く濁りきっていた。

「……大丈夫ですか、ヒコザエモン。身体でも壊しましたか?」

「あー、だめだだめだ」雑に頭を掻き毟る。「このオシラ様の容は正しくない。人の容に近すぎる。ずーっと思っとったんだ。見ろ、手足の名残がある。ちゃんと突っ立っとるのもおかしい、あれは立つことなんてない。なにより目があるじゃないか。ありえんことだ。こんなんじゃだめだ。本当の蛭子《ひるこ》はなんにもない、蛭のような、ぶよぶよの肉の塊なんだ」

「ですが、これは蛭子ではなく、オシラ様でしょう?」

「同じだよ。もとは〝オヒラ様〟なんだ。昔は蛾をヒルといって、蛾の仔をヒルコといっとった。不具の幼虫《こ》から白い翅《つばさ》を持つ眩《まばゆ》い姿へと生まれ変わる、その蚕《すがた》を、人々は神として祀ったんだ」

白い繭《まゆ》を破って、白い翅を具《そな》える生き物に生まれ変わるその姿は、想像すると確かに神々しい。だがその美しさは蛾の悍ましい面でもある。作りものめいた禍々しい触角、落ち着きなく羽ばたいて粉を撒き散らす複雑な紋を描く翅、蕩けた腑汁《ふじゅう》のたっぷり詰まった肥えた腹、火を消そうと我が身を投じる、その習性。

「アザコは字を書けるか?」

「いえ……読むことはできますが。それがなにか?」

「そうか、なら今度、字を教えてやらんとな。皮肉なもんだよ」

「皮肉、ですか」

どうもさっきから妙だ。ヒコザエモンの言葉が蕩けている気がする。

「翅があったって飛ぶこともできないってのに、天の虫なんて、皮肉だろうよ」

「――ああ、字のことですか。蚕の……」

「この像はダメだ。オシラ様の本っ当の姿は、もっと違う。わかっちゃいない」

「見た人でもいるのですか？」

いってすぐに馬鹿なことを訊いたと反省した。

視ることができないから、人はその偶像を作るのだ。

ヒコザエモンは無言で立ちあがると作業部屋へ入っていった。すぐに出てくると、雑巾のような紙を紐で綴《と》じた薄い書物をアザコに差し出した。

「なんです？」

「ふふ、これは禁じられた書だ」

ぷん、と酒の臭いがした。そういえば、今夜は夕飯時に酒を煽っていたな、と思いだす。酒は仲の良い鬼が遊びに来たときくらいにしか飲まなかったが、最近は腰がダメだ、背中が辛い、と身体の痛みを漏らすことがあり、ひどく痛む晩は酒の力で誤魔化している節があった。さっきから言葉が蕩けているのは酔って呂律が回っていないからだ。急にオシラ様について話し始めたのもそういうわけだろう。ヒコザエモンの秘匿《ひとく》の扉の鍵は酒なのだなと心の中で笑い、書物の表紙に目を落とす。

『異神御来迎略記《いじんごらいごうりゃっき》』

墨で書かれた書名を読み上げる。

「オシラ様の本当の姿は、そこに書かれておる」

いったい、いつの時代に書かれた書物なのか。

くしゃみ一発で崩れそうな書を、アザコは指先で慎重に捲る。

蛭児《ひるこ》の物怪《もののけ》、山の神となる事

此の地が古く伝えし、山の神といふものあり。

此の神、真の神に非ず。

之は異郷の物怪の首魁也。

遥か遠くの海より氷塊《ひょうかい》に乗りて到来せし其《それ》は、雪の如く白き身、手足は無く、貌無き頭は薄平たく、蛭児に似ると云ふ。

其の異郷の神、雪に似る蟲を生み、白糸で里山を覆い尽くせり。

里山白く染めし後、白糸で己を包み、其は大なる繭の如し。

幾日後、繭の如きもの割って現れしは、醜き形の翅無き異形のもの也。

後に其は山の神を名乗りて、人を山へ誘い、醜悪極まりなき相へと変じて返す也。

此、眷属を増やさんとする謀也。

此の神、ヲコゼを供物《くもつ》に好むと云ふ。ヲコゼは醜い魚也。

山の神、其の相醜く、故に醜きものを好むとの由。

人が山へ誘われんが為、人里でヲコゼを供えし事頻り。

此の供物を取りに山の神、山上に顕れる事あり。

月を背にするが故、影映りし月、四ツに割れて見える也。

供えしヲコゼ、揃って月に向かわんと浮上せんとする也。

之を虎魚《ヲコゼ》飛揚《ヒヨウ》之恠といふ。

月を食す羅睺星《らごうせい》なるものと同じ恠か。

「書名にある御来迎とは」ヒコザエモンは補足する。「山に霧が立ち込める時、稀に見られるものだ。陽光を背にすると影が霧に映り、その影の周りに光の環が浮かぶ現象をいう」

それは暗に、よつばり月のことを指しているのだろうか。

月に生じる十文字は、海の向こうの異郷から到来した化け物の影。蛭子から羽化したそれは、今は山の神を名乗っているのか。その神が人を鬼へと変えているのか。

「その書は書き損じていることがある。真の山の神についてだ」

「真の？　他にいますか、山の神が」

「なにをいっとる。アザコも顕現を目にしただろ。この山だよ。山囃子を鳴らし、鬼を乱舞させる、この山についてなぁんも書かれておらんのが不満なんだ」

　アザコは書物を返しながら訊ねた。

「この山は、神なのですか？」

「いいや、同じだよ。この山も化け物の首魁だ。なあ、神ってなんなんだ？」

　充血して潤んだ目が巾着の口のようにぎゅっと窄《すぼ》まった。ヒコザエモンは嗤っていた。笑みに顔を歪めている。まるで、その化け物の首魁とやらが宿っているかのような、人の笑いからはほど遠い嗤いに顔を支配されていた。

「化け物とは、いったいなんなのですか？」

「質問を質問で返すか。今さらなことを訊くんだな」興が削がれたように嗤いを棄てる。「魚、獣、蟲、人、鬼、それ以外の存在だ。せっかくだ、そこに神も入れておくか」

　稀少な書物をまるで粗悪な半紙で拵えた黄表紙《きびょうし》のように、ぺらぺらと雑に捲る。

「それ以上のことは知らん。この世の誰もな。本当は化け物なんて粗末な言葉で括っていいものじゃないのかもしれん。きっと人よりも遥か昔から、この世に存在しとるもんだ。その点からいえば、神と呼んでも差し支《つか》えはなかろうがな。こう考えておくといい。正体のわからぬもの、それをすべて化け物と呼ぶ、と」

　そんな得体の知れぬものの存在を許しながら人は暮らしていたのか。いや、本当に人より古い存在なら、許されながら生きてきたというべきか。

化け物。この言葉を人は教訓の中に投じ、迷信に潜り込ませ、どこか他人事のように遠ざけながらも、その存在を確かに認め、脅威と驚異の徴《しるし》として扱い、意識をしながら無視もしてきた。人にとって化け物はそうやって接するしかない、正面から眼《まなこ》の真ん中で捉えてはならぬ、神秘的な存在なのだ。

その化け物たちが支配する世界が、人の常識など微塵にも通用しない隠れ里が、この世のどこかから繋がっているなんて。

珍しくアザコは高揚していた。こんなに自分の内側から迸《ほとばし》りを感じたことなど今までなかった。

化け物の世から見たら人の世なんて、蟻の目糞よりもちっぽけなものだろう。化け物にとって人など、風に攫われる塵芥《ちりあくた》よりも目に留める価値も意味もない、つまらぬものに違いない。

――いや、必ずしもそうともいえないか。自分は山に認められたではないか。骨を顕わしてくれたではないか。それはアザコという存在《じぶん》を意識してくれているからではないのか。ヒコザエモンが鬼と酒を酌み交わすように、化け物とも懇意な間柄になれるかもしれない。連れていってくれるかもしれない。人の世など鼻息で飛ばせるくらいのものが我が物顔で闊歩《かっぽ》する、圧倒的な世界に。

この時、アザコは自分に明確な夢があることを自覚した。

その夢を成し遂げたことのある存在《もの》は。

この世の最初《はじまり》の存在《もの》くらいだろう。

――そんな夢だった。

「これを書いたもんは」まだヒコザエモンは書物の内容にぶちぶちとケチをつけている。「よつばり月が鬼を生んだと書いとる。山の存在に気づいていれば、こうは書かなかったはずだ。もし、わしが書いとったら――」

「ヒコザエモン」

「――なんだ。ああ、頭が痛いな、飲み過ぎたか」

「山が、鬼を生むのですか？」

「そんなことは直接山に訊いとくれ。お前さんの方がわしよりも親しいだろ」

ヒコザエモンは祭壇からオシラ様の像をむんずと掴むとアザコへ放ってきた。受け取ろうと伸ばした手に像は二度弾かれ、すとんと掌に収まってくれた。

「び、びっくりするじゃないですか」

「軽いもんだろ。そんながらんどうな神様に拝んだってなにも御利益《ごりやく》はない。よつばり月は……オシラ神は託宣《たくせん》なき月だ。いくら拝んでも、虎魚の干物を供えても、なんにも告げてきやせんのだよ。アザコはいいよな、歩いているだけで山が骨を見せてくれる」

「よしてくださいよ……」

年寄りの妬みはねちっこい。アザコはうんざりした。

「化け物と繋がるのもいいが、ほどほどにせんといかんぞ。化け物の思考は人のそれとはまるで違う。人智の到底及ばぬところにあるもんだ。そんなものを知ってしまえば気が触れてしまうやもしれんぞ」

これは嫉妬や妬みからの言葉でなく本気の忠告だった。

初めて触れる異形の像を、アザコはまじまじと見つめる。

「間近で見ると、そんなでもないんですね」

今の話を聞けば、なんて中途半端な容の像だろうと思える。本物はもっと超越しているのに、こんな容では逆に真価を貶めるだけだ。

そうか。半端はいけないんだ。だから自分はだめだったんだ。自分は、この像と同じだ。人と異形、神と化け物、男と女、童子と大人、どっちへ傾きたいのかわからない。弥次郎兵衛みたいにぐらんぐらんと揺れている。この像にもきっと作り手の迷いが表れているんだろう。

「神話の蛭子は、生まれてから三年経っても立てぬほど未成熟だったそうだ。いつまでも熟さんところなど、アザコ、お前さんに似ているじゃあないか」

「神様なら、そう生まれる意味がおありになったのでしょう」

「そうだな、アザコは神様なんかじゃあない」

「そうです、わたしは神様とは違う」

「お前さんは、なんなんだろうな」

本当だ。なんなのだろう。

この世に本物の神や仏がいるならば、どうして自分のような半端者を作ったのか。

己《じぶん》は、なにか。

この命題はアザコの人生に、いつも付きまとうことになる。

*

記念すべき日についても語っておきたい。

この日は少なくとも二つの祝うべきことがあった。

時でいえば、山が仙人めいた木葉衣《このはごろも》や赤丹衣《あかにごろも》といった新衣《にいごろも》に着替えだし、あらゆる生き物が冬籠りの準備を窖《あなぐら》や洞の内《なか》で始める頃。見る者によれば、鮮紅真紅《せんこうしんく》の落葉落花が敷き積もる、紅蓮《ぐれん》に熾《おこ》る灼熱地獄の時節。またある者には、断末魔の飛沫《しぶき》を返り受けた、血潮を敷いた死屍累々《ししるいるい》の季節かもしれない。

その晩、お宮へ引き摺られてきた童子の顔を見たアザコは、思わず「おお」と歓呼の声をあげた。

手足を縛られ、猿轡を噛まされ、怯え尽くして震え死にしそうな童子の面は、数年前、自分に石を投げつけ、追いかけ回した面の中にあった一つだった。この坊主には蛙の死骸を喰わされたり、小便をかけられたりと、ずいぶん世話になったのを覚えている。

「お願いがあります、ヒコザエモン」

「いってみろ」

「この童子を提灯にする仕事、わたしにやらせてはもらえませんか」

ヒコザエモンは眉間に皺を寄せる。

「知り合いか」

「わたしに石を投げてくれました。蛙の味を教えてくれてました。喉が渇いたと訴えるわたしに小便まで飲ませてくれた友人です。タンジという名でした……確か」

だよね、と訊くと、猿轡の奥から「むぅむぅ」と唸り声が漏れ、首をぶんぶん横に振る。

「馬鹿をいうな。提灯作りなんぞ、教えても見せてもおらんだろ」

「手順は何度か聞きましたよ。酔っている時がほとんどでしたけど」

「呆れたな。それだけで拵えてみせるというか。できるわけがない」

「できますとも」

「しかしなぁ」と、アザコの目の奥を見据えたヒコザエモンは、ほぉ、と溜め息を吐《つ》くと童子の猿轡をはずしだした。

猿轡を解かれた童子は洟《はなじる》が絡んで汚らしく糸を引く唇をわなわなと震わせ、自身の呼吸に喘いでいた。

そんな童子の前にアザコは屈みこむと顔を覗きこむ。

「お晩です。覚えているかい、タンジ」

「おおお前、ややややっぱり、ばばばばば、ばばばば、ば」

「落ち着きなよ、ばばばばってなんだい」

「ばばば化け物の、な、な、なな仲間だったんだな」

「へ？　化け物？」

はっはっは、とアザコは嗤った。

嗤い声は、お宮の中にぐわんぐわんと響き渡る。

もう、天狗嗤いはアザコのものになっていた。

「なにいってんだい。化け物じゃないだろ。鬼だよ。鬼の仲間さ。ほら、これを見てお前たちがいったんだろ」

そういうとアザコはおもむろに着物の紐を解き、前を開く。

白い雪肌に走る、赤く細い轍。

ただでさえ脆弱《ぜいじゃく》な身体を、さらに脆く見せる危なっかしい繋ぎ目。

数年前、乱暴に着物をひん剥かれ、嘲笑と忌避の目に晒された、あの時となんにも変わらない身体。

「思い出してきたよ。お前たち、火車童《かしゃわっぱ》の真似かなにか知らないけど、オザギリさんちの葬式で、わたしを無理やり棺桶の中に入れてくれたよね。お前たち逃げちゃったけど、あのあとオザギリさんの親戚に棒っきれでイヤというほど殴られたんだよ。ああ、それとあれは驚いたな。誰だったか、磯仕事の親から海栗《うに》をもらってきてさ、それをわたしの前に転がして、飲めっていってたよね。ミソを飲めってことかなって訊いたら、なにいってんだ、毬《いが》ごと飲むにきまってんだろって。それって、どういうことなんだろうって想像できなくてさ、あのときは困ったよ。なのにお前たちったら飲め飲めって馬鹿みたいに海栗を顔に押し付けてきてさ、毬で口が血塗れになったよね。ほんと、童子《ガキ》って怖いよ。馬鹿だから」

さんざん拳骨を喰らったような顔でアザコの昔話を聞いている。

もっと、憎らしい顔をして欲しかった。せっかく久しぶりに会えたのに。

「お前たちはよく、わたしに向かっていったよね。こぉんの、人の皮をかぶった鬼子めぇって。あれさ、大当たり。よかったね。当たりだよ、タンジ」

おめでとう。

開いた着物で包み込むように、そっと抱く。

アザコの未熟な身体は久しぶりに人肌に触れた。大人のように嫌らしい熱とべたつきは、そこにはない。あるのは隙間風に脅される障子《しょうじ》のような小刻みな震え。

「ねぇ、助かりたいのかい？」

「助かりてぇ」

「もう一度いいな」

「助かりてぇ」

ぼろぼろと泣きだした。

「石投げてごめんよぉ」

アザコはすんすんと鼻を鳴らした。臭う。見るとタンジの股に黒い染みができている。小便を漏らしていた。

「名前はタンジでよかったかな」

「う、う、ハシタだよ」

「え？　ほんとに？　あれ、じゃ、タンジは誰だっけ」

「タンジはニタカんとこのチビ助だよぉ」

「あら、そうかい、それは悪かったね。まぁいいよ。ねぇハシタ。お前はまだ小さい。だから、なにをしたって罪は大きくされない。しゃんと謝れば、それで許される歳だ」

ごめんよぉ、ごめんよぉ、ほんとにすまねぇ、ごめんよぉ、ゆるしてくれぇ、なんでもやっから よぉ、ゆるしてくれよぉごめんよごめんよごめんよぉ。

　ほっとけば死ぬまで謝り続けるだろうハシタの耳に口を近づけ、ぼそり呟く。

「でもなあ、運命は別だからなあ」

「……う、うんめいってなんだよ」

「ん？　ああ、そうか。ハシタには難しいかな。うんめいっていうのはね。もう、決まっていること。逃げられないことだ。鬼ごっこしたことあるだろ。鬼に捕まるのはどうしてだと思う？　足が遅いから？　ちがうちがう。その子はね、最初っから捕まることになってたんだ。それが、うんめいってもんなんだよ」

　つまりはね。

「今のハシタも、そうってことさ」

　ゆるしてくれぇ、たすけてくれぇ。

　顔をべろべろと汚らしく濡らして懇願するハシタから、また臭う。こんどは糞を漏らしたようだ。

　アザコは顔を離し、着物を直しながら、ハシタに刺したままの視線《め》を蟲の死骸に向けるような視線《め》に変える。

「いくらお前たちに蹴ったり踏まれたりしたって、わたしは糞はもらさなかったよ」

　着物の紐をきゅっと結び、「さあ」と立ちあがる。

「よい提灯にしてあげるよ」


　結果からいえば、よい提灯にはならなかった。

　初めての童提灯作りは失敗してしまった。

　さて、二つの祝うべきことについてだが。一つはいうまでもなく、童提灯作りを許されたこと。

　もう一つは、アザコの胸《なか》に蟠っていたどす黒いものを、ほんのひと粒だが消化できたことだ。厳密にいえばもっといろいろあるのだが、とりわけアザコが嬉しかったのは、今まで入るどころか覗かせてもらうことも許されなかった作業場で初仕事ができたことだった。

作業場はお宮に併設されたもので、お宮よりかは倍近く広い。床は童子の血脂を吸っているからか、お屋敷の蔵の扉のように黒光りし、作業場を照らす童提灯の灯を反射させ、明かりの範囲を広げていた。童提灯を下げる鈎のついた縄が上に張り巡らされており、そこから二体の無灯の童提灯が沈黙とともにぶら下げられている。血抜きのための吊るし道具は、大きな鈎《かぎ》の下に空の桶や番台、篩《ふるい》などがいくつも重ねられ、何かを乾燥させるための枡網《ますあみ》が立てかけられている。足で踏み漕ぐ車輪型の砥石《といし》台の横には、見たことのない形状の刃物が並べられていた。奥には長持ちや文机があり、なぜか机の上には人体の経絡図が広げられていた。壁際には在庫だろうか、五体の童提灯が薄い和紙に包まれて佇んでおり、そのすぐ傍に童子から採れた内容物《なかみ》が油紙で蓋をされた桶に入れられ、心臓、脾臓《ひぞう》、肝臓と手書きの紙を貼られて分別されている。莫蓙《ござ》張りの葛籠は道具入れだ。

道具はひとつひとつ説明していたらきりがないので、その用途と名称からどういう形状かを想像してもらうしかない。目玉を抜くクリダシ。爪を剥ぐツマヌキ。前歯を抜くマエツマミ。奥歯を抜くソコツマミ。肋骨を断つツキダチ。太い骨はオツキダチ。背骨を取るシンヌキ。肉と皮を分けるササベラ（八種ある）。血の管を焼き潰すスズメゴテ。血の管を切るツバメグチ。これらの道具の名称をアザコがすべて覚えるのは、まだ先の話だ。

それでは解体します、といっているような作業場の雰囲気に箍《たが》がはずれたか、ハシタが泣くは喚くはで大変だった。

そんな中、血抜きはなんとかできたが、中身をきれいに取り除く作業の順番がわからない。あっちを切ったら、こっちが垂れる。こっちを切ったら、あっちが落ちる。人の身体の中は複雑な互助関係で築かれており、解体《バラ》すにも手順があるのだと思い知らされた。ろくに洗わないから鋏を握る手が脂で滑ってしまい、身体の中に刃物を落として傷つけてしまった。焦りに手を彷徨わせ、どこかの腑を破いてしまい、そこから漏れた汁で腹の中を汚してしまった。残すべき骨を誤って断ち、血の管を焼き忘れたために肌に内出血の黒い跡が広がってしまい、躓《つまず》いて転んだ拍子に桶の血脂をみんな零してしまう。作業場は惨憺《さんたん》たる光景になった。

ヒコザエモンは責めも怒りもしなかった。

作業中、ずっと傍で見ていたが、口は出さずに黙って見守っていた。ただ一つ、床は何度も水で洗い流せとはいわれた。零れた血脂で足下が滑るという理由と、蟲を寄せつけないためである。

そういうわけで、提灯になれなかったハシタはこの晩、それ以外の目的で鬼にもらわれていった。童子が鯨と同じで本当によかった、とアザコは胸を撫で下ろした。

この晩から、ヒコザエモンはアザコに童提灯作りを教えていく。

＊

毎日毎晩、ヒコザエモンはアザコを傍に立たせ、それはそれは鮮やかな手捌きで童提灯を拵えて見せた。さすが職人だ。その技術は息を呑むほど素晴らしい。人が物へと変わっていく非日常的な光景は、見ている者に時間の経過を忘れさせる。しかし、いかんせん、ヒコザエモンは説明がくどかった。数十通りあるという童子解体の手順を一から百まで丁寧に口頭で説明してくれるのだが、とにかく長ったらしいので聞いていると気が遠くなってくる。

「童子は泣き喚いて暴れるもんだ。だから、こいつを口に使う。ほれ、口開けろ」

まさに今、目の前で泣き喚いている童子の鼻を摘むと、黒い丸薬を口に押し込んで無理やり飲ませる。

「これはサカグラグサとヨイドレボッコの葉からできとる桃源丸《とうげんがん》ってもんだ。縁起《えんぎ》の良さそうな名前だろ？　サカグラグサは強い酒に似た芳香を放つ草で、山の中なら簡単に手に入る。ヨイドレボッコは稀少種ではあるが、一度根付くと梃子《てこ》でも嵐でも力士の張り手でも倒れず、伐っても伐れず、焼いても焼けず――まぁいってしまうと、こいつは化け物の一種なんだ。この化け物樹木の世にも悍ましい習性は……まあ、また次の機会に語るとして。ヨイドレボッコの波状の脈がある葉は、擂《す》れば清酒とほぼ同成分の汁を出す。こういう植物から放たれる酒に似た匂いには、蟲が寄ってこなくなる。酔っ払って動けなくなったら鳥に喰われちまうからだろうな。特に漁村じゃ重宝される。血抜きして塩漬けした魚の傍には必ず、このサカグラグサやヨイドレボッコの絞り汁を桶に入れて置いておく。こいつらの匂いは蟲避けにもなるが、酒気が腐敗を抑える効果も持つんだそうだ。だから漁港や市場のあちこちで見るはずだ。この酒臭は直接、鼻先で嗅いだ者の意識を混濁《こんだく》させるほど強い。この効能を利用し、医者が麻酔代わりに使うこともある。四、五十枚分の葉を潰して丸薬にしたもんは――今こいつに飲ませたやつだが――飲めば完全な酩酊《めいてい》状態にさせる。こんなふうに、べろんべろんにな。飲んだら半日は目を覚まさん。そのあいだはどこを切っても抜いても開いても痛みは感じない。当然、泣きも喚きもせんようになるから童提灯作りには欠かせぬもんだ。

さて、童子を吊り下げたら血抜きに入る。首の後ろを、ちょんと切って桶に血を落とすだけだ。切る場所はここ、この辺がいいな。首の前を切ると、ぴゅうっと勢いよく出るから気をつけろ。ほんとは血抜きは時間をかけるにこしたことはないんだ。溶血薬を塗って小さい傷穴から、ぽたりぽたりと少しずつ抜いた血は繊細でなめらかだ。さて、暇じゃないからさっさと抜くぞ。採血中は虫が集まらぬよう、桶に目の細かい網を張るといい。血は呼吸をしとる生きた汁だから、空気も吸わせてやれるし、蛆も産みつけられん。一石二鳥。採った血の保管だが、冬場は外に出し、夏場は川の浅瀬で冷やす。これで寒天のようになる。桝桶に入れて固めれば整理もしやすいし、保存場所もとらなくていい。血は鬼の化粧道具だと前にも話したと思うが、もちろん飲んだり食ったりもする。特に血の寒天は好きでな。桶一杯出しても豆腐のようにぺろりとたいらげる。温めて戻したものをぐびぐび飲む者もいるし、風呂のように浸かる者もいる。血は一人の童子から結構な量が採れるから、在庫を抱えるのもほどほどにな。

　お次はアブラヌキだ。まずは決まった箇所に刃物で傷を作り、脂を抜くための口を作る。こうして二本の指で皮をつまんで、押し潰すように絞って、口まで脂を導くんだ。脂は血と分けて、こっちの黒い桶のほうに落とす。昔は鬼婆がするように、炭をかんかん焚いて目鼻口から垂れる脂を採ったもんだが、汗や洟や涎が混じるからやめたんだ。そうそう、肥えた童子は脂が採りやすいってのも覚えておくといい。こうして腹や腿に切れ目を入れ、そこにグッと指を挿《い》入れて、裏返すように皮を捲り上げる。すると内皮にトウキビ色の粒が蜂の巣模様でくっついている。これを竹べらでこそぎ落とせば……な？　楽だろ？　脂のない童子は絞った方が楽なんだがな。

一人の童子から脂を搾りきっても桶の半分もいかんが、肥えた童子からは桶二杯半は見込める。脂は漉せば童提灯の灯油になるから希少なもんなんだ。

ここ、触ってみろ。柔らかいだろ。この首の下の柔らかい窪みに×の形で切れ目を入れ、そこから手をこうやってヌッポリと入れる。ここからワタヌキだな。臓腑《ワタ》を一個一個抜くたびに、腹の中に何度も水を通した方がいい。どこかが破けて汁を漏らしているかもしれんからな。水はケツから出る。腑は抜く手順を間違えると面倒なんだ。童子が痙攣《けいれん》したり、失禁したり、抜き損じの汁が漏れたりする。まず最初に抜くなら――(中略)――このやっとこみたいなツキダチがホネヌキによく使う道具だ。肋《あばら》を丁寧に、ぱちんぱちんと切っていく。肋は身体の真ん中に近い方が柔らかく、切りやすい。外側にいくと固いから、このオオツキダチを使う。どの骨裁ち鋏も、すぐに刃が駄目になるから、そこの砥石でちょくちょく研いだ方がいい。他の骨は脇腹から手を突っ込んで背骨を、手足は肘と膝を丸く抜いて、その穴から抜いていく。腰骨は槌で割ってしまう。そのまんま抜くと、どでかい穴をあけなきゃならん。細かくして太腿の切り口から出すのが傷を最小限にできるってわけさ。

ほいじゃ、仕上げにかかるぞ。骨や血脂を抜くためにあけた穴があるだろ。それは全部縫って塞いでいく。だから、どこにあけたかしっかり書いておくんだ。その後、鞴《ふいご》で口から空気を入れて腹を膨らませる。膨らんだ腹には棒を使って木屑を押し詰めていく。身体の表面に蝋をまんべんなく塗り、一日おいた後に蝋を丁寧に剥がして落とす。昔は膨らませずに、曲げた竹ひごを肋骨のように入れて形を作っていたんだが、竹ひごの影が明かりを割るからってんで止めたんだそうだ。さて、これが正真正銘の仕上げだ。漉した脂を口から入れ、腹八分目まで溜めたら灯種を入れる。この灯種は山に生っていて――」

＊

「わしが一生懸命説明しとるあいだ、寝とっただろ」

「すいません……まだその、難しくて」

「まったく、お前さんが知りたがっとったから教えてやっとるのに。灯種の話のところなんて、なぁんにも聞いとりゃせんかったな」

「すいません、ほんとうにすいません」

童提灯作りの修行に入ると、ヒコザエモンはあちこちにアザコを連れていくようになった。この晩、二人は童提灯の灯種を採りに夜の山を歩いていた。

あの橙の灯は火ではない。山に自生する、ある漿果《くだもの》がともっている。それを収穫すべく、アザコは自分の倍はある大籠を背負い、ヒコザエモンの提げる酸漿提灯《ほおずきちょうちん》の灯の後をとぼとぼついていった。

夜の森の中はよく、冷たい霧が立ち込めて冷え込む。霧はどこにでも生まれ、背筋がぞくっとすると思ったら、囲まれていて周囲が白く霞んでいることも多い。霧を抜けたと思ったら、振り返ると後ろから白い靄が追いかけてくることもある。

霧は化け物なのかとヒコザエモンに訊くと、山で死んで鬼にもなれなかった者の魂なんだと教えてくれた。冷たいのは死人が息を吐きかけているからで、包み込んだ者を死に至らしめようとしているらしい。しかし、そこまでの邪気を霧の中に孕ませることもできず、ああして、ただの冷たい霧として山を漂っているのだそうだ。

不憫なものですねぇ、とアザコは身体に纏わりつく霧を手で払う。

それにしても悪路ばかりだ。苔を纏った滑りやすい岩の上、手まで使わねば昇れぬ急な勾配、どこが底なしかもわからぬ泥田の中、河に架かる腐れかけの丸太、わざと悪い道を選んでいるのかと疑いたくなる。

風の音や梟《ふくろう》の声に混じって、獣の咆哮《ほうこう》のようなものが聞こえる。さっきから遠のいたり近づいたりして、聞こえるたびに後ろを振り返っていた。

芽吹いたばかりの姫娑羅《ヒメシャラ》が提灯の灯を受けて細長い姿を現した。椿《つばき》の幼木林は土から出てきた大蚯蚓が一斉に立ち上がっているようで面白い。今は提灯の灯に染められて、黒い空から垂れている無数の赤い糸に見える。

ヒコザエモンにいわれるまま、木の根元や岩の陰に蹲っている赤い頭を採って籠に入れていく。


萎れた二枚の葉、斑模様の茎、幼子の握り拳ほどの赤い頭《こうべ》を垂れさせた不気味な実だ。一見、熟柿《じゅくし》のようにも視えるそれは、屍から漿果《しょうか》を結ぶ赤魍《アカモ》魎《ロ》というものだと教わった。

これが、童提灯の灯種。

脂を満たした童子の腹に入れると、この赤魍魎が橙の灯をともす。

ハシタから抜きだしたばかりの心臓に似ているな、とアザコは思った。

「ここにも撒いとくれ」

「はい」腰の袋から賽《さい》の目に切った桃色の肉を掴んで辺りに撒く。童子の舌だ。ほんの僅かにだが、蠢《うごめ》くように黒土が盛り上がった、ように見えた。

赤魍魎の発芽についてては、屍から咲くこと以外はなにもわかっていない。この実が生る場所は、きまって異臭を放つ黒土が敷かれており、そこに〝餌〟を撒いておくと数日後には赤い実が生っている。餌が屍といっても五体揃ったものでなくとも構わない。死んでさえいれば、どの部分の肉を撒いてもいい。これが生きている者の肉だと咲かないというのだから、やはり赤魍魎は化け物の仲間なのだ。

「美味しくはなさそうですね」

「かぎりなく、な」

「食べたことはありますか？」

「あるわけなかろう。こいつだけは喰わん方がえだろうな。なんせ、化け物の実だ。生きた者が口にすれば身も心も捩《よじ》れて、何もかもが逆様《さかしま》になるとか聞くぞ」

「どういう意味ですか」

「さぁな、どうせロクな目にはあわんだろうよ」

たった今、黒土の中から頭をもたげたばかりの赤魍魎を収穫する。

焼けた肌のように赤黒く、てらてらと艶を帯び、どこか卑猥《ひわい》な容の実だ。

「今度、迷い込んだ者に喰わせましょうか」

「おうおう、怖い怖い、こんな可愛らしい娘子が怖いことをいうとるぞ。しかし、お前さんも、あっという間に鬼らしくなったな」

「知りたいんですよ。この山のことを」

この山との関係を深めるために。

化け物の首魁の懐に入り込むために。

＊

夜の峠道《とうげみち》、アザコは荷車《にぐるま》を引いていた。

正しくは押されていた、か。

下りとはいえ楽ではない。蛇のように曲がりくねった葛折りの山路。手を離そうものなら自由となった荷車は勢いよく走り出し、藪や竹林に突っ込んでしまう。これが大人の男ならそうはならない。荷車如きにそんな暴走を許さない力と肉体を持っているからだ。これが十の娘子となれば話は違う。あちらも舐めてくる。さっきから遠慮なしに重みを乗せ、早くいくぞと背中をつついてくる。そんな荷車を宥《なだ》めつつ、どうにかこうにか路の上へと導きながら峠を下りている次第。まだ牛馬を引いている方が楽だろう。さすがに、これまでで一番厳しい仕事だが、疲れの半分は今も膨らみ続けている期待と高揚感が浚《さら》ってくれていた。

アザコにとって初めての旅だった。

予定では往復で六日間。もちろん一人旅ではない。同行者のヒコザエモンは少し先を歩いて酸漿提灯の灯で荷車を先導してくれている。

童提灯作りも旅のあいだは休業だ。留守にするあいだ、鬼常叢の番は鬼に頼んである。いつも童子を攫ってきてくれる染みにだ。番といっても、あの集落に人が近付くことなどまずない。それでも万が一ということも考えられる。もし、何者かがオシラ様のお宮を見つけてしまったら、その時は迷わすか、隠すか、脅すか、殺すかするよう、ヒコザエモンが伝えていた。染みはきっと殺すだろう。だから留守にしていても安心できた。

「見なよ。いい月だ。雨が降らなくてよかった」

そういってアザコは空を見上げた。今夜は弓張り月に黒入道のような雲が寄り掛かっていた。

アザコはいつになく元気だった。いつ黒雲が覆ってしまうかもしれない、そんなにいい月でもなかったが、いい月だといってしまうくらい機嫌も良かった。

なんといっても、今から都へ行くのだ。

荷車を一人で引かされたって文句も出ない。ちょっとした晴れ着も用意してもらった。秋草模様の銘仙《めいせん》の着物だ。娘子のものだが、そんなことはまったく気にならない。

「楽しみだね、きっと華やかな明かりが、ああ、すごいんだろうな」

独り言ではない。旅の同行者は他にもいた。

荷車の上で麻袋に詰めこまれている一体の童提灯だ。彼女は返事などしないけれども、それでも話かけてしまうくらい、アザコはご機嫌だった。

「おや」

灯が止まっている。ヒコザエモンは少し先の路の隅に座り込んでいた。

彼の足腰の具合は、あまり芳《かんば》しくない。特にこの一月《ひとつき》は、事あるごとに腰や背中の痛みを訴えていた。日によって調子の良い時もあるが、だんだんそういう日も少なくなっていた。今日も夜から足や背中の痛みを訴えていたが、この旅はヒコザエモンがいなくては始まらない。彼は身体に無理をして鬼常叢を出た。彼に倒れてもらっては困る。だから、アザコはヒコザエモンの分まで幼い身体に鞭打ち、都への期待を飴玉にし、頑張って荷車を運んだ。

安宿に泊まりながら都を目指した。

アザコにしてみれば、銭を払って泊まる宿という場所での体験も、たいへん貴重で新鮮だったが、すべてはこの後見ることになる都の光景に持っていかれてしまった。

三日後、二人と提灯は無事、都へと辿りつく。

着いた頃には夜。けれども、そこにある夜はアザコの知らぬ夜だ。

朱や黄や白の灯を連ねる提灯の百鬼夜行。屋号の書かれた軒灯《けんとう》の明かりと蕎麦《そば》や焼き饅頭の美味そうな匂いで客を誘《いざな》う商店の連なり。幟《のぼり》がはためきながら手招きし、「おいしいよ」「やすいよ」と誘い文句を謳っている。千客万来《せんきゃくばんらい》、満員御礼、商売繁盛、無病息災といった縁起のいい文字が目に飛び込んでくる。いや、声かもしれない。声か文字かもわからなくなるくらい、アザコは前後不覚に眩《くら》んでいた。目に入るものすべてが眩しくて。目も耳も鼻も忙しい。平坦な石畳が逆に歩きづらく、なにもないのに何度も躓いた。

噂では聞いていたが、本当に都の夜は眠らないのだと知った。

行き交う人、行き交う人、人、人、人。皆が眠らない夜の住人だ。上等な生地の着物を羽織り、きれいな珠のついた櫛《くし》を髪に挿し、見たことのない食べ物を食べている。楽屋銀杏《がくやいちょう》に結った美人が、かっころかっころと履物を鳴らして歩いていく。薄藍色《うすあいいろ》に白い鯉《こい》があしらわれた着物姿の伊達男は千鳥足《ちどりあし》で器用に人を避けている。前髪がきれいに揃った童子が親に手を引かれ、買ってもらった風車を風に任せて笑っている。こんな夜分に自分のような童子が歩いていたら怪訝《けげん》な顔をされるに違いない。そう危惧《きぐ》していたが、とんだ取り越し苦労だ。都の童子は夜も遊ぶのだ。向こうからやってくるのは、見た目だけでいえばアザコとそれほど歳の変わらぬ娘子。白菊柄の振袖、緋縮緬《ひぢりめん》の長襦袢《じゅばん》に繻子《しゅす》の帯、ほんのりと紅《べに》をさし、甘い匂いを置き土産にアザコとすれ違う。夜に飾る童子は淫靡《いんび》で無垢で禍々しい。これも人の世なのかと鳥肌を立てていると、足下からひらひらと蛾が舞い上がる。雪白の翅を瞬かせる蛾は紙吹雪《かみふぶき》のように白粉を夜に振り注ぎ、達磨《だるま》の描かれた提灯の裏にぱっと消えた。都は蛾も派手だ。

「はぁ、ちょっとひと休憩」

往来の邪魔にならぬよう通りの端に荷車を止め、都の喧騒に呆然とする。

あれ、ヒコザエモンがいない。

こんな場所《ところ》ではぐれては大変だ。人混みの中に爺の姿を探していると、石畳に赤い三角のものが落ちているのが目に留まる。はてなんだろうと拾ってみると、それは福引きだった。破れた中から『はずれ』の文字が覗いている。なんてことだ。都は福まで引けるのか。そんなすごいものが、こんな道端に落ちているなんて。土産に持って帰ろうか。お、あそこにも落ちているじゃないか。

「あっ」と声をあげる間もなく、福引きは踏まれてしまう。踏んだのは、いかにも放蕩《ほうとう》息子といった風情《ふぜい》の若衆。派手な着流しを着、肩で風を切って歩いてくる。男は前を横切ろうとした爺とぶつかり、睨みと舌打ちを爺に寄越して去っていく。

大丈夫ですか、とアザコはヒコザエモンに駆け寄った。

「どこへいっていたんです」

「いやあ、都は広いな。あいたたた、奴め、思いきりぶつかってきおった」

「鬼に素っ首を齧らせてやりましょうか」

男が去っていった方を睨む。

「よいよい、こんなもんでいちいち癇癪起こしてたら、都のもんをみんな鬼の餌にせにゃならんぞ。ここはこれが平常なんだ、それより、ほれ」

ヒコザエモンは竹筒をアザコに渡してきた。

『御来迎』と書かれた紙が貼られている。

「これは」

「筒を下げてみぃ」

いわれた通りに竹筒を下げると筒の上から張子《はりこ》の仏がひょこっと顔を出し、畳まれた黄色紙が、ばっと開いて後光のようになった。

「そこで売っててな。まあ、童子の玩具だが。せっかく来たんだ。都土産だよ」

「……嬉しいです。ありがとう、ヒコザエモン。これは面白い物ですね」

ひょこ、ばっ、ひょこっ、ばっ、と遊ぶ。

「よつばり月の玩具だ。都じゃ、月が四つに割れるのは仏さんが月の前に立ってるからだと言い伝えてるんだ。ところでどうだ、都は」

「さっきから驚いてばかりで息をする暇もありません」

色とりどりの蝶を掻き集めたような雑踏《ざっとう》に目を移す。

「都はこんな時間まで童子が遊んでいるのですか」

「今夜は特別だ。酉《とり》の大市だからな」

「お祭りですか」

「四年に一度の大祭だ。都中が夜通し唄い、踊る」

「さすが都の祭です、華やかすぎて目が回りそうだ。わたしの村の祭なんて、浜でこそこそ何をやっていたんだか――」

こんな光景《もの》を見せられると、扉の隙間から遠い宴の火を眺めていたあの頃が馬鹿らしく思えてくる。この都では女も童子も平等に夜の宴を楽しんでいる。


「わしらも、こそこそするぞ。さ、いこう」

百花繚乱《ひゃっかりょうらん》の海を掻き分け、荷車を引いて赤い大橋を渡る。

橋を渡るとその先は、これまでとは違う光景が広がっている。

「さあ、前代未聞《ぜんだいみもん》！　こいつを見なけりゃ末代までの恥！」

「今日のお客さんは幸運だ！　北に望むあの山で我らが見つけてきたものは、世にも珍しき蛇人間《くちなわにんげん》！」

先ほどの色彩の中にあった華やかさは消え、かわりに毒々しさが混じりだす。

これまで人を誘っていたのは提灯の灯や焼き饅頭の匂いだったが、橋を越えた先では、目耳を疑うような触れ込み、趣味の悪い文字、おどろおどろしい絵、胡散《うさん》臭い口上、路のあちこちで奇人怪人たちが奇術を見せて客脚を集めている。

ちんくしゃ面の小柄な男が天を仰いであんぐりと口をあけ、おもむろに口腔《そこ》へ刀を挿入《い》れていく。刀が男の口の中にずんずん沈んでいくと観客から悲鳴の花が咲く。

色黒長身な灰色の目を持つ男は火のついた何本もの松明《たいまつ》を、お手玉遊びのように両手の中で回す。まるで男の両掌に火炎の渦が発生しているようだ。

『おどけ開帳』と書かれた看板の横には観音《かんのん》開きの箱が三つ、通りへ向けて開いた状態で並んでいる。箱の中には乾物で拵えた仏、明王《みょうおう》、行者《ぎょうじゃ》が、あたかも「有り難い神仏であるぞよ」という御尊顔を晒して鎮座している。

「見世物《みせもの》小屋だよ」

ヒコザエモンの言葉にアザコは凍りつく。

見世物。幾度か自分を掠めてきたが、本能的に忌避してきた言葉だ。

異形異態を晒すことで人目を集めて銭を取る。父親がやってきたことだ。

さあさあ、どちらさんも、ちょいとだけ足を止めてくださいな。聞くのはタダだよ！　聞かなきゃ損だよ！　ここにみえます童子は、なんと童子ではありません！　ここにみえます娘子は、なんと娘子ではありません！　はたして、その正体とは！　人か鬼子か化け物か！　秘密はこの子の身体にあるよ！　見たけりゃ、この子を抱くしかない！　さあさ、お好きな人は寄っといで！

「見ろアザコ、あんなものまでいるぞ」

ヒコザエモンは『肉吸娘』と書いた看板を出す小屋を指す。看板には着物のはだけた妖艶な少女が、誘うような目つきで小屋の前に溜まった人々を見下ろしている。少女の影は角の生えた化け物の容で障子に映っている。

「はいはい、どうぞ、寄ってちょうだい、見てちょうだい。巷《ちまた》で評判の肉吸娘、今日はなんと、その本物をつれてきたよ！　年は十八、番茶も出花《でばな》、立てば芍薬《しゃくやく》、座れば牡丹《ぼたん》、どっから見ても娘子なのに、なんの因果《いんが》か肉を吸う！」

信じられない、という目でヒコザエモンを見る。

「都は鬼まで見世物にしますか」

まさか、とヒコザエモンは笑う。

「本物なわけがなかろう」

「偽物《にせもの》ですか」

「豆腐殻《おから》か味噌でも詰めた袋に娘が吸い付くんだろ」

「でも、どうして偽物だと？」

悍ましいまでの鮮やかな彩りの乱舞に塗れ、アザコはすっかり惑わされていた。こんな処なら化け物を見世物にしていても不思議ではない。

「正しい見世物は、本物を見せちゃいかんのさ」

「じゃあ」

「そうさ、わしらがこれから行くのは、正しくない見世物小屋だ」

三角山を築いている火消し桶の傍に荷車を寄せると、もっとも人だかりの大きな小屋へ向かう。

二人が足を向けたのは、人魂をあしらったオドロオドロしい文字で『万國妖怪変化百鬼楼《ばんこくようかいへんげひゃっきろう》』と書かれた看板のある大小屋。

「東西東西《とざいとうざい》、さあさ、寄ってらっしゃい見てらっしゃい、お代は見てのお支払い。今日はすごいよ、見ものだよ。海を渡って山谷越えて、朝昼晩と駆けめぐり、実に恐ろしき化《げ》け物を、あの手この手でつかまえた！　古今東西、奇々怪々、跳梁跋扈《ちょうりょうばっこ》に魑魅魍魎《ちみもうりょう》、妖怪、あやかし、もののけだ。かの有名な飛頭蛮《ろくろくび》、小豆《あずき》洗いに窮奇《かまいたち》、大入道《おおにゅうどう》に素平坊《ずんべらぼう》、どいつもこいつも噂以上の面構え。まだまだあるよ、猿猴野郎に空飛ぶ魚、双頭多頭の狐《こ》狸猛禽《りもうきん》、蒟蒻娘《こんにゃくむすめ》に舌長女、蛇しか食わぬ異国の珍獣、肝吐く怪人モツジロウ。当座自慢の奇術師たちの摩訶《まか》不思議な術も御披露《ひろう》しましょ。見なきゃ損だよ、本日限り、見逃しゃ一生後悔だ。目玉はなんといっても、この二匹。人の言葉を話すとか、童子百人喰ったとか、物騒な噂は数知れず。異国の怪獣、縄泥牛《ナワドローシ》だ！　まだまだいるよ、こいつもすごい。目にも止まらぬ韋駄天《いだてん》足で、影から影へと駆け抜ける、隅《すみ》の陰犬《いんけん》も本邦初公開！」

　珍妙な興行師の口上を聞きながら、紅い投頭巾《なげずきん》をかぶった猿顔の男に木戸銭《きどせん》を払って小屋へと入る。中は息苦しいほどの熱気が籠り、見るも無残な姿の化け物の登場を今か今かと待ちわびている頭が犇めきあう。

　一段高い舞台に派手な出で立ちの香具師《やし》が現れ、国中から集めた見世物《ばけもの》を口上付きで公開していく。多毛の山人『半人之猿猴《さるびと》』は猪の毛皮をかぶった毛深い大男。作り物《はりぼて》の首がぽろりと落ちて、まったく飛ばぬ飛頭蛮。『人魚之木乃伊《にんぎょのみいら》』はなかなかの出来だが、知ってしまえばなんてことはなく、猿と魚の燻製《くんせい》を半身同士繋げたものだ。蛇喰い珍獣の鵺門《いちもん》は「まんぐず」という異国の蛇好きな動物で、この日は腹が減らぬのか、蛇を前に大欠伸。満を持して現れた肝吐き怪人モツジロウ。これがほんとうにひどかった。魅力も愛嬌も欠片もない短躯の親父が無言で豚の臓物を咥え、「どうだ」といわんばかりに両手に牛の臓物をぶら下げる。餅のお化けの卑乱《びろん》は、洟を垂らした白塗りの餅肌坊主が踊るだけ。「こいつはすごい」と拍手《かしわで》を打つ者もいれば、呆れ顔で木戸口から出ていく者もいる。

「どうして見せるといって本物は出さないんでしょう」

「そう簡単に本物の化け物が捕まるわけがない」

「いわれてみるとそうですね」

「これが全部本物なら金や命がいくらあってもまた

りんよ。お、いよいよ、お出ましだぞ、本物が」

舞台の両袖《りょうそで》から二つの竹格子《たけごうし》の檻《おり》が現れる。一つは空《から》。もう一つは四つん這いの奇妙な生き物が入っている。これが隅の陰犬らしい。この生き物、犬と付くのに犬には見えず。毛羽立つ赤い縄の如き痩躯が捩れ絡まりながら、辛うじて四つ脚の生き物然として己を形作っている。位置的に顔だろうか、目も鼻も口もない錘《つむ》の容の鎌首をもたげている。二つの檻に布を被せ、「いよっ」と掛け声とともに引くと、陰犬は一方の檻へと移動している。布をかぶせ、「いよ」っと引くと、また元の檻にいる。それを何度か繰り返し、陰犬は檻から檻へと移動する。

「見せ方が下手だのう。あれじゃただの奇術《てじな》にしか見えん。縮窖《ちぢれあな》は影の中でのみ行き来できる化け物だ。影から影へ跳びまわる習性を見せずになにを見せるというのか。宝の持ち腐れだな」

「縮窖とは、奇妙な名ですね」

「こいつらが現れる時は、岩と岩のあいだや木の陰に、縮れた血の管の塊のようなものが生ずる。そこから身を這いだすんだ」

「影から影へ移れるなら逃げ出せそうなものですが」

舞台の雰囲気を高めるためか、偽物の粗を隠すためか、小屋の中は暗い。陰犬もとい縮窖がその気になれば、檻の外の影へと移動できるはずだ。

「あれは逃げるつもりがないんだろ。かといって人に馴染むものでもない。きっとなにか思惑があってのことだ。ここから出る気がないなら放っておけばいい。わしらが用があるのは次の見世物だ」

檻が袖に引っ込むと、ぽんぽんぽんと鼓が鳴り響く。

ずず、じゃり、ずず、じゃり。重い鎖を引き摺る音。六人の屈強な男たちに引かれて、それは姿を見せる。男たちは太い腕に鎖を巻き付け、その鎖は潰れた黒牛のようなものへと繋がっている。

「これが縄泥牛でございます」と眇《すがめ》の男の口上が伝える。その名の通り、泥塗れの縄を総身に絡める這いつくばった黒牛の如き化け物。脚は萎え潰れ、重い巨躯に敷かれている。牛の頭は目口を置くことを許さず、間断なく涎を滴らせる口は伸ばした細頸《ほそくび》の半ばでふしだらに開き、両眼はてんで見当違いな場所に落ち、黒く濡れた瞳が照明を映しこんでいた。結局、牛の頭に見えるものには貌がなく、そういう容をした瘤のようだ。この酷《むご》い姿に、さすがの物好きな観客たちも目を背ける。

ばぁんぶぁ、おいばぶえ
縄泥牛は何かを発した。口に泡を纏わせるような声は、とても人の言葉になど聞こえない。

「これが……わたしたちの会いにきた……」

「人となにかのあいだに生れた仔だ」

「仔……これが仔なのですか」

「生まれて二月《につき》も経っとらんからな」

これで生後二月。今でも舞台のほぼ全面を身が占めている。どれほどまで巨きくなるのか。

「山を下りたなにかが、人の女に孕ませたものだ。化け物が生まれたと噂を聞いた見世物小屋《ここ》の親方が、生んだ親に金を積んで買ったんだ」

「なにかとは、化け物でしょうか、鬼でしょうか」

「さあな。連れ帰ればわかるんじゃあないか？」


東の空から曙光《しょこう》がさすと祭の灯は霞んで消える。ドンチキ囃子と狂騒も静まり、極彩色の都から色が捌けていく。

すっかり人足が減り、はずれ福引きや鼈甲飴《べっこうあめ》の包み紙が風に蹴られて転がる通りを、童提灯の入った麻袋を担いだアザコとヒコザエモンが見世物小屋に向かっていた。

「ずっと持たせて、すまんな」

気遣う言葉に、アザコは首を横に振る。

がらんどうだといっても紙ほど軽いわけではない。人だった頃の名残が肩に圧し掛かる。どの見世物小屋も看板を下ろし、撤収作業《バラシ》で忙しそうだ。その慌ただしさにまぎれ、見世物を入れた檻を探す。檻は小屋の舞台の裏手にあった。車の付いた二つの檻は小さい方が縮窖、その十倍大きな方が縄泥牛の入ったもので、ともに蓆をかぶせて隠されていた。太い竹格子越しに覗く、いたいけな黒眼《くろまなこ》に映され、アザコは胸が苦しくなる。

「人の見世物になどされて可哀想に」

もう大丈夫だよ、とアザコはいった。

アザコたちは縄泥牛を逃がすために都へ来た。

都の祭で本物が見世物に出されることを聞いたヒコザエモンは、とある人物を通じて詳しい事情を知り、縄泥牛を親元へ戻そうとしていた。鬼や化け物が銭になると知れば、山の安寧《あんねい》を乱す者がでかねない。

人が来ないかアザコが見張り、ヒコザエモンは鋸《のこぎり》で竹格子を切っていく。大きな音を立てても連日連夜の祭の疲れとバラシの忙しさで気づく者などいなかった。

巨躯が十分に出られるだけの出口を作ると、縄泥牛は黒縄をのたくらせ、のっそり檻の外へと這い出てきた。ヒコザエモンは麻袋から出したものを縄泥牛の前に立たせる。黒縮緬に白線が兎を描く着物を着た娘子の童提灯だ。ぽこんと膨らんだ腹の部分の生地は薄くなっており、外へ灯を漏らしやすくなっている。

「提灯は持てるかい、坊や……いや、お嬢ちゃんか」

黒い皮膚を波打たせ、横腹の辺りから貌のない蛇《くちなわ》のようなものを伸ばし、童提灯の盆の窪についている握りを絡め取る。

　提灯の灯で縄泥牛の姿はじわじわと背景に溶け、着物姿の娘子だけが残る。

「縄泥牛なんて名は、もう棄ててしまえ。どうせ、見世物小屋の親方がつけたんだろ。名なら、わしが付けてやる。山の外で生まれた外蔵《そとぞう》なんてのはどうだ？」

　それでいいのか、外蔵は牛の頭に似た瘤を振った。

「今のお前さんは誰にも見えん。都のもんには、肥えた童子が歩いているようにしか見えぬ。だが、いいかね。提灯の足をちゃんと地《した》に付けて、ゆっくり動くんだぞ。浮いていたり、早すぎたりすると目立つからな。父親の待つ山へいくといい」

　アザコは隣の檻の薦を捲り上げ、四つ脚をぴんと伸ばして立っている縮窖を窺《うかが》う。

「君は出なくてもいいの？」

　縮窖の貌なき貌が、ニィと嗤った。その嗤いは邪《よこしま》を無理やり表情にして凝り固めたものだ。あ、この子はいいんだ、とアザコは静かに薦を下ろした。


　荷台を引き、来たときと同じ道を通って帰る。途中、立ち寄った村の屠畜場《とちくじょう》でヒコザエモンは豚の干し肝を買い、それを手土産に山腹の滝近くにある荒家《あばらや》を訪ねるという。都の見世物の話は、その荒家に住む杏という女から聞いたようだ。杏といえば以前、アザコの拾った肉吸いの皮を持っていった皮細工が得意な女だ。

　村境にある地蔵の横に腰を下ろし、稲荷寿司と豆茶で腹ごしらえをしながら杏について聞いた。

「もう九十になるとかいっとったな、三十年ほど前に」

「え？　お婆さんなのですか？　わたしはてっきり」

「はっは、杏なんて名前、婆にゃ似合わんからな」

「しかし、長生きですね……その方、本当に人ですか？」

百を超えるだけでも常人離れしているというのに、あの山でそれだけ寿命を延ばせるなんて、きっとまともなわけがない。

「杏は人だよ。歳はまあ、もっといっとるかもしれんがな」

「お年寄りが独り生きるには、あの山は厳しいでしょう」

「わしは生きとったぞ」

カッカと嗤い、それから咳き込む。背中をさすってやると、その背中がひどく小さいことに気づいた。前から小さかったのか、ここ最近、身体を悪くしだしてから小さくなってしまったのか。

彼との遠出はこれが最後かもしれないとアザコは感じていた。

「杏はものを拾って生きとる」

「それだけで生きていけますか。ああ、鬼の介助があるとか」

「杏は鬼を嫌っとる。だから、それはない。あいつは落ちているもんならなんでも拾うんだ。鴉に突かれて落ちた腐れ柿。山仕事の奴らの残した弁当滓《かす》。鋸屑《のこぎりくず》。破れ傘。緒の切れた草鞋《わらじ》、破れた股引。馬の糞。聞けば上手いこと生きる糧にしておる。手先が細かいから拾ったもんを直して人里に売りに行ったりもしておるそうだ。だから都の噂も耳に入るんだな」

アザコは感心した。誰も損をせず、迷惑をかけない生き方だ。それにしてもなんと元気な百二十歳だろうか。

「拾いもんの中で杏がとくに好むものが獣の喰い

残してな」

「喰い残しをどうするんです」

「肝が好きなんだ。残った肝屑《きもくず》を摘まんで喰い、器になった死骸に顔を突っ込んで一滴残らず汁を啜り上げる。顔を上げると西瓜《すいか》を喰った後みたいな面になるんだ。皮や骨は細工の材料になるから持ち帰る」

やはり山に受け入れられる理由があるのだ。

アザコは半口残った稲荷《いなり》を包みに戻した。

*

荒家に着いたのは入相《いりあい》の鐘が遠く鳴り響く頃。帰っていく鴉の影が赤々とした空の先へ点々と続いている刻。

「ばばあ、ばばあ、杏のばばあ」

ヒコザエモンが荒家の戸を叩く。どうどうと流れ落ちる滝の音が近く、冷たい飛沫のお裾分けを風が運んで頬を冷やす。夕日に刳り抜かれて影となった草葺屋根の荒家は、蓬髪の大首が鎮座しているように見えた。

「土産を持ってきたぞ。豚の肝だ。やい、杏ばばあ、出てこい」

ガタガタとうるさい音をたてて戸が開き、腰の曲がった婆が出てきた。頭に手拭い、山着《はんぎれ》と裾の細いモンペ。どこにでもいそうな婆だ。百歳を超えているようには見えない。

「ほお、これは美味そうな土産じゃな」

「え」と後ずさり、ヒコザエモンの顔を見た。アザコは婆はアザコを凝視《みつめ》ると目を細める。彼は困ったように苦笑していた。

「ばばあ、悪い冗談はよせ。それが豚の肝に見えるか？　ほれ」と豚の肝の入った袋を差し出した。

「ばばあの好物だ」

杏と呼ばれた婆は袋を受け取ると、丸めた千代《ちよ》紙《がみ》を広げたような皺面をニッと笑《え》ませた。

「気を使わせたみたいで悪いねぇ、ヒコザ」

「例の見世物小屋にいってきた。提灯も渡してきたよ」

「そりゃごくろうさん。まあ少し休んでったらええ。そっちの娘子も脅かしてすまんかったね、さぁ、どんぞどんぞ」

敷居を跨いだアザコは、迫る勢いで目に飛び込んできた色に圧倒される。

赤。赤。赤。

猛る赤。うねり狂う赤。飛び散る赤。滴る赤。流れる赤。

赤。赤。赤。

杏婆の荒家の壁は、余すことなく赤に塗り潰されていた。壁という壁に隙間なく絵が貼られている。角や牙を持った恐ろしい形相の大人《おおびと》や炎を吐く鳥獣が人々を惨殺している絵だ。赤は炎と血潮の赤。人々は皆、素っ裸で叫び、身悶え、情けない顔で命乞いをしている。鋸包丁で切り落とされたばかりの己の四肢《てあし》を、なんともいえぬ目で見つめている人間達磨。大釜で茹でられ、泡の谷間に見え隠れしている者は、真っ赤に茹で上がった頭に血管を網の目に浮き上がらせ、目玉は蕩けて流れ落ち、桃色の泡を吹いている。鉄《くろがね》の鎖で逆さ吊りにされ、開け広げられた尻の穴に太く長い棒を挿しこまれている者は、悶絶しながら滂沱《ぼうだ》の血の涙。ああ、これは酷い。尻から流しこまれた熱い鉛が、目や鼻や口や耳から流れ出ている者。逆巻く業火に包まれる者は生焼けの顔を金棒で潰されている。鉄の顎を持つ狗の化け物に腸《はらわた》の管を引っぱり出されている者は、きょとんとした顔をこちらに向け、自分になにが起きているのか問いかけるような表情を浮かべている。

赤き狂濤《きょうとう》に呑み込まれて絶句するアザコに、「地獄の絵だよ」とヒコザエモンは伝える。

「悪人が死ぬと、こういう怖い場所へ行くんだそうだ」

怖い。うん。これは怖い絵だ。

地獄《ここ》はきっと、この絵の通りの怖い場所に違いない。でもなにかが——。

「地獄は知っていますが、こういう絵は初めて見ます」

「角の生えているのが獄卒だ。罪人に責め苦を与えているんだな」

「獄卒は怖い顔をしていますね。それにみんな真っ赤です」

「これは鬼なんだそうだ」

「え、これは鬼なんですか」

「なぜか、鬼はみんな赤色と決まっておるらしい」

「鬼なのですか」

それを聞いて少し安心した。童子を攫って提灯にするような外道は間違いなく、こんな地獄へ行くものだと思っていた。でも、ここに描かれているのが鬼なら。この残忍な獄卒たちが鬼だというのなら。罰を受けるべきは、自分たちではない。鬼が罰を与えるべきは、自分たちを人の世から追放した者たちだ。腹を裂き、焼けた鉛を飲ませるべき相手は、自分たちを鬼になるまで追い詰めた者たちなのだ。この絵はそう伝えているのだろう。鬼となって復讐せよと。これは鬼の復讐劇を描いたものに違いない。

「わしゃ、生き肝《ぎも》の方が好きなんじゃがな」

土間のほうから杏婆のぼやきが聞こえてきた。竈《かまど》の前に婆の曲がった背中がある。飯炊き釜の中に土産でもらった豚肝を千切って放りこんでいる。

「贅沢いうなクソババア。干した肝も味が染み出て美味いといったのは婆だろ」

「そうじゃったかな。今、焚きこみ飯をこさえるから、ヒコザたちも喰っていけ」

「いらんいらん、そんなもん」ヒコザエモンは顔をしかめて頭《かぶり》を振る。「わしゃ、肝なんか喰わん。疲れたから帰って寝るよ」

「そうかよ。ほんなら、茶ぐらい飲んでいけや。今、淹れるで、な？」

「じゃあ、一杯だけもらうか。茶には妙な物は入れんでくれよ」

ちょいと厠を借りるぞ、とヒコザエモンは外へ出ていった。

面白い二人だな、と頭の隅で笑いつつ、アザコは初めて見る地獄絵に目を奪われっぱなしだった。

これは祭だ。轟々と燃え盛る炎。飛び散る鮮血。爆ぜる肉。響き渡る悲鳴。鬼が人だったときに受けた屈辱、痛み、絶望を何倍にもして返す狂宴。どこまでも痛々しい、底抜けに無残で、哀れ極まりない光景であるはずなのに、いや、だからこそなのか、目を離すことができない。思い付きで罪人の一人一人に見知った面を重ねてみると、おお、なんと愉快なことか。あいつが、あいつが、あいつが苦しんでいる。痛がっている。もし、こんな祭があったなら、さぞかし楽しいだろうなぁ。

「地獄はええもんじゃろ」

杏婆が茶を持ってやってきた。酸漿のように弛んだ頬がもくもくと動いている。年寄り特有の空咀嚼《からそしゃく》かと思ったが、皺襞《しゅうへき》に埋もれた唇が脂に濡れて照り輝いている。どうやら摘まみ食いをしていたらしい。

「よほど、お好きなのですね、地獄が」

「見なされや娘さん、この罪人《つみびと》どもの表情を」

「辛そうですね」

「辛い、そう見えるか？」

「見えますが、違うんですか？」

「わしにゃ、幸せそうに見えるがね」咀嚼していたものを飲み込むとゲップを一発放つ。「亡者らは己が犯した罪を取り除いてもろうとるんじゃ。腹を裂かれ、肝っこを引き摺りだされ、アチアチに焼けた鉛で腹ん中を洗い流されとるんじゃ。穢れた身をきれいにしてもろうとるっちゅうわけじゃ。そう思って見ると皆、嬉しそうじゃろ。ほら、この顔、この顔も。な？　犬に肝をガツガツ喰われとる亡者の、この陶然とした面を見てみぃ」

アザコは出された茶をズズッと啜りながら、嬉々として地獄絵を指す杏婆の指に目を留める。爪に赤黒い垢が三日月形に溜まっている。あんな手で作った飯を喰わそうとしていたのか。山着の袖も黒く濡れているし。モンペにも桃色の塊がこびり付いて、その塊の上に蠅が一匹、まるで杏婆を拝むように手を擦っている。それに杏婆の歩いた後、床には薄っすら赤いものが付いているではないか。さっきは地獄絵の迫力に圧倒されて知覚できなかったが、この家の中には嗅ぎ慣れた臭いが立ち込めている。そう、これは血だ。

「生きたまま肝を喰われるっちゅうのは、どんな気持ちなんじゃろうな」

唐突にふられ、アザコは身を強張らせる。杏婆は地獄絵に向いたまま、まるで自らも地獄の一部であるかのように、曲がった小さな背をアザコに見せたまま続ける。

「あんたらが来る数刻前にな、近くの隠亡谷《おんぼうだに》で馬が死にかけとった。山犬か熊にでもやられたんかの、腹ん中をごそっと喰われとって、ぐじゅぐじゅした赤い穴を横っ腹にあけとったよ。もう生きるのは諦めとった。潤んだ目が、わしにこう語っとった。早く死なせてください、お婆さん、痛むのです、苦しいのです、後生ですから、わたしをあなたのお腹におおさめください、さすれば、わたしは快楽の中で果てていけまする」啜る音をさせ、婆が口元を袖で拭く。「わしは迷ったが、このまま死なすのも可哀想に思えてな。そうはいっても腰の曲がった婆が馬一頭を引き摺って帰れるわけもなし。解体《ほど》く道具も持ち歩いとらん。道具を取りに帰っとるあいだにゃ、蟲が寄って集って喰えたものではなくなる。気がついたら」

　ゆっくり、杏婆は振り返る。

「馬の腹の中に顔を突っ込んどった」

　ニィッ、と嗤う。皺が押し寄せ、婆の表情は没して歯だけが晒される。まるで別の生き物のようで、その笑みから、アザコはどうしても目をそらしてしまう。この笑みには、受け入れ難い何かがある。微笑みというのは大抵、相手に好意的な印象を与えるものなのに、こんなに正反対の効果を与える笑みがあるとは思わなかった。鬼だってもう少しマシな嗤い方をする。

「生きとるうちは腹の中が仄《ほんの》り温かい。少しずつ冷たくなっていくのがわかる。心《しん》の音《ね》も、こくん、こくん、と聞こえるが、だんだん緩慢になっていく。この温《ぬく》みが冷える前に、この音が止まらぬうちにと急いで喰った。赤い肉は脂があって、とろけるようじゃった。太い管を噛み千切ると顔に温《あった》けぇ飛沫がかかって気持ちええ。わしが肉を齧るたび、馬は脚を細かく震わし、目をうっとりさせとった」

　杏婆の鼻息が荒い。その時を思い出しているのか涎を拭く腕の動きが止まらない。眼は糸蚯蚓が寄り集まってきたように血走り、その視線の先は夢見るように遠い場所にある。

「どんなもんじゃろうな」

「なにがでしょう」

「生きたまま、腹の中を喰い散らかされる気持ちは」

「それは……わかりませんが」といいながら土間へ目を遣る。扉は錠も閂《かんぬき》もかけられていない。相手は得体が知れぬといっても百を超えた海老腰《えびごし》の婆。死に物狂いで走れば逃げ果《おお》せるだろうが、鬼常叢に住み続ける以上、婆との関係を悪くしても得はない。さて、どうしたものか。

竈の火が爆ぜ、米炊き釜がぐつぐつと唸っている。土間の奥の暗がりに藁叩《わらたた》き槌《づち》や砂篩《すなぶるい》といった道具が押しやられ、桶がずらりと並んでいる。その桶の一つに濡れた黒毛が大蛇《おろち》の如く蜷局《とぐろ》を巻き、不浄に群がる蠅囃子《はえばやし》を奏《そう》している。桶の傍に転がる出刃包丁は刃も柄も血と脂で濡れ、辺りには杏婆のモンペにこびりついていたような桃色の破片が散らばっている。

早く戻ってきておくれ。アザコは厠で奮闘中の爺に心の中で強く念じ伝える。

「興味はないかい？」

「はい？　いえいえ、肝は好きではありません」

「違うよ。喰われる方じゃよ。生きたまま肝を掻き回されて貪られるほうじゃよ。あれはきっと、気持ちがええもんじゃぞ。わしが今まで見た、生きたまま喰われとった馬や牛は、みぃんな夢でも見とるようにトローンとした目をしとった。よほど気持ちがええんじゃな、舌も涎も口から漏れて、だらんと垂れておった。そういう気持ちよさを知ってみたいとは思わんか？」

ここで「はい」と答えたら、この婆は自分になにをするつもりだろう。わかりきったこと。「それならぜひ」と腹を掻き破り、そこに顔を突っ込んで、臓腑にかぶりつくのだ。返事はせず、無視するに限る。

杏婆が「うん？」と顔をしかめ、自分の口に指を入れた。すると、萎れ花のような口から、ずるずると黒い毛が引っぱりだされる。歯の隙間にでも引っかかったか、何度かくいくいと引っぱると、何かがピンと弾け飛んだ。弧を描いて落ちた硬い花弁のようなものを拾った杏婆は、空《す》きっ歯になった箇所にそれを嵌めこむとニッと見せてきた。婆の口に並んでいるのは歯ではなく、人の爪だった。これだ、と思った。婆の笑みに違和感を覚えた理由はこれだ。あってはならぬ爪《もの》が口《そこ》にある。それだけで人の相は均衡を崩し、激しい嫌悪を喚《よ》ぶのだ。アザコは婆の笑みに、獲物を捕えんと迫る手を彷彿させられたのかもしれない。

婆は穴が開くほど凝視《みつめ》てくる。湯呑の中の茶はすっかり冷たくなっている。そもそも、この茶は大丈夫なのか？　飲んでよかったのか？　ヒコザエモンも遅すぎる。あの爺、まさか謀ったわけじゃあるまいな。アザコは逃げるように目を彷徨わせるが、粘ついた視線は解《ほど》きようがないほど雁《がん》字搦《じがら》めに纏わりついてくる。きっと、この沈黙を破らねば永遠に見つめられるに違いない。

「いい座布団ですね。お婆さんが作られたのですか？」

自分の座る柿色の薄べったい座布団に話題をもっていく。明らかになにかの皮が使われており、継ぎ目が多いために引き攣って撓《たわ》んでしまい、剥ぎ棄てられた豚の面皮のように不細工だった。座ってみると、これがまた見た目以上に不快で、ぺたぺたと肌に纏わりつく冷たい感触が薄ら寒く、まるで死人の背中に座っているようだった。

「お目が高いね」急に杏婆の声色が変わる。「こりゃ鼬《いたち》の子の皮じゃよ」

「イタチノコ。珍しいものですか？」

「珍しいっちゅうか、一匹から採れるのが腹の柔皮《やわかわ》ちびっとだけなもんで、座布団一枚拵えんのに二十四分はいる。そんだけ皮ぁ拾って来なきゃなんねぇんだから、座布団二枚作んのに足掛け五年よ。縫い足し縫い足しで継ぎ目も増えちまうから、ご覧の通り不格好にゃあなるが、ひひ、赤ん坊のほっぺたみてぇに触り心地はええじゃろ？」

　杏婆の態度や顔つきが急変し、喋りも気味悪さが抜けて饒舌になる。ついさっきまでは、獲物が衰弱するのを虎視眈々《こしたんたん》と待ち続ける山犬のような薄暗い欲を瞳の奥に潜ませていたのに、革細工の話になった途端、話しやすい婆になった。

「肉吸いの皮もお役に立ちましたか？」

「ん。そうか、ありゃ娘さんが見つけたもんじゃったか」と貌を綻《ほころ》ばせ、「ありゃほんと、ええもん拾ってきてくれた。煙管の口先やら馬の鞍《くら》やらにしたら都でええ銭になった。ありがとよ」

「煙管の口先。そんな物まで人皮で作れますか。すごいな、お婆さん」

「なぁに、いい皮さえありゃ、あんたにだって作れる。ま、少しだけ腕《こっち》がいるがね」と腕をぽんぽん叩く。かなりご機嫌なようだ。

「よければ今度、わたしにも教えてください」

「ええとも、ええとも。革細工は奥が深ぇぞ。革っちゅうのは、ただ縫って繋ぎゃいいってわけじゃねぇ。針と鋏で革っこの機嫌を窺うんじゃ。頑固《がんこ》な革もおるし、根性無しな革もおる。今日はダメでも明日なら繋ぎがええって時もあるからな。ほれ、あれも、わしの子だ」と、部屋の隅にアザコの目を誘う。三つ折りに畳まれた布団だ。ふやけたように生白く、百足のような縫い跡があちこちに走っている。巨大白子か、肥えた男の腹だけが寝そべっているようだ。

「中身は藁稭《わらしべ》で外は馬の皮じゃ。馬は鞣《なめ》すと人肌に似た手触りと艶が出る。見映えは悪いが、寝心地は最高じゃ」

「今にも動きだしそうな布団ですね」

うふふふ、と杏婆が気色悪く嗤う。婆の上機嫌、此処に極まれり。

「わしゃ、作った物にちゃんと生《せい》を与えとるからな」

　生？　と訊き返す。地獄絵と血脂に囲まれたこんな処で聞くには、ちょいと浮いて聞こえてしまう言葉だ。

「生を材《ざい》にして拵えた物《もん》にゃ、再び生が宿るもんなんじゃよ」

「死んだものが甦るということですか」

「わしがいっとるのは、物としての生を与えるという意味じゃ」

　物としての生。矛盾した言葉だ。生がないから物なのであって、生を宿した物は「生」き「物」だ。なんだか、まるで謎々みたいな話だ。それはさておき、革細工の話は婆の食欲を逸《そ》らすつもりで切りだした、いわゆる苦し紛れの一手だったが、これが上手く杏婆の機嫌を乗せ、結果として、ゆくりなくもアザコという存在の謎を掠めることになる。

「ヒコザも作っておるじゃろ。童子で提灯を。ありゃ、童子の生を使うて、提灯ちゅう物《もの》としての生を新たに与えとるんじゃ。人も物も生がなきゃ、ただの空っぽな容《うつわ》にすぎん」

「人の生はわかりますが、物の生とはなんでしょう」

「役割じゃよ。役割を与えられ、初めてその物は生きる。これは人も同じじゃな」

「役割が生ですか」

「筆は持つ者に従って字を書くことが役割。湯呑は茶を口に届けるのが役割。自分の容と能を使って生かされること、それが物としての生を与えられているっちゅうことじゃ」

　わかったような、わからないような。それでも自分の人生の何倍も生きてきた婆の言葉には、それなりの重みと深みがあった。

「人の役割は、わかるか？」

「それは、それぞれ違うのでは」

「一人一人の役割じゃねぇさ。人すべての役割じゃよ」

わかりませんと素直に首を振る。なにせ、自分は人の世を追い出された身。人の理から外れてしまったものに人のことなどわからない。

「歳を重ね、やがて死んでいくことだ」

「死ぬことが人の役割ですか」

「与えられた命を全うするっちゅうことじゃ」

意外に普通の答えだな、とは間違っても口に出さないかわりに難題を呈する。

「歳をとらない人はどうなります？」

口から爪を覗かせて杏婆は嗤った。

「そんな人《もの》はおらん。たとえ顔形が若いままでも、人ならいずれ、寿命は来る」

アザコの中でも何度か導きだした解答《こたえ》だ。育たないわけじゃない。身体の時間が止まっているだけで、心と命の時間は動いていると。自分はそういう「不完全な人間」なのだと。けれども、もうそれでは済まされない、終わらせられない。赦《ゆる》されない。「なーんだ、結局自分は人だったんだ」――それで終わらせていい人生など送っていない。散々穢され、傷めつけられてきたのに、その恨みも晴らせていないのに。そんな返報《かえ》せざる者の人生は、どうすればいい。どうしたらいい。あれだけ鬼だ化け物だと踏み躙《にじ》られて生きてきたのに、気がついたら、もう誰もが自分に飽きて興味を失っていいる。誰も鬼や化け者といわなくなっている。だから、やっと「お前は人だ」とこっそり自分だけに言い聞かせられる、そんな人生を、ただ歳を重ねて終わらせるなんて馬鹿らしい。

「物も同じじゃ。物として使われ、やがて壊れるその日を迎えるまで、物であり続ける。これが物の生であり、役割じゃ。わしはな、打ち棄てられて土に還るだけの物に、まだ役割を与えられるなら、そうしてやりてぇと常日頃思うとる。だから、なんでも拾っては直し、生かそうとしとるんじゃ。主《あるじ》が死んで、包んで守るっちゅう役割を失った馬の皮に、布団ちゅう新しい生《やくわり》を与えてやるんじゃ。布団としての生をまっとうしても、また別のもんに生まれ変わらせてやれるなら、そうしてやりてぇ」

欣欣然《きんきんぜん》として生き肝を喰らう話をしていた婆と同じ婆とは思えぬほど、ずいぶん慈悲深いことをいいだした。この杏という婆、初めは得体が知れず貌を見るのも怖かったが、話してみると面白い。そういう感情越しに見るからか、皺だらけの顔も常人離れした年齢も、生き胆喰らいの地獄好きという趣味嗜好も忌避の理由にはならなくなり（爪の歯はなかなか慣れないが）、彼女の「生」にも、アザコは俄然興味がわいてしまった。

さて、この時にかぎらず、この先の付き合いでもそうだったのだが、杏婆は唐突に「あ、思い出したぞ」と顔の皺にしまい込んでいたような数ある小さい記憶《おもいで》の一つを穿りだし、語りにのせることがあった。この時に語られた過去にいたっては、その後のどんな過去の話よりも中身があり、秘密めいて、アザコにとっても大きな意味のあるものだったといえる。

「ずいぶんと前のことじゃが、気の触れた女が訪ねてきたことがあってな」

「あなたにそういわせるのですから、さぞかしお触れなんでしょう、気が」

「まったく、娘子のくせに達者な口じゃな」

「失礼。どうぞ、お話しください」

杏婆の記憶はいずれも断片的で霞んでおり、この記憶も十年以上前ということだが、それも正確な情報とはいえない。ただ重要なのは、それが一年前のことだろうが五十年前のことだろうが百年前のことだろうが、事実であるという点だ。

「この女ってのは、物に人の生が宿ると本気で信じこんどった変人じゃ」

ある晩、四十絡みの女が革細工を教えてほしいと杏婆の荒家を訪ねてきた。

漁村から来たというヨシと名乗る女は、酷《むご》いことに顔の真ん中を鎌の刃が貫いて、半分鬼となっていた。

――鼓動。アザコの心臓《むね》が響動《どよ》めく。

鬼嫌いな杏婆が快く招き入れるはずもなく、事情《わけ》も聞かずに追い払ったが、この女、何度門前払いを食っても懲りることなく、翌日には「どうか、どうか、お願いいたします」と戸を叩く。しぶとい女だが無礼を働くわけでもなく、ただ切々と頼み込んでくるだけであった。結局、杏婆は根負けし、山の中で皮を拾ってくれれば教えてやると約束した。

すると、二日後の山囃子の翌朝、鬼に散《ば》らされた数人分の童子の欠片を両腕に抱えてやってきた。

――鼓動。

女の作りたかったもの、それは童子だった。

死んだ我が子を甦らせたい。それが女の願い。

材料は掻き集めた童子たちの破片。

「よその童子たちを材料に自分の子を作ったというのですか？」

「わしは作り方を教えてやっただけじゃ。女が作ったかどうかまでは見届けておらんが、たとえ我が子そっくりに作れたとしても、そりゃ外見《そとみ》だけじゃ。身体《うつわ》はできても心《なかみ》は空っぽ。油が空《から》の油壷みたいなもんじゃ」

「心《なかみ》が……空っぽ」

アザコの鼓動はますます以《もっ》て、深く刻むように打ち響く。胸が打たれるたび、あらゆる感情が掻き乱された。

「物に心が入ることは絶対にないのですか？」

「ないな。どんな技量を持った職人でも、人は心までは拵えられん。そんなもん、誰でも拵えられるようになっちまったら、それこそ、この世はおかしなことになっちまう。人が人の心を作るには、交《まじ》わって孕むしかない。新たな生は腹を痛めて産むしかないんじゃよ」

鼓動。もしかして。もしかして――。

語られた短い昔話の中で何度、「もしかして」と心の中で呟いたか。

鼓動。漁村の女、ヨシ。素性の知れない、鬼になりかけた女。自分の母親と同じ名を持つ女。

鼓動。死んだヨシの子。――誰だ、この子は。

鼓動。この身を刻む継ぎ接ぎ痕。解《ほど》けば、ばらばらになってしまいそうな。

鼓動。散《ば》らされた童子たち。手。足。心の臓。肺臓。指。頭――。

胎動。創られた童子の器。それはどこにあるのか。本当に在るのか。ならば、いつ生《あ》るのか。それともやっぱり、有りはしないのか。鼓動はあるのか。

鼓動。鼓動。鼓動。鼓動。神経を戦《そよ》がせ、心を千々《ちぢ》に乱され、予感させ、喚び起こされる、こんな鼓動は初めてだ。いつか聞いた山の鼓動と同じくらい、いや、自分にとってはそれ以上に、身体と精神《こころ》を打ち震わせる。

「生きていたら」

鼓動に咽びながらアザコは訊いた。

「作った童子が、もしどこかで生きていたら、それは成長するのでしょうか」

「何度もいうが、ヨシが作っていたとしたら、それは童子の形をした、ただの物じゃ。そもそも『生きていたら』というたとえがおかしい。生き物じゃねぇんだから。生き物じゃなけりゃ、成長もなにもない。物は育たん。職人が手でも加えぬ限りな。でももし、そんな童子《もの》がこの世にいたとしたら」

杏婆は地獄絵へ貌を戻し、その目に獄彩色を映す。

「可哀想に。人じゃないなら、地獄も極楽もない。どこにも行けない、独りぼっちだ」

静まっていく、鼓動。

アザコは平常の鳴りに戻りつつある胸に手を当てる。

いつからか、自身の謎に付けられていた命題。

自分はなんなのか。

ただの人か。それとも作られた「物」なのか。

「物」であるなら、この心《わたし》はどこからきたのか。杏婆の語った過去は、自身《アザコ》の出生とはなんら関係のない話かもしれないのに。それでも、ほんの瞬きのあいだだけ、真相《こたえ》の尻尾が鼻先まで近づいたような気がした。でもそれはまた、あっという間に遠のいた。

「いやぁ、参った参った」

ヒコザエモンが腹を押さえながら厠から戻ってきた。精根尽き果てたような白い顔をしている。

「稲荷がいかんかったようだ。さてアザコ、そろそろ帰るか」

貌《かお》なしが哭くからかーえろ。

山には、永久に抜けぬ昏い洞穴を貌に開く、名も姿も語られぬ奇鳥《とり》がいる。遠い昔は目も口もあったそうだが、それはとっくに洞穴の奥底へと吸い込まれていった。貌がないので当然、哭く声もなく。この唄はただ、静かな夜を歌っているにすぎないのである。

銀盤《ぎんばん》のような月がぽっかりと浮かぶ墨染めの空。

すっかり森や路は黒い緞帳《どんちょう》を降ろしている。ヒコザエモンは杏婆お手製の弓張提灯を持って先を進み、寄り掛かる影を押しのけて緩い勾配を上がっている。その少し後を荷車を引いたアザコがついていく。振り返れば、闇に掴まれて荷車の後ろが見えぬほど、夜はひしひしと迫っていた。

「杏婆さんは人を喰う山姥というものですか」と後方《うしろ》から訊くと。

「まあ、似たようなもんだな」と前方《まえ》から返ってくる。

「わたしを喰おうとしていました」

「なんだと？　まったく……」ヒコザエモンは呆れた声と息を吐いた。「あの婆は、いかにも襲って喰う面をしとるが、襲って喰うなんて真似はせんよ」

「じゃあ、からかわれたってことですか」

「お前さんが山で肝を晒して倒れてたら別だろうけどな。そうなったら、もう杏婆の所有物《もん》だ」

「そうなったら、ぜひ喰われましょう。面白いお婆さんですね」

「あの婆はいろいろあって、鬼になり損ねた半バケなのよ。わしが鬼常叢《ここ》に住む、ずぅっと前から、あーして荒家に住み、山で物を拾っては、なんかしら拵えて生きとった。攫って殺して喰ってが常の山姥のような暮らしはできんよ、杏の婆には。アザコを脅かしたのは、杏婆のほうがお前さんを怖がっていたのかもしれんな」

「わたしを？　まさか」

「十の姿で、そんだけ老成《ませ》た口をきく奴を普通だとは思わんよ。鬼か魔性かと疑がっとったのかもな」

「なるほど……いろいろ試されていたということですか」

「結果、ずいぶんと気にいられたな。革細工を習いに行くって？」

「はい。あのお婆さんとは、わたしももっと話したい。あ、でも、提灯作りの修行に差し支えのないようにしますよ」

「そんなことは心配しとらん」

麓の森から奇鳥《とり》の不吉な哭《な》き声が聞こえてきた。蟲の声一つ聴こえぬ、静かな刻ということだ。

「杏さんは二人いるようでした」

「なに、ふたり？」

「山姥のような怖い面、職人のような繊細な面をお持ちのように感じました。後者は、そこいらの人なんかよりも話しやすく、常識もしっかりお持ちのようでした」

「鬼常叢で人の常識なんざ、茄子《なす》の蔕《へた》ほども役に立たんよ。ややこしい婆だろ」

「どうして鬼常叢《こんなところ》にいるんでしょう。あの人は山に来ずともやっていける」

「巡り合わせがいけなかったんだよ」

「そう聞くと、よくある話のように聞こえますが」

「杏は昔、有名な革職人の師匠の下で修行して、結構いいところまでいっていたらしい。だが、嫁ぎ先を失敗したんだ。畜生腹《ちくしょうばら》だって理由で棄てられたのさ」

「畜生腹？」

「子を多く生む腹だ。貧しい村じゃ、忌まれることもある」

「不思議な話ですね。子宝という言葉もあるぐらいなのに」

「自分らの作った言葉も自分らの都合で、よくも悪くも捻じ曲げる。それが人だ」

「子を置いて、一人だけ山に棄てられたんですか」

「いや。杏がおかしくなったのは、もう少し先のことだ」

家を出された後、杏は知人の手引きで都に渡り、旅籠《はたご》屋で働くことになる。仕事の合間に革細工で髪飾りや縁起物を拵え、仲見世《なかみせ》の商店などに置いてもらって小銭を稼ぐ日々。過去の垢を洗い落とし、安寧の日々が訪れたかに思えたが、それも長くは続かない。その頃、都では火付《ひつけ》が流行り、働き先の宿もその火の手にかかる。ある早朝、空を焦がすほどの業火が黒煙を噴き上げ、泊まり客三十五人と奉公人六人、そして若女将や料理人たちとともに旅籠屋を焼き尽くす。仕事と寝床と奉公仲間、そして苦楽を共にした細工道具までをも失い、着の身着のまま途方に暮れていた杏が流れ着いた先は廓《くるわ》だった。

それから二年を遊女として生き、常連の縮緬屋の若旦那から熱烈に求婚され、嫁ぐことになるが、これが失敗だった。この若旦那、異常に嫉妬深い束縛男で、杏の外出を一切禁じた。他の男と話しているのを見ようものなら、たとえそれが魚売りであろうと置薬屋《おきぐすりや》であろうと赦してはもらえず、不実を詰《なじ》られ、尻軽と罵倒され、蹴られ、殴られ、唾を吐かれ、女の命の髪まで切られる始末。元々、精神《こころ》の強い方ではなかった旦那は、妻の浮気への不安から招いた強迫観念や被害妄想を拗《こじ》らせ、手の施しようのないほどに心を病み、杏を蔵の中に何日間も閉じ込めた。そんな暮らしではままならぬと思われたが、四人の男の子に恵まれる。これで風向きが変わる、そんな予感を匂わせたが、旦那の精神状態は依然として思わしくなく、ある日、蔵の裏で首を括ってしまった。

その後、四人の子はすくすく育ち、父親から受け継いだ悪い種も順調に育っていく。四人の子らは、いい年頃になると年老いた母親《あんず》を邪魔者扱いし、臭い、煩いという理由で蔵へと閉じ込めるようになる。長い時は八日間も閉じ込められ、飯を喰わせてもらえぬこともあった。

杏は腹が空くと喰える物がないかと蔵の中を探した。落ち着いて考えれば、そんな場所に食う物などあるわけがない。飢えによる憔悴で判断が霞み、幻覚に誘《いざな》われながら蔵の中の物を片っ端から開いていく。そこで見つけた八本の巻軸《かんじく》。広げてみれば、目を焼き焦がさんとする赤き画。これが杏と地獄絵の初対面だった。

あまりもの凄惨な光景に飢えも余所へ行くほど震えたが、次第にその残酷美へと魅せられていき、こう考えるようになる。まだまだ自分なんて、責め苦を与えられているこの亡者どもよりはマシだ。腸も抜かれていないし、顔の皮だって剥がされていない。針山を登らされてもいないのだから。

それからは恥も外聞もない。腹が減ったら鼠捕りに掛かっている鼠の死骸を貪った。時には罠にかかったまま生きている鼠もいて、それは御馳走となった。初めて生き肝を喰ったのもこの頃だ。鼠がいなければ頭に涌く虱を掻き落とし、唾をつけた指で捕えて口に含んだ。埃や鼠の糞も食べた。格子窓を見上げ、手燭があれば蛾を誘えるのにと歯噛みすることもあった。

地獄絵は杏の心の拠り所となる。諦観《ていかん》の境地に至った濁る瞳に地獄を映し、惨劇を宿しているうちに、自分は生きたまま責め苦を受けているのだと錯覚し始める。彼らと同じ罪人なのだと思うようになる。それから価値観ががらりと変わりだす。

今の杏が誕生したのは、この蔵の中だったのだ。

その後、杏が美味そうに鼠を貪り喰っている光景を目の当たりにした息子たちは、母親が化け物に憑かれたと恐れ、使用人たちに山へ棄てさせた。

「あの婆は半端もんなんだよ。畜生といわれ、餓鬼道に落ちかけ、山では山姥のように振る舞うが、自ら人を殺めることもできず、浅ましき欲を山の喰い残しで満たす」

　アザコは自分が不幸だと感じた時、この世に独りぼっちだと思っていたが、そういう人はたくさんいたのだ。孤独は、他の孤独に目が届かない。だから、より、孤独になる。

　人に生を与えることを許されず、棄てられし物へ新たな生を与える。

　人の世を追い遣られてから、杏が自身に課した〝役割〟なのだろう。

「おっ」とヒコザエモンが足を止め、空を仰ぐ。

法螺貝《ほらがい》を吹き鳴らすような音が山に響き渡る。

にわかに月が翳《かげ》り、夜の凝《こご》った塊が空で泡のように増殖《ふえ》ていく。

「我が子を迎えに来たか」

「外蔵《そとぞう》も着いたんですね。じゃあ、あれは」

「父親だ」

　際限なく増え続け、碁盤に石を乗せていくように空を塞《ふさ》いでいく夜の塊。あれがどうやって人の女を孕ませることができたのか。

「父親は化け物だったか。しかも、かなり古いもののようだな」

「童提灯は化け物も隠せるってことですね」

「外蔵に人が混じっているからだろうな」

「しかし、あんなものが人知れず山に棲んでいるなんて」

　増殖、膨張し、地上へ付かんとしている爛れた空を見上げる。

「『桂幕《かつらまく》』と呼ばれるもんだ。あれが出ると山はしばらく暗い。暗いあいだに、人智の及ばぬことが起きるようになるといわれとる」

「それは興味深いですね」

「馬鹿をいうな。過去に森が全部、裏返ったって話を聞いたぞ。どういうことかなんて訊くなよ？

わしにもどういうことかわからんのだからな」

空を震わせる厖大《ぼうだい》な聲《こえ》。それに答えるよう、地上からは法螺貝のような聲が昇っていく。親子の再会を果たせたのだろう。

＊

「手首岩があるだろ？　あそこの柿の下に喰い滓がある。二十二、三の男と、もう少し若い娘だ。あれじゃ童子が近寄らん。片付けてくれ」

母屋の奥の暗がりの中、薄べったい布団からヒコザエモンが辛そうな顔だけをひょっこり出している。布団から生えた人面茸のようだ。じわりじわりと痩躯に根を張っていた痛みが、このたび、いよいよ耐え難いものとなり、彼を捻じ伏せた。

訴えるのは大抵、背中や足腰の痛みだが、最近は「腹が痛ぇ」とぼやくことも多くなった。今朝も散歩に行くといって出ていき、しばらくして真っ白な顔で戻ってくると、何もいわずに布団に潜り込んでしまった。後で知るのだが、この時のヒコザエモンは大小便を漏らしており、アザコが臭いに気づくまで隠し通そうとしていた。杏婆の家では厠に籠もりっきりだったが、あの日以来、彼は腹を下してばかりいる。どうもあの日に食べた稲荷が原因ではなく、彼の体内《なか》に何らかの病巣があるようで、この頃のヒコザエモンは、荷車に轢かれているような苦悶面で布団に潜り込んでいることが多くなった。

そんな状態が続いているので、お宮で鬼の対応をするのはほとんどアザコだった。童提灯もなんとか一人で拵えることはできるようになったが、まだ不慣れで時間がかかってしまい、後で手落ちが見つかることも多く、そのため、常に十個ほど完成品の童提灯を作業場に保管しておかねばならなかった。

そういう経緯で、提灯作りに携わるほとんどの作業はアザコが引き継ぐ形になったが、オシラ様へのお勤めだけはヒコザエモンが欠かさず続けている。それがアザコに一任されるのも、彼の容体を見れば時間の問題であるとわかる。

「柿も甘くなっている頃でしょう。二、三個とってきます」

手首岩は漁村にほど近い山林の中に鎮座している奇岩である。

鏡餅のような形をした黄色い岩で、どこから見ても手首には見えないのだが、なぜか昔からそう呼ばれていた。岩の傍に生える柿の木は、たまに無謀《ばか》な童子が実を取りに来る。もちろん山の領域に侵入《はい》ることになるので親には禁じられているはずだが、「陽の出ているうちは安全！」と、誰が唱えたかもわからぬ、何の根拠もない説を童子たちは元気いっぱい信じこみ、熟柿を狙って木によじ登っているところを鬼布団が攫っていく。実際は陽が出ていようがなかろうが、攫われる時は攫われるのである。

まるで異界の巨鳥が放《ひ》り落としていったような手首岩。

その傍らに生える立派な柿の木の下に、大きな赤い花を抱いた男が仰向けに寝ている。蒼白の馬面は忘れようもない、自分を散々嬲《なぶ》り、玩具にし、犯してくれた火車童《かしゃわっぱ》の一人、ヌギジロという元悪童だ。

胸に抱く赤い花は捲れ上がった腹の皮と、そこから掻き出されている破れた腑袋《ふぶくろ》や肉色の縄。中央で蕊《しべ》のように突き立っているものは折れた肋骨が飛び出たものだ。深い爪痕が頬を裂き、破れ目から桃色の歯肉とまばらな歯列が覗いている。

彼の奥には右腕と首のない娘が山吹色の着物の裾をはだけさせ、白い太腿に陽光を反射させている。

ヌギジロはまだ仄《ほんの》り生きており、瞼をぴくぴくと震わせていた。

「わあ、驚いた。生きてるんですね。おーい、ヌギジロさん、聞こえてます？」

散らばっている桃色の肉芥《ごみ》を蹴り除け、会話し易いよう頭の傍に屈む。いろんな器官《もの》を外へ放り出して抜け殻のようになっている白い頬を、今そこで拾った小枝でぴしぴしと叩く。

うっすらと開いた瞼の奥の濁った目が、遠のいたり戻ったりし、現世と隠世《かくりよ》を行き来しながら、ようやくアザコという像を捉えた。

「どうもどうも、アザコですけど覚えてますか？

それ、どうしちゃったんです？　天下の火車童ともあろうものが、こんな場所でバッチィもの散らかしちゃって。熊にでもやられました？　そちらのお頭《つむ》のない女の人はどちらさん？　逢い引きでもしてたのかな。隅におけませんねぇ、ヌギジロさんも」

反応なし。あんなに元気いっぱい悪逆の限りを尽くしてきた火車童も今は見る影もなく、口を動かすだけで命を使い果たしてしまいそうだ。

「こんなに出ちゃったから、お腹空いてますよね。ちょっと待ってて」

いったんこの場を離れ、近くの草叢で大きめの石を見つけてひっくり返す。泡を喰って逃げだそうとするゲジゲジやハサミムシを捕まえると、小走りでヌギジロのもとに戻り、腹の中に捕獲した蟲を落とす。ヌギジロの身体がわずかにびくんと震えた。

「あ、これ、楽しい！　ちょっと、まだ死なないでくださいね」

アザコはそこら中の石を片っ端からひっくり返し、湿った場所を塒にする陰虫どもを捕まえるとヌギジロの赤い花の中に放った。剥き出しになった赤肉の上を這い回られ、狭い隙間に潜り込まれるのは堪まらないだろう。死にかかっているヌギジロも、さすがに頬や爪先をぴくぴくと痙攣させている。急に目が赤黒く染まったかと思うと、目尻から同じ色の涙が流れた。

「せっかくの再会なのに無口なんですね。いやだなぁ、自分だけ大人になっちゃって。あ、そうだ、紹介したい友達がいるんですよ。まだ逝かないでくださいね」

急いで杏婆を連れて戻ってきた。幸か不幸か、まだヌギジロの命の灯は消えておらず、何の脈絡もなく現れた婆に、困惑の表れか鼻血を流した。

杏婆は腕捲りなどして、すでにやる気十分といった様子。目を剥きだし、歓喜の声をあげるとヌギジロの腹の中に飛び込んだ。

血と肉滓で顔をべどべどにした婆は、ぷはぁ、ぷはぁ、と嬉しそうに息継ぎしながら生きた腹の中の遊泳を満喫していた。ヌギジロから溢れ出る血泡が地面に広がっていき、柿の根元の窪みに流れ込んでいく。地獄絵のようだ。違うのは、あの絵の獄卒は厳しく険しい形相だが、杏婆の顔は母親に抱かれる赤子のように安らかだ。ヌギジロは寝ぼけていた眼をガン開きにし、歯を割れんほどに喰いしばりながらアザコのことを凝視していた。そんな目を抱きしめるよう、アザコは優しく笑みを浮かべた。

アザコの中の鬼は、日に日に育っていった。

祭《まつり》

ワラベコひとり　いなくなる　おやまにひとつ灯がともる
ワラベコふたり　いなくなる　おやまにふたつ灯がともる
さんにんよにん　いなくなる　おやまにそんだけ灯がともる
鬼っこ　おやまをおりてきて　ワラベコみんなつれてった
ワラベコ　ひとりもいなくなりゃ　おやまは祭りだ　火祭りだ
サァサ　ちょうちん　さげましょか
鬼がわらって　おやまへかえる
みやげにひとつ　あげとくれ
かわいい　わらべこちょーちんを

ヤタロという名だった。

歳は十《とお》だが、同じ年頃の誰よりもチビだった。チビのくせに誰もヤタロを馬鹿にしないのは、彼の腕っぷしが強く、人一倍、度胸があることで有名だったからだ。度胸があるのはよろしいが、童子という生き物は、その度胸をあんまり褒められる使い方をしないもの。たとえば、村一番の雷親父で、村一番の堅い拳骨を持っているカンジョウさん、そのつるてん頭に馬糞と渋柿を投げつけたのは誰だ？　そんなの、ヤタロに決まってる。村の誰だって知っていることだ。

顔の燃え盛る女幽霊が佇立《ちょりつ》する、そんな噂の立つ観音辻には普通の童子なら絶対に近づかないもんだが、あいつは違う。辻の真ん中に一人立つなり、おもむろに着物を脱ぎ捨て、褌まで取ってしまって素っ裸《すっぽんぽん》になったかと思うと、おちんちんを振り回して陽気に踊りだす。そんな真似、ヤタロ以外に誰ができるってんだ、なんて感じで、悪童たちのちょいとした語り種だ。

　極めつきは、なんといってもヤタロの十八番《おはこ》。名づけて「罰当たり上等褌」。知る人ぞ知るヤタロの得意技だ。なにをやるかは、技名から推して知るべし。ありがたいお地蔵さんやお寺の仏さん、それからご先祖さんのお墓なんかもいいだろう。お供え物を頂く代わりに穿いている褌をはらりと取って、目立つところに引っ掛ける。まさに罰当たりな荒技だ。泣く子も黙る閻魔《えんま》堂の閻魔様、その御尊顔に自分の名前の書かれた白褌をかぶせた武勇伝などは、ヤタロの名を一気に童子たちの英雄へと駆け昇らせた。

　怖いものなしのヤタロにとっちゃ、雷親父も女幽霊も閻魔様でも物足りない。なんだい、ほんとにおっかねぇものはねぇのか。ヤタロは毎日、退屈を叫ぶ。

「おい、俺が満足するような、いちばん、おっかねぇものは何だ？」

　そうやって訊かれたら、村の者たちは皆、口を揃えてこう答える。

　そんなもんは決まってる。

十郎《じゅうろう》だ。

　おっかねぇのは十郎だ。なんだお前、そんなことも知らねぇのか？

「そいつは知らねぇ、ほんとにおっかねぇのかい？」

知らなきゃ知らんほうがいい。本当に十郎はおっかない。女子供だけじゃなく、男衆だって震えあがる。その名を聞けば総毛立ち、鶏も粟も腕に立ったまんまで座らなくなる。死んじまったって文句はいえない。村の中じゃあ、十郎の話をすることは葬式よりも縁起が悪い。

「俺はそんなもん、ぜんぜんおっかなくねぇけどな」

おっかないか、おっかなくないかは、さておき。ある旧い一軒のお屋敷がある。高い石垣を築く、立派な門構えをした赤い瓦《かわら》葺きの大屋敷だ。十郎とは、その屋敷に住んでいた主人の名。この屋敷、今は誰も住む者はないが、昔は十郎とその女房、三人の息子たちが住んでいた。

「おら、山へ行かねばよ」

何の前触れもなしに、そんなことを十郎が口走りだした。ある秋日の朝のことである。山へ何しに行くのかと訊ねても、わからん、でも行く、と十郎は答える。変な人だねぇ、と女房が笑った、その日の夕刻。十郎は何も持たず、草履《ぞうり》も履かずに屋敷を出ていき、そのまま行方知れずとなる。

何日経っても帰ってこない。何月待っても戻ってこない。人々は十郎が山の鬼に魅せられたのだと噂した。山の化け物に誘われたのだと恐れ慄いた。山に魅せられ、誘われた者は、二度と帰っては来ない。山のものたちの仲間になってしまったのだから。これは村の誰もが知る常識だ。十郎の家族も、早々に十郎を探すことを諦め、世間様には死んじまったことにするために葬式を出した。

ところが、それから約半年後、十郎が村に戻ってくる。

夕目暗刻《ゆまぐれどき》の四つ辻に忽然と現れた十郎は。

もう、この世の者ではなかった。

白目を剥いてニタニタ嗤う、自分の生首を手に提げていた。この恐ろしき姿を目にしてしまった村人たちは、空が割れんばかりの悲鳴をあげ、這這《ほうほう》の体《てい》で逃げだした。家に閉じ籠って明かりを消し、身を寄せ合って震えていた。屋敷の主人の悍《おぞ》ましい変貌の果てを見て、熱に魘《うな》される者が出た。酷《むご》い姿に当てられて、心の臓の停まった者もいた。

十郎は手土産代わりに自分の生首をぶらぶら提げて、懐かしい我が屋敷の門を叩いた。女房や三人の息子は十郎の帰宅を拒み、帰れ、帰れ、山へ帰れ、と追い返す。

十郎は家族と村人に恨みの言葉を吐き残すと、村外れの井戸に己の生首を放り込み、首なし十郎となって山へと帰っていった。

ほどなくして、十郎の女房が村から姿を消した。それからすぐ、三人の息子も立て続けに消えた。十郎に呼ばれて山へ行ったのだ。村人たちは、そう囁《ささや》きあった。

それから、村外れの井戸の傍を夜間に通ってはならぬとされた。

もし通れば、誰もいないのに釣瓶ががらがらと音をたて。

井戸から十郎の生首が現れる。

——と、これが、この村に伝わる怪談『首釣瓶《くびつるべ》』だ。

「ほんとかよ、どうせ、作り話なんだろ？」

これは作り話などではない。その証拠に山から屋敷へ通じる大路、小路、すべての路に通路札《つじふだ》という物が立てられている。これは十郎が二度と山から戻ってこれぬよう、村人たちが銭を出し合い、偉い坊さんに作ってもらった魔除けの立札だ。通路札は山の中腹まで等間隔に立てられているといわれており、最後の立札には十郎が村人を恨んで付けた爪の痕がある、そんな噂も語られている。

「なんだよ、もうその、なんとか札ってないじゃんか」

「ほんとか？　よく探せ、見逃してるかもしんねぇぞ」

「十郎がおっかなくて、山の中にまで立てなかったんだ、そのクソ坊主」

「ちぇ、つまんねぇの、十郎の爪痕、見たかったたな」

「大人が隠したんじゃねぇか？　俺たちが山へ入るからって」

五人の童子は、十郎の屋敷から続く魔除けの通路札を辿って、山の中まで入ってきた。その驚くべき行動力と無鉄砲さで、これまでは順調に通路札を見つけ、歩みを進めることができていたのだが、ここにきて肝心な標が途絶えてしまうという事態に陥った。伝承によれば中腹に立つ立札には十郎の爪痕があるはずだが、麓《ふもと》の森の山路で、その標は途絶えてしまっていた。そこで、この不満である。

こんな恐れ知らずな真似をする童子は、ヤタロを筆頭に村でも屈指のヤンチャ坊主たちだ。さすが皆、ヤタロとつるむだけあり、抜山蓋世《ばつざんがいせい》の雄たちである。十郎への恐れよりも、機があれば退治してやらんと意気込んで昂ぶっている。武器に鎌や鉈といった親の仕事道具を勝手に持ち出してきた者もいたが、さすがヤタロ、得物などは持たず、その手に握るは拳のみ。余裕の笑みを口元に浮かべている。

「これって昔の話なんだろ。あてになんねぇんじゃねぇか」

「昔っていっても五年か十年前じゃねぇの？」

「え？　五十年くらい前だって聞いたぞ」

「通路札はそんなに経ってるようには見えねぇな」

「どうする、ヤタロ、今日のところは帰るか？」

「いや、もっと奥に行く。せっかく来たんだ。面白いもんを見っけて帰ろう」

「そうだな、よし！　宝探しだ」

「おら、なんとかって茸の化け物を探してぇ」

「十郎の巣を見つけてやる！」

大人たちは明王様のような面で「山へは入るな！」と喧《やかま》しい。鬼がいる。化け物がいる。おっかねぇ蜂や茸がいる。なにより、山には十郎がいる。口に胼胝《たこ》ができるくらいに繰り返す。これをヤタロたちは「山へ行って来い」と受け止める。大人が行くなという場所に、童子は近寄らない。だから、山を自分たちだけで独占できる。秘密の隠れ処にできる。いつだってそうだ。大人が隠したがるものは決まって面白いものだ。

山に拒まれない限り、奥へ進もうとヤタロたちは決める。拒むどころか、山は抱きこむように懐へと入れてくれる。踏み入れた分だけ、新しいものを見せてくれるから、どんどん奥深くへと進みたくなる。初めて見る色、光、生き物、景色。あまりにも目まぐるしい。崩れ掛けた道祖神《どうそじん》が土に沈みながら苔に飲み込まれている。燃えるような毛色の生き物（もしかして化け物？）を目撃する。折緑の蜘蛛の巣のような羊歯《しだ》の群落に踏み入る。折り重なる倒木に土砂と落ち葉が堆積《たいせき》してできた自然の階段に足をのせる。明らかに化け物のものである硬い毛を拾う。大入道の取っ組み合いか力士のぶつかり稽古《けいこ》に見える、巨木と巨木の競い合いを見上げる。麓のどこかの村で祭でもやっているのか、太鼓の音が微かに聞こえる。

「なんだ、山なんて、ぜんぜんおっかなくねぇな、クタロウ」「鬼なんてどこにいるんだろうな、イチ」「明日から毎日、山に来ようぜ、ジンタ」「大人って怖がりだよな、モ助《スケ》」

な？　そうだよな、みんな、と振り返る。

たった今まで話していたのに。たった今まで足音を重ねていたのに。

四人の友達《なかま》は忽然《こつぜん》と消え、ヤタロの言葉と足音だけが森の中に浮いている。

そういうことかとヤタロはニヤリ。次の瞬間、ヤタロはかくれんぼの鬼となり、辺りの陰や裏や窪みや段差を覗きこむ。四人の姿は消えたまま。

こそこそと隠れて俺をどっかから覗いてるんだ。俺がおっかながるところを見て、みんなで笑おうって腹だな。そうはいくか。お前らこそ、俺について来れるかよ。

まるで平気な面を見せつけながら、どんどん奥へと突き進む。

仰げば、夕日《せきじつ》に炙られた雲が見る見る黒ずんでいく。ああして焼かれた雲が空いっぱいに広がると夜になる。そうなる前に、この根競《こんくら》べに決着をつけねば。


目を下ろすと傾斜《さか》の上にヤタロを見下ろす四つの影がある。

「お前ら降参か」と声をかけながら一歩を踏むと、それが合図であったかのように四つの影は蝙蝠《こうもり》の翼を生やした。かと思うと、もう空の中にいて、飛び去っていくわけでもなく、方向感覚を失っているのか、ただ遊んでいるのか、滅茶苦茶に飛び交いながら、あちこちの木の枝を掠め、枝葉をざわつかせ、急降下で墜《お》ちたかと思えば、地面すれすれで急上昇をしたりと忙しい。その飛行動作の忙《せわ》しさと無計画さは蝙蝠よりも蛾を彷彿とさせた。

乱れ飛び交う影の一つがヤタロの頭上を掠めた。その一瞬で姿を確認する。影ではなく、これはそういう肌の色をした生き物だ。蜻蛉《かげろう》の痩躯に光沢のある黒革をぴったり張りつけたようなそれは、細い手足を鋭角に折り曲げ、藪蚊の如き生理的嫌悪を抱かせるものだった。先《あたま》にも尻《ケツ》にも、どこにも貌が見当たらず、全体的に生き物として受け入れ難い容をしている。

「お前らがみんなを隠したのか！」

黒いものたちには答える聲《こえ》も貌もなく、黒い渦の軌跡を空に描いている。

ヤタロは石を拾って投げつけた。

「返せよ！　みんなを返せよ！」

あたりに転がっている石を片っ端から拾って投げた。

足の下からは突き上げるような振動。それは山を震わせ、木々を揺らし、地面の砂や小石を跳ね上げるほどに大きく育っていた。

「クタロウ！　イチ！　モ助《スケ》！　ジンタ！　みんなどこにいんだよ！　みんな、攫われちまったのかよ！」

さてもさても、これは大事になってしまった。

ここで這ってでも逃げ帰ろうとするのが普通の童子だが、このヤタロという坊主、なにぶん度胸があった。また、責任感も人一倍に強かった。山へ誘ったのは自分だ。引き返さなかったのは自分だ。みんな仲間だ。鬼や化け物に拐引《かどわかさ》れたかもしれぬ四人を見捨てることなど到底できない。彼らを探すために、村とは正反対の幽遠《ゆうえん》なる領域へと踏み入るのであった。

四人の名前を呼び、草叢を掻き分け、岩陰、木陰、窖《あなぐら》、腐木の洞の中まで覗きこんだ。長すぎる頸《くび》のせいで折角《せっかく》の瓜実顔《うりざねがお》を引き摺って歩く女や、爺と婆が滅茶苦茶に絡まった大車輪、蛙と魚の間子《あいのこ》のような深き処に棲んでいそうなもの、そういった面妖なものを見かけると、慌てて岩や木の陰に隠れた。そういう者どもは鼻が利くのか、すんすんと鼻を鳴らしながら臭いの元を探そうとする素振りを見せる。ヤタロは土や草を着物になすりつけ、少しでも人の臭いを消そうとした。

そうしているあいだにも空は孕んで身重になり、やがて山中に夜を産み落とすことは想像するまでもない。木や岩の影は、より暗く厚みを持って膨らみだし、足先から伸びる自分の影が主《あるじ》よりも精彩さを帯びだした。ヤタロは焦りを見せていた。

夜がどんどん強くなっていく。いくら度胸があっても、腕っぷしが強くても、夜に本気になられたら、自分如きの度胸程度では何の力も発揮できない。

突き上げる振動はますます強くなり、何度かに一度、草履の底が地面から離れるほどの振動がくる。

「くそ！　この山で何が起きているんだ！」

なにが起きても不思議じゃない。

その性を剥きだし、猛り狂い、血肉に溺れ、乱舞することを許される。

鬼と化け物の無礼講――山囃子《やまばやし》。

さあ、今宵は祭でございます。

＊

夜の落とし仔《かげとやみ》に視界を喰われ、地下《した》からは不可視《みえな》き者にしつこく恫喝され、自身の存在を異形に嗅ぎ取られそうになりながら、それでもまったく引くことなく、消えた仲間の幻像《あしあと》を追いかけて山の深みへと飛び込んだ。たびたび路を塞《ふさ》いでくる恐れや、脚にしがみついてくる不安、背中に圧し掛かろうとする諦めの誘いを押しのけ、掻き分け、漸く辿りついたのは廃屋が疎らに集まる小さな集落。夜陰に霞み、亡霊のように佇む家々は、そのいずれも構造《つくり》が古く、かなり昔に棄てられた村であることがわかる。

抜け殻のような廃屋ばかりが並ぶ中、光を孕む建物が一つだけある。その社のような造りの建物は、正面入り口の扉の隙間から薄刃の光を漏らし、夜に一筋の切り込みを入れている。その扉の前には小さな草履が片方、裏側を見せて落ちている。仲間の物ではない。もっと小さい童子の物だ。山奥の廃村に、こんな小さな子が訪れて草履を落としたと考えるより、この草履は攫われた童子の物で、その童子はこの社の中へ運び込まれたと考える方が理にかなっている。

「みんな、ここにいるのか？」

直感に背中を押され、忍者よろしく抜き足差し足で忍び込んだ建物は、蟲《むし》の蛹《さなぎ》みたいな気味の悪いものを祀った祭壇があるだけで、仲間どころか人っ子一人いない。仲間と訪れていれば、さぞかし面白い場所だったろうなと悔やまれる。クタロウあたりが「邪教団の謎を追え！」とか具合のいいお題目を掲げて盛り上げてくれたに違いない。

「もう、出てこいよ。一人で忍者ごっこなんて退屈だよ」

祭壇の裏に両開きの扉を見つけた。室内《なか》は目を瞑るより真っ暗で、なにかの臭いがする。臭《くさ》いと騒ぎ立てるほどでもないが、これを嗅ぎながら飯は食いたくない。きっと、この部屋にはろくなものが入ってない、ろくな使い方をされていない、そういう臭いが立ち込めている。だから、暗くてなにも見えないことは好都合だ。こんな場所にイチたちがいるわけがない。直感なんてあてにするもんじゃないな、と部屋を出ようとすると、祭壇の間のほうから物音がし、慌てて手近な物の陰に隠れた。

息を殺しながら窺《うかが》っていると、誰かが手燭《てしょく》を持って部屋に入ってきた。

身の丈から見るとヤタロと同じ歳頃の子。燭火により闇から丸く切り抜かれた顔は、なかなか器量の良い娘子だ。衣擦《きぬず》れと小さな呼吸《いき》だけをさせて、一本脚の油皿に火を灯してまわり、部屋の中に凝り固まった頑固な闇を少しずつ溶かしている。火と闇とが混じり合い、ちょうどいい昏さの明るさになると、部屋の様子も少しずつ明瞭《あきらか》になる。

部屋《ここ》には、自分たちの他に複数の童子がいた。

壁に背中を預けて立っているのが六人。上に張られた縄にぶら下がっているのが二人。奥のほうで和紙に包まれているのが一人。

皆、表情を持たず、瞬きもせず、声も漏らさない。着ている物は甚兵衛羽織《じんべえばおり》、桃色の折鶴柄《おりづるがら》の浴衣《ゆかた》、粗末な襤褸《ぼろ》、素っ裸もいる。腹が膨れているのもいるし、椀みたいに凹んでいるのもいる。

自分の見ているものがなんなのか、さっぱりわからない。人ではないし、人形にしては生々しい。化け物や鬼にしては、なにもしなさすぎる。ヤタロは大きな葛籠の陰で何度も首を捻っていた。

その不可解なものたちを背景に、娘子の存在も実に際立っている。

娘子の着物は銀糸で月を縁取る黒縮緬。短い裾から下りる白い脚が艶めかしい。表情《かお》は仄暗《ほのぐら》く、どこか退屈そうで、気怠《けだる》そうに瞼をゆっくり動かす。同じ年頃の娘子には放てない妖しさを全身に纏《まと》っている。

娘子は祭壇と部屋を往復《いったりきたり》し、そのうち、身の丈と同じ大きさの麻袋を引き摺ってきた。大きな鈎の付いた器具に縄を括り、縄のもう一方を麻袋のほうに結び、器具の脇に取りつけられた車輪型の握りをぐるぐる回すと麻袋がどんどん吊り上げられていく。小刀で麻袋を横から切って引き剥ぐと、そこにはモ助《すけ》が逆さ吊りにされていた。

モ助！　と、ヤタロが叫ぶ間もなく、娘子はモ助の毬栗頭《いがぐりあたま》の下に桶を滑らせ、掌に収まるほどの小さな刃物を彼の首の後ろで素早く動かした。すると、ぼたたた、と桶が音を響かせる。

滴下音が鳴っているあいだ、暗がりで佇む腹の凹んだオショボ娘を引き摺ってくる。オショボ娘の首と胸のあいだにある拳ほどの窪みには×《バッテン》型の赤い筋があり、そこに指をぐりぐりと挿しこんで穴を広げ、ヤットコのような道具を持った腕ごと、その穴にすっぽり突っ込む。オショボ娘の胸元がもこもこと膨らみ、その膨らみは右に左に動いて、ぺちん、ぺちんと爪を切るような音が中から聞こえてくる。ヤットコに似た道具を引き抜くと、今度は長い鉄箸を首の切れ目から入れ、小指ほどの曲がった骨を何本か取り出し、敷いた手拭いの上に並べていく。その後は腕や脚を布で包むと大きな木槌で軽く叩いて潰し、太腿や脹脛《ふくらはぎ》に入れた長い切れ目から白い破片を取り出していく。

こうして骨抜き作業を終えると、今度はまた別の童子を引き摺ってくる。踏鞴《たたら》と繋いだ管を喉の奥に挿しこみ、小さな足で「よいしょ、よいしょ」と送風器具を踏み始める。踏むたびに童子へ空気が送りこまれ、腹がどんどん膨らんでいく。踏んで空気を送りこむたびに、手足がぴょこ、ぴょこ、と跳ね上がる。

なんて。なんて光景を自分は見せられているんだろう。ヤタロは眩暈《めまい》を覚えた。こいつ、なんておっかねぇ娘子なんだろう。まるで張り子人形でも拵《こしら》えるような手捌《さば》きで、童子から血を抜き、骨を抜く。それも、なんの躊躇《ちゅうちょ》もなく、普通の顔で、普通のことをしているかのように。あんまり自然なんで童子を潰しているなんてふうには見えなかった。台所で飯を拵えているみたいだ。血抜きの手捌きなんて、村の養鶏爺よりも手慣れていた。

こんなきれいな容《すがた》をしていても、この娘子は鬼なのか。ここは鬼の食料を保管する場所なのか。腹が太いといわれていたさすがのヤタロも、今宵ばかりは怖さで震えが止まらない。無理からぬこと。彼はまだ十歳だ。

「そこの葛籠の裏に隠れている坊主、出てきなさい」

不意な指名にヤタロはペタンと尻餅をつく。

娘子は隠れている葛籠のほうへと顔を向けていた。

「出てきても出てこなくても同じことですよ」

歯がカチカチと鳴るのを抑えられない。覚悟を決め、葛籠の陰から姿を見せるため、ゆっくりと立ちあがる。

「あなたは」

娘子が息を呑み、目を丸くさせた。

「俺を喰うのか」

「もっと顔をよく見せなさい」

「俺を喰うのかって訊いてんだよ」

娘子は質問に答えない。信じられないといった顔でヤタロを見つめる。

「そんなわけがない。キコスケは……焼けて死んだのだ」

「キコスケ？　なにいってんだ！　化け物！」

「……ああ、ごめんなさい。あなたが知り合いと似ていたもので」

「モ助をどうするつもりだ！」

横に吊られている豆腐で拵えたような顔色の童子を見て、娘子は残念そうに首を振った。

「友達だったのですか？　……それは御辛いでしょう」

「お前が殺したんじゃねぇか！　クタロウをどうした！　イチとジンタは！」

「他にもいたのですか？　ここに届いてないならば……鬼に喰われたんでしょう。運が悪かった。今夜は山囃子なんです」

「やま、ばやし、なんだそれは！」

「山がすべてを許す、鬼と化け物の無礼講です。人にとっては天災です。この日に誰かが消えるのは止む無し。運が悪かったと諦める。わたしにとっては、ただの忙しい夜です。戸締りもせずに出ていってしまうほどにね。でもまさか、留守のあいだに鼠が引っかかるとは思いもしませんでした。鼠さん、あなたの名は？」

「鬼なんかに名乗る名はねぇ！」傍に転がっている、鉄の孫の手のような道具を拾い、両手で構える。

「鬼め！　俺が退治してやる！」

「ほお、勇ましい。あなたにできますか？　キンタロウ」

「ヤタロだ！　あっ、くそっ」手が震え、得物が握れない。何度も取り落とす。「くそ、なんで手が、くそっ、お、お前なんて、おっかなくねぇのに！」

娘子が嗤っている。そんな場合ではないのに、ヤタロは母親から聞いた狐の話を思いだす。山には狐という人を化かすものがいるんだよ。狐は山で灯をともし、誘われて寄ってきた者を悉《ことごと》く騙すのさ。人を騙した狐の嗤いは、それはもう邪悪な嗤いなんだけれど、この世のものでないくらいに美しい嗤いなんだとさ。

「ヤタロ、その顔で生んでくれた親に感謝しなさい」

「……なにいってやがる」

「あなたを生かしたまま、ここから帰してやろうというんです。今夜は山が騒ぐ夜。外は危険です。一晩ここに泊まって、明日の朝一番で村へ戻りなさい」

「じょ、じょうだんじゃねぇ！　化け物と一晩なんてすごせるか！」

「その化け物が我を失ってはしゃいでいるような夜に、山を一人で下りるのですか？　村に帰れたとしても、あなたは鬼か化け物の糞になっていますよ」

「村の大人たちに、この場所を教えてやる！　モ助たちの復讐をしてやる！」

「はぁ、やっぱり餓鬼だね。大人は復讐なんてしませんよ。無駄だと知っているから。人は山を穢《けが》せない」

「俺は鬼になんか負けねぇ！　俺は必ずお前を殺しにくるぞ！　クタロウたちを喰った仕返しをしてやる！」

娘子が俯《うつむ》いて溜め息を吐いた瞬間を狙い、ヤタロは提灯部屋を飛び出した。


お宮を転《まろ》び出るヤタロ。

その目の前を、青い炎を纏った四つん這いの童子が駆け抜けていく。それを楽しげに追いかける、生まれて間もない赤子たちの山。何十と赤子が積み重なった山。

全身に血を塗りたくる首の無い老若男女が、仲良く互いの腹の破り合いをしている横で、人から千切り取った四肢を上手に宙へ投げては受け止める、そんな大道芸を披露している眼球飛び出し若衆。

道の真ん中にどっかり座り込む、鋼鉄の垢を纏わせた巨躯は、身体中を掻き毟って鉄粉を落としながら仲間と酒を酌《く》み交わす。顔中の裂傷が松毬《まつかさ》のように開いた恰幅《かっぷく》のいい旦那は、どこへ酒を流しこもうかと盃を顔の前で彷徨《さまよ》わせている。

襤褸雑巾を奪い合って、鼻の無い親父と口から上のない女が殺し合い。襤褸雑巾からは脛毛《すねげ》を蓄えた足が生えている。

下顎が欠け、そこから蛭を永久に産み落とし続ける白装束《しろしょうぞく》の女がぼえぼえと唄う。才槌頭《さいづちあたま》の婆が赤い出っ歯を見せて、やんややんやと手拍子《てびょうし》を打つ。

巨大な女の生首を転がす、糸屑のような細長い女たち。

棺桶に居すぎて、びだびだの黒い水になってしまった媼《おうな》が、自慢の爺汁を柄杓で外へかき出しながら移動中。それを追いかけ、這いつくばって爺汁を舐めている、棺桶媼の追っかけ、首曲女郎《くびにょろじょろう》。

茸の化け物、泡沫《うたかた》を背中で育てている蝦蟇蛙《がま》が跳ね、新鮮な生首たちを背中に乗せて移動する山《さん》椒魚《しょううお》が這う。仰げば闇空には、はしゃいで飛びまわる貌のない影。生首の集団。婆の一枚皮。

ほとんど人の容もあれば、ほとんど人を失ったもの、きっと元から人ではないもの。そんなものが、飲んで唄って千切って喰って裂いて騒いで殺して嗤う、魑魅魍魎《ちみもうりょう》の大饗宴。

ずん、どん、ずずん、どんどん。

どんどぉん、ずずず、どん。

巨人の心臓の上にいるような、地面と空気を震わせる大太鼓。

山がお囃子を奏でている。

この太鼓の音に踊らされる魔性のものたち。

こんなに人が喰われる夜があるなんて。

これを知ってて、見て見ぬふりをしているだなんて。

鬼と化け物の無礼講？

この世は、いつからそんなものを許す世になっていたんだ？

俺たち童子は、この世がそんな世の中だなんて教えてもらってねぇよ！

ヤタロの目の前にどしゃどしゃと人の生首や拉げた頭蓋骨や擂り潰された肉や骨が降り注ぐ。酔っ払いの鬼か化け物の胃の腑の中身だ。吐瀉物《げろ》の中に埋もれた、若い娘の首と目が合った。娘の濃紺の瞳はヤタロを透かし抜け、二度と戻れぬ郷里の地を探して広闊《こうかつ》な夜を見晴るかす。

自慢の度胸とやらは、どこへやら。ヤタロの精神《こころ》と腰は砕け散る。自分の洟と涙と泥に塗《まみ》れ、山路を這い蹲《つくば》う。そんな姿を「おっ」と見つけ、鬼どもが嬉しそうについてくる。応援するように、跳びはね、手拍子しながらついてくる。その気になれば、今すぐにでも首をもいだり、脳を抉《えぐ》り取ったりできるのに、それをせずに、げらげら笑いながらついてくる。なんて屈辱。なんて侮辱《ぶじょく》。くやしい。くやしい。

かつて生きていた者たちが破片となって散らばる山路。その先に蟠る血溜まりのような闇の中、見知った顔が浮かんでいる。

「イチ！　イチじゃねぇか！」

忽然と消えてしまった仲間の丸顔が、血腥《なまぐさ》い闇の中で笑みを浮かべている。

「おーい、イチ！　どこいってたん――」

――まて、変だぞ。提灯《あかり》も持っていないのに、イチの顔だけが闇の中にぽっかりと浮かんで見えるのは変だ。それに、あれじゃあ、背が高すぎないか。

イチの丸顔は、どんどん、どんどん、上へ上へと昇っていく。昇って昇って、イチの丸顔は、月の真横からヤタロを見下ろしていた。イチの丸顔の隣の月は、四つに割れている。今夜は、よつばり月でもあったのだ。

ちりん、ちりりん。

ヤタロは鈴の音に振り返る。

さっきの娘子が後ろに立っている。膨れ腹に灯をともす、異様な裸児を提げて。

ちりりん、ちりりん。

裸児の足首に括りつけられた鈴が鳴っている。

「あの顔は、お友だちですか」

「俺の、俺の仲間を……鬼がどうにかしやがった」

「あれはデンダラボウ。鬼ではなく化け物です。あの化け物は貌をたくさん持っていますが、いくらでも欲しいようで、人の顔を見ると盗んでしまいます。あなたの友だちの顔も盗まれて、デンダラボウの貌にされてしまった。よく見なさい」

イチの貌は、路の上から伸びるひょろ長い影のようなものの先端にくっついている。ひょろ長いものには竈馬《かまどうま》のような後肢《うしろあし》があり、その肢には割れた柘榴《ざくろ》のような顔の人たちが何十何百と縋《すが》りついている。その柘榴面の群衆の中に、イチの着ていた甚兵衛と同じ柄を見つけた。

「顔を返して欲しくて、デンダラボウに縋ってくるんです。永遠に」

「イチ、わりぃ、俺を許してくれ、お前を助けてやれねぇよ」

泣き詫びるヤタロの傍に裸の童子が置かれる。

「なんだ、これは」

「童提灯です。鬼はこの提灯の灯で姿が消せる。あなたは人だから消せませんが、これを持っているのは鬼だけですから。あなたは襲われなくなる」

「こんな気味の悪いものいらねぇ」

「このままでは、あなたもお友だちと同じ運命を辿りますよ」

デンダラボウがイチの貌を揺らしながら、赤子のような嗤い聲を響かせている。

「仲間の復讐をしに、俺はここへまた戻ってくるぞ」

「お好きになさい。さあ、今夜、これからあなたの歩く路は、あなたの知らなかった山の本当の姿を見せる地獄の帰路。正気のうちに村へ帰れるよう祈ります」

「おぼえてろよ、化け物」

「その提灯は、村に戻る前に山の中に棄てなさい」

不気味な同行者を提げ《ちょうちん》、ヤタロは山を下りた。

何度か童提灯に話しかけてみた。言葉は返ってこない。完全に物なのだ。それでも、何度かは話しかけてみた。

こんな目に遭ってつらくないか。痛くなかったのか。悔しくないのか。お前の名前はなんだ？　母ちゃんはどこに住んでる？　あいつが憎いか？

ヤタロは歩いた。人の世へ戻るために。

我が物顔で歩きまわる異形どもを、しっかり目に焼き付けながら。

頭に大百足《むかで》の蜷局《とぐろ》巻きを乗せ、重い頭をふらふら揺らしながら歩く爺とぶつかりそうになった。

枝葉を集めて着物のように纏う蛇面《くちなわづら》の女に頭を下げられた。顔に味噌を塗りたくった童子五人を連れ歩く、袈裟姿の坊主に乾びた蛙を手渡された。

自分と同じ童提灯を手に提げているものともすれ違った。すれ違いざまに提灯が勝手に鈴を鳴らした。

この異様な世界を、ヤタロは目に焼き付ける。

もう震えないように。腰を抜かさないように。絶望しないように。

鬼と化け物を殺す得物を、手から落とさないように。

四散する月光に黄色く照らし出される砂利峠。

そこで偶然、クタロウと会った。

クタロウは、繊毛《せんもう》をざわめかせる芋虫に似たものを首の後ろから生やしていた。どうやらそれは、首の後ろから身体に入りこんだ化け物の尻尾のようだ。

クタロウ、と呼びかけると、真っ青な目をヤタロに向けてゲタゲタと笑いだす。

狂い嗤いに背を向け、怒号と絶叫を引き摺りながら走った。

赦さない。

俺は、この山の存在を、けっして赦さない。

仲間の恨みは、どれだけ月日がかかろうとも、絶対に晴らしてやる。

　ヤタロは心に誓う。

＊

　世にも無残な乱痴気騒《らんちき》ぎのこんな夜に珍客がやってきた。

　ヤタロを見送って戻ったアザコを、お宮の前で染みが待っている。

　筒状に巻いた汚い布団が、ぽんとお宮の扉の前に置かれている。

「おや、どうなさいました？　今日はもう童子は充分ですよ」

　じっと突っ立っている染みは、なにかいいたげに見えるが、あいにく鬼と人とでは言葉が通じない。染みは外見も布団そのものなので、感情表現も皆無なのである。提灯でも直してもらいに来たのかと、染みの傍らに置かれた童提灯を調べてみる。童提灯の腹には破れ目もなく、灯種《アカモロ》の明るさも弱くはなっていない。脂も充分にある。

「なにか、わたしに伝えたいことがあるんですか？」

　染みは筒の上から白骨化した手を伸ばし、自分の童提灯を持った。

　ちろろん、ちろん。

　この音は……。

　ちろろん、ちろろん、ちろん。

　これはビードロ鈴。

　空洞のあるビードロ玉の中に小さいビードロ玉を入れた鈴だ。染みの提げる童提灯の足首には朱金《しゅきん》の打紐《うちひも》に付けた涼しげな水色のビードロ鈴が揺れている。

「あなたは、ヒコザエモンですか」

　ヒコザエモンが家を出て、もう二年になる。

足腰の痛みを訴え、下痢が続き、追い打ちのように肺病を患ったヒコザエモンは、容体が回復することなく、母屋の片隅で布団の中に籠ったまま鬼となった。

めでたく染みとなるまで、ヒコザエモンは苦しい日々を生きていた。

後年、寝返りも打てないほど身動きがとれなくなったので、風呂に入れず、厠へも行けず。初めの頃は雑巾で身体を拭いたり、桶に糞小便をさせていたが、童提灯作りやそのほかの仕事が忙しくなると、後回しになってしまう。ほっておかれたヒコザエモンはふて腐れてか抗議の意味か、糞尿を豪快に垂れ流してくれた。それが彼自身に悪影響を及ぼし、床《とこ》ずれでずるずるに皮膚が剥けてしまった背中の化膿を早めることとなってしまった。そうなると身体をほんの少し動かすだけで痛みに絶叫をあげ、桶で排泄することも厳しくなり、そのまま垂れ流すことが多くなった。血膿と垢と大小便で山椒魚の寝床みたいになった布団を何度か取り替えてもいたが、このくらいの時期からヒコザエモンは自分がなんの鬼になるのかを自覚していたらしく、布団の交換をも拒むようになった。

同じ時期からヒコザエモンが強烈な背中の痒みを訴えだし、見ると背中の皮膚と布団がほぼ同化していた。剥がすと出血するようになり、壊死《えし》しはじめた皮膚が、布団をヒコザエモンの表皮に変えようと頑張っているように思えた。そういうわけで、たまに背中と布団を剥がしてやらないと完全に癒着《ゆちゃく》してしまうので、嫌がるヒコザエモンを無視してバリバリ剥がしていたのだが、ズタボロになった背中が今度は蛆《うじ》の棲み処となり、赤剥けの背肉に穴をこじあけて潜り込もうとする蛆の尻を箸で摘まみ取るという作業に明け暮れる日もあった。捕った蛆はヒコザエモンの希望で粥の中に入れた。鬼に喰われるならまだしも、蟲に喰われるのは腹が立つ。だから、自分の肉を喰った蛆を喰い返す、という考え方のようだ。

染みになる直前のヒコザエモンは、掛け布団をかぶったまま、ほとんど顔を出すことがなくなった。外から見るとだんだん薄平たくなっていき、心配になって掛け布団を剥いだことがある。剥いじゃいけないものを剥いだ時の音がし、布団の中のヒコザエモン本体は寒天のようなもので包まれていた。これはヒコザエモンが染みという鬼の臓腑になりかけているのかもしれないと慌てて掛け布団を戻したものだ。

結果、ヒコザエモンは布団と一緒に腐り果て、めでたく染みとなったのである。彼が鬼となった日、その時期を知っていたのか、旧知の友の葛籠《つづら》猿猴《えんこう》が彼を迎えに来た。アザコはヒコザエモンのためにビードロ鈴をつけた童提灯を渡した。弟子の作った童提灯を鬼となった師匠が使う。感慨深いものがあったのか、布団越しでも嬉しそうなのがわかった。

提灯作りの技術はヒコザエモンが動けなくなる前にすべて伝授された。今では彼よりも手際よく作れる自信があるし、より普通の童子に見えるよう、作り物の目玉を入れるとか、歩いている時の腕の振りを再現する絡繰《からく》りを組み込むとか、新たな工夫を凝らした童提灯も拵えるようになった。

「前よりも布団が汚くなっていたので、わかりませんでしたよ」

鈴が鳴る。童提灯の灯でヒコザエモンの姿は視えなくなっていたが、「アザコはひどいやつだな」といわれている気がした。

彼の童提灯がひょこひょこと移動し、少し離れたところでビードロ鈴を鳴らす。

「ついてこい」といっているようだ。

アザコはビードロ鈴の音に導かれ、山囃子の夜を歩くこととなった。

＊

まず訪れたのは、山麓付近の森林である。

この森の木は枯れていないのに葉を一枚もつけていない。千紫万紅《せんしばんこう》に森を彩るのは無数の蝶であった。翅《はね》を広げた状態で木の枝に折り重なって死んでいる。蝶は自慢の翅《ころも》を披露したまま死ぬことを望み、木は自身を飾り付けるために蝶を誘う成分を撒く。また、蝶を美しい状態のまま保存し続ける樹液を枝から分泌するので、死骸は半永久的に朽ちることはない。枯蝶《こちょう》の森とでも称すべきそこは蝶の墓場であり、土壌は降り積もった蝶の鱗粉であった。

森の奥には主《ぬし》のような大樹が聳え、黄金色の玉が鈴生りに生っていた。月明かりを乱反射するそれは、巨蜂海悪《おおばちばいあく》の巣、金無垢蔵《きんむくぐら》。この森は天狗発祥の地であった。

その後は峠をさらに下りて人里に近い場所まで導かれ、念願の狐を見せてもらった。かつては何かが祀られていたであろう小さな祠、その近くに巣穴があった。正直、期待外れだった。もっと神秘的な姿形を想像していたが、実際は獣らしい獣であった。やや細面の狗である。なにゆえ狐が不思議な力を持つ霊獣のように語られているのか甚だ疑問であった。

＊

何千、何億、何兆という数の化け物の屍で構築《でき》た建造物がある。

巳幸櫓《みこやぐら》と呼ばれるもので、山の至る所で見られるものだが、今夜アザコが見たものは、おそらく、最大、最古のものだ。

　巳幸櫓を知るには、月寄《つきより》という化け物について知らねばならない。

　月寄は後肢で直立する蝦蛄《しゃこ》に似て、大きさは五、六歳の童子ほど、ある種の木の根元から生える。月寄は見た目は甲殻《こうかく》類だが、身体の構造は菌類に近く、陽光を浴びると気化してしまうために夜間しか行動できない。月寄という名が表すように、この化け物は月に近づこうとする習性があり、夜になると集団で積み重なり合い、月まで届く〝路〟を作ろうとする。路が崩れぬように自ら殻を補修して、より強固な路とし、不要とあれば己の頭や脚も切除する。朝が来ると月寄はすべて気化してしまうが、その身を包む甲殻だけは残るので、建築場所には無色透明な甲殻塔が建っている。そこにまた夜間の増築がおこなわれ、年月を重ねて巨大な巳幸櫓ができるのである。

　ヒコザエモンは前に、こんなことをいっていた。

「過去に雲を貫く巳幸櫓ができたこともあったそうだ。まあでも、いってもそこまでだな。実際に月寄たちが月に行ったなんて話は聞いたことがない。この聞きなれぬ巳幸《みこ》という言葉には『罪深き蛇』という意味があるそうだ。巳幸櫓を初めて見た者が、月へ行こうとしている身の程知らずな蛇だと思ったんだろうな。これは妬みの命名なのさ。月へ近づけない人間が悔しくて名づけたんだ。浅ましきは人の妬みだな」


　幾筋もの透明の筒が蛇行《だこう》しながら空へと続き、よつばりの月光を浴びて青々と輝く光景は、青竜たちが天を目指して昇っているように見える。

　この湖畔は複数の巳幸櫓が集合している、山で唯一の場所。月へ届いても不思議ではない立派な路から、まだ作られて間もない路まで、複数の巳辛櫓が交わり合いながら巨大な月寄の集落を構成している。周辺には月寄の生える木も群生している。この湖畔《こはん》では遥か遠い古き時代から現在まで、一日とて欠かさず、月を目指して多くの犠牲が払われてきた。ここは月寄たちの墓標でもあるのだ。

アザコたちは、その筒の中を通り、空《うえ》を目指して歩みを進めていた。

硝子《ビードロ》か金剛石《ギヤマン》で作られたような透明の路には、月寄の殻や脚や触角《つの》が無量に重なり合って生まれる複雑で繊細な模様が描かれている。

滑らず、歩きやすく、傾斜もきつくはない。増築現場まで距離があるからか、途中に休憩ができるような小部屋もあり、そこでは瑞々しい果樹が自生している。

増築と補修作業のために、現場へと向かっている月寄たちに急かされるよう歩みを早めると、路が枝分かれし、月寄たちはそのうちの一本へと注がれるように向かっていく。ヒコザエモンが選んだのは一匹も月寄が向かわなかった路で、そこは増築が止まっており、筒の断面が花弁のように開いて広い足場ができていた。

そこからは、月が見えた。

まだまだ月は遠い存在だが、月を四つに割っているものは、月ほど遠い存在《もの》ではなかった。とはいえ、その大きさは、こうして目の前にしても計り知れない。考える事自体が馬鹿馬鹿しいくらい、広大無辺の世界から来たものなのだろう。

貧困な知識と記憶を掻き集め、この形状を喩《たと》えるものを考えてはみたが、今のところ蜘蛛に似ているとしかいいようがない。けっして蜘蛛には似ていないのだが、他にこれと似た生き物を見たことがなく、蜘蛛の記憶のほうを、この化け物の方へ寄せていくことしかできなかった。これは複数の脚を束ねて十文字の形となり、月の光を割っている。それを人々は、よつばり月や御来迎と呼んでいた。

これが、浜へ到来した蛭子が、山に作った繭から羽化したというオシラ様。

空を光が走る。流星ではない。目を細め、ようやく視認できる程度の細い絲《いと》のようなものが空を覆っている。網の目の細い蜘蛛の巣のようなものが視野の届く範囲、すべてに張り巡らされている。この絲の上を走る光が流星の光跡に見えていたのである。

山や、山を囲む村が一望できる。

山囃子の狂騒の中にある山は高所から見ると非常に静かなもので、童提灯の灯が団子虫の緩々な動きで明滅し、あそこで肉宴《にくえん》、血宴《けつえん》が開かれているとは思えない。

「こんな素晴らしい場所を今まで教えてくれなかったなんて、ヒコザエモンもお人が悪い」

あ、もう人じゃないか、と嗤う。

＊

山を見晴るかす高みから、奥深い幽谷へと導かれる。

峨《が》峨《が》とそびえる黒い岩壁に挟まれる谷合は死人の路のように昏く、時おり流れ込んでくる霧で空気が肌冷たい。漆黒の溝を中央から分かつ白い川が帯のように流れている。川縁には黒い玉砂利が敷かれ、岩に砕かれた水が白い飛沫を散らす。

水上《みなかみ》へと進むヒコザエモンの灯の後を、ただついていく。

今日は山の珍所迷所の巡りをしているのか。それは有り難いし、顔見知りの鬼とも会えるので楽しいが、連れて歩いているのが十歳の娘子ってことを忘れてないか？　アザコはへとへとになっていた。

川の中に半身を浸け、鬼たちが身体を洗っている。肌についた血を、蓬髪にこびりついた肉を、衣にはりついた潰れた目玉を、川に流している。

山囃子は終わっていた。

鬼は宴の後始末だ。

五つの童提灯が連なって川面すれすれを移動し、鈴の音を交わしあっている。祭りの余韻を鈴の音に乗せて語っているのだろう。

足を止めて余所見をしていると、前のほうでビードロ鈴を鳴らされた。

「はいはい、いきますよ」

先の河原で待つヒコザエモンの灯。その後ろから、大きな鞠がぽんぽんと跳ねてくる。蹴る者もないのに右に左に楽しげに跳ね、ぴたりと跳ねるのをやめたかと思うと、今度は、ぽーんと高く跳びはね、アザコとの隔たりを一気に縮めてきた。

それは目の前に落ちてくると足元で小さくぽんぽんと跳ね、アザコのことを見上げてきた。

千切れた手足、肝腸、腹の皮、背骨と肋、幼い娘子の生首。それらをぎゅっと丸めたものがアザコのことを見上げていた。

アザコは悲鳴のような歓喜の声を上げた。

カイノだった。

幼い頃に仲良くしてくれた友人は。貴重な金平糖をくれた親友は。悪童らに崖から突き落とされて殺された娘子は。こんな谷底で肉玉の鬼になっていた。

屈みこんだアザコはカイノを抱きかかえた。

「なんて姿に。痛かったろう。辛かったろう。無念だったろう。わたし……ぼくなんかと遊んだために、こんな惨たらしい姿になってしまって」

カイノは懐かしい、はにかむような笑みを見せると、黒くて長い舌を伸ばした。舌の先には黒い金平糖がのっている。摘んで口に含むと血の味がした。彼女が最後に味わった味だ。アザコはしっかりと味わった。

ヒコザエモンがビードロの音で呼んでいる。

さっきまでいなかったのに、川縁に、川面に、たくさんの童提灯がいる。二十ほどいるだろうか。ぽっこりお腹をぶつけあって。鈴の音も重ねて。その中には眼窩《め》に透《す》き緑《みどり》のビー玉を嵌めたオカッパ頭の娘子がいる。アザコの工夫で初めて眼を入れた提灯だ。童提灯を持っていない鬼もいる。葛籠猿猴や、いちばん初めに会った天狗といった見知った鬼だ。最近、交流を持った鬼もいる。

集まっているのはアザコを知っている鬼ばかりだ。この谷でアザコを待っていたようだ。ぽんぽんとカイノが彼らのところへ転がる。

鬼や童提灯たちが真ん中から静かに割れた。

割れた真ん中に、一つの童提灯が残る。

——鼓動。

「あなたは」

鬼は童提灯を足下に置き、橙の灯で包み忍ばせていたその姿を見せた。

鬼と提灯たちが見守る。この瞬間を。

長らく乾いていたアザコの瞳が潤みを覚える。

はじめまして。

でも、わたしはあなたと。

あなたと。

「お逢いしたかった」

オエベス送り

そつじながら、アザコが生まれる前の話をしよう。

極めて辛い話になるが。

「ああ、疲れた疲れた」

明け方に帰った弓彦は、磯と酒と汗と泥と血脂の臭いを纏《まと》わせていた。

針と布を置くと、眠気を溜めた腫れぼったい目でヨシは旦那を迎えに立つ。

「汗だくで泥塗れじゃないか、今風呂を焚くよ」

「めんどくせぇ。拭くもんをくれ」

頬かむりを剥ぎ取ると「土産だ」と畚《もっこ》をどすんと置いた。そいつを覗きこんだヨシは「なんてことを」と眉間に筋を彫《つく》る。

「また塚を荒らしてきたんだね」

「おうよ」

「おうよじゃないよ、みっともないことはやめとくれ」

面に浮いた脂や泥を手拭いでこすり取りながら、みっともねぇことなんてあるもんか、と悪びれない。高く売れるもんを、わざわざ蟲《むし》けらにくれてやるなんざ、馬鹿のやることだ、と。

「またゴンたちに手伝わせたんだね」

「剥がせるもんはみんな剥がした。朝一番で奴らに売りに行かすよ。その肉はうちで喰う」

この日は浜に仔を孕んだ鯨――オエベス様が流れ着いた。

豊漁を授ける瑞獣を海から頂いた漁村は、その夜のうちに宴を開き、生きたまま胎の仔を取りあげると万謝《ばんしゃ》の御供《ごく》を海へと流す。宴が終わると取りあげられた仔はオエベス塚に埋められ、村の豊漁の神となる。仔を埋める大役は弓彦と数名の男衆が任せられているのだが、弓彦は埋めた後にこっそり塚に戻ると仲間とともに掘り返し、オエベスの仔を解体して売れる部分を持ち帰る。そのような醜行《こと》ばかりを続けていた。

「わたしはどうも、あのオエベス送りってのは好きになれないよ。むさ苦しいのばかりが夜中に集まって、こそこそなにをしてるんだか」

「海の男の祭よ。女子供の祭じゃねぇ」

「いつもそれだ。なんでもいいけど、それは返してきなよ」

オエベス様の罰が当たるよ、と畚の中に目を落とす。赤い岩石のような肉塊にはもう蛆《うじ》がえっちらおっちら歩いている。

「当たるんならとっくに当たってらい。俺は昔からやってんだ」

「あんた、そろそろ真面目になってよ」

「人聞きが悪いな。真面目に仕事はしてんだろ」

「漁獲《とれ》が悪いって船主《ヌシ》さんがぼやいてた。あんたたち、舟の上で打ってんだって?」

「汗水垂らして銭が増えるわけじゃねぇ」

「村が豊かになるんだよ!」

ヨシは気立てもよくて器量よしの女だ。なにゆえ弓彦みたいなロクデナシの女房に納まったのか。

その理由として、奉公先の旦那が幼娘《おさなご》に手を出すような下衆野郎であったことは大きい。早く嫁入りして村に戻りたかったが、自分に自信のないヨシは嫁の貰い手なんているんだろうかと不安だった。嫁迎えの時期になると弓彦は村の男衆どもと一緒に、娘たちの奉公先の村に来た。弓彦は高価な鼈甲《べっこう》の櫛《くし》を買うと、男衆のあいだで器量がよいと名高いヨシの奉公先へと赴いた。前夜の博打で荒稼ぎし、だいぶ懐も暖かかった弓彦は、ヨシを嫁にもらいたい一心で、この時ばかりは大奮発《ふんぱつ》。身の程知らずにも程がある。ヨシ狙いの男衆はたくさんいたが、ヨシは菩薩《ぼさつ》の心で、いちばん必死に頼み込む弓彦を選んでやった。嫁になったらこっちのもんだと櫛はすぐさま売り飛ばされた。

「やけに突っかかってくんな。このところ、相手してやってねぇからな」

爪垢の詰まった無骨な手が、白くふくよかな胸に伸びる。

「できたんだよ」と手をはたく。

「できた？」

「子が、できたんだよ」

ヨシは髪を掴まれて引き倒される。なにをするんだい、と睨み上げた顔を、臭い脂足が踏みつける。射殺すような目で「誰の子だ」と弓彦が凄んだ。

「馬鹿！　あんたの子に決まってるじゃないか！」

「おぼえがねぇ。俺ぁ、このところ、夜は疲れてへろへろだ。変じゃねぇか」

「あんたがへろへろなのはへべレケの酔っ払いだからだろ」

生意気いうんじゃねぇよ、と脂足が踏み躙る。

「お前、よく山にいってるらしいな。さては山の化け物の餓鬼を身籠《みごも》ったな」

ヨシは目を丸くした。唇がわだわだと震える。

「あんたそれ、まさか本気でいってるんじゃないよね。誰のお節介か知らないけど、その密告《つげぐち》は間違ってるよ。山なんていってやしないんだから。わたしが行くのは村外れのお地蔵様さ。この子のためにお拝みにいってるんだよ」

「嘘つくんじゃねぇ。じゃあ誰の子だ。いってみろ、ぶっ殺してやるからよ」

「だから、そんな人はいないってば！　この子の親はあんただよ！」

「海のもんが山の化け物の仔を孕んだなんて、漁民の恥だ」

「あんたおかしくなったのかい？　ここにいるのは人の子だよ、あんたの子さ、あんた、親になるんだよ。本気じゃないよね？　酔ってるからそんなこというんだろ？　ねぇあんた、酒も博打も、少し控えてくれないかい？　もう充分やったろう？　この子のために、少しは真面目になってよ、ねえ、あんた」

なんだと、と弓彦はヨシの腹を踏みつけた。身体を丸めて必死に我が子を守った。

「勝手に孕みやがったくせに、俺の楽しみも奪おうってか。おら、流れろ流れろ」

容赦のない蹴りが腹を狙う。ヨシは抱きこむように守りながら、よしとくれよ、よしとくれよ、と泣いて頼んだ。蹴るのに疲れた弓彦は、「おらぁ」と水桶を蹴倒すと家を出ていった。


浜辺の賭場の休憩場《アタリバ》で、塩のざらつく莫蓙《ござ》の上、常節《とこぶし》並みに硬い網引き胼胝《だこ》と褌越しの金玉を掻きながら、どす黒く焼けた面の男衆たちが酒気を吐き吐き、ちんちろろりんと賽《さい》の音を響かせる。

「どうした、弓の字。さっきから、うかねぇ面だな」

「ほんとだ」

「朝っぱらから俺ら集めといて、当の弓が時化《しけ》面《づら》ってなんだよ」

「飲みが足りてねぇんじゃねぇか」

「どうせ、送り明けで漁《しごと》もねぇんだ。今日は正午《ひる》まで飲もうぜ」

「……女房にガキができた」

「おっ」

「なんだよ、めでてぇ話じゃねぇか」

「なんでそんな面してんだ？」

「わかった。弓っつぁん、オエベスが心配なんだろ。もし今来たらって」

「なるほどな、でもあと三年は流れてこねぇだろ」

「そうだよ、それに万が一、今オエベスが流れてきたって、なぁ？」

「弓んところは平気だろ」

「おうよ、弓っつぁんとこの女房なら、ぜってぇに外されるはずだ」

「おお、供物にはなんめぇよ」

「なんといっても、弓っつぁんはオエベス送りの主役みてぇなもんだからな」

「けっ、誰もやりたがらねぇだけだろ。調子いいことといってんな、てめぇら」唾を白砂に吐くと、そこにいた舟虫が慌てて逃げ出した。「そんなことより、なあ、ヘイマよ」

「なんだい弓っつぁん」

「お前、この島に来て何年だ」

「一年と三月《みつき》になるな、それがなんだ？」

「俺にどんだけ負け《かり》がある？」

「い？　ちょ、ちょっと待てよ。な、なんだよ、藪から棒に」

「お前にとっちゃ藪から棒でも、俺はいっつも覚えてんだ。借金《かし》のことは」

「ぜってぇ返すから、今その話は勘弁してくれよ、弓っつぁん」

「ずいぶん溜まってんぞ」

「いやぁ、ほんと、今は勘弁してくれって」

「帳消《チャラ》しにしてやろうか？」

「だから、ほんと勘弁……へ？　え？　帳消《チャラ》し？　なんでよ？」

「そのかわり、ちいっとだけ頼み、聞いてくれるか」

「な、なんだい……無理はいわねぇでくれよ」

「無理だったらそれでいいからよ」

「そっか、なら聞くだけ聞くよ」

「ヘイマが前に住んでた島ってよ、確か鯨ぁ、獲ってたよな。舟にでっけぇ銛だかなんだか載っけてよ。あれ、なんていったか」

「箒銛《ほうきもり》だろ。それがなんだい？」

「あれ、こっちくる時、持ってきてるんだよな？」

「あるよ、親父のだからな。でもまあ、こっちの漁《しごと》じゃ使えねぇから小屋で埃かぶってらぁ」

「一頭、欲しいんだよな」

「一頭？　まさか、鯨をか？」

「ああ、お前んちのその道具でいけんだろ？」

「無理だよ！　鯨は海の財だ！　勝手に獲ったら俺、えれぇ目に遭うよ！」

「そこをなんとか頼むよ。見つからねぇようにやってさ、俺たちも手伝うからよ。な？　ああ、そんで、普通《ただ》の鯨じゃなくて、オエベスがいいんだよ」

「孕鯨《はらみいさ》か？　無理だ無理だ！　孕鯨を獲ったらなんねぇって仕来《きま》りは、どこの海も同じだろうが！　奥間口《おうまぐち》が怒り狂っちまうよ！　いくら弓っつぁんの頼みでも」

「そうか、それじゃ悪いな、無理いって悪かった」

「悪ぃな、ほんとすまねぇ」

「いいんだ、いいんだ、借金《かし》さえ今、返してもらやぁよ」

「……ちょ、そんなのねぇよ！　かんべんしてくれよ！」

「弓、どうした急に。物入りなのか？　いきなりじゃ、ヘイマもかわいそうだぜ」

「そうだよ弓。ヘイマは今、負けこんでてオケラなの知ってんだろ」

かんけぇねぇな、と吐き捨てる。

「なぁ、ヘイマ」弓彦は目に残忍な光を宿す。「頼みは聞けねぇ、銭は返さねぇ。そりゃ、あんまりじゃねぇか。テメェは他所もんだったから知らねぇだろうが、俺の取り立ては、ちぃと厳しぃよ。な？　ヨロスケ、バンジ」

ああ。まあ、そうだな。厳しいな。ヘイマ、なんとかした方がいいよ。

「ヘイマよぉ、まずは明日、お前の肝、半分くらい売りに行くか」

わかった、わかったよぉ、オエベス獲ってくるよぉ。

「オエベス様だ！　オエベス様がまた御到来してるぞ！」

白浜に横たわる、貌のない黒く巨きな海獣。へこへこと腹を上下させる巨躯は傷だらけで、その傷から苦そうな体液が漏れている。すでに皮膚の透明化の始まっている箇所もあり、そこからは禍々しい繁茂を彷彿させる臓《はらわた》が覗いている。

オエベス様の到来は海の気まぐれ、時の回り合わせ。到来時期を読むことはできない。早くて三年に一度。長いと五年に一度。二十年到来のなかった記録もある。それゆえ、前の到来から半月も経たず浜に現れたオエベス様に漁村は大騒ぎ。この状況を吉ととるか凶ととるかで舟元締《ふなもとじめ》と長老たちが衆議に諮《はか》る。いうまでもなく、弓彦に脅されたヘイマがあれやこれやと手を回したオエベス様だ。男衆は夜の宴のために忙しく動きだし、灯点《ひとも》し頃になると「出てきちゃならね、覗いちゃならね」と女や童子や年寄りは家へ押しこめられる。

「そろそろオエベス送りだ。ヨシ、お前も来い」

戸口に立つ弓彦の焦げっ面は脂汗がぎとぎと浮き、大黒さんのように黒光りしている。その目は血走り、落ち着きなく痙攣《ふるえ》ている。肩越しから覗く漆黒の夜は、宴のための試し太鼓に振動《ふるえ》ている。

「どうしてさ。女子供の祭じゃないんだろ？」

「俺は祭の大役を任せられてる身だ。その女房にも役ができたんだ」

「なんだい、役って」

「楽な役だ。送り舟に海女《あま》道具と鮑《あわび》を供えるだけだ」と差し出す細引の先に、海女が潜水時に底へ下ろす潜水錘《どんぼり》が揺れている。

「それなら海女がやればいいだろ。いいよ。わたしは家で待ってるよ。だって鯨の腹を裂くんだろ。そんなもん見たかぁないよ。胎に障る」

「そうか、しかたねぇな」

弓彦は重くて硬い潜水錘をヨシに振り下ろした。


今夜は月が無い。

か黒《ぐろ》さを湛《たた》えた海が夜も闇も影も、あらゆる黒い眷属を飲み込んで同化せんと、その浸食を彼方まで広げている。

浜辺に横たわるオエベス様はかろうじて息を継いでいるが、その間隔はいつ止まってもおかしくないくらい息から息が遠い。

オエベス様を囲むのは村の男衆だけでなく、近隣の島の男衆、他村の買い付け問屋や渡りの商人もいる。この中に女子供はいない。一人を除いては。

村の若衆は火の盛る松明を大きな円の形に砂に立て、宴の場を囲む。強い潮風が吹くと、火と火が繋がって炎の車輪となり、輪の中ではいよいよ囃子《はやし》が始まる。笙に太鼓に尺八が波打つ音と絡まり合って、この世ならざる旋律へと変わる。小豆飯、神酒、削り節を供える神膳の前で、腰の曲がった白装束の長老が浜祈祷《はまぎとう》を唱え始める。

立てられた戸板の四隅に縄で四肢を繋がれたヨシは、若衆二人に板ごと担ぎ上げられる。猿轡を噛まされていたヨシは、飛び出さんばかりに目を見開いて周囲に救いを訴え、吠えるような声を漏らす。その声をかき消すように囃子の音が大きくなっていく。この声を村へ届けてはならない。女子供に聞かせてはならない。

「神授《しんじゅ》の儀を」浜祈祷を終えた長老のひと言で、刃の長い大包丁を屈強な男衆が三人がかりで担ぎ上げる。三人はオエベス様の尾の横に包丁の刃先を沈め、「せやっ」と掛け声を重ねると、頭へ向かって駆けだす。オエベス様の横腹に包丁筋が入り、線が割れて捲れあがり、そこから薇のような腸《はらわた》がどどっと肉崩《なだ》れて砂の上に広がる。腸の中から取りあげられた仔は、渦描く赤い管を絡ませながら身じろいだ。孕鯨《はらみいさ》であるオエベス様から解体された肉皮骨は、買い付け問屋や商人たちの手に渡り、一部の肉が刺身や網焼きになって酒宴を彩る。

ヨシを戸板ごと抱えた若衆は、炎の輪を出ると汀《みぎわ》に走る。そこには鯨を模して黒く塗られた小舟が繋げられ、舟上には櫂を頭上で構える弓彦が待っている。若衆に舟上へ乗せられたヨシは、赤く濁った目と唸りで訴えるが、彼女を見下ろす弓彦の目にはなんら感情の揺らぎはない。

「巫女流しを願い申す」

二人の若衆が声を揃えると「承知した」と弓彦はヨシの腹に櫂を振り下ろした。ヨシは悶絶し、猿轡に血と吐瀉物を滲ませる。弓彦はそういう仕組みの人形のように、無表情で何度も何度も振り下ろす。櫂が腹にめり込むたびにヨシは頭を跳ね上げ、地獄の火山のような唸りに全身を震わせる。この時、ヨシの命を宿した孕《はら》み胎《ばら》は、死を閉じ込めた死《し》に胎《ばら》となった。


鯨舟は若衆によって海へ出される。弓彦は鼻歌混じりに手慣れた櫂捌《かいさば》きで沖へ沖へと舟を漕ぐ。宴の火が小さくなり、囃子の音色が遠くなると、ヨシの猿轡を下ろした。血が下《くだ》りすぎたヨシの顔色は漆喰《しっくい》を塗りたくったようで、左目の目尻から、どす黒い血の涙の筋を描いている。自由になった口からは血反吐《ちへど》と呪詛《じゅそ》めいた言葉をおえおえ吐き出した。

「奥間口《おうまぐち》にくれてやるには惜しい女だ。最後に抱いてもいいいか？」

返事など待たず、おもむろにヨシの着物の裾をたくし上げ、血尿で重たくなった下着《なかね》を剥ぎ取ると、自分も生尻を出して行為に及んだ。そこで行われていたのは、もう夫婦の営み《それ》ではなく、闖入《ちんにゅう》した賊から受ける惨たらしい凌辱《りょうじょく》と同じであった。

この常軌を逸《いっ》した行為のあいだ、ヨシの目は恨みも無念も絶望も湛えない、ただの黒い点となって空に向けられていた。

弓彦のオエベス送りでの役割。それは巫女と呼ばれる生け贄を清めること。すなわち、奥間口が嫌う月経や出産の穢れである赤不浄を滅してから海へ流すのである。弓彦はこの勤めの最中、人目の届かぬ沖で生け贄を犯すのをたいへん好んだ。

「お前が俺を追いこんだんだぞ、ヨシ」

事が終わると弓彦は若衆の置いていった酒を手酌でやりはじめた。

波頭がたちだし、舟が縦に揺れだす。

「舟元締にな、ぜひうちの嫁を巫女にって薦めたんだよ」

お前がいけねぇんだぞ。勝手に孕んだくせして俺に酒と博打をやめろとか、真面目になれとか、口うるせぇことをくどくどくどくどいってくっからよ。でも長老《じいさま》たちも喜んでたぜ。なんでも昔は、オエベス送りの巫女流しってぇのは、必ず孕み胎を潰してから流すって決まってたらしいんだ。でもそうそう都合よく孕んでる女なんていねぇわけねぇ。なんなら隠す家もある。密告《チクリ》でもありゃ、無理やりにでも引っぱりだして、抵抗するなら家族まるごと消しちまえばいい。村にいなけりゃ、他所の村から攫ってきたりもしていたそうなんだが、それも最近ではままならなくなってな。孕み胎がいねぇときにオエベス様が浜に着いちまったら、舟元締と長老たちがなけなしの村の財を使って、都の闇市で買った娘なんかを巫女にしてたんだよ。そういう娘の腹を孕んでようがなかろうがペッタンコにぶっ潰して海に流すことになったってわけさ。まったく、化け物ってのはおかしな存在だよ。山の化け物は不細工や鬼形《きぎょう》鬼相《きそう》を好み、海の化け物は石女《うまずめ》を好むなんてよ。そういや、長老たちはこんなこともいってたぜ。奥間口は流した巫女を鯨に変えてるんだってな。つまり浜に流れてくるオエベス様も元はオエベス送りで流した巫女ってことだ。なんでそんなことするのかって？　俺が知るかよ。化け物の考えることなんざ、化け物しか知らねぇよ。それよりヨシ、俺のことをちったぁ見直したろ？　こいつは大役だと思わねぇか？　オエベス送りでいちばん重要な役だってぇのに誰もやりたがらねぇ。だから俺がやってやってるんだ。なんでみんなが嫌がるのか俺にはわからねぇ。俺は楽しくやってるからな。おかげで、みんな陰じゃあ俺のことをロクデナシとか、てっかり鼻なんて馬鹿にするが、面と向かってはいわなくなったぜ。そりゃそうだろうな、オエベス送りで重要な役を任されている俺は舟元締たちにも重宝《ちょうほう》がられているのをみんな知っている。俺がその気になれば、そいつの女房を巫女に選ぶことだってできるんだからな。よほどの馬鹿じゃなきゃあ、面と向かって俺に喧嘩は売ってこねぇ。俺が生け贄に手ぇつけてることもみんな知ってるからな。自分の女房をロクデナシに犯られまくったうえに化け物の生け贄にされるんだぜ。最低だろ？　だからさ、みんな、いいヤツになったよ。

村のみんなは俺のことを心底嫌いで、爺の褌にこびり付いてる糞以下の下衆野郎だと思ってんだろうけど、そんなに嫌いじゃないって顔を見せてくるんだぜ。愉快だろ？　おい、聞いてんのか、ヨシ。中には俺に取り入っておいしい餌にありつこうってクズもいるしよ。ほんと、この村のみんなのことが俺は大好きだぜ。みぃんなドブ臭くってよ。おいヨシ、聞いてんのか？　お前のことも、ちゃあんと俺ぁ、愛してたんだぜ。なぁ。おい、ヨシったらよぉ。

「なんでぇ、夫婦の最後の会話だってのに、返事くれぇしろよ」

　ヨシは、口を動かした。「なんだ」と顔を寄せてきた弓彦の左耳に噛みつく。もがく弓彦は手近にあった物を掴むと、それをヨシの顔に振り下ろす。弓彦は左耳から血の尾を引きながらヨシから顔を離した。

「くっそぉ、食いちぎりやがった」

　忌々しげに睨んだヨシの顔には草刈鎌がくっついていた。鼻の横から入った弧形《こけい》の刃は顎の下から切っ先が出ている。

　ヨシを戸板ごと海へ蹴り落とした。戸板はヨシの面《めん》を下にして流れていった。

　弓彦は耳を押さえながら、失ったものを舟上に探す。

「あいつ、俺の耳、持っていきやがったか」

　洋々たる夜の海に投げ出された戸板は、まるで迷蝶《めいちょう》のように彷徨《さまよ》った。波風に弄《もてあそ》ばれながら、どこまでも流されていったが幸い、海の最果てといわれる奥間口の〝門《あぎと》〟を潜《くぐ》ることはなかった。突き出た岩礁に乗り上げ、波に煽られ、戸板はひっくり返り、もう二度と拝むことなどないだろうと思っていた空をヨシは見ることができた。

異物感にぺっと吐きだすと急須の取っ手のようなものが口から飛んでいった。千切れた耳だ。耳か。なんだ、耳だけなのか。あいつに残した傷跡は、たった耳ぽっちなのか。もう身じろぎをしなくなった胎の中の子に伝える。

ごめんね。守れなくて。わたしの胎《ところ》にあなたを呼んでしまって。あなたが他の胎に呼ばれていたなら、こんなことにはならなかった。産んであげられなくて、本当にごめんね。

謝りながら、何度も気が遠くなって視界が暗転する。そのたびに「もう終わる」と安堵の息を吐く。けれども望んだ終わりはやって来ず、望まぬ目覚めばかりが何度もやって来る。もしかすると自分は、もうとっくの昔に死んでいて、これはこういう地獄に堕《お》ちたのかもしれないと思うようになる。永遠に死んだ胎の中の子に謝り続ける地獄に。

何度、朝と夜を迎えたのかわからない。ある時、気がつくと戸板はヨシを乗せたまま、深い谷合を流れる渓流《けいりゅう》に乗っていた。疲弊と鎌で重くなった顔を起こし、振れる限り視界を巡らせる。着物がはだけて覗く太腿に、剥き出しの血管のような海松藻《みる》が絡みついている。景色はどんどん流れていく。碧《あお》い森、黒《くろ》い竹林、泡沫茸《うたかただけ》の支配域、冥《くら》い滝、老蛇が縒《よ》り合わさるが如き形状の木々、苔に覆い尽くされた岩壁、無数の眼光を押し抱く洞窟の入り口、古そうな家屋、霞んだ陽、四つ割れの満月、空に広がる鳥ではない異形《かたちことなる》ものたちの影。顔を割る鎌に視界も割られつつ、様々な光景が瞳を掠める。

何拾何陌《なんじゅうなんびゃく》もの暗転と目覚めの末。

ヨシは月の恩恵《ひかり》が豊かに注がれる森の中で瞼を上げる。傍に名も知らぬ巨木が寄り添い、細い川がちろちろとかわいらしい音をたてて流れている。

枷となっていた戸板と縄は川の中の岩に残骸だけが引っかかっていた。

　自身の変化に戸惑った。女なら誰もが羨んだ艶のある美しい黒髪は、何十年も年を食ったように半白髪となっている。声も砂を飲んだように掠れ、漲《みなぎ》っていた若さは乾いていた。かわりに感覚が鋭敏になっている。とっくに死んでいなければおかしい五感が、活き活きと己が領域で屹立している。幅広《はばひろ》の舌に舐《ねぶ》られているような温《ぬる》い風の流れ。草々が身を擦《こす》り合う囁《ささや》き声。落ち葉の下に集《すだ》く蟲たちの蠢《うごめ》き。命尽きんとしている金蚕《かなぶん》の脚の軋み。普通では捉え難いような感覚を身体が受け入れる。

　蝦蟇《がま》の鳴き声が聞こえてくる。自然と声のするほうへ意識が向く。生唾が湧いてくる。美味そうな声だ。この蛙《いきもの》を食べてみたい。あの柔らかい、白い腹にかぶりつきたい。たっぷりの栄螺や螺貝《つぶがい》を大福の皮で包んだような、こりこりぶりんとした歯ごたえに違いない、などと考えている自分に、ヨシは「ああ、やっぱり、そうか」となる。自分は鬼になりかけている。あるいはもう、すでに鬼なのだ。いずれにしても人ではなくなりつつある。鎌が顔に刺さっていても、こうしてぴんぴんとしているのが何よりの証拠だ。

　鬼は視たことがないが、奉公先の村で裸の童子が夜空《そら》を浮きながら西の方へと去っていく姿を何度か見ている。月に照らし出された丸い尻が印象的であった。後にそれが童提灯という化け物で、山に灯る怪火《きつねび》の正体であると知った。これは童子の容をした提灯の化け物で、暗い道を灯して鬼を人里まで導くとか、鬼になる者を迎えに山から下りて来るとか、そんな話を古老が語り継いでいた。

　自分にもお迎えが来るのかしらん。そんなことを考えながら木にもたれかかるヨシの瞳に小さな灯がともる。

月明かりに照り映える萌葱《もえぎ》の森の奥の闇に、ぽつんと丸い灯が浮いている。それは、ぶらりぶらりと揺れながら、ゆっくりとヨシの方へと近づいてくる。

本当に来た。鬼を導く灯が。鬼へと導く灯が。

童提灯が。

周りの木々を橙に塗り染めながら。

――いや、あれは、違う。

近づいてくるのは尻切半纏《しりきりばんてん》を着た小太りの爺さんだ。灯は童子の容をしておらず、ただの弓張提灯だ。

ヨシは自分の顔を両手で覆い隠す。鎌が貫くこんな顔を見れば、年寄りならそれだけで死んでしまいかねない。

「こんなところでどうした、御婦人」

緩慢《のんびり》とした声をかけられる。

「いいえ、どうもいたしません。どうか、お気になさらずに。ささ、先へ」

「いやあ、気にするなといわれても気になるよ。鬼になりかけたペッピンさんはな」

ヨシはそっと顔から手を下ろす。

「――あなたは」

「あんたもすぐに儂の作った提灯が要るようになるだろ」

爺は、十郎と名乗った。

＊

十郎は元々、ある村の大手油問屋の主人で、この手の人間には珍しく善人だった。

「仏の十様《とさま》」と呼ばれた彼は、下手な神仏より有り難がられた。屋敷の前を通る村人たちが、必ず足を止めて手を合わせるほど。それというのも彼が、村の発展に心血と銭を惜しげもなく注ぐような人物であったからだ。

たとえば、悪路を整地して交通の便をよくすることで流通を増やし、水難事故の多い川に橋を架けて「救い縄」の設置をするといった普請《ふしん》の全負担。他村からの人足を引くために寺院の建立《こんりゅう》に貢献。貧しい家の子も学べる「いろは小屋」を設《つく》るため、学び舎に多額の寄付をするなど、私財を擲《なげう》って村をよくしようと努めてきた。

落ち度があったとすれば、家族に目が行き届かなかったことだろう。

女房のタミは、銭目当てで近づいてきた若い男にいとも簡単に唆《そそのか》され、十郎を家から追い出そうと画策《かくさく》する。育て方を完全に誤った道楽息子どもに、タミはこんなことを吹きこんだ。「あの人は家の財産を赤の他人のために使い切るつもりだよ。わたしたち家族に残そうだなんて、これっぽっちも思ってやしない。家族より世間体《せけんてい》が大事なんだよ、あの男は。わたしゃ、あんたらが不憫でならないよ」と悪感情を煽り、結果、十郎を家族全員で殴る蹴るなどして殺し、死体を山の崖から棄ててしまった。

ところが十郎は辛うじて死なず、絶望と苦痛の中、崖下で目を覚ます。家族に裏切られた無念と折れた足の痛みを引き摺りながら山を彷徨い、ひもじさに耐えきれず人里に下りた。家族には裏切られたが、村人はきっと救ってくれる。あんなに村のために頑張ったのだ。きっと、こんな自分を哀れんで救いの手を差しのべてくれる。

しかしながら、村人たちの反応はまったく違っていた。ズタボロの十郎を見るや、「鬼だ!」「化け物だ!」と石を投げ、棒で殴って追いかけ回す。それもそのはず、村人はまんまと騙されていた。「十郎は山の化け物に魅せられたのだ。村の交通の便をよくしていたのは、鬼が里に来やすくするためだ。学び舎に寄付をしたのも、頭のよくなった童子の脳《みそ》を山の化け物に捧げていたからだ」といった根も葉もない噂を信じ込んでいた。もちろん、タミが男に唆され、ばら撒いた噂《うそ》だった。村人は十郎を恐れ、村に寄せつけぬために銭を出しあって魔除け札を建てた。

この話、誰も幸せにはならない。

十郎を失ったことで余所の油問屋にお株を奪われ、屋敷は没落、道楽息子たちはそれぞれ、借金から逃げるために失踪し、山の中で首を括り、罪を犯して投獄された。タミは男に全財産を持ち逃げされてからというもの、気が触れたようになって村中を徘徊し、山へと向かう姿を目撃されたのを最後に消息を断つ。ちなみに、逃げた男の行方も杳《よう》として知れず、名を洞介《うろすけ》ということだけ知られている。

後に十郎は鬼常叢《おにとこむら》の童提灯作りとなる。腐った人の世までの道程《みちのり》を照らし出し、憎い村人を一人残らず鬼に喰い尽くしてもらうため。これは十郎の復讐だった。

＊

十郎が鬼に化け、山の奥へと消え去る日まで、ヨシは顔に鎌が刺さったままで提灯作りを手伝った。ヨシはといえば、なかなか鬼にはならなかった。鎌の重みでふらふらと鬼と人とのあいだを行ったり来たり。あいかわらず、蛙の声を聞くと食べたくなったが、人の部分がそれを拒むので粥を啜《すす》った。鎌の重みでふらふらと、粥と蛙のあいだを行ったり来たりだ。

童子を解体する手に迷いは生じなかった。かといって、一切の抵抗や感情の揺らぎがなかったわけではない。ほんの一時ではあるが、ヨシは母親であった。親が子を喪う気持ちは痛切にわかる。けれども、あの夜に宿した真黒《まくろ》き憎悪は計り知れぬほど深く、人の世との決別をも覚悟させる感情《もの》だった。だから、ヨシは人の子を解体する手を止めなかった。止めるべきではないと自身に言い聞かせていた。

十郎のいなくなった後、その仕事をすべて引き継いだヨシは、かつて十郎が抱いていた志と同じものを胸に童提灯を作り続けた。

復讐。復讐。ああ、ふくしゅう。

それだけが生きている意味だった。

復讐はヨシの心臓だ。

復讐はヨシの血であった。

復讐が皮をかぶって、歯や爪や鎌を生やし、衣を纏って歩いている。それが〝わたし〟だ。

ある晩、ヨシは夢を見る。

喪った胎の子が成長している夢だ。十歳になっていた。

「は」と目覚め、流していた涙を墨汁《すみ》にして、床板に指で描いてみる。

顔をしっかりと覚えていたから。

女子《おなご》のような、きれいな顔立ちの男の子だ。

涙で描いた夢の子は、板に染み込むと、すぐに消えてしまった。

ああ、子が欲しい。

やっぱり、だめだ。

諦めきれない。捨てきれない。

人の世との決別を覚悟し、鬼の世に足を踏み入れ、童子の血脂で手を染めた己が、人の子を持ちたいなど狂気の沙汰。それは重々承知だが、だって、だって、知ってしまったのだ。ほんの一時でも、母親の気持ちを。授かる喜びを、ヨシは知ってしまったのだ。この感情だけは誤魔化《ごまか》せない。どんなに深く濃い憎悪でも、覆い尽くすことはできなかった。鬼に精神《こころ》を蝕《むしば》まれつつあろうとも、捨てるにはあまりにも惜しい執着。欲しい。子が欲しい。ただ、産めぬ胎ではどうにもならぬ。

ならば――。

拵《こしら》えるか。

そうだ。孕めぬなら、この手で拵えてしまえばいいだけのこと。

ヨシは、夢の中で出逢った子を、現《うつつ》の中に拵えてみようと思った。

提灯の素材である童子から、良い部分だけを毟り取り、それを丁寧に紡いでいく。しかし、できあがったものは、人の容はしているものの、なにかに欠けて、どこかが歪、どうも人らしくない。これでは、完成《できあがった》とはいえない。

それからヨシは山に住む人皮紡ぎの職人、杏婆に教えを乞う。そこで皮から人の容を作る術を得るのである。

童提灯を作る傍ら、夢に見た我が子のための部品集めも続けていく。

きめ細やかな柔らかい腹の皮、色白で聡明な胸の皮、張りのある肩の皮、元気に山野を駆け走る健康的な大腿直筋《だいたいちょっきん》、押せば倍の力で弾くような大腿二頭筋、長趾伸筋《ちょうししんきん》、腓腹筋《ひふくきん》。将来を見据え、長生きできそうな臓物を、早死にしてしまった童子の腹の中から掬《すく》いだす。ああ、この腸も、ひっくり返して、中の絨毛《じゅうもう》を櫛で梳ってあげたいくらいに愛おしい。この眼窩《がんか》に嵌まる美しい眼《まなこ》が欲しい。より丈夫な歯と爪がほしい。幾度も解体《バラ》し、幾度も継ぎ合わせ、これではないと、こうではないと、また解体《バラ》す。

そうして、ようやく。

夢にまで見た我が子の容を、ヨシは拵えることができたのだ。

これまで、どれだけの童子が腹の奥の秘め物を暴かれたかもしれぬ、血と脂の染み付いた作業場。この産屋《うぶや》で声無き産声《うぶごえ》をあげたのは、人の子の集大成。

少し、髪を選び過ぎただろうか。

美しい女の髪は大象も繫がるというじゃないかと、一本一本、厳しく選んだ。

風の中では優雅に遊び、雨に濡れては艶々《つやつや》しく潤い、陽の下で燦々と輝く。そのような、どこに出しても受け入れられる髪を求め続けた結果、美しくなりすぎた。

儚《はかな》すぎるだろうか。

この子の容は、まるで毀れ物だ。

それというのも脂を除いたからだろう。

幾体もの童子の解体をしながら、どうも脂というものから嫌悪を拭えなかったヨシは、我が子に張る皮の裏にしぶとくこびり付く黄色い脂溜まりをすべて、こそぎ落とした。そのため、骨が透けて見えるほど外観は貧弱になってしまった。

肌に走る継ぎ目も痛々しいが、消しはしなかった。

この子が毀れ物であるということが、見て判断《わか》るようにしたかったからだ。

毀れそうなものは、毀れぬように包まれ、守られる。

だから、弾みのある筋肉《にく》も入れなかった。

逞しくある必要はない。逞しい者は自身が傷ついても人を守るものだという、妙な色眼鏡で見られることもあるからだ。

それにしても。

なぜ、動かぬ。

なぜ、我を瞳に映さぬ。

声を漏らしてもよいのに、笑いかけてくれてもいいのに。

あれほど動かなくなるのは簡単なのに。

どうして、鼓動を打たぬ。

心の臓を無言《しじま》に沈めるのは、あれほど容易いのに。

悔しいが、ヨシは薄々感づいていた。

生のきっかけが無い。

命の灯種は、男が与えるものなのだ。

さすがに子種までを拵えることはできない。

要る。この子の命を花咲かす種が。

ヨシは作業場を飛び出した。その手に、孫の手のような手斧《ちょうな》を握って。

危険ではあったが、人里に近い路まで下りた。都合の良いことに男が石に腰かけて、手拭いで汗を拭っている。男の傍らには抽斗《ひきだし》の多い小箪笥《たんす》。

どうやら、男は刻み莨《たばこ》売りのようだ。

いつであったか、我が愛しき兄《せ》の君が、あの醜いてっかり鼻を膨らませ、「腐るほど銭を持ったら、上等な煙管《きせる》で煙草《たばこ》を呑みてぇな」などと洒落臭《しゃらくさ》いことを宣《のたま》っていた。そんなに呑みたいのなら、この箪笥の中身をみぃんな、口や鼻やケツから突っ込んでやろうかえ。

おっといけない。精露《いのちのみず》をもらわねば。

草叢を立ったヨシは、下り路という地の利を生かして刻み莨売りへと駆け下り、鎌《かま》っ面《つら》を拝まれる前に、手斧を振り下ろした。

この時、鬼力《おにぢから》が出たのだろうか。刻莨売りの股座《またぐら》は、そのひと振りで掬い取られた。

ヨシは手斧を放り投げ、赤糸を垂らしながら、だぶだぶと震える掬い取った股座《またぐら》を頭の上に頂き、喜びの声を引き摺りながら鬼常叢へ走った。帰った頃には刻み莨売りの一物《いちもつ》は気の毒なくらい白んでいたが、ヨシはさっそく、露《つゆ》を絞るために作業場へ籠った。

だめであった。

何をしたところで、だめであった。

死んだ男の露は命の種とはならず。

要る。この子の命を花咲かす種が要るというのに。

要るのは男か。

命の種を宿すには、ここでも父親《おとこ》が要るというのか。

ヨシは、顔に鎌をぶら下げだしてから初めて、悪寒に背筋を震え上がらせた。

やはり、命はあの悍《おぞ》ましき交接《まぐわい》を経て、産まねばならぬのか。

どうすればいい。この胎はもう毀れてしまった。人の女に孕ませ、産まれた赤子の皮を、うちの子のものに張り変えるか。いや、だめだ。それでは鬼子と変わらない。

ヨシは答えを求めて山を駆け巡った。森を潜った。川に沈んだ。洞穴を見つけた。空を見上げた。鴉《からす》に訊いた。無視をされた。途方にくれた。山を駆け巡った。

あるはずがない。人の道理を外れた出産の答えなど。

化け物は、どうなのだ。

化け物は、どうやって生まれているのだろう。

化け物と鬼との違いは、何から産まれるかだ。

鬼は人から産まれる。

化け物は化け物から産まれる。

化け物は人と違って、人智を越えた交わりをいたすのであろう。

十郎は人と化け物が交わることもあるといっていた。

化け物の命を与えるのは心苦しいが、もはや、この選択《みち》しか残されてはいない。

我が子に化け物の命をもらえぬだろうか。

化け物の妻に、なれぬだろうか。

夫とするならば、弓彦のような鋸屑《のこぎりくず》のような男ではなく、化け物の首魁がいい。

山と、交われぬだろうか。

そこで得た精を我が子に与えることができるならば。

ヨシは化け物同士の交接を見る必要があった。

木と木の交接で火が生まれるように、命の火種をともす火処《ほと》が山のどこかにあるはずだった。木陰、岩陰、日陰、あらゆる陰《ほと》の中に入ってみた。山の凹処《ほと》にも身体を納めてみた。

あるはずなのだ。

交接する場所が。

山の視方《みかた》、接し方を変えた。

土を砂礫の塊として踏まず。川を水の流れとして触れず。風を気の流れとして受けず。角度を変えると、山の彼方此方《あちこち》で、何かと何かが交わっているのが可視《みえ》る。

歩くことは、土と草履《ぞうり》の交接だ。草履の跡が生みだされる。川の流れに石を投じれば飛沫が生まれる。風が木々を揺らせば、葉擦れ音が生まれる。

こうして、この世は交接によって動いていく。

期せずして、ヨシは岩の産を見る。

青黒い松毬《まつかさ》が樹上の住人のように見下ろす大《オオ》白桧曾《シラビソ》の森。奥には木々が根を張らぬ五尋《いつひろ》四方の地肌がある。その中心にある、俵が収まるほどの土の窪の中から、童子の頭ほどの岩がどんどん転がり出てくる。

これは如何なこと。岩が転がり落ちるなら理解《わか》るが、これらの岩は窪を這い上がってきている。転がり出てきた岩々は亀裂《きれつ》の中や、角の陰の中に、切り抜いて貼りつけたような目があった。目が二つというのは人の都合だというのがよくわかる。この岩には十も二十もあって、各々が好きな時に瞬く。深そうな亀裂に沿って爪ほどの白い小石が二重の連なりを作っている。それらが上下に分かれるまで、白い石が歯であることはわからなかった。石の化け物どもは皆、遠雷のような地響きをさせ、思い思いに木々の隙間を縫いながら転がっていった。

岩の化け物の出産。

岩どもが出なくなると、そっと近づいてまじまじと窪の中を覗きこんだ。

一見、ただの土の隆起。深さがそれほどあるわけでもなく、底の方が泥濘になっている。この窪が岩どもの種を持つ何かと交接したことにより、化け物を産み落とす口となったのか。

この一件から暗示を受けたヨシは、山の光景の中に擬態する化け物の陰《ほと》と魔羅《まら》の御姿を見つけていき、つぶさに観察する日々を送る。

この山には交接せんとする形のものばかりだ。明らかに挿さらんとする凸の形の地勢と、それらを受け入れんとする凹の形の地勢が、番《つがい》の如き隔たりの短さで発見される。

たとえば、雨の後の泥濘《ぬかる》んだ地面から唐突に勃つ、滑《ぬめ》る黒土に礫が混じった泥柱《どろばしら》。その近くには、樹液を滴らせて大洞を妄《みだ》りに開け広げる巨木が聳えていた。

黄金色の枯れ蔓が森中から集合して絡まり合い、そそり立つ一本の陽物《ようぶつ》の如きとなった柱。その先端《さき》が狙う方向《さき》は、蛸足の根で地を掴む巨樹の股下。そこに広がる黒い渦。近付けばそれが、ひっくり返って脚と腹を上にした蟲の死骸の集まりであることが判明《わか》る。巨樹で寿命の尽きた蟲たちは落ちて、ここに溜まる。その何万何億の蟲の骸が集まってできた渦も、この山の陰《ほと》であり、渦の中央からは白羽衣《しろばごろも》と見紛う羊膜の端切れを絡め、蜻蛉《とんぼ》の如き化け物がわらわらと産みだされて空へと飛び去った。

山の陰《ほと》の中に入れば、種をもらえるかもしれない。

ヨシは拵えた我が子を背負い、どの交接に入り混じろうかと迷う。

選んだのは滝であった。

どどど、と水の落ちこむ滝口には濛々と立ち込める水煙。その中に大きな桃色の磯巾着が無数の触手を広げて落水を飲みこんでいた。落ちる水の勢いで円筒の腹が、ぼんぼんと膨らみ、黒い大きな塊をぺろりと吐きだすことで腹を凹ませる。磯巾着から吐きだされた黒い塊は鯨であった。瀑布《ばくふ》の轟音さえも押しのける人の嘔吐《えず》くような聲《こえ》を響かせて、磯巾着は寒天のような蛸や氷塊の甲羅《こうら》を持つ大蟹などの海の化け物を吐き続ける。

この滝壺は山と海の交わる場所だった。

ここだ。


ヨシの探し求めていた閨房《ねや》は、ここだった。

躊躇《ちゅうちょ》なく、我が子を背負ったまま水煙の中に飛び降りる。

ヨシとヨシの子は磯巾着の襞重《ひだかさ》なる口腔の中へと吸い込まれる。水が粘性を帯びだし、強くうねり、ヨシの身体を弄《まさぐ》りだす。解けた筋肉の蠕動《ぜんどう》の中にいるようだ。やがて粘液はヨシから入るべき場所を探し当て、その中へと滑り込んでいく。これは精露《いのちのみず》なんだ、と認識《わか》った。

山から放たれる、山の生きた露は温かかった。

ヨシは山と交接《まじわ》る。

快楽はない。化け物との交接は当然初めてだが、破瓜《はか》ほどの痛みも感じない。化け物同士ならあるのだろうか。温かい露に身体を揉みしだかれながら、そんなことを考えていた。

磯巾着の胎の中を還流する中、露に流される我が子の姿を見つけ、胸に抱く。

我が子の顔には先ほどまでは無かった赤い糸屑が生えている。いけない、いけないよ。化け物の容《かたち》になっては。赤い糸屑を引きちぎる。宿れ。宿れ。わたしの胎《なか》に宿れ。祈りながら、我が子を強く掻き抱く。

この子の母親を、こんな化け物の磯巾着にはせぬように。

化け物の子にせぬように。

身体に生えてくる触手や触角を引きちぎり、鱗や吸盤を剥ぎ取って、掌に広がる水掻きを破り取る。

瞼を閉じた、お人形のような顔《かんばせ》に語り掛ける。

「お前に名前をあげる。お前は空っぽだったよ。命が無かったよ。お前ほど儚く、毀れやすい子は、この世にいないだろう。お前の人生は、空っぽの毀れ物の器から始まるのさ。そこいらの恵まれた子たちとは違うよ。だからこそ、強くなれる。お前は強くならねばならない。きっと厳しい始まりとなる。お前に与えるのは良い名ではないよ。お前は空っぽで儚い、徒《あだ》な子。徒子《あだこ》だ。なあ、徒子。この名に負けぬ人生を送るんだよ。徒子は成長なんてしなくていい。年をとると人は無用とされるのを知っているかい。『蝶になりぬれば、いともそでにて、徒になりぬるをや』。これは物語の言葉だけれど、そうさ、お前は蚕のままでいいのさ。御蚕様なんて呼ばれて重宝されても、利用されるだけ利用されて、育って翅《はね》を持っちまえば、疎かに扱われ、無用とされる。そんな無駄なものにならぬために、その名前の通りにならぬよう、生きておくれ」

宿れ、私の胎《なか》に宿れ。おいで。おいで。わたしの胎《なか》に。

化け物の瘴水《しょうすい》はヨシの身体にも変化をもたらした。

皮膚が黒ずんで羊羹のように柔らかくなる。瘴水を飲んで腹がどんどん膨らんでいく。手足が水流に薙がれて帯のようになる。目も鼻も、貌を滑り落ちる。

そうして、鯨となったヨシは。

我が子を呑みこんだ。

*

ある漁村の早明け。

浜から離れた黒い岩棚に一頭の鯨が打ち揚げられていた。

かろうじて、生きてはいた。

岩と岩とのあいだに半身をのせ、肌の黒みを薄らがせている。

そんな姿を一人の漁師が見つけた。

漁師は名を弓彦といった。

「おいおい、朝からついてんな。お宝じゃねぇか」

辺りを見回し、ほくそ笑む。「俺が見つけたんだから、お前は俺のもんだ」

とは、この男の勝手な言い分。鯨は漁村の財産だ。打ちあがったものでも村の長へ申告せねばならない。ところが、弓彦は運がいい。浜で揚がれば目立ったろうが、こんな岩場では誰の目もない。

弓彦は無用となった網袋を海へ捨てた。網袋の中身は身振りの小さい鮑だ。小さいうちに獲ることを漁村では御法度としていたが、そんなことは弓彦には関係がない。鮑と岩の隙間に磯刀を滑りこませ、ぽんぽんと剥がして網に入れたら、後は馴染みの浅蜊《あさり》売りに売りつけて小遣いに変える。けれども、今朝は小遣いどころじゃない拾い物だ。

「もう死にかけてるな。溶けきる前に使えそうな肝だけ取っとくか。ずいぶん小振りだが、解体《バラ》し易くていいや。ん？　なんだこりゃ」

鯨の貌には、奇妙な形をした肉の突起がぶら下がっている。

まるで、鎌がざっくり刺さっているような。

「ま、なんでもいいや。よし、ここで解体《バラ》しちまうか」

と、腰から磯刀を抜くと、どぷっと横腹に突き刺し、両手で刀の柄を押さえて手前にじゃっくりじゃっくり割っていく。手慣れたものだった。

その手を止め、弓彦は周囲を見渡す。

女の声で「痛い」と聞こえた気がした。

「へっ」と笑うと、一気に磯刀を引く。割れた腹から臓腑が溢れる。

小さな渦を巻く臓腑を絡んで、白いものが転《まろ》び落つ。

どぼん、と岩の窪みの潮溜まりに落ちたのは、裸の童子だった。

胎児のように身体を丸めてはいるが、十かそこらだ。

深藍《ふかあい》の髪が水に広がり、空と海の色を映した肌は、淡く青みのある月白《げっぱく》。今にも海に溶け込んでしまいそうな童子だった。

爪先で小突いて仰向けにさせる。

赤い筋が身体に幾本も刻まれている。

「化け物の仔か……それとも土左衛門《ドザ》でも呑んだのか。縁起でもねぇ」

すると、頑なに閉じていた瞼が開いた。

童子は身体を起こすと、青碧《あおいろ》の目に弓彦を映す。

「……ヨシ？」

目の前の童子に亡き妻の面影を見た弓彦は、ゾッとして腕に粟粒をつくった。

その子はヨシではない。

ヨシは、流れ着いた鯨のほうであった。

なにが起きていたのかは、わざわざ語るまい。

あれからヨシは、一生懸命に拵えた童子を胎の中へ宿した。子はヨシの胎の中で命の火をともし、ヨシの血を継いだ面《おもて》となっていた。拵え物の童子は胎の中で、歴としたヨシの子として育っていたのだ。

弓彦は目の前のヨシ似の童子を睨みつけた。

「あの女……今度は海の化け物と目合《まぐわい》やがったのか。とんだオエベス様が来訪《き》たもんだぜ」

そうだ、そうに決まってる。あいつの胎の子が生きているわけがない。俺がしっかり潰してやったんだ。生きていたとしても、こんなに育っているはずはねぇ。

ヨシのやつ、生きてるうちか死んでからかは知らねぇが、海で化け物と交接《や》りやがったな。戸板に繋がれ、船饅頭《ふなまんじゅう》。流れの君は船比丘尼《ふなびくに》ってか。昔っから、タダじゃ転ばねぇ女だったが、こんな忌み仔を産み落とすたぁ、なかなかの執念深さだ。このガキも見た目は人の子だが、きっとまともなもんじゃない。

海に流したものが、どんな形であれ生きて戻るのは不吉だった。

弓彦は童子の首に手を掛けた。

――いや、待てよ。

しばらく育ててみるか。

せっかくの授かりもんだ。使えるだけ使って、いらなくなりゃあ、化け物の子だって都の見世物小屋にでも売り飛ばせばいい。なにより、ヨシに似て、なかなかの器量よしだ。余計なちんちろりんは付いてるが、育てば、いい娘になるかもな。

浜が賑やかになってきた。

朝一番の漁の舟が帰ってきたのだ。

やべぇやべぇ、と岩の上で頽《くずお》れている解体《ばら》した鯨を海に蹴り戻す。

「あ、あ、づぁこ」

童子は生まれて初めて、喉から声を発した。

それは、最後に母親から聞かされた言葉だった。

岩にこびりつく薇のような肝を踏み躙りながら、弓彦は振り向いた。

「なに？　なんていった」

「あづぁ、こ」

「アザコか……よし、今日からお前の名は、アザコだ」

戦《いくさ》

時は一気に駆け抜ける。

ヒコザエモンに導かれたアザコが、ある再会を果たしてから七年が経っていた。

その夜。

然《さ》る村では、若干《そこばく》の数の炎が闇を炙った。

松明と武器を持った男衆が村の入り口に集まっている。

斧や鉈や包丁といった手に馴染んだ仕事道具を持ち寄る者。この日のために拵《こしら》えられた竹槍や石斧や釘角材を得物として握る者。弓や鉄砲を持つ者。徒渡《かちわた》りに使う縄や楔《くさび》といった道具を背負う者。医薬品や兵糧を運ぶ者。村へ報告《しらせ》に走る役割を持つために身軽な出で立ちの者。

夜闇の中、炎に照り映える男衆の赤い表情《かお》は覚悟で硬く、岩のようだ。

見送りの女衆たちの顔にも固い覚悟が浮かんでいる。

煙硝《えんしょう》を詰めた樽が大八車《だいはちぐるま》で運ばれてきた。

小さい荷車には油桶が積まれている。

準備は整った。

男衆の先頭に立つ若い男は、皆に振り返ると抜き身の刀を振り上げる。

「けっして楽な戦いにはならない。村に帰れない者も出るだろう。酷《むご》い光景を目にするかもしれない。友の血を浴びることもあるかもしれない。その覚悟を持って闘いに臨《のぞ》む同志たちが、今この場にいる。なんてこった。見ろ、こんなにいるぞ！」

おおお、と男衆たちの声が夜気を震わせた。

「鬼に明日はない！　今夜、我ら討伐《とうばつ》隊は鬼の素っ首に滅びの刃を突きつける！」

勇を鼓《こ》された男衆の熱気が肌で感じとれるほどに高まっていた。

彼らの気勢を確かめると、若い男は刀を下ろす。

これより討伐隊は山狩りを開始し、鬼どもを悉《ことごと》く討ちとる。

指揮を執るのは、十七歳になったヤタロであった。

村一番のちび助だった彼も、今は大人顔負けの逞しい肉体と精神を持つ、立派な男となっていた。

七年前、山から一人逃げ帰ったあの日、ヤタロは心を焼き尽かさんばかりの無念と後悔と屈辱と怒りとに苛まれた。それからというもの、彼は鬼への復讐心を因《よすが》に生き、鬼を滅ぼすことだけを考え、自分を苛めるように鍛える日々だった。

己の血潮に鬼への憎悪を溶かし込み、肉体も精神も一切甘やかすことなく厳しく鍛えていった。

その眉間には、山で鍛練中に鬼に襲われたときの向こう傷が深々と刻まれている。


なぜ、十七の若さで、村の猛者《もさ》たちを率いる討伐隊の頭などという大役《たいやく》に就《つ》けたのか。まず、この討伐隊を結成したのはヤタロ自身であった。予てから掲げていた「鬼を滅ぼす」という目的を達成させるため、組織を立ち上げることは必用不可欠であった。しかし、たったそれだけでは、鬼と闘って殲滅《せんめつ》させるなどという壮大かつ危険極まりない、若さゆえの無謀とも思える目的を掲げた集まりに、彼より一回りも二回りも年嵩の賢明な大人たちがこうして何十人も加わることはない。それというのも、ヤタロには、誰もが認める確かな経験と実績があったからだった。

ヤタロはこれまで、三十九の鬼を斃《たお》していた。それまでは誰もが鬼を斃すだなどという馬鹿げたことは考えもしなかった。人が鬼に勝てるとは誰一人として考えなかった。報復も恐れていた。だから、鬼に子が拐《かどわか》されても、家族や恋人を喰われても泣き寝入りすることしかできず、それも天命、不幸な事故であったと諦めざるを得なかった。しかし、ヤタロが討った鬼の首を村へ持ち帰り、身を以て鬼は斃せるものなのだと指し示したことで、村人たちは自ら抑えこんでいた復讐心の枷《かせ》を引きちぎり、怨敵《おんてき》に一矢《いっし》報《むく》いるために一人、また一人と立ちあがった。

なにより、彼には統率者としての資質があったのだろう。知将や策士とはいかずとも、無自覚に人を奮わせることに長け、言により人を衝き動かし、焚きつけ、時には冷酷ともいえる判断をも強い意思と覚悟をもって下すことができた。

「俺と山狩りに出た者以外は、鬼を初めて見る者も多いだろう」

戦場《いくさば》となる山へ向けて進軍するあいだ、ヤタロは山で得た知見を語る。

「鬼は貪欲で馬鹿で迂闊《うかつ》だが、注意すべきはその獣性だ。野生の獣の如く、人より鋭い感覚を具えているゆえ、遠方から俺たちの汗や息、その人いきれを嗅ぎつけ、まさに虎の眼で慎重に狙い、目では追えぬほどの俊敏《しゅんびん》さで、先の読めぬ動きで向かってくる。俺たちと同じだった人間《ひと》が、山で生きるための変化を本能で成し遂げたものが鬼なんだ。獲物を仕留めやすくする変化、逃走し、身を隠しやすくする変化、敵を近寄らせぬ変化。そういう変化を上手に隠して油断させる鬼もいた。だから、鬼は見た目からでは想像もつかぬ闘い方をしてくるものと思え」

草花の青臭さ。獣の糞の沁みる臭さ。泥濘の湿った臭い。蟲《むし》の分泌液《しる》の甘い臭い。鬼の領域に踏み込んでいることを、まず皆は嗅覚《はな》で知ることになる。

頭上にかぶさる樹枝《じゅし》の天蓋《てんがい》が炎に丹塗《にぬ》りされ、朱い稲妻のように見せた。

「俺が初めて斃した鬼は、腰の曲がった婆の姿をしていた。これは余裕だと舐めてかかったら、刃がまったく通らぬことに気づいて焦り、蒼褪めた。この婆、貌や首や腕の皮膚《かわ》が鉄《くろがね》で覆われた、拳一撃で頭を砕いてくるような豪鬼だったんだ。他には、いかにも鈍足《のろ》そうな大黒腹《だいこくばら》の巨漢の鬼に追われた時があった。そいつは、よほど俺を喰いたかったのか、自ら腹を掻き破って臓腑《ワタ》を全部道端に捨て、皮と骨だけの身軽な姿になって追いかけてきた。さすがにこの時は俺も慄いた。追いつかれそうだった俺は、糞でも放り落として身軽になろうかと悩んだ」

どっと、笑いが起きる。

ヤタロも笑いつつ、近いな、と察していた。

遠からず、鬼と出くわすかもしれない。そう感じさせる臭いが鼻を掠めたからだ。呼気、涎、血、腐臭と死臭。よく鬼が纏《まと》わりつかせている臭いだ。

臭いとの距離を測りながら、「これも大事なことだ」とヤタロは続ける。

「山の脅威はなにも鬼だけじゃない」

化け物だろ、と後ろから声が飛んできた。

「そうだ、化け物だ。いまだ鬼と化け物の区別のつかない者もいるんじゃないか？　ま、かくいう俺もその一人なんだがな」

おいおい、しっかりしろよ大将、と再び笑いが起こる。

大丈夫かよヤタロ、俺が教えてやろうか大将。

こういうときのヤタロは、十七の若造の扱いだった。

まいった、まいった、と頭を掻きながら、ヤタロは気づく。

妙に静かだ。

夜の山とて、虫の羽音《こえ》や葉擦れ、蚊吸鳥《よたか》の鳴き声などで、わりと騒がしいものなのだ。

この、わざとらしい静寂。

まるで、なにものかが口に人さし指を立て、虫や木々や夜の鳥たちに沈黙を促しているようだ。

「参考にはならぬかもしれぬが」

傍らを歩く大樽のような巨漢が語り出す。彼の名はオヌカ。櫓《やぐら》落としの髷《まげ》を頭にのせた鮟鱇《あんこう》形の力士だ。ヤタロより十二も年嵩で、彼にとって腹心のような存在だった。これから戦だというのに武器も持たず、防具もつけず、湯上がりのような霰斜縞《あられななめじま》の着物だけを纏っている。

「儂《わっし》は都の見世物小屋を何度か拝んだことがあるが、正真正銘の本物じゃと謳っとる化け物には、人の容をしているもんはおらんかった。人の化ける鬼と違い、化け物は素《もと》になっとるもんが違うからじゃろうか。鬼と化け物の違いは、そのあたりに答えがあるのではないか?」

「合点のいく話だ」ヤタロは頷《うなず》いた。「人の容を持つ化け物もいるにはいるが、鬼に見られる人の名残と違い、まるで生々しさが無い。とって付けたというか」

「化け物といわれとるもんに蟲や草木みたいなもんもおるじゃろ? 儂《わっし》はそっちの方が混乱する。犬猫に牛馬、蝉や蛙、蒲公英《たんぽぽ》や柿の木といった、ただの生き物や草木と化け物の区別はなんなんじゃとな」

「オラの祖父ちゃんは」他の男衆が言葉を挟む。「化け物っちゅうんは他の生き物と違って、なんもかんもが狂っとるというとった。だから、路でくわしても、すぐわかるといっとったぞ。そういうものは見れば見るほど、見ているもんが正気でいることが難しくなるんだそうだ」

なるほどな、とヤタロは頷く。

「確かにそうだ。俺は化け物も何度か見たが、どいつもこいつも見た目からして狂っている。常軌を逸《いっ》した色容《いろかたち》のもの、骨も皮も肉もないのに歩いているもの、オヌカのように天を突くほど巨大なものもいたな」

「おい待たんかヤタロ、儂《わっし》は腹の出具合には自信はあるが、背丈は並みじゃぞ。天を突きたくとも土俵の中で相手力士しか突いたことがないわ」

「ご立派なもんじゃないか」

「ご立派なもんを化け物のたとえに使ったのは誰じゃ」

また始まったぞ、と皆がくすくす笑いだす。

「オヌカは冗談にしても、あんなに巨《おお》きなものが何から生まれるものなのか、それが不思議でならない。雲を纏った黄金色の入道が、目の前にどっしり鎮座する姿を見せられてみろ。まるで、異郷の神仏と出くわしたような心持ちだった」

「こんどは神か、また混乱させてくれるわ」

「俺は化け物って呼び名に、どうもしっくりきていない。あれらが神の眷属、あるいは神の零落《れいらく》したものだといわれた方が、いろいろと調和がとれる気がするんだ。あいつらときたら、足下にあるものなんて見ちゃいない。人や鬼がそこにいたって、石ころか藁《わら》屑か蟻ん坊、よくて退屈しのぎの玩具くらいにしか見ていないのがわかる」

オヌカは誇らしげな顔をして見せた。

「儂《わっし》は蟻ん坊は踏まんようにしとるぞ」

「そこが人と化け物の違いだな。化け物はただ歩いているだけだ。そこにあるものを踏もうが踏むまいが気にしない。踏んだかどうか気にして振り返ることもない。たまたま目に付いて面白そうなら拾ってみることもあるが、やっぱりいらねぇと山の向こうまで放り投げられることもある。そんな、人に対してのいけぞんざいな扱いが、また神《かみ》然《ぜん》としていて腹立たしいじゃないか。それに」

と、そこでヤタロは言葉を断った。

オヌカに眴《めくば》せする。彼も気づいていたのか小さく頷き返してきた。

この路の先に鬼がいるようだ。

ちょうどいい。皆の緊張もいい具合に解けてきたところだ。

「みんな、止まってくれ」

そういってヤタロは男衆に向く。

緊張を解いた男衆は状況を察し、表情を引き締めた。

「この先、出遭うものは皆、人ではないと思え。腰の曲がった年寄りであろうが、若い娘であろうが気を許すな。たとえ、それが本物の人だったとしても、最後まで警戒の刃を下ろすな。もし、どちらとも判断がつかないようなら、自身の判断で切り捨てて構わない。すべての責《せめ》と科《とが》は、俺が背負う」

鬼が近い。体毛《け》がざわつきだす。血の予感だ。

いつもの感覚だ。

間もなく、この山は戦場になる。

ヤタロは前に向き直り、見上げる。

眼前に伸びるは、鬼の気配を夜陰に隠した急勾配。

刀を夜空《よる》に掲げる。

「これより鬼の懐へ参る！　皆の衆、轟駆《とどろが》けだ！」

そう告げるや否や、ヤタロは走り出していた。

男衆の大呼《たいこ》する声と濤声《なみおと》のような足音が後ろに続く。

刀の切っ先を少しずつ下ろしていく。切っ先は触れるか触れないかの地の上を滑《すべ》り、時おり、細石《さざれいし》に弾かれてチィンと鳴って火花を咲かす。

「皆、いけぃ、走れぃ！」

どんどん後ろから追い抜かれながら、オヌカは「いけ、いけ」と手を打ち振る。

「くそ、こいつが儂《わっし》には一番きつい」

皆の勇ましい背と炎を見送りながら、重い歩を踏んでオヌカも追う。

この轟駆けは馬が足音を轟かせるよう、地を激しく踏み蹴って駆ける。

今夜、初めて鬼を目にする者も多く、未だ見ぬ敵への恐怖心を膨らませ続けている者がいるのをヤタロは知っている。そのような者たちが悍《おぞ》ましい鬼の姿を目の当たりにし、士気を失う可能性もある。そこで多くの仲間たちの足音を轟かせることで恐怖心を打ち消し、吶喊《とっかん》の声を上げさせることで勝ち鬨《どき》のような、ある種の集団性の興奮状態を作りだしたまま闘いの渦へと流れ込ませる。敵と出遭えば脚を止めて闘い、斃《たお》せば、また次の敵と出遭うまで叫び、走り続ける。振り向かず、傷を負ったものに手を差しのべず、ひたすら前に現れた鬼を斬り進める。犠牲者の悲鳴を掻き消し、相手への威嚇の意味も持ち、そして、指揮者はその声の数で戦況を知ることができる。

「走れ！　止まるな！」

「鬼は何処《いずこ》だ！」

「間《ま》隔を広げろ！　同士討ちになるぞ！」

「前衛《まえ》は流れ矢に気をつけろ！」

山に垂れ込める静寂《しじま》を突き破りながら駆け進む男衆たちは、土を蹴り、草を踏み、山の胎動の如く地を唸らせる。皆、滾《たぎ》らせた血に気勢を煽られながら駆けた。

男衆の士気を鼓舞し、乱舞させる鯨波《とき》の声は、夜の森を塒にする生き物たちを脅かした。混乱し、寝ぼけて巣から墜ちた鳥が草叢を震わせれば、そこに複数人が竹槍を突き出した。何事かと見下ろす樹上の梟《ふくろう》の影を認めれば、そこに複数本の矢が飛んだ。こうした落ち矢の被害を受けぬためと鬼の牙や爪から肉を守るため、前衛の者たちは鉄《くろがね》を薄く伸ばした板を、歩みに負担のかからない限界まで装備に縫い付けていた。

「いたぞ！　鬼だ！」

その声に男衆たちが一斉に上り坂を見上げる。

闇の中に浮き、自分たちを見下ろす橙の灯が、ひとつ、ふたつ、みっつ。

「どけぇい！」

その声と同時に、討伐隊きっての強肩たちが藁で拵えた大玉を橙の灯に向けて放り投げる。藁の大玉は橙の灯の付近の地面に落下すると散《ばら》け、短く切られた藁が辺りに大きく広がる。すかさずそこへ松明が投げ込まれる。

ぼう、と大きな炎が盛る。

炎の向こうに、腹の膨れた三人の裸児が現れる。

「あれだ！　あれが童提灯だ！」

ヤタロは刀の切っ先を童子たちへ向けた。

「あ、あ、あれが童子で作った……提灯」

初めて目にする童提灯のあまりもの不気味さに男衆の声がうわずった。

「ほんとうだ、狐の火なんかじゃねぇ……童子の提灯だ」

「おお、おい、あれ、チュウベエじゃねぇか？」

「チュウベエ？」

「十年前に鬼隠しに遭ったチュウベエか？」

「そうだ！　うわあああ！　ま、間違いねぇ、くそ、チュウベエ……」

「情にほだされるな！　もう生きてはいない！」

「なんて酷《むご》い。仇はとってやるぞ！」

火の手が広がり、近くの木々に燃え移る。焼かれた空が群青になる。

鬼たちは童提灯を捨て、姿を現わす。

「矢を放て！　前衛《まえ》が着く前に斃すんだ！」

ヤタロの指示が飛ぶ。

面皮がベロリと捲れて前垂れのように垂れ下がった鬼は、破れ衣と長い御髪《おぐし》に火が燃え移り、ゾッとするような奇声をあげた直後、二十本以上の矢の的になった。

口から鶏の頭を覗かせた小坊主は、鶏を庇うように顔の前で両手を広げ、そこに容赦なく矢が降り注ぐ。掌を貫いた矢が鶏の頭をも貫き、その瞬間、小坊主は卒倒した。

蚊絣《かがすり》の着物を着た蛙顔の童女は、驚くべき跳躍を見せて炎を跳び越えると、一人の若い男衆に圧し掛かりながら黄色い泡を吐きかけた。まともに顔に浴びた男衆は必死に泡を顔から払い除こうとし、そうこうしているうちに顎の下の皮膚がズルリと剥け落ちた。次の泡を吐こうと白い喉袋を膨らませている蛙童女の両足を、ヤタロは刀で薙ぎ切り、俯《うつぶ》せに倒れたところに複数の鍬が振り下ろされた。げぇ、と、蛙童女は汚い断末魔をあげ、水掻きのある手足をぴくぴくと痙攣《けいれん》させた。

その痙攣《ふるえ》が止まる前に、十ほどの灯が上空に忽然と現れる。

東の空からは布団の群れが向かってくる。

「空《うえ》からもどんどんくるぞ！　近づけるな！」

後方へ叫びながらヤタロは走る。その頭上を矢の風を切る音が越えていく。

童提灯を捨てた宙を浮かぶ鬼どもは、その悍ましい姿で空を覆い尽くすが、半数が矢をまともに浴び、ふらふらと地上に降りてきたところへ第二陣の矢が襲った。

顔が団扇《うちわ》のように平たい鬼は、背中に並ぶ何千何万の蜻蛉の翅《はね》を一斉に震わせ、迷い蛾のようにあちこちへ飛んで木に激突した。

一本の染みが隊のど真ん中に落ちる。布団の筒に腰から上を喰いつかれた男は、諦めたようにその場で膝をついた。そこに複数の竹槍が汚れた布団を貫く。

その他の染みは火の矢を放たれ、紅い尾羽を引きながら夜の空を箒星《ほうきぼし》の如く横切った。

蝙蝠《こうもり》の翼が生えた赤子の生首は、口から入った矢が盆の窪から抜け、笑ったような顔できりきり舞いをした。

既《すんで》のところで矢を躱《かわ》し、ヤタロに向かって滑空する鬼がいた。蝉のような太い腹部《はら》と翅を震わせて不快極まりない羽音を鳴らし、貌の穴という穴から蛇《くちなわ》の腐った死骸を垂らしている鬼だ。鬼は己の貌から垂れる一本を引っこ抜いてヤタロに投げつけてきた。ヤタロが躱すと腐り蛇はぷくりと膨らんで破裂し、黄色や黒の毒百足《むかで》が四散した。

空が砕けんばかりの音がし、鉄の筒が火を噴いた。

腐り蛇の鬼は顔から肉花火を散らし、もんどり打って藪の中に墜ちた。

「ざまあみろ！」

硝煙《しょうえん》を燻らせる鉄砲を構えたまま、引き攣《つ》った笑いに頬をひくつかせる汗だくの男。彼の頭上の夜空《よる》が丁字の形に切り取られ、むくむくと浮き出し、黒い竹蜻蛉《たけとんぼ》が現れる。それは、ばさりと蝙蝠の如き薄い皮膜の羽根を広げると、分裂して三羽の有翼痩躯の黒い化け物となる。山へ乗り込んできた無謀な者らを無貌な者らが声も無く嘲笑し、一匹が鉄砲を構えた男の顎の下に足長蜘蛛のような両手を回すと、そのまま上昇する。ばたばたと足を暴れさせる吊り下げられた男の姿を、隠すように他の二匹が羽根で包み込む。ヤタロに貌を向けた二匹は「ここから先はお代がいるよ」とでもいいたげだ。宙に浮かぶ黒い風呂敷包みの中からは、男の籠った悲鳴が漏れていた。

弓使いも射るに射れず、「くそ！」と尖矢《とがりや》の鏃《やじり》の先を彷徨《さまよ》わせている。

「幸先《さいさき》が悪い。もう〝夜《よる》〟が興味を示してくるとは」

黒い風呂敷包みから食《は》み出る男衆の毛深い足を見上げながら、ヤタロは口惜しそうに零す。早くも轟駆けの勢いは止められていた。

この貌のない黒い化け物どもは夜の山では頻繁に見かける。ヤタロは〝夜《よる》〟と呼んでいた。まさに夜の不安が顕現したような醜い姿。この夜、化け物の中でいちばん人間のことが大好きな者どもで、何かとちょっかいをかけてくる。山で人を惑わすのは狐でも狸でもなく、大抵はこの化け物の仕業であった。貌がないので人を喰ったり家畜の血を啜《すす》るといった悪さはしないが、時々、人里へ下りて民家に入りこみ、梁の上から何をするでもなく寝床を覗きこみ、障子の紙を破る、仏前の饅《まん》頭《じゅう》を握り潰す、行灯の灯を消すといった悪戯をする。この程度の悪ふざけなら無視していればいい。しかし、たまに悪戯の度を越えてしまうことがある。

「げっひゃひゃっひゃひゃ」

狂った笑い声が聞こえてきた。

宙に浮いている風呂敷包みの中からだ。薄い皮膜越しに男が暴れているのが見える。

「もうだめだ、射ってやれ！」

ヤタロが弓矢隊に指示する。

「しかし」

「あの黒い化け物は、ああやって擽《くすぐ》り殺すんだ。死ぬ一歩手前でいったん手を止め、落ち着いたところで、また擽る。これが死ぬまで続けられる。それがどんなに苦しいか想像してみろ！」

うわああ、誰かが喚きながら矢を放つ。それが合図のように他の皆も次々と放った。

四本の矢に貫かれた夜の一匹が、ヤタロの前に墜ちてくる。

身を縮め、小刻みに震える夜は、網に絡んでくる黒い海藻のようだ。

「化け物も平等《おなじ》だ」

ヤタロは夜の貌に刀を突きたてる。

「皆だ。皆、滅ぼしてやる」


山の異変に気付き始めた鬼どもは、それぞれの性質に合った行動を取りはじめる。

空腹でないもの、眠たいもの、面倒なもの、臆病なものは、人との争いを避け、その身を陰に隠した。

人の味を覚えたばかりで血気盛んなものは、待ってましたとばかりに迎え出た。

無邪気な童子が化けた鬼は、この騒ぎを遊戯と捉え、「わあい、また人《おやつ》が食べられる。また首鞠《くびまり》で遊べる、また肝引《きもひ》きができる。嬉しや、嬉しやなあ」と歩を弾ませた。

血化粧で貌を柘榴色に染めた鬼は、煙硝と血と絶叫に誘われるまま、猿《ましら》の如き動きで森の木々を渡り飛んだ。

化け物どもは静観していた。ごく一部の物好きなものを除いて。人と鬼、どちらが生き残るかなど、彼らにとっては些《ちっ》とも興味がないのだろう。

自分たちの平穏さえ乱されなければ、化け物にとって今夜のことなど、通り雨と同じ、玉響《たまゆら》のことなのだ。


ヤタロ率いる討伐隊は山の中腹まで迫っていた。

彼らが足止めを喰らっている地点へ、夥《おびただ》しい数の童提灯が向かっていた。灯の中には、姿を隠しても意味などないと童提灯を捨てた鬼もいた。

村を出た時の討伐隊の数は八十余名。幾人かは犠牲も出たが二桁は出ておらず、鬼相手と考えれば上々であった。

ヤタロは強かった。さすが、十七という若さで同年輩から二十も年嵩の男衆までを率いるだけのことはある。

　彼の強さの源泉は罪だ。

　むざむざと仲間《とも》を鬼や化け物に殺され、おめおめと一人で帰ってきた夜から、自分を赦した日など一日たりとてなかった。鬼や化け物以上に自分を赦せなかった。だから子供は早々に卒業した。十で幼さを捨てた。同じ年頃の童子たちが文字や算盤《そろばん》を学んでいる時間を、友達と野原を駆けずり回って遊んでいる時間を、母親に甘えている時間を、ヤタロだけは鬼を殺すためだけに費やしていた。

　そうでもしなければ、罪の重さで押し潰されてしまいそうだった。だからこそ、ヤタロの振り下ろす一刀は、己へ架した罪の分だけ、重かった。どこぞの名匠の打ったものでもない在りきたりな凡刀《ぼんとう》が、刃毀《はこぼ》れも起こさず、鬼の分厚い皮や太い骨を斬り続けることができたのも、並々ならぬヤタロの怨念のようなものが作用していたのかもしれない。

　ヤタロは鬼を斬った。

　数十本もの背骨で繋がった老夫婦の鬼を一刀の元に離縁させた。頭《おはち》の中に水を溜め込み、その中で腐れ鼠を半永久的に溺れさせていた鬼は、顎下《がっか》からの一突きで腐れ鼠とともに葬った。青黒い獄炎を袈裟に纏う首の無い僧侶は手足を断ち、胴のみにして山路に蹴転がした。

　出遭い頭に斬っていったので、どんな鬼を斃したのかも覚えていない。

　大きな背中を見つけたヤタロは、「これはいい、ちょっと一服」と、その背にもたれ掛かり、ひと休憩した。

「ここは任せてもいいか」

　背中の主のオヌカに声をかける。

　オヌカの櫓落としは解《ほど》け、着ている物もただの襤褸《ぼろ》となって身体に引っかかっていた。破れ目からは、鍛え上げられた筋肉の犇《ひし》めきが覗いている。彼が武器を持たず、防具を身に着けぬ理由がそこにある。オヌカの武器と防具は、この肉体であった。腕の一本もあれば、刃物や煙硝は必要がない。たった今も、半人半馬の鬼女の首を張り手一発で「く」の字にへし折った。その身は血を浴びて汚れていたが、彼自身の血はほとんどない。鬼の爪や牙は彼の分厚い肉を破れず、臓腑まで辿りつくことができなかった。

「もういくのか、ヤタロ」

「いく。大将の首を取る」

「儂《わっし》はいかんでもいいのか？」

「オヌカは討伐隊《みんな》を頼む。それから、村には一匹もいかせないでくれ」

「それはなんとしても死守する。この肥えた腹が破かれようともな」

オヌカは、にっ、と白い歯を見せつけた。

「もし、俺がやられるか、討伐隊が全滅する兆しがあったら、例のやつは頼む」

「任せておけ。お前は存分にやってこい。七年前の決着をつけろ」

拳をぶつけあう。

「互いに生きて再会《あう》ぞ」

いけ、とオヌカはいいながら、背後から迫っていた髑髏蜘蛛の前脚を腕捻《かいなひね》りの要領で引き抜いた。

*

アザコはオシラ様の祭壇の前に座し、蝋燭の火を凝視《み》つめていた。

氷割雪月花《ひわれせつげつか》の着物。梳《くしけず》ったばかりの、まっすぐに下りた青褐《あおかち》の髪。薄く紅をさしたように紅く灯る唇。

誰が見ても、箱に入れて秘蔵《かく》したくなるような幼娘の晴れ姿だ。

《鬼の極楽》と《人の地獄》の狭間に在る、常世《とこよ》の如き山の中。異形の神の祭壇を前に座するには、あまりにも不釣り合いな恰好であった。この状況で、このような出で立ちが似合うとすれば、人身御供の娘くらいだろうか。

――まただ。

鈴の音《こえ》がした。鬼の会話《こえ》ではなく、捨てられ、地を転がり、ころころと泣く切ない鈴音《こえ》だ。

鬼常叢《やま》の鬼たちが、童提灯を手放しているのだろう。今夜は確かに提灯は必要《いら》ない。姿を隠す必要などないのだから。

今、この山で起きていることを、アザコは察《わか》っていた。

鬼と人、どちらが生き残るのか、その存続を賭けた戦が起きている。血と肉、骨と脂、内臓《はらわた》と脳《みそ》が、人という皮袋の中に収まっていることを許さぬ、そんな惨たらしい戦が今、まさに起きている。

アザコは「どっちでもいいや」と思っていた。

鬼が滅ぼされても、人が在る限り、人が人である限りは、鬼は産まれ続ける。逆に人が滅ぶことがあれば、鬼は生まれず、やがていつかは鬼の歴史も終わりを迎える。劇的に何かが大きく変わるわけじゃない。

ふっ、と蝋燭の火が揺れる。

お宮の影が一斉に傾ぐ。

「さすがは鬼だ……何も変わってない」

ヤタロが戸口に立っていた。

自身の血か、返り血か、赤水漬《あかみずく》となって。

くすくす。アザコは袖を口に当てて笑う。

「これでは、どちらが鬼かわかりませんね」

「笑えねぇ冗談だな」

「あなたは変わりましたね」座ったまま身体ごと振り返る。「ずいぶんと逞しくなられた」

「七年も経ちゃ、変わるもんさ。俺は人だからな」

「奇遇ですね、わたしも人です」

「そいつはおかしいな。人なら成長するもんだ」

血濡れの刀の切っ先をアザコへ向けた。

落ち着いた構えだ。切っ先はアザコの眉間をまっすぐ狙い、一切のぶれを見せない。七年前なら、震えた掌から得物を落としていただろう。彼は成長していた。

「ずいぶん、鬼を斬られたようですね。ちゃんと、刀の手入れをしておいた方がいい。鬼の血脂は特に鉄《くろがね》を傷めるから」

「問題ない。この刀を使うのは、今夜で最後だ」

ヤタロは足裏を地に擦りながら、一歩分、身を進める。

「今ここで鬼の統領を討ったら、刀《こいつ》もお役御免になる」

ほ。アザコは小さく嘆息する。

「どうした。いつも通りにしていいんだぞ」

「いつも通りですよ」

「遠慮をしなくていい。顔に血を塗らないのか？お前ら鬼は景気づけに童子の目玉を呑むそうじゃないか」

「そういう光景《もの》を観たいのですか？」

「馬鹿をいうな。どうせ斬るんだ。最期に好きなことをさせてやろうってだけだ」

「そうですか。では、お言葉に甘えて」

アザコは座したまま、両の削ぎ袖《そで》の口を掴み、蝶の翅のようにはたはたと羽搏《はばた》く。何度も、何度も。

「なんの真似だ。面妖な」

「オシラ様の夢です」

「オシラ」やや、間があって。「蚕のことか。それがなんだ」

「飛べないものは夢を見ます。遠い高い異郷《くに》を想いながら。ぱたぱた、ぱたぱた。ですが、蛭子は所詮、蛭子。生まれ変わって翅を得ても飛べやしない。だって、飛び方を知らないんですもの。じゃあ、なんのための翅？」

「お前、狂《ふ》れたのか。なにをいってるんだ」

「実《ほんとう》は、翅なんて要らなかった。翅は無意味な希望を与え、我が身を重くするだけのもの。それに気がつき、自身の翅をもぎとって、空へと昇った御蚕様がいたのです」

「正気ではないのか？　ならば、もう斬るぞ」

「そのまま飛んでいってしまうのもいいかもしれない。でも、わたしなら自分を苦しめた世を高みから眺めてみたい。こんな小さいところで、わたしはもがいていたのかって笑いたい。知ってますか？　高い所から見下ろして、こうすると」

アザコは目先の空《くう》を掴む。

「こんな小さな掌《て》でも、この世を掴めてしまうんです」

「……さっきから、お前は誰の話をしているんだ」

「誰でも」首を横に振る。「しいていうなら神様でしょうか」

アザコは白頸《しろくび》を晒すように顎を上げた。

さ。どうぞ、お斬りなさい。

「あなたに斬られるなら、それでいい」

「――これは、どんな罠だ」

「罠はない。あなたが数歩近づき、それを振り下ろせば終わる」

刀を一閃させ、空を切る。

刀身に纏わりついていた血が赤い小竜の形に飛び、壁に一文字《いちもんじ》を描く。

「ふざけるな。俺が味わった七年を、お前は愚弄《ぐろう》するのか……」

「愚弄だなんて、そんな。あなたがわたしを本気で斬ろうとすれば、わたしは斬《き》られるしかない。

なにをどう抗ったところで、わたしの運命は変えられないでしょう。一刀のもとに倒れ伏すことは間違いありません。だから、抗わずに受け入れるというだけのこと。この容の通り、わたしは弱い。見たままの姿の力しかないのです。これもいっておきますが、わたしを殺したところで、鬼たちには何の影響もありませんよ。鬼はあいかわらず人を喰い、子を攫います」

ヤタロの喰いしばった歯の隙間から、錆びついた鉄を噛むような音が漏れる。

「ならば、なぜお前は、こんな場所で鬼に傅《かしず》かれている」

「あなたは勘違いをしている。わたしは、そのような偉いものではありません。ただ、鬼が欲しいものを拵えてあげているだけです」

「童子を材料にしてか。それこそ鬼の所業じゃないか」

「慣れるのですよ」

「なに」

「童子の血を抜くこと。肝を抜くこと。束ねた血の管を一息で引きちぎること。神経を切らぬよう、目玉をそろりそろりと抜くこと。人を部分部分に取り分ける作業に慣れるのです。慣れると退屈なものです」

焦燥の表情《かお》を押し退け、ヤタロは笑みを覗かせた。

「馬脚を現したな。いや、この場合、角か牙というべきか。人はそんなことに慣れはしない。いい加減、その性《しょう》を見せろ！」

「不思議」

「……なにがだ」

「ヤタロ、あなたが不思議なんですよ。いつでも斬り捨てればいいのに。斬るぞ斬るぞというけれど、あなたはさっきから、ぜんぜん斬りかかってはこない」

「それは」ヤタロの尖った目が僅かに泳ぐ。「お前の姿は、どうも斬りづらい」

あ、なんだ。

やっぱり、そうだったんだ。

それなら、そうと早くいって欲しかった。

この男も、他の男と同様《おんなじ》――。

「あなたも、この身体を好むのですね」

膝を立て、ゆっくりと立ちあがると、アザコは着物を脱ぎ落とす。

幼虫のように未成熟な白い裸体が現れる。

透き紙を貼ったような希薄な皮膚。平坦な胸。浮いた肋骨。拵えられた証拠《あかし》の疵が、久方ぶりに男の目に晒される。

「ヤタロ、わたしを」

抱きますか？

「やめろ！」

ヤタロは激昂した。

「お前を抱くだと？　よくもそんな悍ましいことを」

「おぞましい？」

「ええいっ、禍々しいものを俺に見せるな！　服を着ろ！」

禍々しい？

アザコは戸惑いを隠せなかった。

この身体の前では、どんな男も屈したというのに。

きれいだ、うつくしい、と譫言《うわごと》のように漏らしながら、この華奢な身の奥《なか》に沈み、埋もれ、溺れていったというのに。

「不吉な身体だ。早くしまえ！」

慌てて着物を拾い、袖に腕を通す。

「そうか」とヤタロは会得したように頷《うなず》く。

「神だなんだと解せないことをいいだすと思えば。

お前の身体を視て、よくわかった。お前は確かに人でも鬼でもない。化け物だ」

アザコの魔性を、ヤタロは感じ取っていた。

男たちが、なんの疑いもなく掻き抱いていた身体が。ヤタロの目には禍々しい、此の世ならざるものに映ったのだ。

「いいさ。お前が鬼だろうと人だろうと化け物だろうと何であろうと、俺の目の前でモ助を殺した仇であることには変わらない。わかった。お前にやる気がないのなら、それでもいい。お前の望み通り、斬ってやる。そろそろ」

その首、もらうぞ。

ヤタロは刀の切っ先を、白鹿《はくろく》のものの如き頸へと合わせた。

*

金剛《こんごう》力士の手——そう謳われ、恐れられてきた一撃必殺の張り手。

これをまともに喰らい、土俵上に残れた力士はいなかった。

実際、オヌカの剛腕は人並み外れていた。ヤタロを見送ってから、張り手のみで二十体近い鬼を、ほぼ一撃で斃していた。彼の周りに折り重なる鬼の死骸は、押しなべて頭蓋骨を粉砕され、頭は拉げ、眼球は突出し、鼻からは脳が漏出して、どす黒い血と豆腐屑のようなものが耳から零れていた。土俵上で相手力士がこうならなかったのは、ひとえにオヌカの匙加減のおかげである。

敵が一撃必殺の武器を具えているとなれば、鬼も迂闊には近づかない。十数匹の鬼が彼を遠巻きに取り囲んで大兵《だいひょう》肥満《ひまん》の強敵の膝を地につかせんと隙を狙い、空にも三十ほどの鬼影が、獲物が死肉となるのを待ち続ける鴉《からす》どものように飛び違っている。

オヌカは心挫《くじ》けそうな男衆に檄を飛ばした。

「頑張れ、ここが踏ん張りどころじゃ！」

「おがあぢゃん、親孝行でぎねぐで、すまねっ、おがあぢゃん、すまねっ」

「死にたくねぇ、死にたくねぇよ」

「こりゃ、気をしっかりもたんか！　くそ、きりがないわ」

「オヌカさん、俺、まだ女を知らねぇんです。俺、女をまだ知らねぇんです」

「馬鹿たれ！　儂《わっし》だって知らんわ！　仙境並みに未知の領域じゃわい！　よし！　生きて帰ったら抱こう！　ともに女を抱こうぞ！」

「ともには厭ですよ」

「オヌカさん、仙境はちと遠すぎだよ」

「がはははっ、そうかそうか、なんじゃ、お前ら意外に元気じゃないか。そうじゃ、その意気じゃ。こんな苦境の一つや二つ切り抜けられんでどうする！　見ろ、腰が引けているのは鬼たちのほうじゃぞ」

戦況は芳しいとはいえなかった。あれから鬼の数は無尽蔵に増えていき、その数は百を超えたあたりから数えるのが馬鹿らしくなってしまった。対して討伐隊は現在、二十六名にまで減っていた。

被害の多くは後衛。ヤタロの話していた忌まわしき鉄婆《くろがねばばあ》と同種の鬼が現れ、弓と鉄砲の攻撃をすべて跳ね返された。この婆一人に多くの武器を使い物にならなくされ、皆、刀折れ矢尽きる中、次々と鉄の拳骨で頭を砕かれ、骨片と脳漿《のうしょう》を地面にばら撒いた。なんとか鉄婆を土中に埋めて動きを封じることはできたが、その掘削《くっさく》作業中にも数名の勇敢《ゆうかん》なる男衆の生首を奪われた。

完全な誤算だったといえる。

八十も猛者を集めれば、知恵もなく、統率のとれていない鬼どもを圧倒するのは難しくないと思っていた。しかしこのたび、有事の際に一部の鬼たちが集団行動をとることが発覚。そのうえ、指揮をとる将帥《しょうすい》を据え、個々の鬼たちの能力や地の利を生かした攻撃で討伐隊の計画を少しずつ狂わしていったのである。

どうやら、蜂や蟻のような社会性昆虫の影響を受けた鬼が、そのような行動をとるようで、これはヤタロやオヌカの計算外、見落としであった。

今は二十六人が互いに背中を守り合う陣でなんとか凌いでいるが、片腕片脚を失い、その断裂部からの夥しい出血により先ほどからどんどん顔色が白くなっていっている者、だんだんと瞼が下がってきている者、腹の裂傷から腸が溢れ出さんとしているのを必死に手で押さえている者などが一人や二人ではなかった。正確な被害状況は把握できてはいないが、大半の男衆は身体の一部を失うか、使い物にならなくなるまで潰れたり、溶けたり、折れ曲がったりしている。鬼と人、どちらに軍配《ぐんばい》が上がるかは、この光景を見れば掌《たなごころ》を指すように明確だった。

オヌカの隣の若衆が真ん中で折れた竹槍を構えたまま、ふらふらとしはじめた。

「あ……あれ、死んだお祖父ちゃんがいる。おーい」

「おい、まさか三途の川の前におらんじゃろうな！　戻ってこい！　戻ってこんか！」

必死の声掛けも空しく、その若衆は白目を剥いて卒倒した。後頭部に致命的な窪みができていた。

「ばかやろう……しかし、ここまで、よう頑張った。ゆっくり休め」

「オ、オヌガざぁぁぁ！」

絶叫に近い声が後ろから上がる。どうした、と振り返るや否や、救いようのない面構えの婆が首の収穫中だった。婆の足に縋《すが》りつくようにしている若衆の肩に片足を掛け、大根でも抜くように首を引き千切ろうとしている。

救いようのない面――すなわち、蛍光している親指大の腫れ物を貌の中央に寄せ集め、あんぐり開いた口の中に千万無量の蚯蚓を棲まわせている面の婆は、収穫したての生首をオヌカに向けて自慢げに掲げた。

「どうしてこうも婆ばっかり出てくるんじゃ！」

ふぬおおお、と声を張り上げ、婆の救いようのない顔面に超弩級の張り手を喰らわせる。素手で斃すことにこだわっていたオヌカだが、この婆に関し、そのこだわりは間違っていた。ぺしゃんこに潰れた婆の面の疣は若草色の汁を飛び散らせたのである。こいつをまともに顔に浴びたオヌカは「ぐ」と呻いて悶絶し、両手で顔を押さえる。その両手の指のあいだから白い煙が立ち昇り、押さえていた手の肉が見えない口に貪られているように失われていく。隠されていた顔も指骨の隙間から覗き、逞しい咬筋《こうきん》や大頬骨筋《だいきょうこつきん》が露《あらわ》になっていた。若草色の汁は瞬く間にオヌカの面の皮を蒸発させていたのである。オヌカは「うごおお」と暴れて鬼の群れの中に突っ込み、片っ端から張り手で貌を叩き潰していく。空の鬼たちも加勢に舞い降りてくる。

「ああ、オヌカさんがやられる！」

「もうだめだ！　俺たち、皆殺しにされちまう！」

「騒ぐな！　覚悟してたことだろ！　それよりオヌカさんに続け！」

「くそ、タダじゃ死なねぇぞ」顔の半分を焼かれた男衆が陣形の中央にある煙硝樽を載せた大八車に取りつく。「樽に火《こいつ》をつけて突っ込んでやる」

「待て待て！」

オヌカは化け物の脳漿をこびり付かせた掌を伸ばし、それを制した。

「早まるな、お前ら！　それは儂《わっし》の役目だ！」

「オヌカさん、もう楽にしていてください！　後は俺たちが」

「アホンダラ！　勝手に儂《わっし》の命を諦めるな！」首に食らいついてきた鉄漿女《おはぐろ》の面が逆さについた鳥を、むんずと掴んで豪快に引き裂く。「分厚くて困っとった面の皮が薄くなって色男になっただけじゃわい！　煙硝樽《そいっ》はちゃんと起爆させる場所があるんじゃ。そこへ運ぶのは儂《わっし》の役目じゃ！」

「なにをいってるんですか、もうオヌカさんは目が」

目が無いじゃないですか。

「だからこそ儂《わっし》がやる。目がないデブなんぞ、この中でいちばん使えん。もう土俵の上にも立てんじゃろうな」

樹上から飛び降りた二匹の鬼がオヌカに躍りかかる。顔に『無念』と刺青の彫られた白装束の爺と、内出血の痣で牛のような身体になった娘の双方の頭を掴んだオヌカは、二頭を一つに纏めんとするような勢いで搗《か》ち合わせ、まとめて合掌捻りで脛骨《けいこつ》を砕く。

「いや、ぜんぜん俺らより戦えてますから」

「起爆場所にヤタロと見当をつけた処がある。じゃが、どうしても鬼どもが邪魔じゃ。儂《わっし》が運んどるあいだ、もう一花火《ひとはなび》だけ打ち上げて鬼どもの気を引いてくれるか？　その隙にそこまで運ぶ。それから誰でもいい。一人、儂《わっし》についてきてくれ。さすがにこの目じゃ戦えんでな」などといいつつ、眼前に迫った肉地蔵の顔面を頭突きで砕く。

「俺がいきます」

十文字槍《やり》を持った若衆が挙手した。

「お、その声、バモンじゃな。こいつは頼もしい同行者じゃ。皆もよろしく頼むぞ！　絶対に生きておれよ。村に戻ったら浴びるほど酒を飲んで、みんなで大雑魚寝《おおざこね》じゃ」

　このオヌカの一声で、満身創痍《まんしんそうい》だった皆の気勢に再び火がついた。

　誰もオヌカの言葉を本気になどしていなかった。この煙硝樽の役割を皆、薄っすらとだが感づいていたのだ。自分たちの運命もわかっていた。そのうえで、オヌカに乗ったのである。

「よし、いっちょ派手にいくか！」

「一人が二、三匹を喰い止めれば、しばらくは抑えられるぞ」

「酒のことを考えたら痛みなんぞ、ケロッとどっかへ吹っ飛んだわ」

「こっちの鬼どもは俺に任せろ！　おれ好みの女がいる」

　頼もしい仲間たちの声を背中で聞きながら、オヌカは大八車を引いた。ずしりと重いが、それもまた頼もしい重みだ。なにせ、ここには小山が一個吹き飛ぶほどの煙硝があるのだ。

「バモン、守りは頼んだぞ。儂《わっし》の樽腹《たるばら》より、煙硝樽のほうをな」

「場所をいってもらえれば俺が一気に運びますが」

「儂《わっし》じゃ、守りきれんよ。それに遠くはないが説明すると面倒な場所じゃ。足底の感覚で覚えておるゆえ、儂《わっし》が引く。期待しとけ、面白い場所じゃぞ」

「ほお、それは楽しみですな」

「ヤタロが面白いことをいっていてな」

　――この山は生きているぞ、オヌカ。

　七年前、世にも悍ましい鬼と化け物の祭を目の当たりにした夜。ヤタロはそう感じたのだという。あの晩、鬼や化け物どもを狂喜乱舞させていたのは、山に響き渡っていた不気味な囃子《はやし》だったと。

　――あの山は生きているんだ。生きているってことは心臓がある。そこに、でかいのを一発くれてやるんだ。

そんなものが見つかればいいなと話していた数日後。ヤタロと二人で戦場《やま》の下見をしている時に見つけた場所だった。

「間違いなく、あれは山の心臓じゃ」

「わかりました。任せてください。オヌカさんと樽には傷一つ付けさせませんよ」

この自信は伊達じゃない。父親が十文字槍術の師範代であり、その息子であるバモンも道場一の使い手である。左腕が逆向きに折れ曲がって肘から骨が覗いてはいたが、彼なら片手で充分に戦える。実に頼もしい護衛であった。

「道中、退屈しても困ります。ヤタロさんとの出会いの話でも聞かせてください」

「そうじゃな。ヤタロは、本当にクソ生意気な餓鬼じゃった」

「わかります」

ヤタロとオヌカの出会いは七年前。彼が山から生還した年だ。

ある日突然、オヌカの家に押しかけ、自分に稽古をつけてくれと頼んできた。

「あんた、強い力士なんだろ」

確かに、村の期待を一身に背負い、都でも有名な相撲部屋に入り、金甌《きんおう》無欠《むけつ》な土付かずの力士として順調に白星をあげていた。しかし、若さゆえの天狗になってしまったことと元来の脇の甘さから、脱臼《だっきゅう》しやすい肩という致命的な弱点が露呈されてしまい、それからというもの黒星が止まることがなく、四股名の『狗鷲峰《いぬわしほう》』よりも『負け犬』と呼ばれる方が多くなり、番付もどんどん下げられていった。その結果、挫折して村に戻ってきた。

そんな男から何を教わりたいんじゃと訊くと、

「負け犬の生き方」と返してきた生意気なガキを張り手で張り倒したが、気がつけば、そんな生意気なガキに毎日、稽古をつけていた。

「みんな期待してるんだからさ、また力士になりなよ」

「期待なんぞされとらん。儂《わっし》はおめおめ逃げ帰ってきたんじゃぞ。村の恥じゃ」

「ああ、おめおめは恥だな。俺もそうだ」

「おぬしと儂《わっし》じゃ理由が違う。それにおぬしはまだまだ坊主じゃ。取り返しなどいくらでもつく。儂《わっし》はもう、負け犬という名から逃れられん」

「いいじゃん。名前に勝てば」

「どういう意味じゃ」

「俺の名前のヤタってさ。八咫《やた》なんだって。大きいって意味。でかい人間になって欲しくてつけたらしいんだけど、こんなにチビになっちゃった。だからって、名前に負けたなんて思わない。他のことでおっきくなればいいやって。だから、喧嘩に強くなったんだ。あんたも『狗鷲峰』って名前に負けないような生き方をすればいいんだよ。負け犬なんて呼び名がどこかへ吹っ飛ぶくらいのさ」

本当に生意気なことをいう餓鬼だと思った。その生意気な餓鬼の言葉に焚きつけられたオヌカは、鋼《はがね》のような筋肉を作ることで弱点の肩を補強し、都に戻って一から再出発をした。『負け犬』は『狗鷲峰』の名を取り戻し、都でも有名な力士となった。

そんなある年、ヤタロが討伐隊を結成したという報せを聞き、矢も楯もいられなくなり、村へ戻ってきたのだった。


「おお。ここだ、ここだぞ、バモン」

山を分け入り掻き進み、辿りついたのは緑の失われた屍樹林《しかばねじゅりん》。化け物の毒で一帯の木がすべて枯死している、木の墓場であった。竜の死骸の如く横たわる、紆曲《うきょく》した枯れ倒木の陰に、目的の〝山の骨〟はあった。

二日前の探索中に発見したもので、以前に訪れた時はなかった。それは地の奥底から突き出したような、無数の骸に覆われた謎めいた巨岩。ヤタロはこれを見た瞬間、「見つけた」と声を弾ませた。ヤタきっと、この山にとって大きな意味を持つものだ。

ヤタロは、そう確信を得ていた。

「な、儂《わっし》のいった通り、面白い場所じゃろ？　バモン……バモン？」

返事がない代わりに、鮮血の臭いと化け物特有の反吐の臭いが風に運ばれてきた。オヌカは察した。

「そうか。おぬし、鬼と刺し違えておったか……よくぞ、ここまで守ってくれた。お前の今生の仕事は、これで終わった。あとはゆっくり休んでくれ。儂《わっし》もすぐにいく。その前に……ひと仕事だ」

＊

枯れた森に火花が散った。

静寂が爆ぜる。

冷たい山気が熱風に押し流される。

立ちあがった朱の入道雲が山を見下ろす。

＊

ずん、と突き上げるような音がした。

その後、身体の芯を貫く、地獄の咳払いのような音が八つ。

地の奥底より低い微振動《うなり》が迫ってくる。地上にいる不倶戴天《ふぐたいてん》の讐《あだ》へと脇目も振らず、ひたぶるに這い上がってくるかのように。原始的な恐怖を引き連れて。それは、逃げ出したくなるよう戦慄《こわ》い音だった。けれども、地の底から万遍なく地上に拡がらんとするものから逃れるには、空へと逐電《ちくてん》するしかない。翼や翅を持つ、鬼と化け物以外の山中の生き物が一斉に空へと雪崩込み、前後不覚の大恐慌を起こして、見失い、ぶつかり合い、錐もみ状に墜ちてくる。

　大入道に揺すられているように、ゆっさゆっさとお宮が揺れる。

　祭壇から汁次《しるつぎ》や瓶子《へいし》とともにオシラ様の像が転げ落ちる。

　縋るようにして柱に掴まるアザコは、覚束ない足で刀を構えているヤタロに目で質《ただ》す。

「そうだ。俺の仲間がやったことだ」

「山に、なにをしたのです」

「面白い場所を見つけてな。煙硝で木っ端微塵だ」

「それは、骸を纏う石では」

「驚いた。まさにそれだ。世の墓場を集めて詰め込んだような屍臭い岩だ。ん、その表情《かお》、どうやら当たりだったみたいだな」

　不敵な笑みを浮かべて見せたが、ヤタロの心中は複雑であった。

　予定よりも起爆が早い。樽を使わざるを得ない状況に陥ったということだ。その状況の中で起爆を成功させてくれた同志たちにヤタロは感謝した。

「鬼と人との争いに山は関係ないはずです」

「山は鬼の棲み処だ。七年前、俺はこの山に禍々しい命の動きを認めた。その命を脅かし、鬼どもの棲み処に大暴れしてもらおうってのが俺たちの最後の計画だ。しかし、まさかここまでのものとはな」

　お宮の床が割れ、鯨の潮吹きのように木屑を噴き上げる。

「愚挙という他ない。あなた方のしたことは鬼一《おにひと》口《くち》の所業。世の理を毀すかもしれない」

「そういう覚悟で俺たちは山へ入ったんだ。こんな鬼やら化け物やらが人を喰ったり攫ったりするのを、しょうがないと諦めるような世の理なら、ぶっ壊した方がいい」

足の真下で鼓の音がし始める。山囃子と似ているが祭の趣はない。不規則で不安定、不調和。大いなるものの中枢で古くから連綿と続けられていた老獪《ろうかい》な鼓動。音の間隔は徐々に狭くなっていき、揺れの強さも増幅し、傍を巨獣の群れが通過しているような近さに感じられるまでになった。

「山が怒る」

アザコの言葉は啓示じみていた。

近づいてくる。明らかに今まで起きていたものとは質の違う、音と揺れが。

物質として捉えられるものが地表に直接与えている衝撃、それによる揺れ。迫る揺れ。遠のく揺れ。越えていく揺れ。間隔、響く範囲、目方がそれぞれ違う揺れ。これは、足音だ。

この世のものとは思えぬ〝音〟が響き渡る。ぞっとするような抑揚から、それが声なのだとわかる。

お宮の扉のある壁が吹き飛んだ。

砂煙が勢いよく流れ込み、粉砕された扉の木切れがアザコの頬を掠めた。蠢《うごめ》く白い煙からは烏色《からすいろ》の烏賊《いか》の足《げそ》が伸び、ヤタロの右脚に絡みつく。

「おのれ、化け物！」

刀を振り下ろすよりも、黒ゲソがヤタロを振り上げる方が早かった。ヤタロはお宮の天井に叩きつけられた。かと思うと次の瞬間には床に打ちつけられている。また天井に、床に、と交互に叩きつけられる。毛羽立った板の破片の上に落とされたヤタロは胸や脇腹の皮膚を掻かれ、服に血を滲ませた。

「やめなさい！　やめなさい！」

アザコが鬼や化け物の首魁であれば、この叫びにも意味があったのだろうが、幼い喉から放たれる鈴音のような声は、百の断末魔を綴じ纏めたような精神を侵しかねない大音声《だいおんじょう》に掻き消された。化け物の歓喜の声だ。

砂煙が風に浚われると夜や闇や影といった、ありとあらゆる黒色の眷属の巨魁とでもいうべきものが、破壊されたお宮の壁から半身を乗り出していた。

「やはり、お前でしたか。暗　蝶　蛸《くらがりひょうしょう》」

それは漆黒の頭足類の軟体動物に見える。ただ、脹れすぎている。

膨張に膨張を重ね、皮膚を限界まで薄く伸ばされた一触即発の横腹、あるいは喉、はたまた頭部ともいえるものの下部には、持て余された触手が球状に固まっている。そこから伸びる細引き一本がヤタロの右足首に巻きついていたが、たった今、ヤタロは解放され、アザコの目の前に転がってきた。しかし、いまだ黒ゲソはヤタロの足首だけを掴んだまま、大工が玄翁《げんのう》を使うように振り上げ、振り下ろししている。ヤタロは霜でも降りたような血色の顔を苦痛に歪めた。

「ヤタロ！」

「寄るな！」自分の足を振り回している黒い巨魁を血走る目で凝視する。「俺に寄るんじゃない」

荒波の上の小舟のような揺れに祭壇が倒れ、お宮を照らしていた童提灯の一体がヤタロの目の前に落ち、ぼんぼんと腹で跳ねた。

アザコはヤタロの腕を自分の肩に回し、なんとか立たせようとする。

「なにをしている」

「あれは暗蝶蛸。《散撒《ばらま》くもの》という異名もあります。蝶蛸《ひょうしょう》と名につく通り、あの中には蟷螂《かまきり》の仔が詰まっています。とても獰猛な仔らです」

「蛸から蟷螂だと……狂ってる」

「今に、あの膨らみは破裂し、仔が飛び散ります。そうでなくとも、このままでは建物が崩れます。今すぐここから逃げるんです」

落雷のような音がし、壁を剥ぎ取られた。剥がした壁を後ろへ放り投げたのは、燃える腐肉を纏った大木であった。総身を包む青白い火の中、腐った表皮の炭化と軟化と液化を繰り返す何らかの機関のようでもあるそれは、宇宙《そら》の彼方の闇よりも昏い視線を滴らせていた。

その後ろに広がる夜の山の光景には、異形の巨影が横行している。

大なるものが持つ緩慢《かんまん》とした時間が影の動きの中にあり、悠然として、神々しい。

神代の時代の再来。あたら、そう見るには、どの影も容が歪みすぎていた。

赤々と熱を帯び、体皮を沸騰させた巨人《おおひと》が歩きながら煮崩れし、骨と肉の土砂崩れを起こしている。運悪く傍にいた発光性の小人《こびと》たちが肉と骨に押し流されている。

巨大蛾の翅のみが紺滅《こんけし》の空を忙しげに羽ばたき、振り撒かれる粉が細氷《さいひょう》の如き煌《きら》めきを見せている。煌めく乱舞の下を何食わぬ貌で、宝玉を嵌め込んだかの如き、色とりどりの眼球を鏤《ちりば》めた青い大芋虫が蠕動《ぜんどう》している。芋虫の通る路に生える木々は、なぜか異常な生長の早さを見せ、葉を倍に茂らせ、実をたわわに実らせる。芋虫は紫色の口吻で育った枝葉や実を貪りながら前進している。

「見なさい。今まで姿も見せたことのなかった名も知らぬ化け物どもが猖獗《しょうけつ》している」

「俺に触れるな！」

獄彩色の光景を目に映しながら、ヤタロは血濡れの歯を喰いしばる。

「しかし、その脚ではどうにもなりますまい」

「なる。今から仲間たちと合流する。慌てふためく鬼どもを殲滅する」

「この場景を見て、お仲間の心臓がまだ動いているると本気でお思いですか？」

「うるさい！　オヌカがきっとなんとかしてくれている……聞いて驚くなよ、俺の仲間には、あの『狗鷲峰』がいるんだぞ」

「知りません。その方がどれほど天下無双の強さをお持ちであろうと、人の命は等しく弱い。その方の心臓は金剛でできていますか？　所詮、肉袋でしょう？　ならば、徒《いたずら》に希望など持つべきではありません。そんなことよりも重要なのは、あなたたちが無関係だった傍観《ぼうかん》者たちを傷つけたことだ。鬼まではいい。でも、化け物の安寧の時間《とき》まで乱すべきではなかった」

「黙れ！　俺は徒言《むだごと》を聞きに来たんじゃない。お前の首を取りに来たんだ！」

アザコの腕を払い、這い蹲《つくば》るように、落ちている刀に手を伸ばす。

「ヤタロ、あなたは自身の七年前の復讐に、村の者たちを巻き込んだだけです」

「……！　だ、黙れ、黙れ！」

「大方、十か二十の鬼の首を持ち帰っただけでしょう。それだけで勇敢だと謳われたあなたも、村の人たちも、人というものを過信してしまった。人如きの力を」

「うるさい！　人でないものに、人の何がわかる……人を嘲るな！」

指先が刀の柄に触れる。指先の感覚は鈍くなっていた。ほとんど感触がない。気づけば足の痛みも遠のいていく。全身の感覚が失われていこうとしていた。ヤタロは目で握れぬものかと刀に視線を這わせた。

「人と鬼だけの物語にすべきだったのです。化け物は我々の物語を偶《たま》さかに覗きこむだけの座視《ざし》するもの」

「俺だ。鬼を、化け物も滅ぼすのは……俺だぁっ！」

薄れゆく意識を奮い起こすために叫んだ、その口に何かを放り込まれる。「あ」という間もなく口を手で塞《ふさ》がれ、背中をどんと叩かれた拍子にそれを飲みこんだ。

血走った眼でアザコを振り返る。

「眠りなさい。今は」

強烈な睡魔がヤタロの意識に幕を下ろした。

*

熱を持った裂傷《きず》の疼《うず》きと、癒着による狂いそうな痒みに起こされる。

腫れあがった瞼を押し上げる力はなく、視野は線のように細い。細いまま、霞んだ眼球《め》を動かす。

煤汚れた天井と梁の上を走る鼠らしき影が見えた。

窓からは白い陽光が射し、すぐそばで雀の囀《さえず》りが聞こえた。

夜は、終わったのか。

祭壇のある建物ではない。どこにでもあるような民家の寝間だ。

隣にはきちんと折り畳まれた布団があり、その奥には箪笥《たんす》が伏せた状態で倒れている。箪笥の背には数枚の着物が畳んで積まれていた。

寝かされている布団からは沈丁花《じんちょうげ》の匂いがする。懐かしく、落ち着く匂いであったが、芳香に身を委ねてはいられない状況であることを思いだす。

布団を剥ごうとすると「いけません」と声が止めた。

開いた戸から盆を持ったアザコが入ってきた。

幼娘の身体には盆がやたら大きく見える。

盆の上には味噌粥の入った椀、胡瓜と蕪《かぶ》の新香、蕨の白和《しろあ》えの入った小皿が載っていた。

「痛ましい怪我です。まだ見ない方がいい。もう少し傷が癒《い》えてからでも」

その忠告を無視し、布団を剥がしたヤタロは「ん？」と頭を起こす。

勝虫《とんぼ》柄の浴衣を着せられており、開《はだ》くと胸に晒《サラシ》が巻かれている。薬草のような苦い臭いがし、ところどころに血の赤と膿の黄色が滲んで混ざり合っている。

――なんだ？

なにかがおかしかった。

肘を立て、身体を起こそうとするが異様に身体が重い。介助しようとするアザコの手を振り払い、なんとか上体を起こしてそれが視界に届くと、理解のできぬ光景にヤタロは首を傾げた。

右脚があった。

失ったはずの足が、そこにある。あるのだが、まったく見覚えのない足だった。

骨ばって節くれ立ち、黒く強《こわ》そうな毛がびっしりと覆い、蹄がある。

うお
うおおお
うお、うおおおお、おおぉぉぉおおおおおぉぉ
丸太を突っ込まれたように口を開け広げ、ヤタロは吠える。

「なにをしたっ、俺の身体になにをしたんだっ」

安穏《あんのん》とした寝間の空気を慟哭《どうこく》が突き破る。

「ああ、どうか泣かないで。これは、あなたを生かすために」

仕方なくしたことなんです。

突きつけられるヤタロの目にアザコの声が細くなる。

「この足は……この足はなんだ」

「化け物に踏み潰されていた鬼のものです。足だけは無傷だったので」

「そいつを俺にくっつけたのか……なんて、なんて残忍なことをするんだ」

血が出るほど拳を握りしめ、恨みがましい声を絞り出す。

怒りと絶望に握り潰されそうなヤタロの様子にアザコは狼狽えた。

「どうか、その話は後に。あなたは今、血が外へ零れすぎて、とても衰弱しています。少しでも食べてください」

枕元に盆を置いた途端、ヤタロの手が打ち払った。弾かれた椀から粥が零れ、白い湯気を昇らせる。味噌の良い香りがヤタロの腹を鳴かせた。

「入れ直します」と立ちあがりかけると「いらん！」とヤタロが拒む。

アザコはペタンとヤタロの横に座ると、足についての事情を語る。

「本来そこに生えているべき右足は残念ながら、黒い蛸の化け物が骨になるまで肉を舐めこそいでしまったのです。代わりの足を探そうにも、あの晩はあなたを安全な場所に匿《かくま》い、死なぬように処置をすることで手いっぱいでした。あなたの容体は急を要する状況でしたので、取り急ぎ、鬼の足を繋いだのです。後日、おそらく、あなたの仲間のものだと思いますが、山林に人の手足が散らばっていたのを見つけました」

「おい、黙れよ」

「その中から目ぼしい足を何本か拾って、挿《す》げ替えを試みようとも考えたのです。ですが、腐敗がかなり進んでおり、繋ぐことはできても生かすことまではできぬのは火を見るよりも明らか。ですから、鬼の足のままで生きてもらうより――」

「黙れ！　だまれだまれだまれ！　仲間は生きている。今ごろは村で俺の代わりを立て、次の討伐隊を山へ送りこもうと策している はずだ。戦えずとも俺にもまだできることがある！　俺は村へ帰る！」

「水をさすようですが……山が落ち着いたのは、あの晩から三日後です。そのあいだ、休むことなく冒涜《ぼうとく》的な神楽《かぐら》は続けられ、山は化け物の狂乱の場となっておりました。あなたの討伐隊は村へは帰れなかったでしょう」

「黙れ、黙ってくれ」

「ヤタロ、不思議なことが起こっていたのです。その三日間、山で起こっていたことは、どの村の人々も知りませんでした。あれほど地を揺らした山囃子があり、巨《おお》きな化け物が猛り狂っていたのに。おそらく、この狂宴の三日間、山はこの世に在らず、人の世から遠き異界に在ったか、あるいは同じ場に在りながらも違う時の中にいたのか――」

「耳が腐っているのか！　黙れといっている！」

布団から這い出ようとする。傷が開いたのか、胸の晒《さらし》に赤い染みが広がる。

「いけません。まだ歩けるような状態ではありません」

肩を押さえるアザコの頬を平手で打つ。

「どけ。俺の刀はどこだ。お前を斬り、俺は村に帰る」

立とうとしても膝に力が入らない。何度も転び、何度も起き上がろうとする。そのたびに晒には赤い染みが広がった。

「わたしを斬るのも、村に帰るのも止めません」

横座りで頬を押さえながら、アザコは語調を強めた。「ですが、生きて村に帰りたいのなら、もう数日、養生《ようじょう》なさってからにしてください。まだ、山囃子の熱が覚めやらぬ鬼や化け物もいます」

「もういい、俺に話しかけるな！」

ひっくり返っている椀を掴み、アザコへ投げつける。

「俺の刀はどこだ！　俺の足を返せ！　くそ、こんな足！　こんな足！」

　ヤタロは泣きながら、鬼の足を何度も何度も拳で殴りつけた。

　その傍で、ごめんなさい、ごめんなさい、とアザコはただただ繰り返していた。


　何もかもを拒み続け、飲まず喰わずで寝たきりであったヤタロは、当然、日に日に衰弱していった。初めの目覚めから三日も経つと哀れな姿に加えて、百舌の速贄の蛙の如き滑稽さも醸し出し始める。

　飢えを凌ぐために噛んだのか、爪には歯形がつき、布団の縁が破れて綿を漏らしている。眠ることもできないようで、瞬きの少なくなった虚ろな眼で虚空を見つめ、何かを喋るように口を動かしていることが多かった。その虚ろな状態の目が一日に二、三度だけ精彩を取り戻すことがあった。おそらく梁の上を走る鼠でも見かけ、胃袋を刺激されるのだろう。そんなヤタロの姿を見ていると、染みとなったヒコザエモンのことを思いだしてしまう。

　アザコは枕元に座り、一度も手をつけられていない粥の入った椀に目を落とす。

「ひと口でも食べてください」

「うるさい」

　棺の中の死人が、もう眠っているのにと渋々返事をしたような声だった。

「化け者に出された喰い物など口にするものか」

「毒など入っていませんよ」

「それは黄泉戸喫《よもつへぐい》だ。口にしたら二度と人の世へは戻れない」

　呆れて、溜め息が零れた。

「学もおありなのですね。その若い身に、どれだけの経験や知識を詰め込んだのか。しかし、それも仇となることがあります。今がそうですよ、ヤタロ」

「時を無駄に使えるお前らにはわかるまい。人の時は限られている。俺は早く成長する必要があった。俺の仇は経験や知識ではない。お前だ」

「せめて水だけでも」

「いったろう。化け物の寄越したものは口にしない」

「水は水です」

「飲みたければ自分で清水でも探す」

「腕一本、動かせないのにですか？」

長考した末、こう返してきた。

「俺のことに口を出すな、口煩《くちうるさ》い化け物め」

「少しは何かを口にせねば、その口煩い化け物を斬ることも村へ帰ることもできませんよ」

「お前は斬らないことにした」

おや、どんな心変わりだ。

アザコは首を傾げ、なぜです、と訊ねた。

「お前の首を持ち帰っても、俺の気が狂れたと疑われるだけだ」

なるほど。そういうことか。アザコは納得した。

「なにせ、お前はまるきり人の姿なのだからな。鬼や化け物の統領を討ち取ったといっても信じる者はいないだろう。討伐隊の皆を喪った俺が乱心し、どこぞの村の子を手にかけて帰ってきたのだと怯えさせてしまうかもしれない。だから、一度村に帰って態勢を立て直す。今度は、お前のみを討伐するための小隊を作って戻ってくる。証人の目の中、お前を斃す」

「なら、どうして、まだここにいるのです？」

「お前がいなくなる頃を見計らってるんだ。行こうとするとお前がうるさい」

「野垂れ死にするのが目に見えているからです」

「腹が減れば、草でも蟲でも食う」

と、取り付く島もない。

「強情な人」

「……寝る」

アザコから顔だけをそむけた。寝返りを打つこともできないようだった。

あくる日の夕方。明日菜《あしたば》や姥百合《うばゆり》を採って母屋に戻ると、ヤタロの姿がなかった。

外へ出て母屋の周囲を探すと、裏手の草叢が動いている。

「……そこにいるんですか？」

草の動きが止まった。ヤタロだ。

背の高い青草を掻き分けると、首から上を真っ黒に染めたヤタロが仰《あお》のけ様《ざま》に倒れ、虫の息になっていた。黒ずんだ頸がてらてらと艶を帯び、触れると指先が赤く濡れた。

傍には胴の真ん中から千切れて二本になった蛇《くちなわ》が、命の残滓《ざんし》を振り落とすように痙攣している。

「黒岩落蛇《つゆくちなわ》……もっとも噛まれてはならぬものに噛まれましたね」

「……ただの蛇ではないのか。どうりで……きついわけだ」

「いつ噛まれたのですか」

「ついさっきだ。喰おうとしたら、返り討ちを喰らった」

黒い顔が頬を痙攣させはじめた。笑ったのだ。

アザコは手拭いで汗を拭ってやる。その手を振り払う力も気力もないヤタロは、目で「余計なことをするな」といってきた。

「帰ろうとしたんですね、村に」

「ああ」

「家族が待っているのですか？」

「そんなものはない」

三年前に両親とも病で喪い、今は天涯孤独な身の上だと語った。

「ならば、帰るのはおやめなさい」

「どうした。俺が復讐に戻ってくるのが恐ろしくなったか」

「討伐隊の遺族たちは、どんな顔であなたを出迎えるでしょう」

ヤタロは視線《め》を伏せる。

「歓迎されますか？　労をねぎらう言葉をくれますか？　よくぞ生き延びたと涙の抱擁をしますか？　それはありえない。どうしてお前一人が、おめおめ生きて帰ってきたのだと、ひどく責め立てられるだけです」

「覚悟の上だ。責められるために俺は帰るのだ」

そよ吹く夕風に撫でられ、草叢がささめく。波立つ緑の海に浮かぶヤタロの黒ずんだ顔が、見る見る老成していくように見えた。その表情の中に、風に浚《さら》われてしまいそうな弱々しい命の揺らぎも垣間見られた。黒い毒が彼の命を少しずつ啄《ついば》んでいる。

「この戦いで俺は多くの命を村から借りた。結果、目的を遂げることはできず、借りたものも返せぬことになってしまった。皆を無駄死にさせてしまったんだ。俺も彼らとともに逝ければよかったが……あ」

一瞬、意識が遠のき、言葉が途切れる。アザコが軽く頬を叩くと、たった今、目覚めたかのような顔をし、眼球を転がして現状を把握すると途切れ落ちた言葉を探して手繰《たぐ》り寄せた。

「……こうして生き残ってしまった以上、こそこそ逃げ隠れするわけにもいかない。今、この瞬間にも遺された者たちは苦しんでいる。どこにも向けられない無念と憎しみと後悔と罪悪感に苛《さいな》まれている。俺はそのすべてを受けとめ、遺された者たちから糾弾されなければならない。そう思っている」

わからない、とアザコは頭《こうべ》を振った。

「なぜ、わざわざ矢面に立つのです。あなたを逆恨みし、殺そうとしてくる者もいるかもしれない。討伐隊隊長ヤタロは死んだ、そういうことではいけないのですか？」

「そういうことではいけないのだ」

生死の境を迷い児のように彷徨っている瞳が、ふいに遠くを見つめた。

「お前のいったように俺は、七年前の復讐に村の者たちを巻き込んだんだ。信じたくはないが、俺はやっぱり、まだガキだった。皆を巻き込み、煽り、復讐という言葉の勢いに任せて飛び込んだのは、逃げ場のない炎の中だ。そこから帰る者たちのことを俺は何も考えていなかった。自分の復讐のことしか考えていなかったんだ。俺は」

う、と言葉が詰まる。右目の白い部分に黒い根が張っていく。口の端から垂れた涎が黒い糸を引いて草の上に落ちた。

「どうしますか、ヤタロ」

「なにがだ」

「どうしますか。あなたの命」

「どうもしなくていい。このまま放っておけ」

「本当に、それでいいのですか」

強く、念を押す。

「黒岩落蛇《つゆくちなわ》は一見、ただの黒蛇ですが、《闇へ誘うもの》と呼ばれる化け物の仲間です」

「こんな蛇が、大層な名前をもらったものだな」

「その毒が肌身を黒色に染め尽くせば、次は血と涙と汗、尿までをも黒く濁し、やがては視界も意識も黒く染まります」

「その後は、死ねるんだろう？」

「そんな優しい毒なら、どんなに幸福だったでしょう。この後、あなたは心も黒く病みだし、夜毎、身体を少しずつ闇に毟り取られていきます。六日ほどでしょうか、骨の髄まで闇に貪られた者は、夜の闇の一部となります。夜の無限大の闇は、古き時代からそうして蝕まれた者たちの成れの果てなのだといわれています」

「蘊蓄《うんちく》をありがとよ。さすが、化け物の毒。最低に狂っているな」

「どうしますか。わたしなら、なんとかできるかもしれない」

「もう……どうでもいい。好きにしろ」

その言葉を待っていた。

アザコは黒ずむ顎下に顔を埋めると、舌先と唇で傷口を探した。皮膚は朝明けの森の木肌のように冷たい。血の味の中に二つの小さな突起を探し当て、強く吸うとヤタロが「う」と呻いた。血の味には炭のような苦味が混じっており、それがおそらくは黒岩落蛇の毒であった。吸って、草の上に吐く。これを繰り返していくうちにヤタロの顔から黒みが引いていき、身体はどんどんと熱を帯びる。その熱はアザコにも伝染っていく。

耳に口を寄せ、訊ねた。

「他に、どこを噛まれました?」

「……わからない」

「そう」

ヤタロに跨ると浴衣の合わせ目に両手を掛け、胸を開《はだ》ける。

脇腹と左内太腿に黒い染みが広がりつつある。

アザコは脇腹の傷口に唇を這わせ、毒と血を吸いだしていく。その姿は山犬が獣の腸《はらわた》を貪っているようだった。

「なぜだ」

ヤタロは魘《うな》されるような声を漏らす。

「なぜ、俺を生かす」

「あなたに闇になどなられては、夜もおちおち寝られません」

「お前は俺を、ずっと生かそうとしていた。なぜだ。答えろ」

血と毒を吹き捨て、アザコは面《おもて》をもたげる。

「気まぐれ、といったら？」

「その気まぐれで俺は七年間も苦しんだ。生かされたことで、どれだけ身を焦がされる想いだったか、お前にはわかるまい。お前の気まぐれで、俺はまた自分を責め続ける日々を送らねばならぬのか」

「わたしを殺せば、その日々は少しでも報われますか？」

「それは、試してみなければわからない」

「なら、試してみましょう」

ヤタロの腕を取り、自分の頸に彼の手を押し付ける。

「だめだ。力が入らない」

「今なら、わたしのほうが、ヤタロを殺せそう」

くす、と嗤うと今度は逆向きに跨り、左内太腿に吸い付く。「ん、く」と声を漏らして身じろぐヤタロに構わず、肉吸いの鬼が血肉を貪るように、吸い尽くすように。

「……化け物女め」

ぷは、と息継ぎをするとアザコは言葉を返す。

「化け物は否定しませんが、わたしは女ではない」

「なに？」

「わたしは娘子の姿をしていますが、女ではないのです」

どういうことだ、と質す。

「かといって男でもない」

「……なら、なんだというのだ」

「あなたが、決めてください」

「俺が？」

「わたしの命は、あなたのものですから」

太腿から顔を上げ、ヤタロを振り向く。口の周りが赤く染まっていた。

ぞくりと、ヤタロは背筋が寒くなった。

口元を血で汚す生娘《きむすめ》の貌は、破瓜の表徴《ひょうちょう》であるかのような痛々しさと色気を帯びていた。幼顔を捲って表れていたものは、女の内に棲む魔性であった。

「あなたを生かす、本当の理由を教えましょう」

焦点を夢の中に置いてきたような蕩けた目を向けられ、ヤタロは畏怖《いふ》に縫い付けられる。

「あなたに殺されるためです」

「……お前には、死にたい願望でもあるのか」

「まさか。でももし、運命に死の矛先《ほこさき》を突きつけられるのなら、それは、あなたの手で、と願う。あなたに殺されたい。ううん、あなたに殺されてあげたい」


しばしの沈黙の時が涼風に乗って二人を掠めていく。

「――昔、お前が俺にいったことを覚えているか？」

「さあ、どうでしょう。いってみてください」

「『その顔に産んでくれたことを親に感謝しろ』……そういって俺を生かしたのを覚えているか？」

アザコはこくりと頷いた。

「俺と似ている男でもいるのか。その男と似ているから、お前は俺を生かすのか」

「七年前はそうでした。でも、今は違う」

手拭いで口元の血を拭き取りながら、続ける。

「物入りになると山を下りて人里まで足を運ぶことがあります。初めて出会ってから二年ほど経った頃でしょうか。ある日、偶然にも、あなたの姿を見かけました。あなたは麓《ふもと》付近の荒蕪地《こうぶち》で、大柄な男と汗みずくになって何やら鍛練をしていました。この頃からわかっていましたよ。いつか、あなたがわたしを討ちに来ることは」

ヤタロは嘆息を漏らす。

「そうだったのか」

「それから、あなたの成長を遠くから見守っていたのです」

「見守るだと？　はっ、何様なんだ、お前は」

「いつからか、あなたに賭けてみようと思ったのです」

「賭ける？　なにをだ」

「人の世の命運を」

ここ数年のアザコは、人の世と完全に決別すべきかを迷い続けていた。

人は弱さばかりを見せてくる。弱さゆえに人は強さを誇示する。その弱き強さの裏側にある襞には様々な欲望が入りこむ。人は欲望を吸い取る海綿であり、自身に浸透した欲に肥えて感情が鈍重になる。身に蓄えた欲の重みに脹らんだボテ胎《ばら》を引き摺り、かかるほどに人の世を醜く匍匐《ほふく》する浅ましいものになる。

人は、成《な》る。

酒と女と賭場に張る掛銭《かけせん》ために親に子を売る親になる。口減らしと厄介払いのために親を棄てる子になる。爪に火を点す困窮者を嘲笑いながら、驕奢《きょうしゃ》な生活に溺れる者になる。銭にとり憑かれ、人を信じることができなくなり、守銭奴に身を窶《やつ》す者になる。闇が隠してくれさえすれば、喜んで私欲のために盗み、犯し、殺す、夜の賊になる。圧倒的な力の前には屈し、傅き、媚《こ》びへつらって従順となり、たとえその力が顕然《けんぜん》たる悪であっても太鼓を持って担ぎ上げ、そこから滴る甘い汁を口を開けて待つような者になる。寄って集《たか》って異《い》なる者を迫害し、人目に晒して辱め、理不尽な理由を以て疎外することで団結力を強めようとする者になる。酒宴の熱に浮かされ、古き因習に囚われる者になる。乱れた太鼓に踊らされ、狂った教義の前で従順となる者になる。人の道に外れていることに気づいても、それが総意や神仏の導きであるのだと都合よく考えるような者になる。弱き者はその弱さを理由に、強者の暴力と性欲、愛という名の執着に支配される者になる。

人が罪を起こすのではなかった。

人は人であることが罪。人が、罪そのものであった。

ただ、ほんの一握りだけ、人であるという咎《とが》から免れるべき者もあった。

「ヤタロ、あなたも、その一握りの中の一人です」

ふ、とヤタロは口元に弱々しい笑みを貼りつける。

「見誤ったな。俺は罪だらけだ。八十余もの命を鬼や化け物の腹の足しにしてしまったのだからな。もし神や仏が見ているのなら、いつ天罰の雷《いかづち》が俺の脳天めがけて落ちてきてもおかしくない。で、お前の賭けとやらはどうなった」

「わたしは人の世を滅ぼすつもりでおりました」

「まったく」ヤタロは呆れた声を漏らした。「なにが、わたしは弱い、だ」

「その一方、人の世を存続させても良い、そう思える者と出会えたなら、その者にわたしを止めてもらおうとも考えておりました」

「調子のいいことをいうな。やはり、お前は脅威すべき存在だ。俺も騙されかけた」

「わたしが無力なことに嘘偽りはありません。ですが、わたしには権利を与えられています」

「権利だと?」

もう、大丈夫です。ヤタロの着物の襟を直す。周囲の草は吐き捨てた毒混じりの血で南天の実のような模様を鏤めている。

「わたしは作り物です。人の容を与えられ、人と似た心を注がれ、人の世に送りこまれて人として生きました。ロクデナシでしたが父親もいました。けれども、人にはなれませんでした。人でないものは、いくらそっくりに真似て作られたとしても綻《ほころ》びが生ずるようです。人からは人に見られず、人の扱いを受けず、それでも人なのだと訴え、叫びながら生きていました。そんな生き方をしてきたからこそ……人に近い目で人を判ずることのできる存在として、わたしは与えられたのです」

人を滅ぼすか、残すか。

選ぶ権利を。

「わたしの声一つで、人の世は滅ぶことになっています」

ヤタロの表情に変化はない。霞がかった目玉が転がり、痩せた瞼を蠢《おごめ》かせただけだった。蛇毒からは救われたが、ヤタロの身体はあいかわらず乾ききり、飢えて、憔悴していた。そのまま草の上に溶け、土に染み込んで消えてしまいそうなほど、命が霞んでいた。弱々しく上下する胸をアザコは擦《さす》った。

「人を侮るなよ。そう簡単にいくと思っているのか」

「思っています」

「即答か。少しは気を使ってほしいもんだ」

「あ、ごめんなさい」

「化け物には斟酌《しんしゃく》という言葉はないようだな。やはり、あの晩に斬っておくべきだった」

しかしながら、ヤタロの目に殺気は微塵もなく、口元には笑みすら浮かんでいた。体力の著しい摩耗による精神の薄弱もあったが、討ち取らんとしていた敵に幾度も命を救われている自身に対しての自嘲が強く、それが捨て鉢な笑みという形になって表れていた。なにせ今などは、人の世を滅ぼせると豪語する化け物に、母親のような手つきで愛撫されているのだ。笑わずにはおれなかった。

「ヤタロ。あなたからも教えてください。人は存《の》続《こ》すべき価値があるのか、それとも、存《の》続《こ》すには値しない者たちなのか。あなたを見て、わたしは人を残してもいいと思った。だから、あなたにわたしという存在を消してもらおうと考えた。そうなれば人の世は暫《しば》し、安泰のはずです。しかし、それが本当に正しい選択なのか……まだ決めあぐねているのです」

「まだ、賭けの勝ち負けは出ていないってことか。しかし、人の存亡の見立てを人の俺に訊くとは、気は確かか？　そんなものは人でないお前が見定めろ。……いや」

　ヤタロは栗の実のような蹄のついた己の右脚に目を移し、吐息した。

「俺もう、人ではないか」

「いいえ。あなたは人です。どこまでも」

　そうか、とヤタロは薄暮の迫る空を仰ぐ。

「もう少し、考えさせてくれ」

「え」

「人を存《の》続《こ》すべきか、そうでないか。俺なりに考えてみる。待てるか」

「もちろんです」

　ヤタロは残された力を振り絞って、右手を上げた。すでに動かなくなった黒岩落蛇の痙攣《ふるえ》が移ったかのように、輪郭が壊れるほどに指先を震わせて。その手の行き先は、抉《えぐ》れたように凹んだ自身の腹の上だった。

「腹が減った。粥をくれ」

＊

赦されたわけではない。

仇という称が消えたわけではない。

それでも、同じ屋根の下で二人は過ごした。

当然、蜜月《みつげつ》とはいえず、会話はほとんどない。ヤタロが口を開くのは天気を訊ねる時だけで、それ以外は自分にだけ聞こえるような声で独り言を呟き、時々、布団の中から嗚咽を漏らしていた。

アザコの問いへの答えは、まだなかった。

アザコは童提灯作りをやめていた。

作業場とともにオシラ様のお宮は全壊したため、童提灯を求める鬼が夜毎、母屋を訪れた。ヤタロを刺激させては身体に障るだろうと配慮し、母屋から離れた家屋で修復のみを受け付け、それ以外はすべて門前払いを食わせた。

一度、限界まで衰弱した身体が快癒《かいゆ》するには、相当の時間がかかる。布団から身を起こすことにも難儀し、立って歩けるようになるには相当の日数を要することが予想された。ある日突然、自分の片脚が、まったく違う生き物の足になったのだから無理もない。ヤタロの表情は常に硬く、常に不機嫌だった。アザコができることは飯を作ることだけだ。

菜っ葉や大根の葉を乾かした物を粥に入れ、そこに白味噌を溶いて食べさせた。切干大根は大量に保存してあったので、よく食膳に出した。飽きたのかヤタロは途中で残すようになった。山芋を捏《こ》ねて蕎麦《そば》も作ってみた。蕎麦粉を湯で捏ね、蕎麦掻きも作った。黄粉や醤油をつけて食べると美味で、ヤタロは気に入ったのか、アザコの分まで食べた。鰊《にしん》や岩魚《いわな》を釣ってくると、腸を抜いて飯を詰めた。それを塩と麹《こうじ》を入れた桶の中に入れて重石を載せ、寿司漬けを作った。これは店を出せるほどに美味くできたが、ヤタロには不評だった。栃《とち》の実を灰汁《あく》につけてから蒸かし、皮を剥いて食べた。胡桃《くるみ》は囲炉裏で焼き、包丁の背で砕いた実を二人で摘んだ。ヤタロは特に姥百合のうま煮を気にいっていた。白い根をさっと茹で、そこに酒を加えて醤油と砂糖で味つけしたもので、器が空になるのがいちばん早かった。

幾度か、閨《ねや》で床をともにした。

ほとんどは、無言の彼の背中に寄り添う形で。嗚咽の漏れる晩は、母親のように胸の中で慰める。包み込む母性の膨らみが自分の胸にはなく、肋骨が当たって痛いのではと心配になった。

相手は十代の若い男。自分が必要だと思った。疲弊した肉体を傷めぬよう、始めはアザコだけが動いた。それは次第に逆転し、ヤタロが上になって玉の汗をアザコに降り注いだ。

若さゆえの荒々しさがあったが、成熟しているアザコなら、その波に合わせることができた。唾液と舌を絡ませ合っている時、ヤタロはなぜか、飼い猫のようにおとなしくなった。

ヤタロのすべてを受け入れ、飲み込み、許した。拒まれはしなかったが、抱擁《ほうよう》が返されるわけでもなかった。ほとんど言葉もない。熱い息を交わしあうだけで、極めて淡々とした男と女の関係であった。

「すまない」

終えた後、汗だくのヤタロから、たったひと言だけもらう。

それが自分にいってくれた言葉なのか、ここにはいない誰かに向けて放たれた言葉なのか微妙ではあった。それでも、アザコの中に喜びは生まれた。

＊

月日は巡り、化け物の山も雪化粧をする。

山は季節に関しては曖昧《あいまい》だった。人里から見ると季節の定律に従って衣替えをしている。しかし、山の中にいると、微妙な時節の歪みを感じる。山の大部分が季節に準じて様相を変えてはいるのだが、場所によっては一年中、雪を知らぬ場所もあるし、木々が葉を蓄えたところを一度も見たことがない屍樹林もある。葉が赤々と色を変えたと思えば、次の月には青々としている森もある。だから、こうして久しぶりに雪が降り積もる日も、四季の体裁を取り繕っているようで白々しく感じてしまう。

特殊な土壌、稀有な草花の息吹といった山の環境が、鬼や化け物にとって過ごしやすい気候を作り上げているようにも思える。

陽に炙られて表面の堅くなった雪を踏む。ざくざくと耳に心地よい。

アザコの背負う籠の中には冬籠りが遅れた山菜が入っている。ヤタロの好物の姥百合の根もとってきた。

母屋に帰るとヤタロの姿はなかった。

足を慣らすために歩いているのかもしれない。

家の周りを探すが見当たらない。

村へ、帰ったのか。

——お前は、なにかを勘違いしてないか？　死ぬまで二人で暮らせると思っていたのか？　いつか、自分が受け入れられると？　赦されると？　愛情の欠片でも貰えると思っていたのか？

北の空に細く黒い煙が昇っている。

罪狼煙《つみのろし》だ。これから罪人が罰を受ける報せの煙。

どの村にも独特の規律というものがある。あの煙の下《もと》の村には五罪を極めて重罪なものと考え、浄罪問《じょうざい》を受けさせる規律がある。すなわち殺人、火付、盗賊、謀書謀判《ぼうしょぼうはん》、鬼化物幇助《おにばけものほうじょ》の五つの罪に関しては、ただの死刑だけでは償うことはできぬとされ、罪を浄化するために数々の拷問にかけられる。

山菜の入った籠を放り、アザコは走った。狼煙の昇る方角へ。ヤタロの残した痕跡を追いながら。路には片脚を引き摺るような足跡が残っていた。今ならまだ、追いつけるかもしれない。厭な予感が、頭の中の櫓で鉦《かね》を叩いていた。

何度も躓《つまず》いて、転んで、空に黒い煙が溜まっているのを見上げ。わけのわからない声をあげ。そして走った。走って、怖くなって、臆病になって、立ち止まり、振り返り、でも、また走り、近くなった煙を見上げ、臭いが鼻を衝いて。足を止める。

村中央の寄り場に人だかりができていた。

人だかりの中央に藁蓆が敷かれ、そこに両手首を後ろ手に縛られたヤタロが俯《うつむ》き様に座らされている。


傍には罪状の書かれた捨て札が立っている。〈鬼化物幇助之罪〉――そこには、ヤタロが鬼討伐だと村人を唆《そそのか》し、多くの犠牲を出した上、自身は鬼に籠絡されて異形の容となって、おめおめ帰村した、というようなことが書かれていた。

「ヤタロ！」

ヤタロは僅かに頭を上げたが、アザコの呼びかけに答えることも視線を寄越すこともない。

厳めしい風体の男衆がヤタロの前に立つ。

「その方、鬼を討伐せんという言で、村人の感情を煽りあげ、鬼形《きぎょう》の跋扈する山へと誘引し、徒《いたずら》に多くの犠牲を出した上に現場から一人逃走、鬼の首魁に籠絡され、自身も鬼形となり帰村。これを鬼化物幇助の罪とする。服罪いたせ」

まずは笞《むち》打ちだった。

褌一丁にされ、鬼の足が民衆に晒される。

鬼だ、と声が上がると、追って悲鳴も上がった。

石礫《いしつぶて》が飛んできた。罵声が投げられた。嫌悪と憎悪が大きな蛇《くちなわ》となってヤタロを呑みこもうとしていた。石礫はなかなか当たらなかったが、それでも一つや二つはまともに当たり、鼻の骨を拉《ひしゃ》げ、片目を潰した。

傍で大振りな石を投げようとしている小太りの男の手にアザコは飛びつき、齧《かじ》りついた。「なんだ、このガキは!」と簡単に振り払われた。「大丈夫?」と心配そうな声をかけてきた娘の手にも石が握られていた。顔面を殴りつけてやった。

がたいのいい男衆らがヤタロを藁蓆の上に正座で俯かせ、朝苧《あさお》を紙縒《こよ》りで巻き固めた箒尻《ほうきじり》で背中を打ち付ける。

打ち付けられるたびにヤタロは面《おもて》を跳ね上げ、「ぐっ」と呻いた。三十、四十と打ち据えられると背中の皮がこそげ取られ、桃色の肉が覗いた。ヤタロは割れるほど歯を喰いしばり、悲鳴一つ上げなかった。

次は指弾《しだん》糾弾の刑が待っていた。

罪人の罪の犠牲となった者たち、その遺族に取り囲まれ、責められ、恨み事をいわれ、浄石木《じょうせきぼく》と呼ばれる石や木切れで気の済むまで殴られる刑罰だ。

ただの観衆は下げられ、討伐隊の遺族たちがヤタロを囲んだ。

返してください。

それが遺族側の第一声だった。

返してください。あなたは家族の命をどこへ持っていったのです? どこへ隠したのです? なぜ、山から帰ってきたのが、あなただけなのです? どうしてあなたは、鬼となって帰ってきたのです? 返してください。ねぇ、返してよ。返せよ。返せ! 返せ!

寠《やつ》れた未亡人が悪霊のような執念で夫を返せと責めたてる。童子たちが「おっ父《とう》を返せ」と号泣する。爺や婆に呪いの言葉のような恨み言を吐かれる。そうして恨みの汚泥を擦《なす》りつけられ、憎しみの鉾で突《つつ》かれ、絶対に不可能な返却を求められる。ヤタロにとって、笞打ちよりも厳しい拷問であった。

こいつは鬼だ！　誰かが叫ぶ。

この男が討伐隊を作ったから息子は鬼に食い殺された！　おめおめと一人で帰ってきやがって。お前が家族を殺したも同然だ！　そうだ！　お前こそ鬼だ！　貴様が兄を殺したんだ！　息子を殺した！　家族を殺した！　命が惜しくて鬼に魂を売ったな！　仲間の命も売ったな！　裏切者め！

外道だ！　鬼畜だ！　畜生だ！　鬼だ！　憎らしい！　ああ憎らしい！　あの人を返して！　愛していたのに！　見ろ、なんて醜い、これは鬼の足だ！　こいつは人じゃない、鬼なんだ！　人の裁きなど生温い！　鬼が泣いて許しを乞いたくなるような責め苦を与えてやれ！　おい、人でなし、覚悟しろよ！　返せ！　命を返せ！　焼け！　鬼を焼き殺せ！　そうだ、焼け！　焼いてヤタロに棲みついた鬼を清めてやるんだ！　焼け！　鬼を！　焼け！

「ヤタロは、ヤタロは――」お前たちのために、お前たちの村を救おうと命懸けで戦ったんだ！　裏切ってなんかいない！　アザコは必死になって訴えた。その声は届かず、掻き消され、偶々、誰かがその声を拾ったとしても、「こんな幼い娘まで誑《たぶら》かすなんて」と、さらに非難は強くなった。

遺族《のこされたもの》たちは腹に溜めこんでいたものを吐き尽くすと、思い思いの得物を握りしめ、ヤタロを砕きにかかった。

その後のことは、酷《むご》すぎるため、詳細な描写は語るに堪《た》え難い。

簡約すると、爪を剥がれ、歯茎に針を刺され、手足の腱を切られ、四肢の腕を折られ、鼻を削がれ、耳を削がれ、削ぎ落としたものを喰わされ、目を瞼ごと焼き鏝《ごて》で焼き潰された。そうして、ヤタロが毟り取られていくたびにアザコは叫び声をあげた。その叫びは放った瞬間、観衆の狂騒に殺された。

「申し残すことはあるか」

最初に罪状を告げた厳めしい男が訊ねた。

獣の食い残しのようになったヤタロは、ゆっくりと首を横に振った。

その直後、頭から油をかけられ、火を放たれる。

さすがのヤタロも、この時ばかりは沈黙を守れなかった。喉が破けるほど絶叫し、身に纏わりつく火を消そうと暴れだした。一人叫喚地獄だ。頭のてっぺんまで炎に包まれ、吠えながら走り出したヤタロを男衆たちが棒で突いて観衆に近づけさせないようにした。

やがて、諦めたように跪き、横たわり、炭化していきながら姿勢を硬直させていった。そのあいだも村人たちはヤタロを罵り、石を投げつけた。

アザコは何もできなかった。

その手に鋭き爪を具えていたなら、ここにいる者たちの首を掻き切っていた。

口が重くなるほどの太い牙を生やしていたなら、皆の臓腑を喰らってやった。

翼を背負っていたのなら、村が豆粒に見えるほどヤタロを遠く離してやった。

この感情が炎になるのなら、村のすべてを灰燼《かいじん》に帰《き》してやった。

十の肌身の非力さを、ここまで見せつけられたことはない。

すっかり静かになってしまったヤタロを見る。

こうなることはヤタロ自身、想定していたのだろう。

だから、遺族の悲痛な叫びと咎める言を全身で受けとめ、何ひとつ言いわけをすることなく刑に服した。

そんな彼の覚悟など露《つゆ》ほどにも知らず。

鬼が燃えているぞと村人たちが嗤いだす。

遺族たちのあいだでは酒が酌み交わされている。

笙の音色が流れだす。鼓の音が刻み、そこに三味線《しゃみせん》と鉦も加わる。

火を囲み、小躍りする村人たち。

鬼という名の罪を焼く炎を肴に、即席の刑場は酒宴の場となっていた。

そこには小さな地獄があった。

たった一人の罪人に鬼が叢がり、責め苦を与える地獄絵図。

観衆の中の童子の数が増えている。燃え盛る炎の周りを、右に左に手を振って、ふざけた足取りで踊る者たちの中に、両腕をぷらんと下げたまま、身体をひょこひょこと上下させて踊る肥えた童子たちがいる。

アザコは乱暴に腕を掴まれる。

先ほど腕を齧ってやった小太りの男だった。

「お前、鬼に魅入られているだろ」

「……はなせ」

「ほら、鬼が宿っている顔だ。俺がお前の中の鬼を穿り出してやるよ」

宴の熱に浮かされたか、男は上気したように目を血走らせ、汚い乱杭歯を覗かせながら嗤っていた。恐ろしい力でアザコは農具小屋へ向かって引き摺られていく。

まただ。人の里に下りるとロクなことがない。

いるのかな。

ねぇ、ヤタロ。結局、あなたは答えてくれなかったけど。

いるのかな、人の世は。

こんなの、やっぱり、いらないよな。

わたしは、もう厭《あ》き厭きだ。


頭上で、ぱしゃっと弾ける音がし、アザコは温《ぬる》い水を顔に浴びた。

面を上げると、小太りの男の頭がなくなっていた。首の乗っていたところからは赤い潮を吹いている。アザコが浴びたのは男の頭の中に詰まっていたものだった。

首のない小太りの男がドオッと倒れると、そこには鉄《くろがね》の拳を掲げた婆が立っていた。ズタボロの高砂《たかさご》柄の着物を纏い、光沢が走る黒い貌は笑みのまま固まっている。

「杏さん」


革職人の婆だった。

杏婆は四年前に鬼となった。

晩年の婆は己の皮膚が崩れ去る恐怖に支配され、熊の毛皮を自分に縫い付け、松脂《まつやに》と砂で塗り固めて鎧《よろい》のようにしていた。それが原因で死を早めてしまったが、後に鉄《くろがね》の皮膚を持つ鬼と化した。

もはや、誰の知るところでもないが、ヤタロの討伐隊を窮地《きゅうち》に陥れた鉄婆こそが杏婆であり、土中深くに埋められてしまったが、あの晩の山囃子が彼女を地上へと吐き出してくれていた。

悲鳴が上がった。

村人たちに鬼が襲いかかっている。

山からは続々と童提灯が下りてきて、橙の灯の陰からぬらりと姿を現した鬼たちが、歓喜の声をあげながら人々に飛びかかった。

「そうか。もう、わたしは選んでいたんだ」

いったん、この世を片付けようって。

それなら、派手にやりたいものだな。
どん、と大きな花火を打ち上げて。提灯いっぱいぶら提げて。
飲んで食べて踊っているだけで、人がどんどん消えていく。
そんな宴をやろう。
終焉《おわり》を迎える、化生の宴を。

宴《うたげ》

漁村は宴の夜を迎える。

ぼぉ、と盛る松明の火が浜辺に並んでいる。

波打ち際には、この日に流れ着いたオエベス様が、だぶついた黒い巨体を横たえて空と地上の境界を隠している。

砂の上に寝かされた戸板の上には、胎の膨れた女が四肢を伸ばした状態で磔にされていた。汚れた手拭で猿轡を噛まされ、籠った悲鳴を布越しに漏らしている。目は零れんばかりに真ん丸に見開かれていた。

女を囲むのは漁村の男衆。他の漁村や離島の漁師たちの顔もある。皆、日焼け顔に炎をテラテラと映し、酒を浴び、肴を食み、下品な話題に呵々と嗤っている。

この宴、女子供は加わるどころか目にする事も許されない。家の中で遠い宴の囃子《おと》を聞いていることしか許されない。いや、本当はそれさえも許されてはいない。

この夜、宴に出ずに家の中に籠っている者は、すべての童子と、ある例外を除いた、すべての女。そして、秘密を墓まで持っていくことを約束させられた爺だけである。

「なあ、お父《とー》はなんで、宴を見に出ちゃいけんていうの？」

戸の隙間から覗く童子の疑問に、その家の爺は身を縮ませて答える。

「今夜はオエベス送りの日だからさ」

「じゃあ、美味しいものを食べるよね。オラも食べたい」

「今はだめだ。でんも、いつかは喰えるさ。いつかはなぁ」

「大人になったら？」

「そんだな。でもなぁ、宴はおっかねぇぞ」

「宴はおっかなくねぇよ」

「うんだ、宴は楽しいもんだからな。でもなぁ、この宴だけはおっかねぇんだよ」

「うそだぁ」

「嘘でねぇ。だから、もう爺ちゃんは出ねぇんだよ」

「なにが、おっかねぇ？」

「この宴の中ぁ入るとな、人は人でなくなるんだ」

「人が人でなくなったら、なんになるの？」

「この夜だけはな、おめぇのお父《とー》も、村の男衆も、みんな人でねぇ」

鬼になるんだ。

「本当？　みんな鬼になるの？　やだよ、お父《とー》が鬼になったら」

「大丈夫《でーじょーぶ》だ。明日になったら、今夜のことはみぃんな忘れるのさ。みぃんな、ちゃあんと人に戻る。さあ、母《かー》ちゃんとこさいって布団に入れ。もう、今夜は寝ろぃ」

孫を寝かせると爺は戸の隙間に目を押し付ける。

「いんや、今日は、えらいおっかねぇ夜だなぁ」

独り言を零した爺は、ぶるんと痩せ身を震わせる。老いた目は山を眺めていた。山の端《は》をなぞるように橙の灯が連なっている。

「ずいぶんと長《なげ》ぇなぁ。今夜の狐火行列は。あれぁ、きっと狐の葬列だな。厭だなぁ。あれの出る夜は人がたくさん居のうなる」

この漁村では、山にともる灯は狐の火だといわれている。ぽつんとともる独り灯は、悪戯狐が誰かを騙している灯。ぴょんぴょんと跳ね回る元気な灯は、狐の子が遊んでいる灯。長い行列を作る灯は、狐の葬列。灯の連なりが長ければ長いほど、多くの村人が死ぬ。

「あの数では、わしらも生きてはいられんかもなあ」

爺は手を合わせ、陰気臭い念仏を唱えだした。

滅びの夜。四つに割れた月が空に玲瓏《れいろう》と輝いている。

切り分けた月光《ひかり》は山と、山を囲む村々、人の息衝く処を万遍なく白く照らし出していた。

宴を見下ろす山の羊腸《ようちょう》たる山路を、橙の灯が列を作って降りてくる。

灯、灯、灯々々々々々々。

すべてが、童提灯の灯だった。

このすべての灯の陰に、血と屍《かばね》で綺羅《きら》を飾る鬼がいる。

黙《しじま》を守りながら、鬼どもは山を下りていく。

「はじまりましたね」

海岸を見下ろせる崖に立ち、アザコは懐かしい故郷を眺めていた。

「母様《かかさま》。眺《み》えますか？　懐かしいでしょう」

アザコの言葉に後ろに屹立《た》つ鬼は腥《なまぐさ》い息を漏らした。

「わたしも、ここには多くの想い出がありますが、そのほとんどが忌まわしい記憶です。母様が教えてくれた、この宴の真の姿ほどではありませんが、人の世に愛想を尽かすには充分な村でした」

浜ではオエベス送りが山場を迎えていた。

孕み女の〝巫女〟を磔にした戸板が若衆に運ばれる。行く先には鯨を模し、黒く塗られた小舟が待ち構えている。

「あ、舟の上にいるのは父様《ととさま》ではありませんか？」

目の上に手で庇を作る。「たぶん、きっとそうです。母様の目なら、ここからでもわかるのでは」

〝巫女〟を乗せた舟が出る。鯨舟は黒い海と同化し、蛞蝓《なめくじ》の通り筋のような航跡を引き摺って沖へと向かっていく。

「ここからは父様のお楽しみの時間ですね。〝巫女〟にとっては生き地獄。胎と子を潰され、凌辱されて海へと棄てられるわけですから。わたしも、いろいろな外道や鬼畜、犬畜生にも劣る人間と出会ってきましたが、心の爛《ただ》れ具合に関しては父様を越える者はおりませんでした。そんな父様の命も今宵で終いです。最後のお楽しみ、存分にやらせてやりましょう。その後は、わたしたちの宴です」

こんちきちんのどんこっこ。

どんどんこっこのちきちきこん。

陰気な囃子《はやし》が聞こえてくる。

浜に屯《たむろ》う豊明《とよのあかり》の男衆たちは、沖からさす波頭《なみがしら》の運ぶ〝巫女〟の慟哭など、知らぬ存ぜぬ、どこ吹く風。沖合で行われている惨たらしい儀式と自分らは一切関係ありませぬ、とでもいいたげだ。


さて。

凪の時は終わった。

これより、風が吹き荒れる。

鬼の熱い吐息《といき》を絡めた狂宴の風が。

人の世を、百鬼乱舞の夜を、激しく吹き荒れる。

白浜を赤める宴の炎が突風に踊らされ、ぼおおおお、と吠えた。

「いきましょう」

アザコが童提灯の灯を消すと、そこから波線を描いて連なる橙の灯も順に消えていく。山の稜線《りょうせん》まで続いた橙の線は消え、夜が支配を取り戻すかわりに鬼の容が闇に映えた。

人の世では生きることを許されなかった者たち。追い遣られた者たち。棄てられた者たち。裏切られた者たち。絶望した者たち。その者たちは悉く鬼の身となり、今宵、宿怨積怨《しゅくえんせきえん》を凝らせた目玉をぎょろりと転がし、眼下に展《ひろ》がる人世《じんせい》を眺むる。

アザコは母親に向く。

まず母親の姿を喩《たと》えるのなら、巨大な黒き山女《あけび》であった。ぱっくりと縦に割れた胸に無数の棘をそそり立たせ、割れ目の奥に差し並ぶは、だらしなく濡ればむ灰色の襞だった。

或いは、黒光る鯨の皮の山だった。それは腹を裂かれて溶け崩れかけた鯨の亡骸《なきがら》で、皮膚の上側《うわかわ》をシャバシャバと赤黒い腐汁が流れ落ちる。

原点を辿るのなら、その容は潰れ胎《ばら》の女だった。弛んだ腹袋を引き擦り、邪魔だった貌の鎌も錆びて腐れ落ちていた。胸同様、ざっくりと真ん中から縦に割れた貌は閉じたり開いたりを繰り返し、顔本来の設《しつら》いである口のほうも年中無休でぱくぱくと動いている。

母親を一言で形容できる言葉など、この世にながった。

様々な表徴に見て取れる母親の容の複雑さは、その人生、もとい鬼生《きせい》の錯雑《さくざつ》さを体現したものだろう。

ヒコザエモンに導かれ、母親と再会した晩。まず、なにより先に母親が我が子にしたことは抱擁だった。この抱擁には歓待や再会の喜び以上の意味があった。母親の長過ぎる腕に掻き抱かれ、胸の大きな割れ目に押しこまれたときは、さすがに捕食されるものかと思ったが、この時、アザコは母親と自身に纏《まと》わる大いなる秘密を視ることとなった。母親が如何にして人の世を離れたのか。如何にしてアザコという存在が生まれたのか。母親は言葉を使わずして抱擁のみで伝えてきた。

「あっ」アザコは再び目の上に手の庇《ひさし》を作る。「母様、父様も海から帰ってくるようです。急ぎましょう」

アザコと鬼たちは静かに山を駆け下りた。逸《はや》る気持ちが足に速度を加える。

酒宴の熱狂は視野を狭め、注意力を散漫にさせる。炎は明るみの周りの闇を、より一層、濃密にする。それゆえ、すぐ傍に近づく足音や影や気配に気づかず、男衆たちは宴の熱をどんどんと熾らせた。

炎を掻き裂いて、黄色い爪を生やした黒塗りの小坊主の鬼が、太鼓叩きの男に躍りかかった。あっという間もなく、喉を割かれ、剥き出しになった脛骨をへし折られた太鼓叩きは、小坊主の貌を見て、十年前に海へ落とした女房の連れ子だと知った。

わあっ、と逃げ出す黒鉢巻の若い漁師を顎のない女鬼が追いかける。若い漁師は自分を追う鬼が一年前に棄てた女であると思い出せぬまま、女鬼の上顎から生える包丁のような歯に額をごっそり削り取られた。

口減らしで山に棄てられた爺の鬼は、自分を棄てた倅の背中に飛びかかる。篦《へら》状の爪を盆の窪から刺し入れて背中の皮をきれいに剥がす。鶏舎《けいしゃ》を蹴飛ばしたように騒ぎ立て、走り回る倅。爺の鬼は剥いだ背中の皮にぶら下がって引き摺られる。

腐れ病で天狗となった鬼は民家の扉を突き破り、自分を見捨てた医者の妻の目を、蕎麦《そば》でも啜《すす》るように、美味そうに吸い取った。

村で行き倒れた物乞いの鬼は、ふざけ半分で自分の肛門を火箸で突いた童子の腹を掻っ捌《さば》き、中身をめちゃくちゃに掻き混ぜた。

白目剥く赤子の顔を背に浮かべた巨きな蛞蝓《ナメクジラ》は民家を押し潰し、逃げる母子に覆いかぶさった。

逃げ惑う村人の中に懐かしい面影を残す顔を見つけ、アザコは足を止めた。

火車童《かしゃわっぱ》の一人だったイノスケだ。歳を重ねても憎体面《にくていづら》は変わっていなかった。ただ、今はその面も気の毒なほどに蒼褪め、小娘のような甲高い悲鳴《こえ》を上げながら必死になって逃げている。逃走の邪魔になる年寄り、怪我人、童子を躊躇《ちゅうちょ》なく押し退け、突きとばす。前を走っている女が背負う赤ん坊に手を伸ばし、その襟首を引っ掴んだかと思うと、鬼の囮《えさ》にするためか後ろへ放り投げた。変わらぬ下衆っぷりにアザコは安心した。それでこそ火車童だ。今さら改心して仏のような奴になられていても宴の興が冷めるというものだ。

イノスケは転がっている空桶を踏んで足を捻り、無様に転倒する。逃げる群衆に踏まれ、蹴られ、一人取り残され、土埃の煙《けぶ》る中、腹這いになって手を伸ばし、少しでも前へ進もうとしている。

そんな彼の後方から、ぽん、ぽん、と跳ねる音が近づいてくる。振り返ったイノスケは、心臓に冷水をぶっかけられたように顔を強張らせた。軽快に弾みながら近づいてくるものは、何年も前に崖から突き落としたカイノの首だった。白目を剥いて嗤っている彼女は、骨がぐずぐずに砕けて蘖《もやし》のようになった腕や脚を自身に巻きつけ、肉の毬《まり》と化していた。

「すっ、すまねぇっ、赦し、赦してくれぇっ、カイノォ！」

高く跳んでイノスケの前に回りこんだカイノは、小さく弾みながら自分を殺した男の顔を白目で見据える。堪らずにイノスケは泣きだした。

「そんな酷《ひど》い姿になっちまってたのか……ごめんな、ごめんなぁ」

屋根より高く弾んだカイノは、僅かのあいだだけ宙で静止し、着地の場所をイノスケの背中と決めると落下してきた。背骨の折れる籠った音が聞こえ、ゴポリと赤い泡を吐くとイノスケは動かなくなった。カイノは何度も何度もイノスケの上で跳ね、そのたびに枝を折るような音が聞こえてきた。

良い芝居でも観た後のような心持ちで視線を他へ振ると、村の中を腐った竹輪《ちくわ》のようなものが飛び交っている。染みどもだ。地上三間《かん》ほどの高さを直立状態で飛んでいる染みは、俄《にわか》に下りてくると犠牲者を筒《からだ》の中にすっぽりと呑みこんでしまう。そうやって呑まれた若い女は布団ごと捩じられ、尿、糞、血の順番で中身を絞り出された。一方、人相の悪い男は全身の骨を染みによって粉々に砕かれ、襤褸《ぼろ》雑巾のような情けない姿で畑に放《ひ》り落とされた。布団の中で、いったいどんなことになっているのか、筒の下から血濡れの骨だけとなって放《ひ》り落とされる者もいる。

染みどもの中でも、ことさら汚い布団なのがヒコザエモンだった。寝たきり時代の口癖が「厠には行かぬ」だけあって、彼が傍を通ると肥溜めを百万年ほど寝かしたような激臭がして、目が沁みた。

彼は筒状のまま飛び跳ね、五十絡みの女を追い掛けていた。ヒコザエモンは出し抜けに布団を広げ、見るも無残な人形《ひとがた》の腐汁染みと糞尿汚れを御披露目したかと思うと、追いかけていた女を後ろから抱きしめるように包み込んだ。しばらく女の喚く籠り声が聞こえていたが、きゅっと布団が窄《すぼ》まると声は止まり、筒の下からはぶりぶりと内臓が放《ひ》り出された。

紅蓮の炎。爆ぜ散る鮮血。飛び交う悲鳴と鬼の哄笑。地面には腹から掻き出された薄桃色の管や肉袋が散らばっている。

杏婆の家の地獄絵図と同じ光景が目の前に展《ひろ》がっていた。

これが鬼の宴だ。

人血を肌身に塗りたくり、臓腑を絡めた絢爛《けんらん》たる衣を纏う化生の舞。これと同じ光景が、山を囲

む他の村々でも展がっているはずだ。

人の罪が断末魔と血潮で清算される光景の中、アザコの表情《かお》は澄み渡る空のように晴れ晴れしい。

血肉を敷かれた紅き路を、この祝宴を主催した娘子が優艶に歩を進める。

今宵のアザコは晴れ着。真赤《まあか》の素地《きじ》に柄は笙と鼓。破滅の宴を彩る音色の柄だ。

小袖を振って、アザコは舞った。

舞いましょう、踊りましょう、今宵は宴なのだから。

「――んだってんだよっ、ちくしょう！」

それは汗臭い風を纏い、アザコの前に慌ただしく駆け込んできた。躓《つまず》いて派手に顔からすっ転び、泥と汗と返り血でぐしゃぐしゃになった面《おもて》を上げる。

深い皺《しわ》を折り重ねる老獪《ろうかい》な表情《かお》。肩や腕や胸にこんもりと盛られていた逞しい筋肉の瘤《こぶ》はすっかり痩せ衰え、髪や髭に白いものがたっぷりと混じっている。老いたことにより、面相や体つきはだいぶ変わっていたが、すぐに弓彦であるとわかった。

「永らく、ご無沙汰しました、父様」

「……ア、アザコなのか」

皺を顔の隅に押し遣って目ん玉をひん剥く。その眼光《め》の中には昔、獲物《えもの》を貪らんとする獣《けだもの》の如き獰猛な光が爛々と滾《たぎ》っていたが、今は水面に浮く黄金虫の死骸のように、行き場も知れず不安の海を揺蕩《たゆた》っている。

「年をとりましたね。でも、お元気そうで、なによりです」

「ここで……なにをしてるんだ」

「帰ってきたんです。父様の元に。ですから、もっと喜んでくださいよ」

「お前は、ここで、なにをしてるんだ」

愉快でしょうがないというようにアザコは肩を揺らして「くくく」と笑み、我慢ができず「あはは」と大口を開けて嗤い、頤《おとがい》を突き上げて呵々大笑《かかたいしょう》する。

「なにって決まってるじゃありませんか。今夜はオエベス送り、宴の夜でしょう？　わたしは、もう大人になりました。いいんでしょう？　大人は宴を楽しんでも。どんなに、この日を待ちわびたことか。ささ、父様、飲みましょう、踊りましょう、人生最後の宴をもっと楽しみましょうよ」

怯えきった顔を蒟蒻《こんにゃく》のように震わせる弓彦は「お前はなんなんだ」と叫ぶ。

「なにを仰います。あなたの息子じゃありませんか。この顔をお忘れですか？」

ずい、と顔を近寄せる。

「寄るな！　お前は俺の子なんかじゃねぇ！」

「あらら、ひどいなあ。あんなに毎晩抱いてくれたのに寄るなだなんて」

「お前は……この漁村で生まれたんじゃねえ。拾い子なんだよ」

「そんなこと、とっくに知ってますよ」

ふいに横から飛んできたものがアザコの頬にぺしゃりと貼りついた。潰れかけの眼球だった。アザコはそれを摘み取って確認すると、弓彦の前に突きだす。

「悔し涙は塩辛いって知ってますか？」

「……知らねぇ」

「怒りや悔しさで流す涙は、その他の感情や欠伸で出る涙とは違って、しょっぱいんですよ」

と、目玉を指で弾いて飛ばす。顔に向かって飛んできた目玉に、まるで大きな蛾でも寄ってきたみたいな過剰な反応で「ひぃ」と仰け反り、弓彦はめちゃくちゃに手を振り回した。そうして振り回した手に弾かれ、哀れ、潰れ目玉は地面の上にぺしゃりと落ち、後に蟻と蛆《うじ》の餌となる。

「村を離れてから、わたしはたくさんのことを学びました。他の村のこと。山のこと。昔、父様が話してくれた狐火のこと。都のこと。鬼や化け物のこと。人のこと。そして、母親のこと」

弓彦は生き肝を抜かれたような顔をしていた。

「なにより、人の身体について、かなり詳しくなりましたよ。たとえば、今この場で、父様を生かしたまま、しばらくのあいだ解体し続けることができます。痛みと出血を抑えるため、焼き鏝で傷を――」

「お前なのか」

「――はい？」薄笑みを浮かべ、首を傾げる。

「お前が鬼を呼んだのか、この村に」

どうかなぁ、と空惚《そらとぼ》ける。

「わたしが呼ばなくとも、いずれ、この宴は開かれていましたよ」

「お前は……いったい……なんなんだ」

繰り返される疑問。それは、当初のアザコの難題、時艱《じかん》でもあった。その解答を得た現在《いま》のアザコに、過去《むかし》のような臆病さは見られない。弓彦は自身の震えを止められない。完全にアザコの雰囲気に気圧《けお》されていた。目の前にいるアザコは姿こそ昔となんら変わらぬが、中身はまったくの別物。その別物のアザコが、なぜわざわざ自分の目の前に現れたのか、弓彦なりに見当をつけようと必死になっていた。

「恨んでいるのか、俺を」

「恨まれるようなことを、わたしにしたんですか？」

我ながら酷な質問だと思った。案の定、弓彦のぐらぐらの精神を支えていた一本の柱が、ぽきりと折れた。

「俺は！　俺はぁぁ！　お前を、ただ愛していただけじゃないか！」

「愛……ああ、確かに。そういう時期も、あったかもしれませんね」

遠くを見つめる視線を赤黒い宴の光景に重ねる。

「そ、そうだろ？　な？　そうだよな？　俺たち、愛し合っていたよな？」

「ねぇ弓彦。毎晩毎晩、前から後ろから好き放題、あなたに突《つっ》かれている時、わたしがどんな感情《おもい》を抱いていたか、理解《わか》りますか？」

傷んだ果実に集《たか》る猩々蠅《ショウジョウバエ》のように黒目を彷徨《さまよ》わせ、弓彦は正解《こたえ》を探している。

「……痛……かったのか？　そうか、痛かったか。それは悪かったよ。もっと優しくすればよかった」

「そうじゃない。あなたがわたしを売り、他の男とも枕を合わせなくてはならぬようになって、初めて判明《わか》ったことがあったんです。久しぶりにあなたに抱かれてみたら」嗤笑《ししょう》が込みあげる。「ああ、やっぱりこの人、短小《ちい》さいなぁ」

くくく、あはは。

ふふふ、かかか、呵々々かか呵かか呵かか呵かかくくかか——。

「あれ？　父様、どうなされました？」

生き肝の次は魂を抜かれたような御面相になった弓彦は、ぐるり、アザコに尻を向け、この場を這って逃げだそうとする。着物も脱げ、褌も落ち、毛深い尻を振りながら不恰好に地面を這いずる。無様にもほどがある逃げっぷりだ。蛆虫だってもう少しマシな動きをする。

「あ、父様、そっちへ行くと」

「へ？」

四つん這いで見上げる弓彦に、数十年ぶりの再会が待っていた。

あんた、あいたかったよ。

熟れた黒山女《くろあけび》が覆い被さり、割れ目が弓彦を咥えこむ。啜る音。舐る音。砕ける音。弾ける音。破ける音。千切れる音。

救いを求め、アザコに伸ばされた手は、何度も空《くう》を掴むような動きをし、やがて、諦めたようにだらりと垂れ下がった。

二人は仲睦《むつ》まじく、ずっと寄り添い合っていた。

＊

雨音が鳴り渡る。

空の雨に非ず。これは鮮血淋漓《せんけつりんり》の雨。脾腹《ひばら》を貫いた爪先から滴る音。頸を噛み千切った口から零れる音。鬼の肌身が浴びた、返り血の滴下する音。

悲鳴も哄笑《こうしょう》も聞こえなくなっていた。命乞いの声も、嗚咽も、呻きも、無様に這いずる音もない。鼓膜《みみ》が痛いほどの静寂。

終わったのだ。

人と鬼の織りなす、盛大な宴の夜が。

静寂に沈みこむ漁村には、赤水漬《あかみずく》の影たちが放心するように動きを停めている。

鬼は赤色と決まっている。いつだったか、ヒコザエモンがそんなことをいっていたが、なるほど、確かにそうだ。鬼は恨みを晴らした相手の血を纏い、真っ赤に染まるものなのだ。鬼にもっともふさわしい衣、それが人の血であるということが、今夜、あらためてわかった。

それにしても、宴が終わってからの鬼たちは、まるで抜け殻のようだ。腑の抜けた面をわずかに上へ向け、口を半開きにさせ、すっかり先ほどまでの精彩さを欠いていた。目的を遂げてしまったからなのかもしれない。遂げてしまえば怒りや憎しみや執着は失せ、鬼は鬼である必要がなくなる。そんな光景を見たアザコは、鬼の世も、そう長くは続かないことを予感していた。

一匹が動きだすと、釣られて他の鬼たちも動きだす。

燥《はしゃ》ぎ疲れた鬼たちは、とぼとぼと山へ帰っていった。

母親《ヨシ》は去り際、アザコに何かを訴えようと腥い息をかけてきたが、何をいいたいのか、まったく伝わってこなかった。母親の胸の割れ目の中に身を収めれば想いも伝わってくるかとも考えたが、胸の中には先客《ゆみひこ》がいた。二人の邪魔はできない。

アザコは「末永くお幸せに」と両親に一時の別れを告げる。ヨシは胸襟《むね》の割れ目から零れ出た弓彦の真っ白い手を引き摺って、山の中へと消えていった。

何軒かの家が燃えている。赤い星々のような火の粉が夜に散る。木の爆ぜる音が柏手のように響く。鎮守の森でも火が踊り、焦げ潰れる森に引っ張られて小さな社が瓦解する。漁村で活き活きとしているのは炎だけだった。

散らばる骸の中で、ただ一人、アザコは所在無げに佇んでいた。

さあ、自分も帰ろう。

足を踏み出す。

あれ。

どこへ、なんだ。

どこへ、帰ればいい。

鬼であったなら、渓谷の奥底に没する鬼の秘境へと帰ることができたのに。しかし、人ではないアザコがこの先、鬼の仲間になる見込みはない。ならば化け物の棲み処へ赴《おもむ》くか。はて、化け物は何処からやって来て、何処へ帰っていくのだろう。

アザコは純粋な化け物でもない。中途半端に化け物であった。往《い》きたくとも、今のような半端に正気を残した身空では、彼らの在《おわ》す遥か遠い狂気の領域になど足を踏み入れることはできないだろう。

アザコは四番目のものだった。

人、鬼、化け物。いずれの側にも寄ることのできぬ、第四の存在《もの》。鬼になりかけの半バケ女が、化け物同士の冒涜的な交接に踊り込むことで鯨へと変じ、珍無類な経緯を踏んで、子を孕んだ。その特殊な出生が災いし、アザコはこの世で唯一無二の存在となっていた。

独りであることへの寂しさが込みあげる。それとも、これが祭の後の寂寥《せきりょう》感というものか。

鬼常叢《おにとこむら》へ戻るために山へ向かった。あそこには自分の役割、仕事がある。

路や草叢や笹薮には鬼に棄てられた童提灯が、夜を吸い込んだような昏い目を虚空に留めながら転がっていた。尻から抜かれた赤魍魎《アカモロ》とともに。

煩《わずら》わしい人間《ひと》は、もういない。姿を視られて猿のように騒がれ、鉄砲で撃たれる心配もない。姿を隠す必要はなくなった。明かりが欲しいだけなら、わざわざ童提灯を提げることもない。小さな手燭で充分だ。

作り手からすれば虚しいことだ。我が子とまではいかずとも、自分の作品にはそれなりに愛着もあった。鬼には愛着という感情はないのだろうか。少しでも体裁をよく見せようと髪型や着物の意匠にこだわっていたのが馬鹿みたいだ。

そうか。ならば、鬼常叢へ戻ったところで自分のやるべき仕事《こと》などない。鬼たちが訊ねてくることも、もうないだろう。

なんだ。人の世を毀したことで、自分の食い扶持まで失ってしまったのか。

途方に暮れ、空を見上げる。

流れ星が走った。

一筋や二筋どころではない。何十という光の筋が空に描かれだす。

村に戻ったアザコは家々を回り、使えそうな道具を片っ端から掻き集めた。

これから、どう生きていくか。その答えが見つかるまで、提灯を拵えて過ごすことにしたのである。自分の成長と時間は停まったまま。考える時間は永遠《たっぷり》にある。心臓を動かしているのが天命なら、いつか尽きる日も来るのだろうが、この鼓動を授けてくれたのは化け物だ。あれらと同じ心臓《いのち》を与えられているのであれば、悠久の刻の中に生き続ける覚悟を持たなくてはならない。

作業場にする場所を探したが、どの家も傾いでおり、半壊し、半焼けで、いつ倒《たお》壊れてもおかしくない。提灯作りは屋外《そと》でやることに決めた。

村中央の寄り場に道具と材料を並べ、枝ぶりの良い木に老若男女を逆さに吊るし、いつもの要領で血抜きをしていく。それぞれの血受けの桶を覗きこみ、童子の血の純粋さをあらためて知る。大人の血は粘り気や気泡があり、色が悪い。脂に関していえば腐っているのかと心配になるほど臭かった。何度も漉した脂を腹の中に注ぎ、灯種には棄てられていた赤魍魎を拾い集めて使った。

作り慣れた童提灯の他、大人提灯、年寄りを材料にした皺提灯《しわぢょうちん》も拵えてみた。大人の、特に男の提灯は毛が濃く、剃っても毛穴がブツブツとして、なんだか汚らしい。皺提灯は草臥《くたび》れた猿の陰嚢《ふぐり》のようで、見ているとしょんぼりとしてくる。やはり、提灯は童子で拵えるにかぎる、と確信した。

作業中、ふと気づく。

加工途中の女の眉間に、一本の絲が生えている。先ほどまでは無かったものだ。たった今、目の前に現れたように視えた。

まっすぐ上に向かって伸びていく絲は、どうも存在が曖昧《あいまい》だ。顔を近づけて目を凝らせば、なんとか視認はできるが、いったん目を離すと視界から逃げてしまい、再び捉えるのは難しい。意識しないと、目の前に在っても映らない。触れても、まるで感触がなく、香煙《こうえん》のように立ち昇ったまま、その形を乱さない。

　見ると他の亡骸からも同じような絲が伸びている。耳朶から、指先から、膝から、口腔から、眼球から。一体に一本ずつ生えているようだった。

　燻る絲の存在する、髪の毛よりも細い異領域。その狭窄《きょうさく》した域を眼で抉《こ》じ開け、焦点を合わせ、そこでさらに意識の角度を変えることで、これまで視認できなかったものが視えてくる。村、浜辺、山、海原、離島、足下。視界に収まる下界の全域から、この絲は立ち昇っていた。天から素麺を垂れ流しているような光景だ。

　さらに意識の角度を変えると、絲は生死を問わず、獣や蟲《むし》や植物と繋がっているのがわかる。視える。宴の残り火に誘われて飛んできた蛇ノ目蛾《じゃのめが》や、自作の曼荼羅の中央で脚を広げる縊蜘蛛《くびりぐも》といった小さな生き物、踏み潰されて後ろ半分が地面と同化している幼虫などからも絲は生えていた。そして、どの絲も同じ場所を目指して伸びていた。

　宇宙《そら》を仰いだ。

　墨色の十字を架けた、よつばりの月。御来迎。オシラ様。異郷より到来した蚕子神、その羽化した姿。拱手傍観《きょうしゅぼうかん》の存在。天辺の疵《きず》。見下ろされぬもの。冥き光を地上へ注ぐ、思うに、とても古き存在《もの》。

　すべての絲は、あの月に繋がっているのではないか。

　その目的、理由は謎だが、到底想像の及ばぬ処に、その答えは在るのだろう。

拵えた人提灯は海に流した。アザコなりの弔いであった。

なんの感情も熾らなかったが、洋々たる黒き無辺の海の果てへ、数多《あまた》の灯が導かれていく様には少しだけ感動した。この美しさなら、海の果ての奥間口にも受け入れられ、皆、きれいな魚にでも生まれ変われるのではないかと空想した。

その後、また家々を回って磯桶、魚籠《びく》、塩漬け用の樽、桝などを探し出して一所《ひとところ》に集めた。村中を歩き回って提灯に使わなかった臓腑《はらわた》を拾い集め、桶に分別して入れていると、空が白み始めているのに気付いた。

夜が明け渡っているわけではない。

間断なく降り続けている流れ星の光跡が消えず、そのまま夜空に残されていた。光の筋はどんどん折り重なり、それゆえ、空がぼんやりと白く明るんでいた。

これは、繭だ。

オシラ様は繭を拵えているんだ。

空を流れているのは星ではなく、オシラ様の絲だ。

なにも見下ろすものがないのは退屈だと思ったに違いない。

この世を新たに生まれ変わらせるため、この世を繭を包んでいるんだ。

いつからか、アザコは自分に明確な夢があることを自覚していた。

その夢を成し遂げたことのある存在《もの》は。

この世の最初《はじまり》の存在《もの》くらいだ。

でも今自分は、その最初《はじまり》になれるかもしれない。

もし。

もし、新しく作るのなら。

どんな人生がいい？

＊

「やい、起きろや、アザコ」

射しこむ旭光に瞼をじりじりと炙られ、しぶりしぶりと目を覚ます。朝霞みのように白くぼやけた視界の中、枕元から覗きこむ弓彦の逆さ顔と目が合った。日焼けした赤ら顔にべったりと喜色を貼りつけている。

「朝からいい報せだ。オエベス様が流れ着いたぞ」

アザコは飛び起きた。瞼に絡みついていた眠気など、すぐに吹っ飛んだ。どれだけ、この日を待ったことか。

「約束だからな、今夜は宴に連れていってやる。おもしれぇぞ」

「なにがおもしろいんだか」

と、土間の竈《かまど》で飯を焚いているヨシが呆れ声を聞かせた。

「豊漁祈願だとかなんとかいって、ただのどんちゃん騒ぎじゃないの。どうせ、酒を飲んで騒ぐ理由が欲しいだけだろ？　私は一度っきりで行かなくなったよ」

「けっ、祭の良さは男にしかわかんねぇよ。な？　アザコ」

戸を叩く音がし、「はいよ」とヨシが出る。

「アザコ、モギジロたちが迎えに来てるよ」

そうだった。今日は朝から遊ぶ約束をしていたんだった。

迎えに来たのは悪餓鬼三人衆の火車童たちだ。

「今起きたのかよ。ったく、しょーがねぇ寝坊助野郎だな」

「一番で迎えに行くっつったろ。早く顔洗って用意しろよ」

「おうこら、ワッパども」弓彦が三人の頭をぐしゃぐしゃっと乱暴に撫でる。「まぁた、悪い遊びに誘いにきたのか」

「ち、違うよ弓っつぁん！」

「すっげぇ、おもしれぇ場所みつけたんだよ」

「ほんとかぁ？　お前らゴロベさんの葬式で饅《まん》頭《じゅう》盗んだ時、アザコも誘ったろ」

「そ、それは……」

「あんたら、どうせ、今から山へいくんだろ？　ほら」

ヨシは粗末な布で拵えた巾着袋を一つずつ火車童たちに渡す。

「お守りくらい持っていきな」

「えぇ、いいよぉ、いらねぇよ」

「邪魔だよぉ」

口を尖らす火車童たちにヨシの拳骨が次々と落ちる。

「あいだぁ！」「あづ！」「ってぇ！」

「邪魔なもんかね。神隠しに遭いたかぁないだろ？　山の神様は子供よりも虎魚《ヲコゼ》の干物のほうが好きなんだ。こいつを腰にぶら下げときゃ、身代わりになってくれる。ほら、こっち来な、つけてやるから」

渋い顔の火車童たちの腰に巾着袋を括りつける。

「アザコもだよ、しっかり腰に付けときな。粥も一杯くらい、かっ込んどきなよ、正午《ひる》まで腹がもたないよ」

なんだか朝からバタバタと大忙しだ。急いで茶碗一杯の粥をかっ込み、腰に虎魚の干物の入った巾着袋を括って家を出る。

「寝坊助のせいで出遅れたぜ。ったくよぉ」

「急がねぇと奴らに全部とられっちまうぞ！」

「じゃあ、手首岩まで競争だ！　どんケツは渋柿の丸齧《かじ》りだからな！」

火車童たちが一斉に走り出したのでアザコも慌てて追いかける。

「おっ、出たな火車童。アザコまでいるよ」

オエベス漂着で賑わう浜の方角から若い漁師が近づいてきた。ひと仕事してきたようで額に汗がびっしり浮いている。

「朝っぱらから元気で羨ましいよ。こっちはへとへとだぜ」

「あ、キコ兄《にい》、ヤタロは？」

「ん？　結構早い時間にモ助たちと出ていったぜ。なんでも喰い時の柿が生ってる木を見つけたからって山へ行ったぞ」

「しまった、先を越された！」

「あれは俺たちが先に見つけたのに！」

「アザコが寝坊するからだぞ！　馬鹿たれ！」

柿の実如きでここまで興奮するのには理由がある。

山の麓《ふもと》の柿の木の実は、なかなか童子たちの口に入らない稀少なものだった。というのも、実が良い色合いになる頃、大抵、渋柿売りのヒコザエモンが、渋柿の収穫ついでに熟柿《じゅくし》ももいでいってしまうのである。荒らされていない柿の木を見つけるということは、お宝を見つけたのと同等の価値があることだった。

「今すぐ行けばまだ間に合う！」

「絶対に取り返すぞ！」

「じゃあね　キコ兄！」

おう、とキコスケは笑顔で見送る。

「仲良くみんなで分けろよな」

どどどっ、慌ただしい足音が村のど真ん中を駆け抜ける。

「急げ急げ！　みんなで分けてたら、あっという間になくなっちまう！」

「全部喰われちまうぞ！　イチの馬鹿は大喰らい

だからな」

「アザコ、反省しろよ！　元はといえばお前が……」

イノスケの言葉が止まる。

山と村の境にある神社の石階段の下で、娘子たちが手毬をついて遊んでいる。

「お、イノスケ、お前の大好きな女がいるぞ」

「ふ、ふざけんな、あんなブス好きじゃねぇよ」

「顔が真っ赤だぞ。よし、呼んでやるよ。おーい、カイノー！」

「やめろって！」

口を塞《ふさ》いだり塞がれたりしてじゃれあっている火車童たちを見て、カイノと娘子たちが迷惑そうな顔で、しっし、と追い払う手の仕草をする。

「あはは、ふられてやんの！」

「ちくしょう！」と半べそのイノスケ。

そんなこんなのあれやこれやで火車童たちとアザコは問題の柿の木に辿りつく。漁村からほど近い山林の中、ぽつんと鎮座している鏡餅のような形の手首岩。この奇岩の傍に生えている柿の木に童子たちがよじ登っている。

「くそっ、ヤタロたちだ！　ああっ！　もう結構とられてんぞ！」

下で受け取り役のイチやクタロウが振り返る。着物の胸元は詰め込んだ柿でもっこりと膨らんでいる。

「お、火車どもが来たか。へへ、遅ぇなぁ」

高い枝の上からヤタロが野生児のような笑みで見下ろす。

「いい実《の》は、みぃんな俺たちが収穫したぜ。ほら、可哀想だからお前らにはこいつをやるよ」と、モ助が渋柿を投げつけてくる。

「てめぇ、ヤタロ！　その木は俺たちが最初に見つけたんだぞ！」

「山の木は誰のもんでもねぇ。早いもん勝ちだ」

「うるせぇ！　みんな持ってくなんてきたねぇぞ！　少しは置いてけ！」

「いいよ、こいつらから奪っちまおうぜ！　おい、アザコも闘え」

火車童たちは拳を構え、ヤタロたちを睨みつける。ヤタロたちも不敵な笑みを浮かべている。みんなやる気だ。アザコはといえば、まったくやる気がない。柿の実を喰いに来たのに、どうして殴りあわなければならないのか。

「こんな奴らを相手してもつまんねぇ。お前ら、ずらかるぞ！」

木から飛び降りたヤタロが、火車童たちに向かってまっすぐ走ってくる。

ヤタロが火車童たちのあいだを走り抜ける瞬間《とき》、アザコは何かを渡された。

「てめぇ、ヤタロ、逃げんのか！」

火車童たちはヤタロたちを追いかけていった。一人、取り残されたアザコの手には、赤々と熟した美味そうな柿の実。

手首岩に腰かけ、柿にかぶりつく。

今まで食べた柿の中で、いちばん甘かった。

＊

そんな、幻想《ゆめ》を視たアザコは山へ戻ると、落ちている童提灯を拾って村に持って帰った。何度も村と山を行き来して、たくさんの童提灯が集まると、今までしていたこととは正反対のことをやり始める。

童提灯という空っぽの器に、掻き集めた村人の中身を入れていく。

記憶を頼りに臓腑を腹の中にきちんとしまい込んでいく。骨を組み、胃、心臓、肝臓、膵臓を順番通りに嵌め、大腸と小腸を上手に詰め込む。管を繋ぎ、血を流す。大人の臓腑《もの》が童子の中に入るか心配だったが、充分に腹の皮を広げていたので問題はない。しっかり臓腑を組むと、心臓がとくんとくんと動き始める。管の中を血が通い始める。瞼は……まだ開かない。こんなことではへこたれない。再度、解体《バラ》して、組み直す。

拵えてみよう。母親が自分を拵えたように。

朝まだき。空は月白《げっぱく》の天蓋。

この世はもう、繭の中だ。

この中で新しい人を創り、新しい村を創り、新しい人生を創る。

来世《こんど》はうまくいく気がしていた。

アザコはそれから、とてもとても長い時を。

せっせと人を拵えることに費やした。

了

《既刊紹介・オマージュ・アンソロジーシリーズ》

インスマスの血脈

◆「海底神宮」(絵巻物語)
◆「海からの視線」
◆「変貌羨望」

夢枕 獏×寺田克也
樋口明雄
黒 史郎

本体価格・一五〇〇円／四六版
カバーイラスト・小島 文美

《海底神宮》当代きっての超伝奇の語り部、夢枕獏と静と動を巧みにあやつる天才絵師、寺田克也の「インスマス幻想譚」。史上初のクトゥルー絵巻物語。

《海からの視線》 作家田村敬介は、取材のために日本海をのぞむ北陸の町、狗須間《くすま》を訪れる。 町の住人はタクシーの運転手も、旅館の女将も、みなエラが張り出すような顎に、三白眼だった。

《変貌願望》「三度の飯よりグロ！　リアル彼氏より死体！」そんな不謹慎なことを声高に宣言する吹き溜まりのコミュニティ「ネクロフィーリング」。「わたし」と親友のミサキはコミュニティのイベント「青木ヶ原樹海探検ツアー」に参加する。

クトゥルー・ミュトス・ファイルズ
The Cthulhu Mythos Files

童提灯《わらべちょうちん》

2015年8月20日　第1刷

著　者
黒 史郎

発行人
酒井 武史

カバーおよび本文中のイラスト　おおぐろてん
帯デザイン　山田 剛毅

発行所　株式会社　創土社
〒165-0031 東京都中野区上鷺宮 5-18-3
電話 03-3970-2669　FAX 03-3825-8714
http://www.soudosha.jp

印刷　株式会社シナノ
ISBN978-4-7988-3026-1　C0093
定価はカバーに印刷してあります。

《近刊予告》

『ウエスタン忍風帳』

菊地 秀行

小説家ネッド・バントラインがその日本人と会ったのは、西部辺境《フロンティア》取材の途次だった。

駅馬車の宿駅で、口から火を吐き無頼漢どもを撃退した男は、忍者《NINJA》シノビと名乗った。仲間を殺害、逃亡した同類たちを追って、大西部を放浪中だという。

彼こそベストセラーの素《もと》だと踏んだバントラインは、わずかな借金を恩に着せ、その旅に同行する。

だが、それは“比類なきでっち上げの名手”を自覚するバントラインの想像を遥かに凌駕《りょうが》する魔闘の道程だった。

犬に変身する忍者は、勇猛果敢《ゆうもうかかん》なコマンチ族を餌食《えじき》にし、忍法「揺れ四方《YOURESIHOU》」は無法者ビリーザ・キッドの立つ大地を陥没《かんぼつ》させる。対するシノビの忍法「髪しばり《KAMISIBARI》」、そして凶盗ジェシー・ジェームスをも驚倒させる忍法「幻菩薩《まぼろしぼさつ》」。

やがて、奇怪な分身に苛《さいな》まれる日本娘・お霧を伴った二人は、テキサスの果てサンアントニオを訪れる。そこには、死者を復活させる魔女エクセレントが待ち構えていた……。

ふたたび西部の荒野に炸裂する忍法と六連発。

次々に現れる強敵をシノビはいかに迎え撃つ？　そして、バントラインとお霧の運命は？

『邪神決闘伝』に次いでお送りする忍法ウエスタンの傑作！

カバーイラスト：望月三起也

——2015年8月発売予定